ein Ullstein Buch

ÜBER DAS BUCH:

Zuerst ist es nur ein böses Gerücht unter den Prostituierten rund um Times Square und Forty-second Street: Ein mysteriöser Kleinbus streift durch die Straßen der Stadt, und aus der Heckklappe werden ausnahmslos minderjährige weiße Straßenmädchen erschossen. Die Mädchen sind in Panik, die Zuhälter fürchten um ihr Geschäft. Sie legen zusammen und bieten ein Kopfgeld für denjenigen, der den Geisterbus aus dem Verkehr zieht. Ihr Favorit ist Burke, der Überlebenskünstler und lizenzlose Privatdetektiv. Doch Burke macht keine Geschäfte mit Luden. Bis Max der Stille, Burkes Freund und Bruder, in die Schußlinie gerät. Nun muß Burke den Geisterbus erwischen – um jeden Preis.

DER AUTOR:

Andrew H. Vachss, Jahrgang 1944, geboren und aufgewachsen in New York, ist Anwalt für mißbrauchte und mißhandelte Kinder. Seine Biographie umfaßt unter anderem einen Aufenthalt im vom Krieg verwüsteten Biafra, bei dem er dem Verbleib von Spendengeldern nachforschte, und die Leitung einer Anstalt für schwerkriminelle Jugendliche. Mit seinen Büchern über den Privatdetektiv Burke erschrieb Vachss nach Meinung der Kritiker dem Kriminalroman eine neue Dimension.

Andrew Vachss

BLUEBELLE

Aus dem Amerikanischen
von Georg Schmidt

Ullstein Kriminalroman

ein Ullstein Buch
Redaktion: Sibylle Bayer, Oliver Huzly
Ullstein Buch Nr. 22845
im Verlag Ullstein GmbH,
Frankfurt/M – Berlin
Titel der amerikanischen
Originalausgabe:
Blue Belle

Ungekürzte Ausgabe

Umschlaggestaltung:
Theodor Bayer-Eynck
Umschlagbild: John Jinks

Printed in Germany 1992
Druck und Verarbeitung:
Ebner Ulm
ISBN 3 548 22845 3

3. Auflage März 1992

Vom selben Autor
in der Reihe
der Ullstein Bücher:

Kata (10626)
Strega (10662)
Hard Candy (06183)

Die Deutsche Bibliothek –
CIP-Einheitsaufnahme

Vachss, Andrew:
Bluebelle / Andrew Vachss. Aus dem
Amerikan. von Georg Schmidt. –
Ungekürzte Ausg., 3. Aufl. – Frankfurt/M;
Berlin: Ullstein, 1992
(Ullstein-Buch; Nr. 22845:
Ullstein-Kriminalroman)
Bis 2. Aufl. als: Ullstein-Buch;
Nr. 10699: Ullstein-Kriminalroman
ISBN 3-548-22845-3
NE: GT

FÜR ABE, DEN ICH NIE TRAF, DOCH STETS
GEKANNT HABE.
UND FÜR NATHAN, DEN ICH KANNTE.
ZWEI STÜCKE VOM SELBEN STRUNK.
VON IRGENDWO ÜBER DEM MÜLLPLATZ SCHAUN SIE
AUF MICH.

Technische Beratung:
R. Winslow Dennis
Dr. Loretta French
Dr. Richard Pitz
Jeffi Rochelle Powell
Larry Smyj
Dr. Walter Stewart
Woody Vachss
Roosevelt 10X Yamamoto
Anne T. Zaroff

1

Der Frühling kommt hart hier unten.

Der Mittelsmann war in der Lotusposition – gelassen thronte er auf einer Armeeplane, die er ordentlich zum Quadrat gefaltet hatte, bevor er seine Gerätschaften aufbaute und Posten für den Tag bezog. Ein Schwarzer mit schimmernder Bronzehaut, dessen Haar glatt und glänzend vom Kopf hing und wie ein Helm das Gesicht einfaßte, das hauptsächlich Haut und Knochen war.

Er hatte einen dicken Block Millimeterpapier offen auf dem Schoß liegen und bedeckte ein Blatt mit fein schraffierten Zeichen – eine geheime Kalligraphie nur für ihn allein. Er gab sich keine Mühe, sein Werk vor den Passanten zu verstecken. Sein leichtes Lächeln sagte alles – die biederen Bummelanten hielten ihn für geisteskrank; sie sahen nicht den Unterschied zwischen dem Boten und der Botschaft.

Eine hellblaue Decke lag über seinen Schultern. Er stellte drei identische blaue Porzellanschalen um sich auf die Plane. Die zu seiner Rechten präsentierte ein reichliches Sortiment dünner Filzstifte in den verschiedensten Farben. Die Schale zur Linken enthielt ein schweres Zippo-Feuerzeug und etliche lose Zigaretten – alle möglichen Sorten. Unmittelbar vor ihm war eine Schale mit einigen Münzen, mit denen er die Passanten ermutigen wollte, ihren Beitrag zu seiner mystischen Sache zu leisten.

Seine langen, spitzen Finger waren sauber und elegant, die Nägel manikürt und mit farblosem Lack überzogen. Tags zuvor konnte ich einen Blick auf seine Hände werfen, als ich haltmachte, um ihm über die Schulter zu blicken und bei der Arbeit zuzusehen. Er bedeckte eine Viertelseite mit Symbolen, benutzte nie zweimal dasselbe, arbeitete mit fünf verschiedenen Farben, nanm meine Anwesenheit gar nicht zur Kenntnis. Ich genehmigte mir eine seiner Zigaretten, zündete sie mit seinem Feuerzeug an. Er rührte sich nicht mal. Ich schmiß ihm ein paar Münzen in die Porzellanschüssel und zog, seine Zigarette rauchend, weiter. Sie schmeckte, als wäre sie in etwa so alt wie ich.

Auch ohne die polierten Nägel hätte ich gewußt, daß er der Mittelsmann war. Die Gegend ist voller offener Anstalten für entlassene Psychopatienten – jeden Morgen entlassen sie ihre Fracht auf die Straßen, doch dieser Kerl gehörte nicht zur Herde. Er redete nicht mit sich selber, und er hatte nicht versucht, mir seine Geschichte zu erzählen. Und er wirkte nicht ängstlich.

Das bißchen winterliche Frische, das im April noch in der Luft lag, schien ihn nicht zu stören. Er arbeitete jeden Tag die gleiche Schicht – fing morgens gegen elf an und blieb bis zirka drei bei der Sache. Der Mittelsmann hatte einen Vorzugsplatz. Stets baute er seinen Laden am Rand eines winzigen Dreiecks aus Dreck am West Broadway auf, zwischen Reade und Chambers Street. Auf dem Stück Dreck standen ein paar kaputte Bänke ohne Lehnen und ein verschrumpelter Baum, der von der jahrelangen Zuwendung durch Tauben, Hunde, Eichhörnchen und Schlucker gebonsait worden war. Eine Gasse ohne Mauern. Hier unten in diesem Teil der Stadt nennt man das einen Park.

Um elf saß er noch im Schatten, aber nach Mittag zog die Sonne ihre Bahn vom East River rüber zum Hudson, und die Szenerie erwärmte sich. Der Mittelsmann nahm die Decke nie von den Schultern.

Sein Flecken Dreck war Grenzgebiet: Von der Spitze Manhattans zog sich die Wall Street bis hier hoch, auf Kollisionskurs mit den Lofts bewohnenden Yuppies aus SoHo. Jeder Quadratzentimeter Raum war für irgendwen irgendwas wert – und für irgendwen anders ein paar Monate später mehr. Die kleinen Fabriken wurden allesamt in Supermärkte umgemodelt. Sogar der Fluß war am Verschwinden, da die Gier nach Land die Bauherren weiter und immer weiter aufs Wasser trieb; die Ableger der Battery Park City wucherten in das Vakuum, das geblieben war, als man die Überführung für den West Side Highway abgerissen hatte. Die Kneipen am Fluß kapitulierten vor Nouvelle-Cuisine-Bistros. Die Elektroläden, die dir alles verkauften, was du brauchtest, um dir dein eigenes Dampfradio zu bauen oder das Telefon deiner Nachbarn anzuzapfen, machten Platz für Sushi-Bars. Antiquitätenläden, und handtuchgroße Kunstgalerien drängelten sich neben Schuppen, die einem irgendwelche Vitamine verkauften oder Videos verliehen.

Schon immer haben Menschen hier unten gewohnt. Früher war die Gegend eine gottverdammte Künstlerkolonie – sie töpferte mehr Keramik als das gesamte Volk der Navajos. Die Hippies und die Künstler dachten, die Schlucker brächten grade den richtigen Hauch Realismus in ihr Leben. Die neuen Besatzer aber gehörten zu der Sorte, denen beinahe einer abgeht, wenn man ihnen »Investment-Banking« zuflüstert, und sie scherten sich nicht sonderlich ums Lokalkolorit. Türschloßmacher schwimmen auf der höchsten Woge einer Wachstumsindustrie.

Der Eingang zum Superior Hotel war um die Ecke, an der Chambers Street, und die Räume erstreckten sich ohne Ausnahme entlang dem West Broadway. Meines, mit Blick auf den Park, war im obersten Geschoß. Für fünfundsiebzig Kröten die Woche kriegte ich ein wackeliges Einzelbett mit Eisenrahmen, einen verlotterten alten Schaukelstuhl, abgenutzt bis auf die Baumwollpolsterung der Armlehnen, und einen an der Wand stehenden Metallschrank. Das Zimmer war mit irgendeinem farbneutralen Zeug gestrichen, dem eine üppige Dosis Desinfektionsmittel beigemischt war. Ein schweres Stück plastikummantelter Kette, am einen Ende mit U-Bolzen im Boden verankert, klemmte an der Wand. Das andere Ende war lose, nirgendwo angeschlossen, geduldig wartend. Den wahlweisen Fernseher für nur zwei Kröten pro Tag hatte ich seinlassen.

Jemand, der nie in einer gewohnt hat, könnte sagen, das Zimmer sehe aus wie eine Gefängniszelle. Es stimmte nicht mal annähernd.

Kurz vor ein Uhr nachmittags. Vor meiner dritten Stunde auf Beobachtungsposten änderte ich meine Stellung im Sessel, suchte die Straße mit meinem Weitwinkelfeldstecher ab, beobachtete den um den Mittelsmann wogenden Menschenstrom. Eine junge Frau mit ihrem Freund bummelte vorbei. Ihr Haar, in vier unterschiedlichen Farben getönt, stand steif wie Nadeln vom Kopf ab und pikte jedesmal, wenn sie den Kopf bewegte, in die Luft. Die Hand hatte sie in der hinteren Jeanstasche ihres Freundes. Er schaute wortlos gradeaus. Ein Radfahrer rollte zu einem an der Ecke geparkten, tabakfarbenen Mercedes. Das Autofenster glitt runter, und der Radfahrer steckte Kopf und Hände rein. Er blieb nicht lange. Der Mercedes und der Radfahrer gingen getrennter Wege. Eine junge Frau, in etwa so alt wie die mit den gespornten Haaren, tappte mit geschäftsmäßig hohem Absatz ungeduldig auf den Randstein. Sie hielt eine Ledertasche, die sich wie ein Geldbeutel aufklappen ließ, und trug einen nadelgestreiften Rock samt Jacke zu einer weißen Bluse mit einer dunkelroten Schleife als Schlips. Schlucker räkelten sich in der Sonne, fläzten auf den Bänken – Passagiere auf einem Kreuzfahrtschiff im ewigen Trockendock. Eine Dieseltante kreuzte die Szene, den Arm um den Hals eines schlaksigen, langhaarigen Mädchens geschlungen, den Bizeps angespannt, um eine kesse Tätowierung zur Schau zu stellen. Ich war zu weit weg, um sie lesen zu können, aber ich wußte, was sie besagte: Hart bis zum Gehtnichtmehr.

Noch immer keine Spur vom Zielobjekt. Ich war ihm drei Wochen lang ununterbrochen gefolgt, hatte jeden Schritt seiner Mittagspausenroute erfaßt. Der Kalligraph auf der Plane mußte der Mittelsmann sein – ihm galt der einzige Halt, den das Zielobjekt immer einlegte. Sachte ließ ich den Kopf auf dem Hals kreisen, lockerte die Verspannung, behielt aber die Straße im Blick. Im Schatten meines Zimmers unsichtbar, zündete ich mir eine weitere Zigarette an, schirmte das Streichholz ab, damit keiner die Flamme sah, und machte mich wieder ans Warten. Darin bin ich am besten.

2

Ich arbeitete in einem trostlosen Hotel, doch den Job hatte ich auf dem Rücksitz einer Limousine gekriegt. Der Kunde war ein Wall-Street-Anwalt. Er verkörperte die Rolle perfekt, hatte aber noch nicht genug Kilometer auf dem Tacho, um es so wirken zu lassen, als wäre es was Alltägliches für ihn, in einem Hunderttausend-Dollar-Taxi zu sitzen.

»Das hat ja eine ganze Weile gedauert, bis Sie sich bei mir meldeten, Mr. Burke«, sagte er, um einen Tonfall bemüht, der mir klarmachen sollte, daß er nicht der Mann war, der für gewöhnlich auf etwas, das er wollte, wartete. »Ich bat gestern morgen um Rückruf.«

Ich sagte gar nichts. Ich steh nicht im Telefonbuch. Erst muß man selber ein Telefon haben, bevor man sich dafür qualifiziert. Der Anwalt hatte bei einem der Münztelefone hinten in Mama Wongs Restaurant angerufen. Mama meldet sich immer auf dieselbe Weise: »Mr. Burke nich hier, okay?« Wenn der Anrufer sonst noch was sagt, weitere Fragen stellt, was auch immer – betet Mama bloß dieselbe Leier runter. Sagt sie es oft genug, kapiert der Anrufer die Kunde: Wenn dir das nicht paßt, dein Pech.

Der Anwalt probierte es mit einem weiteren Eisbrecher. »Meine Firma hat ein Problem, Mr. Burke, und man sagte mir, Sie könnten die ideale Person sein, um uns beizustehen.«

Ich zuckte leicht mit den Schultern, bedeutete ihm weiterzumachen. Er hatte es nicht eilig – das ist immer das Problem, wenn man den Jungs Stundenlohn zahlt.

»Gibt es einen besonderen Grund, weshalb wir uns hier draußen treffen mußten?« wollte er wissen, während er mit einer ungeduldig wischenden Handbewegung zum Hudson River gestikulierte. Er hatte eine hübsche Uhr. Nette Manschettenknöpfe.

»Wer hat Ihnen meine Nummer gegeben?« fuhr ich ihm in die Parade.

Der Anwalt schluckte seine Verärgerung, rief sich in Erinnerung, daß er nicht mit seinesgleichen sprach. Zeit, mich auf meinen Platz zu verweisen. »Muß ich noch mehr sagen als ›Mr. C.‹?« fragte er lächelnd.

»Ja«, sagte ich.

Er wirkte ehrlich verwirrt. Doch da er Anwalt war, konnte das nur zum Teil stimmen. »Ich dachte, das würde reichen. Man hat mir zu verstehen gegeben, daß eine Empfehlung durch Mr. C. alles wäre, was Sie verlangten.«

»Gib das Verstehen zurück, Junge. Und sag mir, wer dir meine Nummer gegeben hat.«

»Ich *sagte* es schon.«

»Wollen Sie sagen, Mr. C. hat mit *Ihnen* gesprochen?« fragte ich ihn, sein Gesicht im Auge behaltend.

»Von ihm kam die Nummer«, beantwortete er die Frage auf eine Art, wie es nur ein Anwalt kann.

»Schönen Tag noch«, sagte ich und langte nach dem Türgriff.

»Warten Sie!« blaffte er und legte mir die Hand auf den Ärmel.

»Das lassen Sie besser«, sagte ich ihm.

Seine Hand zuckte weg, und er suhlte sich wieder in seiner Ansprache. »Ich kann alles Notwendige erklären, Mr. Burke. Seien Sie bitte nicht ungeduldig.« Er änderte seine Stellung auf dem weichen, grauen Ledersitz, drückte auf einen Knopf und sah stolz zu, wie die getäfelte Wand zwischen uns und dem Fahrer aufging und eine gut bestückte Bar freilegte. »Darf ich Ihnen einen Drink anbieten?«

»Nein«, sagte ich und zog eine einzelne Zigarette aus meiner Jacke. Ich steckte sie mir in den Mund, langte mit derselben Hand nach einem Streichholz. Die andere Hand ließ ich in der Tasche, wo sie sich befand, seit ich in die Limousine gestiegen war. Auf ihn war die Geste verschwendet.

»Würde es Ihnen etwas ausmachen, das Fenster zu öffnen, wenn Sie rauchen?... Ich bin allergisch dagegen.«

Ich drückte auf einen Knopf, das Fenster säuselte runter, und der Verkehrslärm vom West Side Highway drang rein. Wir parkten in der Lücke zwischen der Vestry Street und der Stelle, wo sich der Highway bei der 14th Street gabelt. Autos kamen vorbei, aber keine Menschen. Die Limousine hatte mich an der Wall Street aufgelesen; ich sagte dem Anwalt, wo ich hin wollte, und er sagte es dem Fahrer.

Ich zündete die Zigarette an, inhalierte tief und beobachtete den Anwalt.

»Das wird Sie noch umbringen«, sagte er. Ein besorgter Bürger.

»Nein, wird's nicht«, versicherte ich ihm.

Er zuckte die Achseln, wollte mit der Geste ausdrücken, daß manche Leute eben jenseits aller Erziehung stünden. Er hatte recht, aber nicht in meinem Fall. Er versuchte es noch einmal: »Mr. C. ist ein Klient unserer Firma. Im Verlaufe des Gesprächs über... äh... unsere Belange deutete er an, daß

Sie für unsere augenblicklichen Zwecke besser geeignet sein könnten als einer der ... eher traditionellen privaten Ermittler.« Er strahlte mir ins Gesicht, wartete auf eine Reaktion. Als er begriff, daß er lange drauf warten konnte, schaltete er um und legte los: »Mr. C. gab uns gewisse ... äh ... Ihren Sinn für Diskretion betreffende *Versicherungen*, Mr. Burke.« Er ließ es wie eine Frage klingen.

Ich zog an meiner Zigarette. Die Brise durch das offene Fenster in meinem Rücken drückte den Rauch zu seinem allergischen Gesicht.

Der Anwalt zauberte eine lederne Aktenmappe auf seinen Schoß, klappte sie flink zu einem Minischreibpult auf, klopfte, damit ich ihm Aufmerksamkeit schenkte, mit der Spitze eines goldenen Kugelschreibers auf einen gelben Notizblock. »Ich schreibe am besten einfach eine Zahl nieder, Mr. Burke. Sie werfen einen kurzen Blick darauf, sagen mir, ob Sie interessiert sind.« Ohne auf eine Antwort zu warten, schrieb er langsam »10 000« in großen Ziffern. Ehrfurchtsvoll, als graviere er eine Steinplatte. Wieder hob er fragend die Augenbrauen.

»Für was?« fragte ich ihn.

»Unsere Firma hat ein ... äh ... *Vertrauens*problem, Mr. Burke. Wir haben eine ziemlich einzigartige Position inne, indem wir, wie wir sagen, eine Mittlerrolle zwischen geschäftlichen, finanziellen und juristischen Geschehnissen übernehmen. Gezwungenermaßen gehen Informationen über unseren Schreibtisch, um es so zu formulieren. Informationen, die kurzlebig, aber von ausgesprochen hohem Wert sind. Können Sie mir folgen?«

Ich nickte, doch der Anwalt hatte nicht vor, mich beim Wort zu nehmen. »Sind Sie sicher?«

»Yeah«, erwiderte ich, bereits gelangweilt. Yuppies haben das Insider-Geschäft nicht erfunden – Information ist für irgendwen immer irgendwas wert. Ich hatte schon auf dem

Drahtseil zwischen Gefängnis und Notaufnahme herumlaviert, als dieser Kerl noch arschgekrochen war, um seine Juristerei studieren zu dürfen. Der Anwalt kraulte sich am Kinn. Noch eine Geste. Sollte mir sagen, daß er eine Entscheidung traf. Er hatte nie etwas zu entscheiden gehabt, und wir beide wußten das.

»Jemand in unserer Firma zog ... Profit aus Informationen. Informationen, die uns in unserer Eigenschaft als Treuhänder zugegangen sind. Können Sie mir folgen?«

Ich nickte bloß, wartete.

»Wir wissen, wer diese Person ist. Und wir versicherten uns der Dienste der besten Fachleute, damit sie ein Auge auf diese Angelegenheit hätten. Spezialisten für Industriespionage. Leute, die in der Lage sind, Dinge zu überprüfen, die wir vor keinem Gericht würden darlegen mögen. Noch dran?«

»Sicher.«

»Wir wissen, wie gesagt, wer es ist. Doch wir waren bislang nicht in der Lage, ihn dingfest zu machen. Wir wissen nicht, wie er die Informationen transportiert. Und wir wissen nicht, an wen er sie weiterleitet.«

»Sie haben seine Bankkonten gecheckt, seine Post aufgemacht, sein Telefon angezapft ... all das, richtig?«

Nun war der Anwalt mit Nicken dran, wobei er seinen Kopf zögerlich zwei Zentimeter bewegte.

»Telegramme, Bürobesucher, Botengeier ...?«

Wieder nickte er, ohne zu lächeln.

»Wieviel Zeit hätte er vom Bezug der Informationen an bis zum Benutzen?«

»Ah, Sie verstehen es in der Tat, Mr. Burke. Das ist genau das Problem. Wir haben mit äußerst sensiblen Angelegenheiten zu tun. Nichts schwarz auf weiß. In einer normalen Insider-Geschäftssituation hätte der Profiteur ein Minimum von mehreren Tagen für seinen Zug zur Verfügung. Doch in unserer besonderen Situation müßte er innerhalb weniger Stunden aktiv werden – nicht länger als bis Geschäftsschluß am selben Tag, an dem die Information eingeht.«

»Und Sie hatten ihn für eine Weile jeden Tag unter Überwachung?«

Er nickte.

»Und haben 'ne Niete gezogen?«

Wieder nickte er.

»Haben Sie die *federales* verständigt?«

»Das entspräche in dieser Situation nicht ganz dem Ablauf, wie wir ihn uns vorstellen. Die Firma selbst hat ebenso ihre eigenen Interessen wie auch die Verpflichtung, die unserer Klienten zu schützen. Möglicherweise verstehen Sie einige Komplexitäten unserer Profession nicht...«

Ich schenkte ihm das einem Lächeln am nächsten Kommende, das ich je einem Bürger schenkte. Nie zuvor hatte ich gehört, daß das Geldwaschgeschäft eine Profession genannt wurde.

»Warum schmeißen Sie ihn nicht einfach raus?«

»Das können wir nicht. Er ist ein junger Mann mit sehr guten Verbindungen. Außerdem werden unsere Klienten einige feste Beweise seiner Schuld einfordern, bevor sie irgend etwas unternehmen. In dieser Beziehung waren sie sehr bestimmt, aus mancherlei Gründen.«

Sicher. Die »Klienten« wollten verdammt sichergehen, daß das Problem garantiert gelöst wurde. Menschen wie diese sind nur dann an der Wahrheit interessiert, wenn ein Fehler Geld kostet.

»Was wollen Sie von mir?«

»Wir möchten, daß Sie herausfinden, wie die Person die Information außer Haus schafft. Und wir möchten *Beweise*. Etwas, das wir unseren Klienten zeigen können.«

»Und er könnte sie zu keiner anderen Zeit als während der Geschäftsstunden weiterleiten?«

»Ja. Ohne jede Frage. Danach... wäre sie weder für ihn, noch für irgend jemand anderen von Wert.«

Ich zündete mir eine weitere Zigarette an, überdachte es. Es klang, als hätten sie den falschen Burschen. Vielleicht wollten ihnen die »Klienten« was anhängen. Vielleicht war der Anwalt derjenige, der die Klauerei besorgte. Es war nicht mein Problem. Das Geld schon. Ist es immer.

»Ich könnte ihn nur dann beobachten, wenn er das Gebäude verläßt, richtig?«

»Ja. Innerhalb des Gebäudes ist er völlig unter Kontrolle.«

»Ein Riese pro Tag. Bis ich rausfinde, wie er's macht, oder Sie mich zurückpfeifen. Noch mal zehn, wenn ich den Beweis für Sie kriege.«

»Mr. Burke, bei allem gebührenden Respekt, das ist der dreifache Satz, wie ihn die nobelsten Sicherheitsdienste fordern. Und Sie werden täglich nur ein paar Stunden arbeiten müssen.«

»Bar auf die Hand. Im voraus. Nichts Größeres als Fünfziger. Keine Seriennummern in Folge. Keine neuen Scheine«, sagte ich ihm. »Sie wissen ja, wie's geht.«

Der Anwalt blickte mich an, musterte zum ersten Mal, seit ich in die Limousine gestiegen war, mein Gesicht. »Was macht Sie so wertvoll?«

»Fragen Sie Mr. C.«, riet ich ihm.

Er senkte den Blick. »Wir würden Sie nicht jeden Tag benötigen. Nur an den Tagen, wenn etwas eingeht. Wir könnten Sie anrufen, sobald...«

»Nein.«

»Ich verstehe nicht.«

»Ich muß jeden Tag an dem Kerl dranbleiben, okay? Ich muß ihn kennen. Ich muß wissen, wann er sein Verhaltensmuster ändert. Sie brauchen mich nicht anzurufen, wenn die Informationen eingehn. Beobachte ich den Kerl lang genug, dann weiß ich's.«

»Das könnte Wochen dauern...«

Ich nickte zustimmend. »Vielleicht länger. Wer weiß? Wahrscheinlich krieg ich ihn sowieso nicht beim ersten Mal. Kommt drauf an, wann Sie was für ihn zum Verschieben haben.«

»Und Sie könnten ihn auch überhaupt nicht kriegen?«

»Und ich könnte ihn auch überhaupt nicht kriegen.«

Der Anwalt tat, als überdenke er es. Möglicherweise konnte er besser so tun, als wäre er ehrlich. »Wir müssen endlich damit beginnen. Heute ist Freitag – könnten Sie den Job am Montag übernehmen?«

»Sicher.«

»In Ordnung, Mr. Burke. Ich bin bereit, Ihnen sofort tausend Dollar in bar zu bezahlen. Für Ihre Arbeit am Montag. Im voraus, wie Sie verlangten. Wir werden einander jeden Abend treffen – Sie werden mir Bericht erstatten, und wir werden entscheiden, ob Sie fortfahren sollen.«

Ich schüttelte bloß den Kopf. Warum sie diesen Blödian schickten, wenn sie mit mir ins Geschäft kommen wollten, war mir ein Rätsel: Er war ein Hai in Nadelstreifen, aber er konnte niemanden beißen, der nicht ans Wasser ging.

»Haben Sie einen besseren Vorschlag?«

»Yeah, mein Junge. Hier 's mein Vorschlag. Sie geben mir zwanzigtausend Dollar, wie vereinbart. Okay? Das verschafft Ihnen zwanzig Tage, es sei denn, ich schaff es schneller. Schaff ich es *unter* zehn Tagen, kriegen Sie 'ne Rückzahlung. Springt in zwanzig Tagen nichts raus, treffen wir uns und schaun, was Sie machen wollen. Kapiert?«

»Das ist ungeheuerlich«, sagte der Anwalt, die Miene um einen halben Takt unsynchron mit den Worten. »Sie erwarten, daß ich einfach...«

»Das hier ödet mich an. Sie öden mich an. Wenn Mr. C. Sie wirklich hier rausgeschickt hat, damit Sie mit mir ins Geschäft kommen, haben Sie wenigstens zwanzig Lappen in dem hübschen Aktenkoffer hier. Und wenn Sie bloß ein scheißkleiner Botenjunge sind, dann gehn Sie zurück und sagen Ihrem Boß, daß er den falschen Mann geschickt hat.«

Da saß er und starrte. Ich zündete mir eine weitere Zigarette an. »Wenn die Kippe zu Ende ist, bin ich's auch«, sagte ich ihm und wartete.

Der Anwalt versuchte zu lächeln. »Ich bin kein Botenjunge«, sagte er und hielt den Kopf steif. Er öffnete ein anderes Fach in seinem Aktenkoffer. Das Geld war fein säuberlich gebündelt, eine Papierbanderole um die Fünfzig-Dollar-Scheine. Er zählte zwanzig kleine Bündel ab, schmiß sie verächtlich zwischen uns auf den breiten Sitz und ging sicher, daß ich sehen konnte, wieviel noch in dem Aktenkoffer übrig war.

Sollte mir sagen, daß sie auch mehr gezahlt hätten. Daß er zuletzt lachte.

»Kann ich Sie irgendwo absetzen?« feixte er.

Ich warf eine leere Zigarettenschachtel über die Schulter aus dem Fenster. »Trotzdem danke«, sagte ich dem Anwalt, während ich die Asche in die verschiedensten Taschen meines Überziehers stopfte, »ich rufe mir ein Taxi.«

Ein zerdelltes Lumumbataxi rollte neben die Limousine. Die rostige alte Karre war so versifft, daß man nicht mal durch die Fenster sehen konnte. Dem Anwalt klappte der Mund auf. Ich nickte ihm zu, verdrückte mich aus der Limousine und in die Taxe. Der Fahrer latschte aufs Pedal, und in einer Wolke schwarzen Qualms zogen wir davon.

3

Der Insider war noch einen halben Straßenzug entfernt, als ich ihn erspähte. Nach tagelangem Beobachten war ich auf ihn geeicht – allein durch die Art, wie er sich bewegte, konnte ich ihn aus einer Menschenmenge rauspikken. Er steuerte den Mittelsmann an, wie immer. Ich zoomte den Feldstecher auf die Hand des Mittelsmannes. Er arbeitete noch immer an seinen Listen, den Kopf konzentriert vornübergebeugt. Als der Insider dicht davorstand, stellte ich die Schärfe auf die drei Schalen ein und ließ den Blick von der, die die Stifte enthielt, rüber zur zweiten gleiten – der mit den Zigaretten. Ich pegelte mich auf die letzte Schüssel in dem Dreieck ein – die mit den Münzen. Nichts zu sehen. Die Ellbogen an die Brust gepreßt, atmete ich sachte durch die Nase.

Silber fiel in die Schale des Mittelsmannes. Ein paar Münzen. Und ein flach gefaltetes Stück Alufolie. Ich langte mit einer Hand hoch zum Rolladen und zog ihn mit einem Ruck runter. Ich ließ mich auf den Boden fallen und hob das Rollo einen Zentimeter, damit ich ohne Feldstecher rausgucken konnte.

Ein Bengel in einem gestreiften T-Shirt schoß auf einem Skateboard um die Ecke. Er verlor das Gleichgewicht und flog runter; das Skateboard machte sich selbständig und knallte gegen ein geparktes Auto. Der Bengel war auf den Sturz vorbereitet: Handschuhe an den Händen, dicke Polster schützten Ellbogen und Knie. Sein Kopf steckte unter einer weißen Plastikmaske – so wie sie Eishockeytorsteher tragen. Benommen rappelte er sich auf.

Dann prellte er vor, direkt auf den Mittelsmann, schnappte sich die Münzenschale mit beiden Händen und stob die Straße lang, die Schale dicht an der Brust. Der Mittelsmann wollte grade von seiner Plane aufspringen, als einer der Schlucker von hinten gegen ihn stolperte. Der lange, wallende Regenmantel des Schluckers versperrte mir größtenteils die Sicht, aber ich konnte erkennen, wie ihm der Mittelsmann einen Ellbogen in die Brust hieb, der ihn zurückschmiß. Der Schlucker klammerte sich haltsuchend an den Mittelsmann; sie gingen gemeinsam zu Boden. Der Mittelsmann kämpfte sich frei, hielt dann eine Sekunde inne und trat dem hilflosen Schlucker gegen die Brust.

Als er sich umdrehte, war der Bengel fort. Ich sah ein Lumumbataxi abdampfen, Richtung Fluß.

Der Mittelsmann schaute rundum, wußte, daß er zu spät dran war. Der Schlucker kroch davon, die Arme um die Brust geschlungen. Der Mittelsmann faßte die Ecken seiner Plane zusammen, hielt sie mit zwei Händen und ließ sie ein paarmal kreisen, bis er einen Sack hatte. Er warf sich den Sack über die Schulter und verdrückte sich zur U-Bahn.

Ich brauchte weniger als eine Minute, bis ich alles, was mir gehörte, in den abgewetzten Koffer geworfen hatte und aus der Tür war.

Ich trat durch die Seitentür auf die Chambers Street und ging durch den Park zurück. Die Straße war wieder genauso wie vor dem Knatsch. Sogar das Skateboard von dem Bengel war weg.

4

Mein Plymouth stand an einer der Baustellen an der West Street. Der Kerl, der es gebaut hatte, wollte das ultimative New Yorker Taxi herstellen, doch er starb, bevor er es fertig hatte. Ich warf meinen Koffer in den Kofferraum und startete den Motor. Die zweieinhalb Tonnen schwere, stumpfgraue Maschine sprang sofort an, wie immer. Ich drückte auf den Knopf, und das Fenster auf meiner Seite glitt runter. Zündete mir eine Zigarette an und fuhr davon, Richtung Pier.

Ich war zuerst da. Ich setzte zurück, bis die Stoßstange die Begrenzung des Piers berührte, schob ein Judy-Henske-Band in den Rekorder, hörte mir zum tausendsten Mal »If That Isn't Love« an. Wieder am Warten. Wenn Linda Ronstadt eine heiße Stimme hat, hat Henske einen Flammenwerfer.

Ein paar Jungs kamen vorbei, gingen Hand in Hand, redeten bloß miteinander. Ein überzüchteter Sonnyboy posierte vor einem aufgegebenen Auto. Ein Schwarzer legte letzte Hand an ein Ölgemälde vom Flußpanorama. Ein Mann mit dem Körperbau eines Teenagers, verspiegelte Sonnenbrille vor den Augen, um die Wahrheit zu verdecken, checkte auf Rollschuhen das Territorium ab. Die Huren beackerten diesen Pier nicht. Ein bestimmtes Zonenreglement, das der Stadtrat nie verstehen würde, reservierte ihn für die Schwulen.

Niemand näherte sich dem Plymouth. Ich war bei meiner dritten Kippe, und Judy Henske verteilte grade beidhändige Seelenhaken, als das Lumumbataxi im rechten Winkel zu mir zum Stehen kam, die Schnauze auf den Kofferraum des Plymouth gerichtet. Der Bengel sprang zuerst raus, die Torwartmaske war weg, und sein Kindergesicht strahlte vor Stolz.

»He, Burke!«

»Mach halblang!« sagte ich ihm, während ich aus dem Auto stieg.

»Hast du's gesehn? Es lief *perfekt*!« Er hüpfte rum, als hätte er grade sein erstes Tor in der U 16 geschossen. Für Terrys Begriffe kam Geld von der Straße zu klauen dem schon sehr nah.

Langsam entstieg der Maulwurf der Dunkelheit des Lumumbataxis. Er trug einen schmuddeligen Overall und einen schweren Werkzeuggürtel mit einem zusätzlichen Schulterriemen um die Taille. Irgendwas schimmerte auf seinen Colaflaschen-Brillengläsern – ich konnte nicht sagen, ob es die Sonne war. Er trat in den Schatten, wo unsere beiden Autos einander berührten, hockte sich auf den Boden und fummelte in seinem Lederranzen herum. Terry kauerte sich neben ihn, die Hand auf der Schulter des Maulwurfs, und versuchte in den Ranzen zu schielen. Die teigig-weißen

Hände des Maulwurfs wirkten mit ihren Wurstfingern viel zu unbeholfen, um die Lasche aufzubringen, doch er hatte das Feingefühl eines Gehirnchirurgen. Er zog die Folienscheibe raus, ließ sie mir in die Hand fallen und blickte fragend zu mir auf.

»Schaun wir mal«, sagte ich ihm und wickelte sie vorsichtig aus.

In feinsäuberlicher, fast schon pedantischer Handschrift standen die Worte »Maltrom, Ltd.« drauf. Nichts weiter. Ich brauchte nichts weiter.

»Gute Arbeit, Maulwurf«, sagte ich zu ihm.

Der Maulwurf grunzte.

»Hast du Max abgesetzt?«

Er grunzte erneut. Max der Stille hatte diesen Namen nicht deswegen gekriegt, weil er sich so leise bewegte. Als freiberuflicher mongolischer Krieger verdiente Max seine Brötchen mit Kurierdiensten, indem er bestimmte Dinge für einen gewissen Preis in der Stadt herumtransportierte. Sein Leben war die Bürgschaft. Er war zuverlässig wie Krebs und nicht annähernd so ungefährlich. Max war der Schlucker gewesen, der gegen den Mittelsmann gestolpert war. Er hatte den Tritt in die Rippen eingesteckt, obwohl er den Mittelsmann wie ein Streichholz hätte knicken können. Ein Profi.

Der Maulwurf hockte noch immer im Schatten. Der Bengel war neben ihm, wartete nun ruhig, wie man es ihm beigebracht hatte.

»Ich habe zirka 'ne Stunde Zeit«, sagte ich dem Maulwurf.

Er verzog das Gesicht – der Maulwurf hält das für ein Lächeln. »Willst du nicht erst deinen Makler anrufen?«

Ich habe keinen Makler. Ich kriege keine Post, und ich habe kein Telefon. Vielleicht stimmt es, daß man sie nicht austricksen kann – aber man muß deswegen nicht gleich mitmachen.

»Ich muß Michelle sehen«, meldete sich der Bengel.

Ich suchte den Blick des Maulwurfs, nickte.

»Gib ihr meinen Anteil«, sagte er.

5

Ich lenkte den Plymouth über den Highway und suchte mir einen Weg durch die Nebenstraßen von SoHo. Vorsichtig, wie bei allem, was ich mache.

Lily betreibt einen speziellen Laden, wo sie mit mißbrauchten Kindern arbeiten. Sie machen Einzel- und Gruppentherapie, und sie lehren Selbstverteidigung. Vielleicht ist es dasselbe.

Max' Frau arbeitet dort. Immaculata. Es ist noch nicht so lange her, daß sie drei Mistfinken davon abzuhalten versuchte, in der U-Bahn einen, wie sie glaubte, alten Mann anzugreifen. Der alte Mann war Max. Er erledigte die Finken wie eine Kettensäge ein Kleenex, ließ sie kaputt und blutig auf dem U-Bahnboden liegen und hielt um die Frau an, die für ihn eingetreten war. Vor ein paar Monaten war ihr Baby geboren – das Blut zweier Krieger in den Adern.

Terry beobachtete mich, ohne den Kopf zu wenden, arbeitete, wie wir's ihm beigebracht hatten. Doch er übte nur – er hatte keinen Schiß mehr. Als ich ihn das erste Mal zu mir ins Auto geholt hatte, war er der Mietknabe eines Luden gewesen. Wir hatten auf der Suche nach dem Bild eines anderen Bengels einen kleinen Schwindel eingefädelt. Danach hatten wir Michelle auf der Straße aufgelesen, damit sie auf Terry aufpaßte, während wir uns auf das Treffen mit seinem Louis vorbereiteten.

Ich zündete mir eine Zigarette an und dachte an jene Nacht zurück. »Willste eine?« fragte ich ihn.

»Michelle will nicht, daß ich rauche.«

»Ich sag's ihr nicht.«

Der Bengel hütete sich, den Anzünder am Armaturenbrett zu benutzen. Ich riß ein Streichholz an, hielt es ihm hin. Er nahm einen tiefen Zug. Wir hatten eine Abmachung.

Ich beobachtete ihn, wie er im Vorbeifahren die Straßen mit Blicken abgraste, ohne den Kopf zu bewegen.

Ich war während des Kriegs in Biafra gewesen. Gegen Ende war es schlimm geworden. Am Leben zu bleiben war alles gewesen. Kein Essen, kein Entkommen, wo man hinschaute Soldaten, Flugzeuge, die Tod und Schrecken verbreiteten – sie flogen so tief, daß man sie mit einer Flinte hätte treffen können. Falls man eine Flinte hatte. Sterben in vielerlei Gestalt. Einige schrien, einige liefen davon. Keiner gewann. Überall im Dschungel sah ich Kids wie Abfall rumliegen, die Gesichter bereits tot, abwartend. Ich hatte eine 9-mm-Pistole mit noch drei Schuß im Magazin, eine halbe Schachtel Zigaretten, eine Tasche voll Diamanten und fast hundert Riesen in Schweizer Franken. Einen Sack voller Biafra-Pfund ließ ich im Dschungel zurück. Zirka eine Million wert, falls Biafra den Krieg gewann. Es sah nicht danach aus, und einen Sack voller Geld aus einem geschlagenen Land zu schaffen, während man um sein Leben läuft, ist genau das, was man unter »totem Gewicht« versteht. Ich hab's nicht mal vergraben – ich hatte nicht vor wiederzukommen. Noch ein großes Los, das sich in Nichts aufgelöst hatte. Das Gewehrfeuer brach ab, und im Dschungel wurde es totenstill. Warten. Rechts von mir rannte eine junge Frau, ein Paar zerschlissene Männershorts am Leib, die ihr zu groß waren, jeder Atemzug ein Stöhnen. Ich hörte von irgendwoher ein Grunzen und schmiß mich zu Boden, die Pistole schußbereit. Ein verwundeter Soldat? Wenn er ein Gewehr hätte, könnte ich vielleicht einen Handel mit ihm machen. Es war ein kleiner Junge, zirka drei Jahre alt, ein winziger Kopf auf einem streichholzdürren Körper, der Bauch bereits angeschwollen, nackt. Allein. Jenseits aller Schrecken. Die Frau kam nicht mal außer Tritt; sie lud sich den Kleinen im Laufen auf, schob ihn hoch zu ihrem Hals und hielt ihn mit einer Hand fest. Falls sie es schaffte, hatte der Kleine eine neue Mutter.

Genau das hatte Michelle mit Terry getan.

6

Ich parkte ein paar Straßen weit weg. Wortlos liefen Terry und ich rüber zu Lilys Laden. Der Schwarze am Empfang hatte eine Hornbrille auf und las ein dickes Buch.

»Hey, Terry!«

»Hey, Sidney!« grüßte ihn der Bengel. »Sidney studiert Jura«, sagte er mir.

Irgendwie glaubte ich nicht, daß Sidney irgendwann einmal auf dem Rücksitz einer Limousine Geschäfte mit Kerlen wie mir aushandeln würde. »Is das dein Vater?« fragte er Terry. »Der, der dir all das elektronische Zeug beibringt?«

Das brachte den Bengel schier aus dem Häuschen. »Burke?« Das Denken stammte vom Maulwurf, aber das Lachen war von Michelle. Es sind nicht bloß die Chromosomen, die das Blut ausmachen.

Sidney winkte uns durch. Wir gingen über einen langen Korridor zu den Büros nach hinten. Die rechte Wand war völlig verglast. Auf der anderen Seite rannten, hüpften und schrien sich Kinder gruppenweise die Lunge aus dem Leib. Alles vertreten, von Kampfsportkursen in der einen Ecke bis zu einem närrischen Spiel, bei dem die Kids alles dransetzten, um über einen Haufen Kissen zu hechten. Nichts Außergewöhnliches.

Immaculata stürmte aus einem der hinteren Büros, das glänzende Haar offen, ein Klemmbrett in der einen Hand.

»Lily!« brüllte sie.

»Wir sind alle hier hinten«, tönte eine Stimme zurück.

Immaculata sah uns und wirbelte mit einer anmutigen Drehung herum; ihre langen Nägel trafen sich, als sie die Hände in Taillenhöhe faltete. Höflich verbeugte sie sich vor uns.

»Burke. Terry.«

»Mac.« Ich verbeugte mich meinerseits.

Auch Terry versuchte sich zu verbeugen, aber er war zu aufgeregt, um es hinzukriegen. »Ist Max da?«

»Max hat zu tun, Liebes.«

»Aber er *kommt* doch? Vielleicht später?«

Immaculatas Augen leuchteten auf, als sie lächelte. »Wer weiß?«

»Max ist der stärkste Mann auf der Welt!« sagte der Bengel, ohne einen Widerspruch zu dulden.

Immaculata verbeugte sich erneut. »Ist Stärke so wichtig? Erinnerst du dich, was man dich gelehrt hat?«

»Ja. Charakterstärke. Geistige Stärke.«

»Sehr gut«, verkündete die wunderschöne Frau, beugte sich nach vorn und gab Terry einen Kuß. »Und demnach ... ist Michelle stark?«

»Sie ist so tapfer.«

»Und der Maulwurf?«

»Michelle sagt, er ist der cleverste Mann auf der Welt. Genau das sagt sie.«

»Und Burke?«

Der Bengel wirkte zweifelnd, wartete.

»Ist Burke nicht so stark wie Max?«

Der Bengel schüttelte den Kopf.

»Oder so tapfer wie Michelle? So clever wie der Maulwurf?«

»Nein ...«, sagte Terry, um rechte Worte bemüht.

»Und wie überlebt er?«

Der Bengel wußte alles übers Überleben. »Er hat auch seine Stärken, richtig?«

»Richtig!« sagte Immaculata und gab ihm einen weiteren Kuß.

Der Bengel war im siebten Himmel. Mag sein, daß er nie eine Schule von innen sehen würde, es sei denn, bei einem Einbruch, aber wie viele Kids kommen schon dazu, bei einem erstklassigen Coup mitzumachen, mit einem Spinner rumzuziehen und noch am selben Tag von einer bezaubernden Frau geküßt zu werden?

»Komm schon«, sagte Immaculata und reichte ihm die Hand. Ich folgte ihnen den Flur entlang zu Lilys Büro.

7

Lily hockte am Bildschirm ihres sogenannten Computers und spielte, ein Baby auf dem Schoß, das sie mit dem Ellbogen abstützte, irgendein Videospiel. Über rosa Jeans trug sie einen Malerkittel; ihr Haar war zurückgebunden. Ihr ungeschminktes Gesicht wirkte teenagerhaft, lebhaft vor Hingabe, während sie das Baby im Rhythmus des auf dem Bildschirm durch ein Labyrinth rennenden Männchens auf dem Schoß hüpfen ließ. Michelle saß auf dem Schreibtisch, die Klassebeine übergeschlagen, und rauchte eine Zigarette in einem glänzend roten Mundstück.

Ihre Aufmachung bestand aus lauter schwarzweißen Dreiecken. Sogar ihr Nagellack war schwarz. Bei jeder normalen Dame hätte es nuttig ausgesehen. Bei Michelle war es pure Eleganz.

»Mutti!« brüllte Terry und raste zu ihr.

Michelle zog ihn an sich, drückte ihn und blickte ihm über die Schulter. »Kaum biste fünf Minuten bei Burke, und schon bleiben deine Manieren auf der Strecke.«

Terry gab ihr einen Kuß, lächelte dann, weil er wußte, daß sie nicht böse auf ihn war. »Ich hab Immaculata begrüßt«, sagte er.

»Und«

Der Bengel wandte sich an Lily. »Hallo, Lily.«

»Hi, Terry!«

»Hallo, Baby«, sagte er zu dem Kleinen auf ihrem Schoß.

»Das Baby hat einen Namen«, erinnerte ihn Immaculata sanft.

»Hallo, Flower«, sagte der Bengel, ergriff die winzige Hand und küßte sie.

Immaculata klatschte. »Seht ihr! Bei Burke lernt er gute Manieren.«

Michelle lachte. »Da wär er der erste.«

»Darf ich Flower halten?« fragte Terry Mac.

»Wie ich's dir gezeigt habe«, warnte sie ihn. Die Blicke sämtlicher weiblicher Wesen im Raum ruhten auf dem Bengel, doch der klemmte sich das Baby in die Armbeuge, setzte sich neben Michelle hin und schäkerte mit Flower, als hätte er sein Leben lang nichts anderes gemacht. Wie keiner es je mit ihm gemacht hatte.

Ich gab Michelle ein Augenzeichen. Sie kraulte Terrys Haare und glitt vom Tisch. Wir ließen ihn im Büro und gingen auf der Suche nach einem leeren Raum den Flur entlang.

8

Ein paar Türen weiter schlüpften wir in ein Kabuff. Ich hatte nicht viel Zeit.

»Der Maulwurf und ich haben grade was erledigt. Er sagte, du sollst seinen Anteil aufheben.«

Ich reichte ihr die Asche. Sie ließ ihre Tasche aufschnappen, teilte das Geld in zwei Stapel und verstaute es.

»Dänemark rückt näher, Schätzchen – für mein wahres Ich«, sagte sie und hauchte der Asche einen sanften Kuß zu. Solange ich sie kenne, redet Michelle von ihrer Operation. Sie hatte die Ganzkörper-Elektrolyse hinter sich, die Hormonspritzen, sogar die Silikoneinlagen in den Brüsten. Vor der psychologischen Beratung aber, auf der amerikanische Kliniken bestehen, bevor sie die völlige geschlechtsverändernde Operation durchführen, war sie zurückgeschreckt.

»Bringst du Terry zum Maulwurf zurück?«

Ich nickte, blickte auf die Uhr. »Geh und hol ihn«, sagte ich ihr.

Während ich auf sie wartete, wählte ich eine Nummer. Der Anwalt mit der Limousine ging beim ersten Läuten ran.

»Alles klar«, sagte ich ihm. Er wollte losbrabbeln. Ich fiel ihm ins Wort. »Kennen Sie die Vesey Street, dort, wo sie am World Trade Center vorbeigeht? Fahren Sie immerzu nach Westen, bis zum Fluß. Ich treffe Sie in fünfundvierzig Minuten.« Ich legte einfach auf.

Michelle kam den Flur entlang, hielt Terry an der Hand und rief Lily und Immaculata über die Schulter ein Aufwiedersehen zu.

9

Terry saß zwischen uns auf dem Vordersitz. Ich zündete mir eine Zigarette an. »Willste eine?« fragte ich ihn.

»Michelle will nicht, daß ich rauche«, sagte der Bengel, ohne daß sein Puttengesicht etwas preisgegeben hätte. Michelle gab ihm einen Kuß. Der Maulwurf brachte ihm die Wissenschaft bei, ich brachte ihm die Kunst bei.

»Ich muß 'nen Kerl treffen, Terry«, sagte ich ihm. »Du mußt in den Kofferraum, okay?«

»Sicher!«

»Und wenn ich fertig bin, bring ich dich zum Maulwurf zurück.«

»Ich kann nicht gleich zurück«, sagte er.

Ich blickte zu Michelle. »Warum nicht?« fragte ich ihn, auf ihre Augen konzentriert.

»Der Maulwurf sagt, er hat was zu erledigen. Irgendwo anders. Er sagt, du sollst mich nicht vor sechs zurückbringen!«

»Wie wär's, wenn ich dich zurück zu Lily bringe? Ich marschiere dann in ein paar Stunden wieder vorbei.«

»Warum kann ich nicht bei dir bleiben?«

Michelle tätschelte ihn. »Burke hat was zu erledigen, Schätzchen.«

Der Bengel war verletzt. »Ich erledige auch was. Ich helfe dem Maulwurf. Schon ganz oft.«

»Weiß ich doch, Schätzchen«, sagte sie. Ich warf dem Bengel einen warnenden Blick zu. Falls Michelle dachte, der Bengel helfe dem Maulwurf beim Drähteverlöten, sollte es mir recht sein.

Wir rollten in die Wall-Street-Schlucht, Michelles Anordnung folgend. Sie hatte auch hier unten Kundschaft. Ich steuerte an den Randstein.

Sie gab Terry einen weiteren Kuß und entschwebte dem Auto. Wir sahen ihr zu, wie sie im Gebäude verschwand.

Die Männer in Sichtweite drehten sich nach ihr um, glaubten, nie eine Frau mit so viel Stil gesehen zu haben. Früher hab ich mich immer gefragt, was die Männer dächten, wenn sie die Wahrheit wüßten, aber das mach ich nicht mehr. Der Mann, der auf sie wartete, kannte die Wahrheit.

10

Ich lenkte den Plymouth um die Ecke und ließ ihn weiterrollen, bis ich kurz hinter dem kleinen Park, wo sie die Horden zusammentreiben, die die Freiheitsstatue besichtigen wollen, eine Lücke entdeckte. Massenhaft Leute schaffen ihre Autos runter zum Fluß, um an ihnen rumzubasteln. Einige Jungs machten Ölwechsel, ließen Kühlwasser ab, motzten ihre Karren auf. Ich hielt an und ließ den Kofferraum aufspringen. Das Innere war mit einer Polsterung ausgeschlagen, wie sie Möbelpacker benutzen. Ein Stahlkasten in der einen Ecke verdeckte die Batterie; der Hundertachtzig-Liter-Tank nahm in etwa den halben Stauraum ein, aber es gab noch genug Platz, damit ein Mann bequem drin warten konnte. Eine Reihe halbzentimetergroßer Löcher war feinsäuberlich in den Deckel gestanzt. Ich zog das Stück Klebeband ab, damit Luft zirkulieren konnte. »Du weißt, wo alles ist?« fragte ich den Bengel.

Er schaute mich an, wie es der Maulwurf manchmal fertigbringt; seine Blicke glitten zu dem Kabel, mit dem sich der Kofferraum von innen öffnen ließ, so daß er rausspringen konnte. Er wußte, daß er bei Bedarf auch über den Rücksitz rauskommen konnte. Seitlich am Kofferraum waren zwei Literflaschen angeschraubt, eine gefüllt mit einer Wasser-Glukose-Lösung, die andere leer. Wenn er mußte, konnte es ein Mann hier ein paar Tage aushalten.

Ich zog eine dicke Rolle neonrotes Klebeband aus dem Kofferraum, pulte ein vorgeschnittenes Stück lose und reichte Terry das Ende. Er zog es stramm, und wir gingen vor zur Haube. Es saß perfekt. Ein weiteres Stück kam aufs Dach. Noch eins für den Kofferraum, und wir hatten einen schmucken Rallye-Streifen von vorn bis hinten. Terry nahm den Gummiwürfel, den ich ihm gereicht hatte, und glättete die kleinen Blasen unter dem Band, während ich einen Fuchsschwanz an der Antenne anbrachte und blaue Plastikblenden vor die Parkleuchten am Grill klemmte. Ich zog ein Paar andere Nummernschilder aus dem Kofferraum und schraubte sie über die vorher benutzten. In zehn Minuten hatten wir ein anderes Auto. Mit einer unauffindbaren Nummer.

Terry bettete sich rein und versicherte sich, daß er sein Butangasfeuerzeug dabei hatte. Michelle störte sich nicht dran, daß er das Feuerzeug besaß. Es war ein Geschenk vom

Maulwurf. Mit Napalm betankt. Der winzige Judenstern, den der Bengel an einer Kette um den Hals trug, schimmerte matt auf seiner bleichen Brust. Er war aus Stahl. »Sie brachen das Gold aus dem Mund unseres Volkes und machten daraus ihren bösen Zierrat«, hatte der Maulwurf einmal gesagt, als er ihn mir erklärte.

Der Bengel machte es sich bequem. Ich schloß die Klappe und stieg ein. Fahrplanmäßig.

11

Die Limousine war schon da, als ich hinkam. Ich parkte den Plymouth eine halbe Straße weiter und lief zu den schwarzgetönten Fenstern auf der Beifahrerseite, die Hände in den Taschen. Er mußte mich kommen gesehen haben. Die Tür schwang auf.

Ich reichte ihm die folienumwickelte Scheibe. Sah, wie er sie vorsichtig auspackte – und dabei sämtliche Fingerabdrücke verschmierte, die hätten draufsein können, wenn ich welche hinterlassen hätte. Er hielt das Papier von mir weg, damit ich keinen Blick auf den Zaubernamen werfen konnte. Seine Hände zitterten. Seine Zunge huschte über die Lippen. Er schaute auf den Fahrschein für die Karriereleiter.

»Das ist es«, sagte er. Ehrfürchtig.

»Gut. Geben Sie mir das Geld.«

»Sicher. Sicher …« sagte er fast geistesabwesend, langte in seinen Aktenkoffer und zählte es ab, diesmal ohne eine Zeremonie draus zu machen. Er reichte es mir, schaute nicht mal hin, als ich es in meiner Jackentasche versenkte.

Ich langte zum Türgriff. »Warten Sie einen Augenblick«, sagte er.

Ich wartete, die Hand um die Rolle Vierteldollarmünzen in meiner Tasche, schätzte die Entfernung zu dem Punkt just unterhalb seines Brustbeins, atmete durch die Nase, ruhig.

»Wie haben Sie das bekommen?«

»Das tut nichts zur Sache.«

»Ich bin bloß neugierig.«

Ich blickte ihm ins Gesicht, bis er mir in die Augen sah.

»Fragen Sie Mr. C.«, riet ich ihm.

Die Limousine zog davon, noch bevor ich drei Schritte zum Plymouth gegangen war.

12

Ich wußte nicht, ob der Anwalt nicht noch mehr Augen in der Nähe hatte. Daher fuhr ich langsam weg, und glitt dann durch das Labyrinth von Straßen parallel zum Fluß, bis wir ein paar Straßen weiter oben wieder zu den offenen Piers gelangten. Ich riß das Klebeband vom Auto, zog den Fuchsschwanz runter und hebelte die Parklichtblenden ab. Ich schmiß alles in den Kofferraum und langte dann hinein, um mir einen Schraubenzieher für die Schilder zu greifen. Terry rührte sich nicht, unsichtbar in der Dunkelheit. »Willst du bei Mama was essen?« fragte ich leise. Er klopfte einmal mit der Faust an den Benzintank. Ja.

13

Die unkenntliche Schnauze des Plymouth schob sich am Eingang von Mamas Restaurant vorbei, wodurch ich Gelegenheit bekam, die Nachrichten zu studieren. Mama benutzte drei identische Papierdrachen als Schaufensterschmuck: einen roten, einen weißen, einen blauen. Die Touristen hielten das für patriotisch. Nur der weiße Drachen stand im Fenster. Keine Bullen drin – auch ansonsten keinerlei Ärger.

Ich fuhr zur Hintergasse. Die Gassenmauern waren getüncht, die Mülltonnen ordentlich aufgereiht, die Deckel drauf. Ein Perserkater, groß wie ein Beagle, hockte oben auf einer Tonne und markierte sein Territorium. Ein paar fußgroße chinesische Schriftzeichen hoben sich klar von der weißen Wand ab. Max' Botschaft an jedermann, der auf die dumme Idee kommen und Mama um einen Beitrag zu seinem Lieblingsverein bitten könnte.

Ich ließ den Kofferraum aufschnappen, und Terry, der sich schüttelte wie ein frisch aus dem Wasser kommender Hund, stieg raus. Die Hintertür, in derselben Farbe wie das Gebäude bemalt, war aus Stahl. Man mußte genau hinsehen, um sie zu bemerken. Es gab keinen Türknauf. Ich stieß dagegen, und Terry folgte mir rein. Wir waren in der Küche. Eine Handvoll junger Asiaten war im Raum verteilt. Zwei schmissen mit beiden Händen Fleisch und Gemüse in einen Satz riesiger Woks, während ein dritter Mann umrührte, in jeder Hand ein flaches Holzgerät. Er pochte heftig auf den Rand eines Woks. Ein weiterer Mann trat vor, die Hände mit Lappen umwickelt. Er packte den Wok am Rand, kippte den Inhalt in einen Metalltopf und setzte den Wok auf einen anderen Brenner. Er goß ein Glas Wasser rein, schwenkte ihn herum, kippte das Wasser raus und stellte den sauberen Wok vor dem Koch hin. Handvollweise flogen Erbsenschoten, Wasserkastanien und irgendein rotes Zeug, das ich nicht kannte, in den leeren Wok. An der einen Wand dampfte ein Bottich mit Reis. Keiner der Arbeiter würdigte uns eines Blickes. In der Tür, die die Küche mit dem Restaurant verband, hockte ein fetter Mann; ein Wandteppich, groß wie ein Tischtuch, bedeckte seinen Schoß. Der Wandteppich ruhte auf einem Holzrahmen wie auf einem kleinen Tisch, so daß das Tuch bis zum Boden reichte. Die Augen des Fetten, zwischen Falten von Fleisch versunken, waren nicht besser zu sehen als seine Hände. Ich blieb vor ihm stehen, eine Hand auf Terrys Schulter, um ihm zu zeigen, daß er zu mir gehörte. Der Fette hielt den Kopf kerzengerade, er hatte uns im

Visier. Ich hetzte ihn nicht. Ich wußte, was er unter dem Teppichrahmen hielt. Schließlich kippte er den Kopf den Bruchteil eines Zentimeters. Okay. Wir gingen ins Restaurant.

Terry und ich nahmen meinen Tisch ganz hinten. Von einer jungen Frau und ihrer Verabredung abgesehen, war der Laden leer. Sie trug eine getönte Pilotenbrille, eine Perlenschnur über einem schwarzen Seiden-T-Shirt. Eine dürre, miesepetrige Frau mit Jackettkronen. Ihre Verabredung hatte einen kurzen, ordentlichen Haarschnitt. Den Braunton, den man sich kaufen kann, ohne dem Strand zu nahe zu kommen. Er sah aus wie ein Schaf, das tüchtig stemmen ging – stramme Haltung, stupide Augen. Sie stellte dem Kellner serienweise komplizierte Fragen, wie das Essen zubereitet würde. Er beantwortete jede Frage mit derselben kantonesischen Floskel, die er runterbetete wie eine Speisekarte mit einem einzigen Gericht drauf. So ging das ein paar Minuten lang, bis Mama von ihrem Stuhl vorn bei der Registrierkasse stieg und zu ihnen hinging. Sie trug ein flaschengrünes Seidenkleid, das bis hoch zum Mandarinkragen eng geschnitten war und von der Taille lose nach unten wallte. Das Haar hatte sie zu einem glänzenden Dutt nach hinten gestriegelt, das breitflächige Gesicht war ungeschminkt. Nur ein Blödmann würde versuchen, ihr Alter zu schätzen; nur ein Blödmann mit Selbstmordabsichten würde sie fragen.

Der Kellner trat beiseite, als sie nahte. Höflich verbeugte sie sich vor der Frau und ihrem Begleiter.

»Sie hab Frage?«

»Aber gewiß. Ich wollte von diesem Herrn *wissen*, ob Sie bei der Zubereitung Ihres Essens Glutamat verwenden. Unsere Diät erlaubt ...«

Mama fiel ihr ins Wort. »Oh, ja. Viel Glutamat. Nix Problem.«

»Sie verstehen mich nicht. Wir möchten keinerlei Geschmacksverstärker in unserem Essen. Glutamat verursacht ...«

»Glutamat in alle hier. Suppe, Gemüse, Fleisch. Spezial Zeug. Viel Glutamat.«

Die Frau seufzte verzweifelt. »Können Sie denn keinerlei Gerichte *ohne* Glutamat zubereiten?«

»Warum Sie das wolle? Glutamat in alle. Gut für Sie. Mach Ihr Blut hübsch dünn.«

Die Frau schaute ihre Verabredung mit gequälter Miene auf dem verhärmten Gesicht an. Ich zündete mir eine Zigarette an und blies den Rauch in ihre Richtung.

»Ich nehme doch an, Sie haben einen Nichtraucherbereich?«

»Sie woll Zigarette?« fragte Mama unschuldig.

»Nein. Wir möchten keine Zigaretten. Und wir möchten kein Glutamat. Ist das so schwer zu verstehen?«

Ihre Verabredung fühlte sich sichtlich unwohl, blieb aber ruhig.

»Jeder rauch hier. Sogar Köche rauch, okay? Viel Glutamat. Kein American Express.« Lächelnd blickte Mama sie an. »Nich für Sie, richtig?«

»Aber gewißlich nicht«, sagte die Frau und stieß den Stuhl zurück. »Komm, Robbie«, sagte sie zum Schaf.

»Ein schön Tag«, wünschte ihr Mama. Während sie rasch den Tisch abwischte, sah sie zu, wie die Frau und das Schaf aus der Vordertür gingen. Lächelnd blickte sie sich in ihrem leeren Restaurant um. Das Geschäft lief gut.

Ich rutschte aus der Nische, verbeugte mich vor Mama, als sie nahte. Terry sprang mit offenen Armen zu ihr hin. Mama verschränkte die Hände in der Taille, verbeugte sich vor dem Bengel. Das stoppte ihn, als wäre er gegen eine Wand gerannt, sein Gesicht völlig verwirrt.

»Ruhig. Beweg langsam, okay?« Sie lächelte zu ihm runter.

»Ich wollte doch bloß...«

»Du will Mama küssen?«

»Sicher!«

»Du sieh Burke küss Mama?«

»Nein...«

Mamas Gesicht war ruhig. Gesetzt. »Mama küß Babys, okay? Nich küß Mann.«

Terry starrte ihr ins Gesicht, sann drüber nach. Wußte ihrem Ton nach, daß er keine Angst zu haben brauchte. »Ich bin noch kein Mann«, sagte er.

»Was denn?«

Hilfesuchend blickte er zu mir. Ich blies Rauch aus der Nase. Ich kannte die Antwort nicht. Er probierte es auf eigene Faust. »Ein Junge?«

»Nur zwei Stück«, sagte Mama. »Baby oder Mann. Nich mehr Baby, Zeit, Mann zu sein.«

»Aber ich bin kein Mann, bevor ich dreizehn bin.«

»Wer sag das?«

»Der Maulwurf.«

Mama linste rüber zu mir. »Bar Mitzvah«, erklärte ich ihr, »'ne jüdische Zeremonie.«

»Gut. Nich *offiziell* Mann, bevor dreizehn, richtig?«

»Richtig«, sagte Terry.

»Fang jetz an«, sagte Mama und verbeugte sich erneut vor ihm. Fall abgeschlossen.

Terry verbeugte sich.

Mama setzte sich mir gegenüber. Terry wartete, sah daß keine weiteren Instruktionen zu erwarten waren, setzte sich ebenfalls. Mama sagte etwas zu dem Kellner. Er verschwand.

»Erst Suppe, okay?«

»Kann ich Bratreis haben?« wollte der Bengel wissen.

»Erst Suppe«, sagte Mama.

Der Kellner brachte eine dampfende Terrine mit Mamas

Sauerscharfsuppe. Drei kleine Porzellanschalen. Mama bediente Terry zuerst, dann mich. Dann sich. Ich drückte meinen Löffel auf das in der dunklen Brühe schwimmende Gemüse, lud erst die Flüssigkeit auf, hielt sie über die Schale und ließ sie abkühlen. Ich kostete davon. »Perfekt«, sagte ich. Es war die mindeste akzeptable Erwiderung.

Terry stieß den Löffel zu tief rein, häufte ihn voller Gemüse. Vorsichtig drehte er den Löffel um und leerte ihn wieder in die Schale. Versuchte es erneut. Kriegte es hin. Er schluckte die Portion, und die Tränen schossen ihm in die Augen. Sein kleines Gesicht wurde hellrot. »Das ist gut«, sagte er mit piepsiger Stimme.

Mama lächelte. »Spezialsuppe. Nich für Baby.«

Ich nahm einen weiteren Löffel voll, schluckte langsam. Ließ ihn runterflutschen, atmete durch die Nase. Terry beobachtete mich. Versuchte es wieder. Diesmal ein kleinerer Schluck.

Ich warf eine Handvoll harter Nudeln in meine Schale. Terry machte dasselbe. Er sah zu, wie ich die oberste Lage Flüssigkeit abschöpfte, die letzten Löffel mit dem Gemüse vermischte, nichts davon kaute, aber sachte durch die Nase atmete. Der Bengel machte es mir sofort nach.

Als meine Schale leer war, schöpfte Mama sie wieder voll. Terry folgte mir auf dem Fuß. Mama rief nach dem Kellner. Er nahm die Terrine weg. Kam mit einem gehäuften Teller Bratreis für Terry zurück. Der Teller war wunderhübsch – große Brocken geröstetes Schwein, Eigelb, Schalotten –, eine perfekte Pyramide, bei der jedes einzelne Reiskorn über dem anderen schwebte. Der Bengel kriegte leuchtende Augen. Ohne ein weiteres Wort fiel er drüber her. Ich genehmigte mir ein paar Gabeln voll, verbeugte mich dann in Anerkennung ihrer Künste vor Mama.

Terry hatte den riesigen Berg halbwegs nieder, als er zu Mama aufblickte.

»Was ist Glutamat?« wollte er wissen.

»Schlecht Zeug. Spezialsalz. Mach, daß schwach Essen schmeck stark, okay? Chemie. Schwindel. Nich gut für dich.«

Terry lächelte sie an, zählte eins und eins zusammen. »Kein Glutamat drin, richtig?«

Mama lächelte zurück. »Richtig.«

Ich zündete mir eine weitere Zigarette an. »Wie geht das Geschäft?« fragte ich sie.

»Immer gleich.«

Ich legte das Geld von dem Anwalt auf den Tisch. Teilte es in zwei Haufen. »Für Max«, sagte ich Mama und langte zum Geld. »Für die Bank«, sagte ich und langte zum andern Haufen. Mama würde das Geld für mich aufheben. Ihre Bank zahlte keine Zinsen. Im Gegenteil, sie nahm ihr Teil als Liegegeld. Aber ihre Bank war vierundzwanzig Stunden am Tag offen, und ich füllte nicht bei jeder Einzahlung einen Behördenwisch aus.

Mamas lange Finger zuckten schneller als die eines Croupiers über das Geld. Aus zwei Haufen wurden vier. Nacheinander deutete sie auf jeden. »Für Max. Für Bank. Für Mama. Für Baby.«

Ich nickte zustimmend. Ich wußte, daß in dem Haufen, den sie für Flower vorgesehen hatte, ein bißchen von meinem und ein bißchen von ihrem Geld war. Max wußte davon nichts – es ging ihn nichts an. Wann immer Mama Immaculata traf, hatte sie ein rosa Seidentäschchen in der Hand. »Für Baby«, war alles, was sie dazu sagte.

Hier unten, wo wir leben, ist jeder Tag ein Regentag.

14

Wir waren im Hinterzimmer, zwischen Restaurant und Küche, und warteten drauf, daß der Koch einen Haufen dicker Markknochen fertighackte und ein Freßpaket für mich schnürte. Terry war in der Küche und sah sich alles an. Ohne im Weg rumzustehen.

An der Wand standen drei Münztelefone in Reihe. Das am Ende klingelte. Mama schaute mich an. Ich nickte. Sie nahm den Hörer ab.

»Mr. Burke nich hier. Sie lassen Nachricht, okay?«

Den anderen Teil des Gesprächs konnte ich nicht hören. Mir war egal, was sie sagten – Mama hielt sich immer an die Vorlage.

»Nich hier, okay? Weiß nich. Vielleich heute. Vielleich nächste Woche. Sie lassen Nachricht?«

Mama lauschte. Schrieb etwas auf einen Papierfetzen. Hängte ein.

Sie reichte mir das Papier. Eine Telefonnummer, die ich nicht kannte.

»Frau. Junge Frau. Sag, du ruf diese Nummer vor neun heut abend.«

»Hat sie gesagt, was sie will?«

»Ein Job für dich.«

»Jemand, den wir kennen?«

»Ich Stimme nie zuvor hör. Frau sag, ihr Name is Belle.«

»Kenn ich nicht.«

Mama zuckte die Achseln. Verbeugte sich zum Abschied vor mir und Terry. Die Stahltür schloß sich hinter uns. Ich steuerte mit dem Plymouth nach Norden, zur Bronx.

15

Terry war auf dem Rückweg ruhig. Ich überließ ihn seinem Schweigen – ein Mann muß so was lernen. Wenn er älter wurde, würde ich ihm beibringen, auch mit dem Gesicht nichts mehr preiszugeben.

Ich störte das Schweigen weder mit dem Radio, noch mit meinen Bändern. Das Radio funktioniert, aber die Senderanzeige ist eigentlich bloß da, um den im Armaturenbrett eingebauten Polizeifunksucher zu kaschieren.

Und auf all meinen Bändern ist Blues.

Kids können keinen Blues singen; probieren sie es, dann klingt's falsch. Sie haben den Schmerz, aber nicht das Volumen.

Wir rollten über die Triboro in die Bronx. Der Bengel merkte auf, als ich einen Jeton in den Korb an der Spur für die passend abgezählte Maut schmiß. Lernte. Zieh keine Aufmerksamkeit auf dich. Als wir beim Schrottplatz aufkreuzten, beschrieb Terry mit dem Finger einen Kreis. Fahr zur Rückseite.

Der Hinterzaun bestand aus einem dickmaschigen, sturmfesten Drahtgeflecht mit drei gewundenen Streifen Natodraht auf der Krone. Alles war zweifarbig: abgasgrau und rostig.

Ein großer Hund, der dieselbe Farbe wie der Zaun hatte, aalte sich in einem letzten Flecken Spätnachmittagssonne. Sein Wolfsgesicht war teilnahmslos, als wir nahten, doch seine Ohren standen kerzengrade. Gelbe Augen musterten das Auto, den Blick auf das Ziel geheftet wie eine Rakete mit Thermosucher. Ein amerikanischer Schrottplatzhund. Der Beste einer Rasse, von der der Bund der Hundezüchter Amerikas nicht mal zu träumen wagte. Asphaltwolf.

Ich blieb parallel zum Zaun stehen, so daß der Hund direkt vor Terrys Tür hockte. Das Biest knurrte aus tiefster Kehle. Dunkle Gestalten bewegten sich hinter dem Zaun. Helles

Funkeln und weißes Blinken. Augen und Zähne, beides bereit.

»Sag dem Maulwurf, Michelle hat sein Geld.«

»Okay, Burke.«

Terry stieg aus dem Plymouth, drückte die Tür hinter sich zu. Lief hin zu dem Hund und redete leise auf ihn ein. Das Biest ging ihm entgegen. Terry blieb neben dem Hund stehen und kraulte ihn hinter dem Ohr. Weil ich wußte, daß sich der Hund nicht rühren würde, bevor ich es tat, lenkte ich das Auto eng im Kreis herum und fuhr dorthin zurück, wo ich hergekommen war. Als ich zurückschaute, war Terry auf allen vieren und folgte dem Hund durch ein in den Zaun geschnittenes Loch. Er mußte sich dazu drehen und winden.

16

Bis ich in die schmale Straße hinter der Papphülsenfabrik einbog, wo ich mein Büro habe, war es dunkel. Die Garage ist im Haus; man braucht bloß über den Gehsteig zu fahren. Als der Hausherr die Bude in Wohnlofts ummodelte, ließ er die alte Laderampe abtragen, wo früher immer die Laster hielten, weil er Platz für Schaufenster wollte. Die Garage, exakt am Ende einer Reihe kleiner Läden gelegen, hat nur Platz für ein Auto. Ich stieß rein, drückte auf den Schalter; das Tor schepperte runter, und ich stand im Dunkeln. Ich schloß das Auto ab und stieg die Eisentreppe vier Stockwerke nach oben, darauf bedacht, auf jedem Etagenabsatz leise aufzutreten. Die Türen schließen von außen, und ich lasse sie auch so. Am Ende eines jeden Flurs gibt's eine weitere Treppe. Falls es brennt, wissen die Bewohner, wohin sie müssen.

Als ich zum obersten Stock gelangte, sperrte ich die Flurtür auf und schloß sie wieder hinter mir. Sie sah aus wie eine nackte Wand.

An meiner Tür ist kein Schild. Mein Name steht nicht auf dem Stillen Portier unten. Soweit die Bewohner wissen, ist der vierte Stock dicht. Was größtenteils stimmt.

Ich habe keinen Vertrag. Ich zahle keine Miete. Vor ein paar Jahren machte der Sohn des Hausherrn etwas sehr Dummes. Der Hausherr ist ein reicher Mann, und er ließ die passende Summe am passenden Ort springen. Der Bengel hat einen neuen Namen, ein neues Gesicht und ein neues Leben. Idiotensicher. Bis ich ihn entdeckte. Ich hielt nicht Ausschau nach dem Frettchen, aber ich wußte, wer es tat. Sie tun's immer noch.

Es ist kein Zuhause, hier lebe ich zur Zeit. Wenn der Tag kommt, da ich gehen muß, werde ich mich nicht umsehen. Ich nehme alles mit, was ich brauche.

Und wenn ich weg bin, wird nicht mal ein Fingerabdruck übrigbleiben, mit dem sie was anstellen können.

17

Ich drehte den Schlüssel und hörte die Riegel zurückschnappen. Drei starre Riegel: einer im Stahlrahmen an der Seite, ein weiterer oben, der letzte direkt im Boden verankert. Der Flur ist zu schmal für eine Stoßramme. Bis irgendwer durch war, hätte ich Zeit genug für alles, was getan werden mußte.

Ein weiterer Schlüssel für den Türknauf. Ich drehte ihn zweimal nach rechts, einmal nach links und trat ein.

»Ich bin's, Pansy«, sagte ich zu dem mitten im Dunkeln Zimmer sitzenden Monstrum.

Das Monstrum gab ein Mittelding zwischen einem Schnurren und einem Knurren von sich. Ein neapolitanischer Mastiff, zirka 140 Pfund Muskeln und Knochen, oben drauf ein Kopf von der Größe einer Kanonenkugel, und auch in etwa so blöde. Pansy, so dunkel, daß sie fast schwarz war, verschmolz mit dem Zimmer wie ein boshafter Schatten, die Zähne bedeckt, die wäßrigkalten Augen unbewegt. Komplizierte Gedankengänge liegen Pansy nicht. Sie war sich nicht sicher, ob sie froh war, mich zu sehen, oder sauer, weil sie kein Fleisch zum Zerreißen kriegte. Dann roch sie das chinesische Essen, und die Sache war erledigt. Aus dem Knurren wurde ein Winseln, und der Sabber tropfte ihr vom Maul. Ich gab ihr das Handzeichen für »Sitzenbleiben!« und drückte auf den Lichtschalter.

Das Büro ist ein kleiner Raum. Ein Schreibtisch mit Blick auf die Tür, ein Stuhl dahinter, keiner davor. Keine Fenster. An der Wand eine Couch. Links gibt's eine weitere Tür, die zum Büro meiner Sekretärin führt. Die Tür ist getürkt. Die Sekretärin auch. Die andere Wand bedeckt eine Perserbrücke, die dem Iran nie näher als bis zur 14th Street gekommen war. Der Fußboden ist mit Astroturf belegt. Ich sagte meinem Innenausstatter, ich wollte pflegeleichte Postmoderne.

Ich zog die Brücke beiseite und trat in einen weiteren Raum, noch kleiner als das Büro. Eine winzige Dusche, die ich selbst installiert habe, in der einen Ecke Spüle und Toilette. In der anderen Kocher und Kühlschrank. Dazwischen ein Feldbett. Die Hintertür führt auf einen Treppenabsatz. Die Feuerleiter ist schon vor Jahren weggerostet.

Ich öffnete die Hintertür, rief Pansy und trat auf den Absatz raus. Sah den Hudson River seinen Schlamm nach Westen wälzen, während ich meiner Hündin den Kopf tätschelte, sobald sie neben mir stand. Drei Zimmer, mit Aussicht.

Pansy trottete an mir vorbei und stieg die Treppe zum Dach hoch. Sie setzt seit Jahren ihre Ladung dort oben ab. Auf dem Dach wächst Zeug, an das ich nicht mal zu denken wage.

Pansy kam wieder runter, als ich das Essen wegstellte, das

Mama mir eingepackt hatte. Ich zog einen großen Brocken geröstetes Schweinefleisch aus einem Behälter, hielt es vor sie hin. Jede Faser ihres dumpfen Hirns konzentrierte sich auf das Schwein. In ihrem einen Mundwinkel bildete sich ein Eiszapfen aus Rotz, doch sie rührte sich nicht. Sie würde das Essen nicht annehmen, bis sie das Zauberwort hörte. Man nennt das giftfest machen.

»Sprich!« brüllte ich und schmiß den Schweinebrocken in sanftem Bogen auf ihre Schnauze zu. Er hielt nicht länger vor wie das Versprechen eines Politikers. Ich probierte es mit einer großen, fetten Frühlingsrolle. Ein Mampfen, und Pansy schluckte voller Ekstase, während überall auf dem Boden Frühlingsrollenteile rumlagen. »Du bist 'ne Schlampe«, sagte ich ihr. Sie nickte glücklich.

Pansys Futternachschubsystem befindet sich an der Wand. Ein paar ausgehöhlte Bimssteinblöcke mit einem Vierzig-Pfund-Sack Hundetrockenfutter, der über dem einen aufgehängt ist, und eine mit der Spüle verbundene Röhre über dem anderen. Wenn eine Schüssel leer ist, stößt sie mit der Schnauze an die Röhre, und sie füllt sich wieder.

Ich schüttete drei Viertel von Mamas Mahlzeit in eine große Tonschale und sagte ihr, sie solle die Sau rauslassen. Sie begrub den Kopf bis über die Augen in dem dampfenden Matsch und machte Geräusche, die sich Stephan King nie träumen ließe. Ich schmiß ein paar Markknochen in einen Topf und stellte ihn zum Abkochen auf den Herd.

Ich ging rein an meinen Schreibtisch. Es war fast halb acht, und die Frau, mit der Mama gesprochen hatte, wollte, daß ich vor neun anrief. Ich hatte ein Telefon auf meinem Schreibtisch. Es klingelt nie, und ich kriege nie eine Rechnung von der Post – der Maulwurf hatte es an die Treuhand-Hippies angeklinkt, die unten wohnten. Ich konnte es frühmorgens benutzen, wenn die sensiblen Künstlerseelen sich noch von der Suche nach dem Licht am Ende des Marihuanatunnels erholten, den sie die Nacht zuvor erkundet hatten, sonst aber nicht.

Ich hatte das Telefon seit Jahren. Keine Probleme. Ich benutzte es niemals für Ferngespräche. Deswegen hat Gott für andere Leute Kreditkarten erschaffen.

Das Büro sah aus wie immer. Ich habe keine Klienten, die hier viel vorbeikommen. Der letzte war Flood. An dem Tag, da ich sie reinließ, stieg sie zu tief ein. Ich zündete mir eine Zigarette an, wollte nicht über die kleine, pummelige blonde Kopfjägerin nachdenken. Sie trat in mein Leben, kriegte, weswegen sie gekommen war, und mir blieb die Leere.

Ich wollte nicht über Flood nachdenken. Zu oft suchte sie mich im Schlaf heim. »Ich bin für dich, Burke«, kann ich sie immer noch sagen hören. So, wie nur eine Frau es sagen kann. Und es nur einmal sagt, wenn's die Wahrheit ist.

Sie war es.

Teil einer vollen Blüte, auf die ich noch immer wartete.

Ich zog los, meinen Anruf machen.

18

Beinahe acht, bis ich bei dem Münztelefon war, das ich wollte. Nah am Fluß, bloß ein paar Straßen von der Yuppie-Stadt weg, die die Planer auf Kosten eines Stücks vom Hudson gebaut hatten. In Blickweite der mistigen »Sicherheitsleuchten«, die die Hochhäuser flankieren, doch sicher im Meer der Dunkelheit.

Wie ich.

Ich mag keine unverhofften Anrufe. Meine Telefonnummer macht in der ganzen Stadt die Runde. Das Telefon ist unter Juan Rodriguez eingetragen, und die Adresse führt zum hintersten Ende eines Schrottplatzes. Der alte Mann, der ihn betreibt, schiebt mir alle zwei Wochen einen Lohnscheck rüber. Ich lös ihn ein und geb ihm das Geld zurück. Es macht mich zu einem Bürger – ich zahle meine Steuern, drücke die Sozialversicherung ab, all das. Ein bürgerlicher Name ist wichtig. Er öffnet das Tor zu all den feinen Sachen: ordentliche Adresse, Führerschein, Sozialversicherungskarte. Wegen dem FBI hab ich noch keine schlaflose Nacht verbracht, aber das Finanzamt kämpft mit härteren Bandagen. Ich besitze auch eine Geburtsurkunde. Sie ist so falsch, daß sogar ein Name des Vaters draufsteht.

Mein Ruf bei Mutter Post ist bestens. Versäume keine Einzahlung. Mache keinerlei R-Gespräche. Ich mache überhaupt keine Anrufe. Ruft irgendwer bei der Schrottplatznummer an, aktiviert er den Anruf-Diverter, den ich eingebaut habe. Statt dessen klingelt dann eines der Telefone bei Mama.

Ich schraubte die Sprechmuschel des Münztelefons ab und setzte eine flache Scheibe ein, die mir der Maulwurf mal gab. Sie verändert meine Stimme grade stark genug, um für den Fall, daß irgendwer mithört, die Geräte auszutricksen. Ich zog einen winzigen Kassettenrekorder aus dem Mantel und drückte auf den Schalter; die Hintergrundgeräusche einer Bowling-Bahn erfüllten die Zelle. Die Nummer hatte einen 718er Bezirks-Code. Brooklyn oder Queens. Ich warf einen Vierteldollar ein und wählte.

Sie ging beim dritten Läuten ran. Eine Jungmädchenstimme mit dem harten Rollen, das so lange nach Südstaaten klingt, bis man eine Zeitlang in Detroit zugebracht hat.

»Hallo?«

»Belle?«

»Wer 's dran?«

»Burke. Ich sollte zurückrufen.«

»Oh. Ich hätte nicht gedacht, daß es so schnell geht. Ich tu jemand einen Gefallen. Jemand, der mit Ihnen reden will.«

»Wer?«

»Das sag ich Ihnen lieber persönlich.«

»Sagen Sie's mir lieber am Telefon.«

»Das kann ich nicht. Ich hab's versprochen.«

»Was springt für mich raus?«

»Geld.«

»Wieviel Geld?«

»Kommt drauf an. Das müssen Sie mit ihm ausmachen. Ich hab bloß gesagt, daß ich mit Ihnen rede. Ihnen Bescheid sage. Sehe, ob Sie grundsätzlich interessiert sind.«

»Werden Sie bezahlt, egal, wie's ausgeht?«

»Ja.«

»Teilen Sie ihm mit, ich hätte nein gesagt, und stecken Sie das Geld ein.«

»Sie müssen mich ganz anhören. Es mir ins Gesicht sagen. Das ist der Deal.«

»Aber nicht *mein* Deal.«

Ihr Ton änderte sich, wurde eine Note tiefer. »Was *ist* Ihr Deal?«

»Zeit ist Geld. Meine Zeit ist Ihr Geld, okay?«

»Wieviel Geld?«

»Wieviel Zeit?«

»Fünfzehn Minuten.«

»Fünf Hunnis.«

»Das ist 'ne Menge Geld.«

Ich sagte gar nichts – Stille auf ihrer Seite, der Klang fallender Kegel auf meiner.

»Können wir uns treffen? Heut abend?«

»Ist er bei Ihnen?«

»Nein.«

»Woher wollen Sie wissen, daß er bei der Asche mitspielt?«

»Tu ich nicht. Ich muß ein paar Anrufe machen. Ich arbeite im ...«

»Ist mir wurscht, wo Sie arbeiten«, fiel ich ihr ins Wort.

»Tun Sie, was Sie tun müssen. Sprechen Sie mit dem Mann. Ich rufe Sie morgen früh an.«

»Nicht vor elf, okay? Ich komm spät heim.«

»Haben Sie ein Auto?«

»Ja.«

»Ich rufe Sie morgen an. Sag Ihnen, wo wir uns treffen können. Bringen Sie das Geld mit – und wir reden.«

»Danke«, sagte die Jungmädchenstimme, und sie unterbrach die Verbindung.

19

Als ich sie am nächsten Morgen anrief, klang ihre Stimme genauso. Nicht rauchig oder auf sexy gemacht. Kurzatmig.

»Ich hab grünes Licht.«

»Und das Geld?«

»Ja.«

»Was für ein Auto fahren Sie?«

»Einen Camaro. Einen roten. Mit Targaverdeck.«

»Kennen Sie die Metropolitan Avenue?«

»In Queens? Bei den Friedhöfen?«

»Yeah. Halten Sie sich westlich. Wie wenn Sie in die Stadt fahren, okay? Bleiben Sie einfach drauf, bis sie rüber nach Brooklyn geht. Da kommt eine kleine Klappbrücke. Fahren Sie über die Brücke und halten Sie Ausschau nach einer Tankstelle auf der rechten Seite. Fahren Sie einfach vor den Säulen vor – dort treff ich Sie.«

»Welche Zeit?«

»Um drei.«

»Wie erkenn ich Sie?«

»Ich bin der Mann, der nach dem Geld fragt.«

20

Aus Manhattan raus nahm ich die Delancey Street Bridge, dann schlug ich einen Haken rückwärts zur Metropolitan Avenue. Ich zog an der Tankstelle vorbei. Nachmittags um zwei sah sie aus wie immer – ein Schlucker, der in der Sonne schlief, neben sich eine Papiertüte, aus der eine leere Flasche T-Bird ragte. Ein Paar rotbraune Hunde, die nie jemandem gehört hatten, strich über die leere Betonfläche – nichts als Haut und Knochen auf Futtersuche. Ein Schwarzer in einem Wintermantel, einen ausgefransten Cowboy-Hut auf dem Kopf, der einen Einkaufswagen voller Dosen und Flaschen vor sich herschob und die Einfahrten nach weiterer Beute abcheckte. Grauer Staub von der Betonfabrik auf der anderen Seite der Klappbrücke überzog alles. Die Sonne knallte runter. Der Schlucker lag im Schatten – er schlief schon eine ganze Weile.

Ich parkte den Plymouth ein paar Straßen entfernt, mit dem Heck zu einem metallisch wirkenden Wasserarm, auf dem die Erzkähne unter der Klappbrücke durchdampfen. Ich brauchte weniger als fünf Minuten, bis ich wieder an der Tankstelle war. Ich suchte mir ein bequemes Plätzchen an der Wand, hockte mich hin und wartete.

Aufmerksam strichen die dürren Hunde umher. Ich langte in die Papiertüte neben mir und holte ein Stück Käse raus. Ich wickelte es langsam aus, beobachtete sie unter der Krempe meines verbeulten Filzhuts. Ich schmiß ihnen den Käse in sanftem Bogen zu, damit sie wußten, daß es nichts Bedrohliches war. Der größere Hund ging hin, beschnüffelte ihn rasch und nahm ihn ins Maul. Langsam kauend zog er ab. Ich wickelte ein weiteres Stück aus, schmiß es wie vorher. Der Partner des großen Hundes fegte hin, schnappte es sich und verzog sich dahin, wo der andere stand.

Ich zündete mir eine Zigarette an, sah die Hunde in die Luft schnüffeln und versuchte es ebenfalls. Von dort, wo ich saß, konnte ich keinen übersehen, der sich der Tankstelle auch nur näherte. Wegen eventueller Kunden sorgte ich mich nicht – der einzige Sprit vor Ort war in der Plastikflasche in meiner Papiertüte.

Fast eine Stunde verging. Ich hatte etliche Kippen hinter mir, und die Hunde hatten meinen Käsenachschub aufgezehrt. Sie würden nie so nah rankommen, daß ich sie anfassen könnte, aber der große Kerl hockte zirka zehn Schritt weg und beobachtete mich, sein Partner hatte sich neben ihm langgemacht.

Ich war völlig im Schatten, als der rote Camaro vor den Zapfsäulen hielt. Die Fenster waren runter. Eine Frau auf dem Vordersitz. Sie stellte den Motor ab. Die Hunde verließen mich und trotteten zum Auto rüber. Auf der Metropolitan rumpelten Laster vorbei.

Sie stieg aus dem Auto. Eine große Frau. Krem- und honigfarbenes Haar, in Schulterhöhe gekappt, Fransen über die ganze Stirn bis auf die Augen. Sie trug ein pfirsichfarbenes Sweatshirt und eine weite, weiße Hose. Die Hände in der Hüfte, drehte sie sich einmal im Kreis, als mustere sie die Gegend.

Leise erhob ich mich und ging hin zu ihr. Sie sah mich kommen, einen Schlucker mit einer Papiertüte in der einen Hand. Sie hielt die Stellung.

»Hallo, Belle«, sagte ich.

»Sie sind Burke?«

Ich nickte, achtete dabei auf ihre Augen, um zu sehen, ob sie ihrerseits Gesellschaft erwartete. Ihre Augen waren klein, dunkel und standen eng beieinander. Ihr Gesicht war rund, glatt – unausgeprägt, abgesehen von dem winzigen, energischen Kinn. Sie war so groß wie ich, an Schultern und Hüften breiter. Ich blickte auf ihre Füße. Weiße Turnschuhe, klein, wie ihre Hände. Keine Uhr. Keine Ringe.

Der Rücksitz des Camaro war leer. »Würden Sie den Kofferraum öffnen?« bat ich sie.

»Warum?«

»Ich will nachschaun, ob Sie ein Reserverad haben.«

Sie neigte den Kopf, als verstünde sie. Beugte sich ins Auto, um die Schlüssel aus dem Zündschloß zu ziehen. Ihr Hintern spannte sich unter der weiten, weißen Hose. Sie reichte mir die Schlüssel. Der Kofferraum enthielt nur einen blauen Kulturbeutel.

Ich bedeutete ihr einzusteigen, klemmte mich ans Steuer und ließ den Motor an. Sie ging vorn ums Auto rum, öffnete die Beifahrertür, kehrte mir den Rücken zu, schwang den Hintern rein und ließ sich auf den Sitz plumpsen. Zog die Beine rein und schloß die Tür. Sie füllte den Sitz aus. Saß da, die winzigen Hände im Schoß. Wartete.

Ich fuhr ein paar Minuten ziellos durch die Gegend. Nichts Ungewöhnliches. Als ich zum zweitenmal an der Stelle vorbeikam, wo ich den Plymouth geparkt hatte, blieb ich neben ihm stehen, die Schnauze zum Wasser. Ich stieg aus, ging hinten ums Auto rum, lehnte mich an den Kofferraum. Belle folgte mir. Stand neben mir. Nahm die Hände zurück, legte sie auf den Kofferraum. Stützte sich ab. Der Kofferraum bockte ein paarmal unter ihrem Gewicht. So sie das heiße Metall am Hintern brannte, ließ sie es sich nicht anmerken.

»Der Mann, der Sie sprechen möchte ...«

Ich hob die Hand wie ein Verkehrspolizist. »Wir hatten einen Deal.«

Sie schob ihr Sweatshirt hoch. Ein Haufen Scheine steckte in ihrem Hosenbund. Grün auf milchig. Sie zog das Bündel Scheine raus, reichte es mir. Lauter Fünfziger. Zehn Stück. Gebrauchte. Ich stopfte sie in meine Hemdtasche.

»Fünfzehn Minuten«, sagte ich ihr.

»Es geht um einen Mann, der Sie sprechen möchte. Er möchte nicht, daß Sie was Falsches denken.«

»Hat der Mann 'nen Namen?«

Ich musterte ihr Profil. Ihre Nase war kaum mehr als ein Hubbel – verloren in ihrem breiten, runden Gesicht. Ein Schweißtropfen rann ihr die Backe runter. »Marques Dupree«, sagte sie.

Ich nahm einen Zug von meiner Zigarette. »Ich habe schon was Falsches gedacht«, sagte ich ihr.

»Sie sagten, Sie würden mich ganz anhören.«

Ich zog ein weiteres Mal.

»Er hat ein Problem. Ein großes Problem. Er sagt, Sie wären der Mann, der ihm helfen könnte – Sie wüßten, was zu tun ist.«

»Ich weiß, was zu tun ist. Warum sollte ich aber?«

»Er sagt, es geht um etwas, was Sie tun möchten.«

»Wissen Sie, worum's geht?«

»Nein.«

»Und was gibt's dann zu reden?«

»Marques will sich mit Ihnen treffen. Er sagt, Sie würden nicht kommen, wenn er anruft.«

»Er hat recht.«

»Er schickt mich, um Ihnen zu zeigen, daß er sauber ist. Es ist ein Job, okay? Das ist alles.«

»Ich arbeite nicht für Marques.«

»Hat er auch gesagt, daß Sie das sagen würden. Er will nichts weiter, als daß Sie sich mit ihm treffen.«

Ich biß auf die Zigarette, dachte nach. Marques stellte das hier richtig an. Er wäre nicht so blöde, mich einfach damit zu überrollen – dazu hatte er nicht genug Masse. Wenn Marques zu mir kam, mußte er echten Ärger haben.

»Sind Sie eins von seinen Mädchen?« fragte ich sie.

Ihr winziges Kinn fuhr hoch. Sie wandte mir das ganze Gesicht zu. Ihre eng beieinandersitzenden Augen waren fast schwarz; ich konnte keine Pupillen erkennen. »Ich bin keine Hure.« Sie war nicht böse – stellte es bloß klar.

»Und warum tun Sie das hier?«

Sie streckte eine Hand aus, tippte auf meine Hemdtasche. Wo das Geld war.

»Ich denke drüber nach, okay? Wie kann ich Sie erreichen?«

»Mich?«

»Yeah. Sie. Ich *weiß*, wie ich Marques erreichen kann.«

»Ich arbeite im The Satellite Dish. Draußen beim John F. Kennedy.«

»Das ist 'n Strip-Schuppen«, sagte ich.

Irgendwas mußte sie mir am Gesicht angesehen haben. Ihr winziger Rosenknospenmund verzog sich zu einem flinken Kuß. »Halten Sie mich für überqualifiziert?«

Ich zuckte die Achseln.

»Ich arbeite jede Nacht außer Dienstag.«

Ich faßte sie am Handgelenk. Sachte, ich wollte sie nicht ablenken. »Sagen Sie Marques, er soll mich nicht anrufen. Falls ich ihn treffen will, komme ich und sag's erst Ihnen.«

»Und wenn Sie ihn nicht treffen wollen?«

»Dann will ich nicht«, sagte ich ihr, geleitete sie zum Fahrersitz und bedeutete ihr abzuhauen.

Ich setzte mich in die entgegengesetzte Richtung in Marsch. Der Camaro zog davon. Ich sah ihr über die Schulter nach, als sie um die Ecke bog; dann ging ich zum Plymouth zurück.

21

Das Lagerhaus nahe der Division Street in Chinatown sah aus wie immer. Leer. Verlassen. Ich stieß rein, stellte den Motor ab. Wartete. Als ich hinter mir eine Tür zugehen hörte, wußte ich, daß Max zu Hause war.

Das Lagerhaus war mit düsteren Schatten ausgestattet. Ich folgte Max über die Hintertreppe zum ersten Stock. Normalerweise ging er zum Hinterzimmer, wo wir unser lebenslanges Rommé-Spiel laufen haben. Nicht heute. Max hielt am Absatz inne. Sein Tempel war oben. Der Dojo, wo er trainierte, der Teakholzboden mit der weißen Begrenzungslinie. Der heilige Ort, wo Flood auf einen Freak getroffen war, der sich die Cobra nannte. Die Todesstätte.

Immaculata saß auf einem niedrigen Stuhl in der Ecke des weißen Raumes. Den Ellbogen auf einem schwarzen Lacktisch voller Bücher und Papiere. Das Baby, nur mit einer Windel bekleidet, saß ihr gegenüber. Es machte ein ernstes Gesicht, während es seiner Mutter bei der Arbeit zusah. Ein Hirnholztisch zog sich die ganze Wand entlang, an jedem Ende standen Lehnstühle aus Hartholz. Max deutete auf einen. Als ich mich hinsetzte, legte Immaculata ihre Notizen beiseite und erhob sich.

»Hallo, Burke.«

»Hi, Mac. Wie geht's Flower?«

»Sie ist ein tolles Kind«, sagte Mac, als würde sie sämtliche anderen Möglichkeiten in Betracht ziehen. »Tee?«

»Danke«, sagte ich; ich wußte, was sie meinte.

Mac wollte ins Nebenzimmer laufen. Das Baby gab ein Geräusch von sich, gar nicht mal ein Schreien, vielleicht eine Frage. Mac kniete sich neben ihr Kind, sie sprach leise, aber eindringlich wie Stahl. »Mutter kommt wieder, mein Schatz. Kommt *immer* wieder, ja? Läßt dich *nie* allein.« Sie küßte die Kleine feierlich auf die Stirn. Winkte dem Kind zum Abschied zu. Wieder und immer wieder, geduldig, bis auch das Kind die Hand bewegte. »Kluges Baby!« Immaculata klatschte.

Ich nahm eine Zigarette raus, hob sie hoch, um Max zu fragen, ob es okay wäre, im Beisein des Kindes zu rauchen.

Max deutete auf den eßtellergroßen Aschenbecher, außen Aluminium, innen glasierter Ton. Er zündete sich selber eine Zigarette an, blies den Rauch zur Decke. Breitete die Arme aus, was heißen sollte, daß alle Welt rauchte und das Baby nicht sein ganzes Leben im Haus zubringen könnte.

Immaculata kam wieder rein. Sie trug eine Teekanne mit zwei Tassen, ein Glas eiskaltes Ginger-Ale für mich. »Ich habe deine Post«, sagte sie und reichte mir einen Stapel Briefe. Ich habe ein Postfach drüben in Jersey. Einer von Mamas Fahrern leert es etwa alle zwei Wochen für mich, deponiert die Briefe in Mamas Keller. Max holt sie ab, wenn er dazu kommt, und hebt sie für mich auf. Ich blätterte sie durch. Nichts aus Japan. Nichts von Flood. Ich steckte sie in die Jacke.

Immaculata zog sich einen Stuhl ran, setzte sich zu uns, ein Auge auf ihrem Kind. Flower brabbelte fröhlich vor sich hin. Es klang wie Gesang.

Max hielt einen Finger hoch, suchte Blickkontakt mit mir. Paß auf.

Geräuschlos erhob er sich von seinem Stuhl und kauerte sich hinter das Baby. Plötzlich knallte er die Hände zusammen. Es klang wie ein Schuß. Das Baby fuhr zusammen, versuchte den Kopf in Richtung des Geräuschs zu drehen. Max zerrte sie hoch, hielt sie an seine Brust, schmiegte sich an sie, seine schwieligen Hände nun sanft wie ein Wattebausch. Die winzigen Kinderhände tasteten – stießen auf einen seiner Finger, packten zu und hielten fest.

Max trug das Baby wieder zu seinem Stuhl, setzte es sich auf den Schoß. Lächelte.

Immaculata, die Hände in den Hüften, stand da und beobachtete ihn. »Max!« fuhr sie ihn an und stampfte mit dem Fuß auf. Er ignorierte sie, achtete nur auf mich.

Immaculata seufzte. »Als ich schwanger war, hat er das die ganze Zeit gemacht. Er sagte, das Baby könnte ihn hören. Sobald sie auf der Welt war, mußte jeder leise sein. Er hat gewartet, bis sie saugte... Dann hat er in die Hände geklatscht, genau wie jetzt. Als sie sich gerührt hat – als sie ihn hörte –, habe ich gedacht, er würde platzen. So glücklich war er.«

»Sie hat seine Stimme erkannt«, sagte ich.

»Sicher. Genau *das* hat er gesagt.«

»Was sollte es sonst sein?«

»Ich glaube« – sie schaute zu ihrem Mann – »ich glaube, er hatte Angst, unser Kind könnte taub geboren werden.«

»Ist Max taub geboren?«

»Ich habe ihn nie gefragt«, sagte sie mit warnendem Unterton.

Er war mein Bruder. Ich hatte mir das Recht, es zu wissen, verdient. In einer Gefängniszelle verdient. Ich deutete auf Max. Machte eine Geste, als würde ich ein Kind wiegen. Deutete wieder auf ihn. Auf mein Ohr.

Sein Gesicht wurde hart, die Augen geschlitzt, der Mund ein grader Strich. Er schüttelte den Kopf. Nein.

Ich öffnete meine Hände. »Wie?«

Max hob das Baby sanft auf, trug es zurück, setzte es ab. Küßte es. Er stand zwischen Immaculata und mir. Deutete wieder auf sich. Er hieb mit der Faust so rasch in die andere Hand, daß ich nur die Leuchtspur sehen konnte. Ein scharfer Knall. Er deutete auf sein Ohr. Hielt die Hand in Schenkelhöhe. Ein kleines Kind. Seine Hand wurde zur Klaue, packte etwas, hob es vom Boden hoch. Warf es an die Wand. Ging davon. Deutete wieder auf sich.

Er war nicht taub geboren.

Ich klopfte mir zweimal ans Herz, neigte den Kopf. Meine Augen fühlten sich komisch an.

Max deutete auf Flower, die am Boden mit sich spielte. Langte mit der Hand über den Tisch. Immaculata legte ihre Hand in die seine. Er machte mit Daumen und Zeigefinger einen Kreis. Okay, okay jetzt.

Jawohl. Er war einsame Spitze.

Ich nahm einen Schluck Ginger-Ale. Zündete mir eine weitere Kippe an. Ich hielt die Handflächen dicht aneinander, ohne daß sie sich berührten. Ein Treffen.

Max machte dasselbe. Aus Händen wurden Fäuste.

Ich zuckte die Achsel. Vielleicht. Wer wußte das schon?

Ich deutete auf ihn. Auf mich. Winkte mit ausgestrecktem Finger. Ein Treffen draußen. Auf der Straße.

Er warf mir einen fragenden Blick zu.

Ich rieb die ersten beiden Finger und den Daumen aneinander. Geld. Vielleicht ein Job.

Zischend inhalierte Max durch die Nase.

Ich schüttelte den Kopf. Kein Kokain. Ich machte das Zeichen für eine Spritze in den Arm setzen. Schüttelte wieder den Kopf. Kein Heroin. Führte einen imaginären Joint zum Mund, inhalierte dreimal hastig. Schüttelte wieder den Kopf. Kein Marihuana.

Max zog einen Dollar aus der Hosentasche. Hielt drei Finger hoch.

Wieder schüttelte ich den Kopf. Keine Blüten.

Immaculata beobachtete uns wie ein Zuschauer bei einem Tennismatch. Wartete auf die Pointe.

Max streckte einen Finger aus, hob den Daumen wie einen Revolverhahn. Wieder bedeutete ich ihm Nein. Keine Knarren. Ich wedelte mit den Fingern in der Luft, malte eine Sanduhr. Frauen.

Sein Gesicht wurde wieder hart, während er die Hand in Brusthöhe hielt – er fragte.

Ich legte mir die offene Hand wie zum Gruß an die Stirn, nahm für ihn Maß. Keine Kids. Ich machte eine Geste, als würde ich mit jemandem reden, verhandeln. Zeigte ihm die Hände, die Geld übergaben. Ich holte ein bißchen Asche aus der Hosentasche, legte sie auf den Tisch. Machte einen großen Stapel und legte einen einzelnen Schein zur Seite. Steckte den Stapel ein. Schob den übriggebliebenen Schein nach links über den Tisch. Machte wieder das Zeichen für Sanduhr. Ihr Anteil.

Max beschrieb mit den Händen einen Kreis um seinen Kopf, klappte eine Hutkrempe vorn runter.

Ich nickte. Ein Zuhälter.

Max lächelte. Er machte eine Geste, als nehme er eine Armbanduhr ab. Als ziehe er Ringe von den Fingern. Griff in sein Hemd, nach der Brieftasche.

Ich schüttelte den Kopf. Kein Ausnehmen. Kein Aufmischen. Wieder hielt ich die Handflächen dicht aneinander, ohne daß sie sich berührten. Bloß ein Treffen. Okay?

Er nickte.

Ich deutete auf meine Uhr. Machte eine »Weiß-ich-nicht«-Geste. Ich würde ihn wissen lassen, wenn es losging.

Das Baby schrie. Immaculata ging hin zu ihr, hob sie hoch und setzte sie sich zum Stillen auf den Schoß. Ich verbeugte mich vor Max, vor Immaculata, vor dem Baby meines Bruders.

Ich dachte an Flood, während ich die Treppe zu meinem Auto runterstieg. Zurück zum Alleinsein.

22

Im Büro zurück, ging ich die Post durch. Das übliche Zeug. Mißgeburten, die sich auf meine Anzeigen bezüglich Möglichkeiten »für qualifizierte Abenteurer südlich der Grenze« meldeten. Heutzutage spielt sich die Mehrzahl der Söldnerszene in Mittelamerika ab; die Kubaner haben eindeutig klargemacht, daß Afrika nicht das gelobte Land ist. Gut absahnen kann man vor allem mit »Trainingskursen«. Indem man Plumpsäcke schröpft, die sich mit Tarnausrüstung ausstaffieren und in den Sümpfen von New Jersey rumrennen wollen, um »überleben« zu lernen, konnte man ordentlich Geld machen. Ich hab keins dieser Lager laufen –

ich möchte keinem meiner Kunden von Angesicht zu Angesicht begegnen. Aber ich bin immer froh, wenn ich, für eine anständige Gage, ihrem Anliegen entsprechen kann.

Die Pädophilenbriefe haben immer ihre eigenen Postfächer als Absender. Einer, mit einem in der Ecke gravierten »CX«-Monogramm, war feinsäuberlich auf kremfarbenem Büttenpapier getippt. »Ich bin stets an etwas Originellem interessiert. Vor allem an Disziplinierung, Natursekt und Snuff. Ich hoffe, wir kommen ins Geschäft.« Ich legte den Brief beiseite. Wenn er nicht von einem Postinspekteur kam, hatte ich einen echten Freak – die Sorte, die bereit war, für ihren Spaß zu bezahlen. Dreckbeutel. Sie schaffen es immer, daß sie kriegen, wofür sie bezahlen. Manchmal habe ich Glück; dann bezahlen sie für das, was sie kriegen.

Die restliche Post bestand aus Meldungen auf unsere neue Serie von Kontaktanzeigen. Wir schalten sie überall – von Literaturmagazinen bis zu den Hardcore-Wichsvorlagen. Variationen desselben Themas: junges Mädchen, das eine Haftstrafe verbüßt, aber bald rauskommt. Allein, pleite, braucht einen Freund.

Honey Blaine lautet der Name des süßen jungen Mädchens. Falls irgendein Partner sie direkt anschreiben sollte, würde er auf eine »H. Blaine, Nummer 86-B-9757« stoßen, die in Bedford Hills sitzt. Genau wie es in der Anzeige steht: Honey würde ihn umgehend abwimmeln. Sie würde erklären, daß sie ihre Briefe nicht so schreiben könnte, wie sie's *wirklich* möchte: Die Gefängniszensoren würden das nicht erlauben. Honey hatte jedoch ein geheimes Postfach, und falls ein rechtschaffener Mann gewillt war, sich etwas zu gedulden, nun...

Ich nahm die Briefe entgegen. Michelle beantwortete sie. Wir hatten ein paar Dutzend Fotos, die wir benutzten. Lauter Polaroids (»Sie lassen uns hier keine anderen machen, Liebster«). Was immer die Pisser auch mochten, sie kriegten genau das. Honey konnte das neunzehnjährige Opfer eines grausamen Zuhälters sein. Eine Lesbe, deren Liebste sie bei einem Drogen-Deal belastete. Eine Autodiebin. Alles, bloß keine Absahnkünstlerin. Sie konnte die Erhörung der Gebete eines alten Mannes sein oder der Bodensatz sämtlicher ekliger Phantasien eines Pfaffen. Ein sehr flexibles Mädchen, diese Honey. Dazu waren nichts weiter nötig als Michelles unfehlbare Instinkte und ein bißchen dichterische Freiheit. Honey würde auf Herzchen machen, den Haken tief reintreiben, den Topf zum Überkochen bringen. Dann würde das arme Mädchen in Schwierigkeiten geraten: Eine harte Schwester betrampelte sie, forderte ihren Körper oder ihr Leben; ihr drohte eine Verlegung in eine andere Gefängnisabteilung, wo ihr kein Briefwechsel mehr erlaubt wurde. Überfällige Miete für das Postfach. Ein hübscher Batzen Asche für den Bewährungsausschuß wurde benötigt. Austrittsgeld. Und langsam würden die Geldüberweisungen eintrudeln.

Nach einer Weile würde der Pisser seinen letzten Brief zurückkriegen. Ungeöffnet. »Zurück an den Absender. Insasse verschieden.« Die Pisser kauften es immer ab – wenn es ein Schwindel war, warum hätte die süße Honey dann die letzte Überweisung nicht einsacken sollen?

H. Blaine, Nummer 86-B-9757 durfte nicht besucht werden. Hatte was für sich. Der Name und die Nummer waren in Ordnung, aber Hortense Blaine ist eine fünfundfünfzigjährige, fast drei Zentner schwere Schwarze. Sie hat drei Generationen Pflegekinder großgezogen. Von Kleinkindern, die man in die Müllverbrennungsanlage geworfen hatte, ohne daß sie gestorben waren, bis zu Babystricherinnen, die nie gelebt hatten. Sie hatte nie ein eigenes Kind, aber sie war etlichen eine Mutter. Ihr Freund vergewaltigte eins der Kids. Ein zwölfjähriges Mädchen namens Princess.

Ich habe eine Kopie des Gerichtsprotokolls. Ich bekam sie von dem Anwalt, der über der Berufung brütet. Ein harter Blues-Text, zu dem es noch keine Musik gibt.

BEFRAGUNG DURCH
MR. DAVIDSON:

F: Was, wenn überhaupt etwas, taten Sie, nachdem Princess von der Vergewaltigung berichtete?

A: Ich hab dem Kind gesagt, daß er ihr nie wieder weh tun würde. Ich hab sie in mein Zimmer gebracht. Sie in mein Bett gelegt.

F: Das gleiche Bett, das Sie mit Mr. Jackson teilten?

A: Ich hatte nicht vor, ihn noch mal reinzulassen.

F: Und dann?

A: Ich hab gewartet, daß Jackson heimkommt. Er war irgendwo zocken. Er kommt zur Tür rein, hockt sich an den Küchentisch. Sagt mir, ich soll ihm ein Bier bringen.

F: Haben Sie ihm ein Bier gebracht?

A: Yeah.

F: Berichten Sie den Geschworenen, was danach geschah.

A: Ich hab ihn gefragt, warum er das gemacht hat. Ich hab gesagt...

F: Entschuldigen Sie die Unterbrechung, Mrs. Blaine. Sie haben ihn gefragt, *warum* er das Kind vergewaltigte? Nicht, *ob* er es tat?

A: Da war Blut in dem Bett von dem Kind.

F: Ich verstehe. Fahren Sie bitte fort.

A: Ich hab ihn gefragt, warum er das, was er gemacht hat, gemacht hat. Er sagt mir, Princess is bald 'ne Frau. Schadet ihr gar nix. Bereitet sie bloß aufs Leben vor, sagt er. Er hat gesagt, sie is im Nachthemd rumgelaufen, während ich auf Arbeit war. Hat gesagt, sie hätt's rausgefordert.

F: Konnten Sie seinen Gesichtsausdruck sehen, als er dies sagte?

MR. HAYNES: Einspruch. Hier wird von der Zeugin eine Schlußfolgerung verlangt.

MR. DAVIDSON: Eine Verhaltensstudie ist keine Schlußfolgerung, Herr Richter.

MR. HAYNES: Euer Ehren, der Herr Verteidiger versucht hier offensichtlich Subjektivismus zu etablieren. Dies ist dazu angetan, dem Ruf eines Toten zu schaden.

MR. DAVIDSON: Dieses Gericht hat bereits die Aussage des Kindes Princess vernommen. Der Ruf dieses Vergewaltigers ist bereits Gegenstand der Beweisaufnahme.

MR. HAYNES: Einspruch! Mr. Jackson steht nicht vor Gericht.

MR. DAVIDSON: Das stimmt. Er ist bereits abgeurteilt.

DAS GERICHT: Meine Herren, das genügt nun. Der Einspruch ist abgelehnt.

F: Ich frage Sie erneut, Mrs. Blaine. Sahen Sie seinen Gesichtsausdruck, als er Ihnen gestand, daß er Princess vergewaltigt hatte?

A: Yeah. Er hat gelächelt. Als wär das gar nix.

MR. HAYNES: Einspruch.

DAS GERICHT: Abgelehnt.

F: Hat er sonst noch etwas gesagt?

A: Er hat gesagt, das kleine Biest hat gekriegt, was sie verdient hat.

F: Was geschah danach?

A: Ich hab mir ein Küchenmesser geschnappt und hab's ihm ins Herz gestochen.

F: Hatten Sie die Absicht, ihn zu töten?

A: Ja.

F: Warum?

A: Damit er meinem Baby nicht mehr weh tun kann.

MR. DAVIDSON: Ihre Zeugin.

Die Verteidigung in einer Mordanklage zu übernehmen war

kein Job für die üblichen Gerichtsgauner. Zu viele von uns hatten mit Hortense gesessen, wenn sie aufs Land geschickt wurden. Zum Beispiel der Prof. Kurzform für »Professor«. Oder »Prophet«. Ein winziger, schwarzer Omenmeister, der lange vor meiner Geburt schon auf Trebe ging; er sprach in Strophen und er hetzte Ganoven. Der Prof ging mir aufrecht nur bis zur Brust, aber aufrecht ging er immer.

»Schleim abstechen ist kein Verbrechen«, war alles, was er sagte, und schon war er dabei, egal was wir machen mußten, um das Geld aufzubringen.

Davidson war der rechte Mann für den Job. Ein stämmiger Kerl mit Vollbart, der mit aller Härte zu spielen versteht. Ich hörte das erste Mal von ihm, als er vor Jahren einen Pistolero der UGL verteidigte. Davidson erklärte uns, die einzige Möglichkeit, diesen Fall hier anzugehen, läge in einer, wie er es nannte, »psychiatrischen Autopsie« des Toten.

Und die zog er durch. Als er fertig war, wußten die Geschworenen, daß Jackson vor seinem Tod ein leibhaftiges Dreckstück war. Sie kamen mit einem Schuldspruch wegen Totschlags in einem minder schweren Fall rüber. Man konnte die Last förmlich weichen spüren – auf Mord stehen in diesem Staat fünfundzwanzig Jahre bis lebenslänglich. Doch Davidson schmetterte mit der Faust derart hart auf das Verteidigerpult, daß er sie sich hätte brechen können. Er hob nicht mal den Blick.

Einer der Geschworenen ging hin zu ihm. Ein fetter Kerl in einem braunen Anzug. Sagte, Davidson habe seine Sache großartig gemacht, bat ihn um seine Karte. Davidson hob den Blick, schaute den Geschworenen an. Seine Augen waren feucht. »Ich bin wählerisch, was meine Mandanten angeht«, sagte er und kehrte der ausgestreckten Hand des Geschworenen den Rücken zu.

Der Richter schickte Hortense für zwei bis sechs Jahre rein. Nur Kinderschänder kriegen in New York Bewährung. Einer ihrer Pflegesöhne stand neben ihr, als sie das Urteil hörte. Er ist jetzt erwachsen, arbeitet bei einer Bank, wohnt im Grünen. Als er hörte, daß sie einfahren müßte, fing er an zu weinen. Hortense legte ihm ihre große Hand auf die Schulter. Sie mußte sich dazu recken.

»Sei ein Mann«, sagte sie ihm. Gab keinen Millimeter nach.

Sie küßte Davidson auf die Backe und streckte die Hände zum Fesseln aus.

Davidson arbeitet an der Berufung. Arbeitet hart dran, wie er alles macht. Während er an der Berufung tüftelt, tüfteln wir dran, wie wir ein bißchen Asche zusammenkratzen können, bis Hortense rauskommt. Einmal im Monat besucht sie der Prof im Gefängnis und bringt ihr einen Schwung Überweisungen zum Unterschreiben. In der Bronx gibt's eine Bude, wo man Schecks einlösen kann, ohne daß zu viele Fragen gestellt werden. Hortense kriegt die Hälfte vom Geld, Michelle und ich teilen uns den Rest. Ursprünglich sollte es durch vier geteilt werden, aber der Prof überläßt Hortense seinen Part. »Nicht jede Rückzahlung is tückisch«, sagte er, als ich ihn fragte.

Michelle beackerte die Straßen nicht mehr. Ich dachte, es wäre wegen AIDS, aber sie sagte, sie könnte es nun, da sie Mutter wäre, nicht mehr riskieren, hopsgenommen zu werden.

Also macht sie Telefonjobs, wo die Pisser ihre Kreditkarten strapazieren, während sie sie über den Berg quasselt. Oder sie macht bei ihren Klienten Hausbesuche.

Es war nur rechtens, daß sie und Hortense gemeinsam an einem Coup tüftelten. Liefen sie doch auf verschiedenen Seiten derselben Einbahnstraße.

23

Ich fühlte mich mies und wußte nicht, warum. Ich hatte zur Abwechslung ein bißchen Asche auf der Hand. Der letzte Job war wie süßer Sirup gelaufen, und vielleicht wartete am Ende der Straße noch etwas mehr solche Arbeit. Niemand suchte mich.

Ich verschwendete keine Zeit, drüber nachzudenken. Ich habe das früher gemacht. Ich habe früher gesessen. Eine Menge schlechter Angewohnheiten.

Pansy trottete zu meinem Sitzplatz rüber, legte mir ihr mächtiges Haupt auf den Schoß. Sie machte ein Geräusch, das wie Knurren klang, doch ich wußte, was sie wollte.

»Heut nicht, mein Mädchen«, sagte ich, während ich sie zwischen den Augen kratze. Max und ich trainierten mit ihr, daß sie unten blieb, wenn sie faßte. Die meisten Hunde gehen auf die Hinterhand, wenn sie angreifen, weil sie irgendein tiefer Instinkt zwingt, nach der Kehle zu schnappen. Bei Menschen funktioniert das nicht: Menschliche Kehlen sind zu weit vom Boden weg. Wir nehmen Pansy mit rüber zu dem leeren Grundstück in Brooklyn. Zahlen irgendeinem Bengel zehn Kröten und überreden ihn dazu, den Schutzanzug anzulegen – mit gepolstertem Segeltuch bezogenes Leder. Ich halte Pansy an einer Springleine, so daß sie mit dem Agitator konfrontiert ist. Max steht mit einer langen Bambusstange daneben. Sobald ich Pansy losschicke, reißt Max die Latte runter. Heftig. So sie unten bleibt, etwa in Lendenhöhe, kann sie sich den Bengel im Anzug schnappen. So sie auf die Hinterhand steigt, knallt Max ihr eine auf den Kopf. Neuerdings kommt sie meistens davon. Ich rufe sie zurück, sobald sie fest zugebissen hat.

Ich muß mir jedesmal einen andern Bengel besorgen. Der Anzug fühlt sich an wie gepanzert, aber Pansy kann trotzdem ein Bein in Matsch verwandeln.

Ich drückte die Fernsehkanäle durch, bis ich auf einen

Catcher-Kampf stieß. Ich gab ihr einen Markknochen, machte mich auf der Couch lang und schlug das Rennblatt auf. Vielleicht entdeckte ich ein Pferd, das mir gefiel. Machte meine persönliche Investition.

Pansy, die den Markknochen zu Pulver zermalmte, war das letzte, woran ich mich erinnern kann, bevor ich einschlief.

24

Als ich aufwachte, war es zehn vorbei. Im Fernsehen kriegte ein Privatdetektiv eins mit einem Montiereisen über den Schädel gezogen. Ich zündete mir eine Kippe an. Machte Pansy die Hintertür auf. Als ich wieder reinging, war der Privatschnüffler hellwach und suchte nach Spuren.

Ich nahm eine Dusche. Schaute mir im Spiegel mein Gesicht an. Intensiv, unter die Haut. Schaute in mich rein, atmete durch die Nase, dehnte meinen Bauch, atmete aus, als meine Brust sich weitete.

Sobald ich's hinter mir hatte, fühlte ich mich klar. Zentriert. Bereit, ans Werk zu gehn.

Ich rasierte mich vorsichtig. Kämmte mir die Haare. Ich schlüpfte in dunkelgraue Hosen und ein weißes Seidenhemd. Alligatorstiefel. Maßgeschustert, aber sie saßen trotzdem ziemlich gut. Ich schob einige Hemden in der untersten Schublade meiner Kommode beiseite. Schaute auf einen ganzen Haufen Ringe, Uhren, Armbänder, Goldkettchen. Kriegsbeute.

Ich nahm eine Schmugglerkette zur Hand. Jedes Glied ist ein einunziger Goldbarren; sie läßt sich Stück für Stück auseinandernehmen. Zu nobel für den Job. Ich wühlte in dem Zeug rum, bis ich die richtige Verbindung hatte: eine starke, goldene Kette, ein goldenes Armband und einen mit einem blauen Saphirstern besetzten Goldring.

Checkte mich im mannshohen Spiegel in der Kleiderschranktür. Irgend etwas fehlte. Ich suchte mir im Badezimmer etwas Gel. Strich es mir in die Haare, bis sie dicker und schmieriger aussahen. Gleich hinter den Schläfen drang weißes Haar durch das Schwarz. Es störte mich nicht – das einzige, wofür ich je posiert habe, war das Verbrecheralbum.

Ich klatschte mir ein bißchen Kölnisch übers ganze Gesicht und den Hals. Um den Hunden die Witterung zu nehmen.

Ein paar hundert Kröten in meiner Tasche, eins von den Butanfeuerzeugen vom Maulwurf, eine Brieftasche, aus der ich die getürkten Kreditkarten entfernte, und ich war bereit für einen Strip-Schuppen.

25

Der John F. Kennedy Airport ist am Ende von Queens, wo er nahe der Grenze nach Long Island in die Bucht ragt. Das umliegende Sumpfland wird von zweispurigen, von der Schnellstraße wegführenden Straßen durchschnitten. Lagerhäuser, Leichtindustrie, Motels für ein paar Stunden.

Das Highway Department hält die Straßen gut in Schuß, verschwendet aber keinerlei Geld für Straßenlampen. Ein Banditenparadies.

The Satellite Dish entdeckte ich ziemlich leicht. Ein flacher Zementbau, einsam auf einem Stück Asphalt. Zwei lange, schmale Fenster links und rechts einer Doppeltür, auf dunklem Glas fluoreszierten Verheißungen: Go-Go-Girls, Oben ohne. Unten ohne. Exotische Tänzerinnen.

Ich kurvte mit dem Plymouth über den Parkplatz. Bei General Motors mußten sie die Weißlackierten verramscht haben: Eldorados, Buick Regals, Oldsmobiles. Vinyldächer und getöntes Glas, handgemalte Monogramme auf den Türen. Ich ließ den Plymouth am Rand des Asphalts stehen, wo sein stumpfer Lack mit dem Schatten verschmolz. Er wirkte verlassen.

Ich trat durch die Doppeltür in ein viereckiges Foyer. Weiße Wände, roter Teppich. An einem kleinen Tisch auf der einen Seite ein habichtsgesichtiger Kerl in einem taubenblauen Wollanzug. Der Laden war nicht nobel genug, sich ein Garderobemädchen zu leisten – und nicht hart genug, um einen nach Waffen abzuklopfen.

»Zehn Eier Eintritt, Freundchen. Und jeden Penny wert«, sagte der habichtsgesichtige Kerl. Er war mit dem Herzen dabei.

Ich zahlte, ging durch die nächste Doppeltür. Der Laden war größer, als es von außen den Anschein hatte, so dunkel, daß ich die Wände nicht sehen konnte. Eine T-förmige Bar erstreckte sich über die ganze Breite des Raums, im rechten Winkel dazu ein langer Laufsteg fast bis zur Tür. Überall im Raum kleine, runde Tische. Zwei riesige Bildschirme, wie man sie für Videoprojektionen verwendet, standen in den Ecken an beiden Enden der Bar. Sie waren ohne Bild.

Die Tische waren leer. Sämtliche Männer hatten an der Bar Platz genommen, die meisten entlang dem Laufsteg. Hard-Rock drang aus versteckten Lautsprechern. Drei Mädchen waren oben auf der Bar. Zwei Blonde und ein Rotschopf. Alle trugen Bikinihöschen, Hochhackige und Glitter. Jedes Mädchen ackerte an seinem Stück von der Bar, hüpfte dort rum, redete mit den Kunden. Der Rotschopf ging vor einem Typen mit Fönfrisur und Diamanten an den Fingern in die Knie. Sie drehte sich auf der Bar, ließ die Schultern sinken. Der Typ zog ihr das Höschen runter, stopfte ihr ein paar Scheine zwischen die Schenkel, tätschelte ihren Hintern. Sie schenkte ihm ein Hüftwackeln, langte runter und zog das Höschen hoch, drehte sich wieder im Kreis, leckte sich mit der Zunge über die Lippen. Tanzte davon.

Es war ein Mittelding zwischen den Buden in der South

Bronx, wo einem die Mädchen in den hinteren Sitzecken einen bliesen, und den Steak- und Silikon-Läden in Midtown, wo sie einen »Sir« nannten, einem aber nichts weiter als Geld rausleierten.

Ich schnappte mir einen leeren Hocker an der linken Seite des T. Eine Brünette mit einem roten Schnappverschluß-BH unter einer durchsichtigen weißen Bluse lehnte sich über die Bar zu mir. Sie hob die Augenbrauen, lächelte, wie sie's alle machen.

»Gin mit Tonic«, sagte ich ihr und legte einen Fünfziger auf die Bar. »Jede Menge Eis. Nicht gemischt.«

Sie zwinkerte. Anscheinend kannte ich mich aus. Keine verwässerten Drinks für dieses Pferdchen.

Sie brachte mir ein hohes Glas mit Tonic, stellte ein Gläschen Gin daneben. Gab mir vier Zehn-Dollar-Scheine zurück. Stolze Preise.

»Ich heiße Laura«, gurrte sie. »Ich bin nach dem letzten Set dran. Bist du dann noch da?«

Ich nickte. Sie nahm einen Zehner von der Bar, blickte mich fragend an. Ich nickte. Sie stopfte ihn sich zwischen die Brüste, zwinkerte mir zu und ging wieder an die Arbeit. Ich ließ das Geld auf der Bar.

Ich nippte an meinem Tonic, wartete.

Die Musik brach ab. Ein kleiner, stämmiger Kerl mit einer rosa Sportjacke über einem Paar weißer Plusterhosen trat in den Innenraum des T. Das Licht wurde runtergedreht. Der Beleuchter erfaßte den stämmigen Kerl mit einem Winzspot. Er hatte ein drahtloses Mikrophon in der einen Hand.

»Und nun kommt das, worauf Sie alle gewartet haben ... die wunderbare ... Debbie und ihr Tanz der Domina!«

Die Bar wurde wieder dunkel. Die meisten Männer verzogen sich an die hinteren Tische. Die Tür rechts des T ging auf, und zwei verschwommene Gestalten liefen zum

Innenraum. Die Musik setzte ein. Kein Text, schwere Baßlinien und Schlagzeug. Eine der Gestalten ging von der Bühne.

Ein harter weißer Spot fraß sich in die Mitte des T, machte sie zu einer einsamen Insel. Nichts als ein schwarzer Lehnstuhl stand da, auf jeder Seite dicke, hohe Stützen. Die riesigen Videoschirme erwachten flackernd zum Leben. Die Kamera ging in Naheinstellung auf den Stuhl, bis er das Bild ausfüllte.

Eine Blondine in einem schwarzen Futteralkleid trat ins Licht. Schwarze Pfennigabsätze an den Füßen, schwarze Handschuhe bis zu den Ellbogen hoch. Einen runden schwarzen Hut auf dem Kopf, das Gesicht mit einem schwarzen Schleier verhüllt. Sie setzte sich auf den Stuhl, schlug die Beine übereinander. Sie reckte das Kinn hoch, wartete.

Durch die Musik konnte ich die Menschen atmen hören, doch keiner redete. Oben-ohne-Kellnerinnen arbeiteten in der Dunkelheit, machten an jedem Tisch halt, nahmen Bestellungen entgegen. Das Geschäft boomte.

Es war eine Strip-Nummer, wie ich noch keine gesehen hatte. Kein Spielchen für das Publikum – sie beobachteten sämtlich wie durch ein Fenster. Leise. Allein und verloren in ihrer Häßlichkeit.

Die Bühne wurde dunkel. Die Musik brach ab. Herdengeräusche aus der Menge.

Niemand rührte sich.

Als der Spot wieder anging, war die Blondine, das Gesicht zur Menge, auf den Knien. Sie fuhr sich mit der Hand über die Schenkel, in den Schritt, während die Musik anschwoll. Dann hob sie langsam den Schleier. Der runde Hut kam weg. Die Kamera ging auf ihr Gesicht. Sie leckte sich die Lippen, die Augen weit auf. Als sie den Mund öffnete, wurde die Bühne wieder dunkel.

Es blieb ein paar Minuten dunkel. Feuerzeuge klickten im Publikum. Winziges rotes Aufflammen.

Flood kam mir in den Sinn. Ich sah sie, wie sie hautenge Hosen über ihren Hintern zwängte, von einem Zeh auf den andern trat, die Beine anspannte. Sich über einen anderen Stuhl beugte, an einem anderen Ort, die Brandnarbe dunkel auf der weißen Haut. Ich drängte das Bild beiseite – das war Vergangenheit.

Die Lichter gingen wieder an, aus den Lautsprechern plärrte Rockmusik, die Videoschirme wurden dunkel. Drei andere Mädchen arbeiteten oben auf der Bar, winkten den Männern zu, sich von den kleinen Tischen zu erheben und näherzutreten.

Ich goß den Gin in das leere Tonic-Glas, mischte ihn unter das Eis. Das Barmädchen kam zu meinem Platz zurück und brachte mir ein weiteres Gedeck; sie stellte mein leeres Glas auf ein kleines Tablett.

»Magst du das Zeug?«

»Nicht mein Geschmack«, sagte ich.

»Vielleicht willst du mir ja später sagen, was du magst«, flüsterte sie, während sie mein restliches Geld von der Bar wischte, ihr Trinkgeld verdoppelte.

Ich holte einen weiteren Fünfziger aus der Tasche. Auf Belle zu warten war ein teurer Spaß.

26

Ich nahm an, Belle müßte als Kellnerin an den hinteren Tischen arbeiten, doch ich wollte nicht namentlich nach ihr fragen. Während die Mädchen oben auf der Bar ackerten, blieben die Tische leer. Also mußte ich auf die nächste Nummer warten, mich in die Dunkelheit verziehen und umschauen. Ich nippte an meinem Tonic, zündete mir eine weitere Kippe an.

In etwa so angetörnt wie ein Gynäkologe sah ich den Mädchen zu, die auf der langen Bar die Beine breitmachten.

Erst gute zwanzig Minuten und einen weiteren halben Hunderter später kam der Kerl mit der rosa Jacke wieder auf die Bühne in der Mitte. »Cassandra«, war alles, was er sagte. Die Bühne wurde wieder dunkel. Ich konnte Gestalten herumwuseln sehen, die die Sachen vorbereiteten. Diesmal ging ich zum Tisch an der Rückwand. Ich nahm das Tonic mit, ließ den Gin stehen.

Als der Spot die Bühne erfaßte, saß da ein Mädchen in einem Polstersessel und schaute in einen Spiegel. Die Kamera ging an ihr Gesicht ran. Belle. Eine Maske aus Make-up, die ihre weichen Züge härter machte, einen weißen Bademantel um die Schultern, ein weißes Band im Haar.

Die Lautsprecher plärrten los. Finstere Musik, Sumpfzombie-Blues, Voodoo-Trommeln.

Belle war am Abschminken, betupfte sich das Gesicht mit Krem. Sie zuckte mit den Schultern, und der Umhang rutschte zur Taille runter. Ihre Brüste waren enorm, stramm vorstehend trotzten sie in einem weißen D-Cup-BH der Schwerkraft. Die Kamera beobachtete sie im Spiegel.

Sie erhob sich, hielt den Umhang wie einen Rock mit einer Hand an der Taille fest. Weitere Spots wurden zugeschaltet: Sie befand sich in einem Schlafzimmer, weiße, rüschenbesetzte Tagesdecke, auf dem Boden ein weißer Flokati. Belle schritt durch den weißen Raum, ein junges Mädchen, das sich bettfertig machte. Strich sich mit einer Bürste durchs lichte Haar, summte vielleicht vor sich hin. Sie öffnete die Hand, und der Umhang sank zu Boden. Belle schob einen Fuß drunter, ließ ihn gefühlvoll aufs Bett segeln.

Ohne Umhang wirkte Belle auf dem Bildschirm ganz anders. Mit weißem Büstenhalter und schlichtem, dazu passendem Höschen stand sie vor dem Publikum. Leicht vornübergebeugt, als blicke sie in die Nacht hinaus. Die große Frau war nicht fett; sie hatte eine Wespentaille. Sobald sie sich seitwärts drehte, zeigte sich die ganze Schönheit ihres Vorwerks; ohne jede Stütze stand es weit vor, drängte gegen das Gewebe.

Die Musik kam nun härter. Ihre Hüften wackelten, als hätten sie ein Eigenleben. Sie durchmaß das Zimmer, streckte sich wie eine Katze, beugte sich zu den Zehen runter, als wäre sie zu aufgedreht zum Schlafen und versuchte der Unruhe Herr zu werden.

Die Lautsprecher spien eine Musik aus, bei der sich nun Worte unter die Voodoo-Trommeln stahlen. Worte, wie ich sie nie zuvor gehört hatte. Eine Männerstimme, gospeldurchtränkter Blues. Warnend. Der Blutmond ging auf. Die Slide-Gitarre schwang sich über die Trommeln, griff die höchsten Töne auf und zwängte sie gegen den schwarzen Teppich der Baßfiguren. Die Worte drangen bis auf den Grund meines Hirns; meine Blicke waren von Belle gebannt.

The swamp gets mean at night.
Bloody shadows eat the light,
Things that snarl,
Things that bite,
Things no man can fight.

Die Musik blieb dicht, legte aber an Tempo zu. Belle legte den Kopf schräg, lauschte. Sie hakte den BH auf, legte ihn ordentlich über den Bettpfosten. Ihre mächtigen Brüste hingen keinen Millimeter durch. Sie hob die Hände hoch über den Kopf, führte sie aneinander und stellte sich auf die Zehen. Machte, den Hauch eines Lächelns auf den Lippen, eine volle Umdrehung. Nicht ein Muskel verzog sich unter der glatten Haut. Ihre Umrisse waren so fließend wie eine Weichzeichnerfotografie. Die Schuhe waren weg. Wieder schritt sie durch den kleinen Raum, lauschte der pulsierenden Musik, ließ den Kopf im Nacken kreisen, löste die Verspannung.

Eine Krankenschwester, müde nach des harten Tages Arbeit? Eine Kellnerin, deren Schicht vorbei ist?

Die Kamera strich über ihren ganzen Körper. Nur noch das weiße Höschen am Hintern, ein dünnes Goldkettchen um den Hals, ein goldenes Kreuz zwischen den Brüsten. Ein blaues Mal vorn auf einem Schenkel. Selbst als die Kamera hinzoomte, konnte ich es nicht ausmachen.

Sie rollte das Höschen über die Hüften, bis unter den Hintern. Es dauerte eine Weile, aber nicht weil sie das Publikum aufreizen wollte – das Höschen hatte einen weiten Weg. Belle las es vom Boden auf, schüttelte es, ging zum Bett und hängte es über den Pfosten. Über den weißen BH.

Die Musik wurde härter.

Belle sank vor dem niedrigen Bett auf die Knie. Sie faltete die Hände. Ein kleines Mädchen beim Gebet. Die Kamera wechselte von den breiten Schultern über die zierliche Taille runter zu den gewaltigen Kugeln ihres Hinterns. Die geschmeidige Haut war unter der grellen Beleuchtung schweißüberzogen.

Die Worte drängten die Musik zurück.

Yes, boy, you better beware,
You better walk with care.
You can carry a cross,
You can carry a gun,
But when you hear the call, you better run.

There's worse thing than gators out there.
Worse things than gators out there.

Belle zitterte nun am ganzen Körper. Erbebte, als die Beleuchtung von Weiß auf Blutrot und wieder auf Weiß wechselte. Sie kam auf die Beine und drehte sich zur Menge um. Sie schlug die Decke auf, schlüpfte ins Bett. Sie schüttelte das

Kissen auf, zog sich die Decke über die Schultern, legte sich auf die Seite. Ihre Hüfte ragte ebenso hoch auf wie die Schultern. Die Musik wurde schwächer, das Licht gedämpft.

Die Musik ließ ihr keinen Schlaf. Ihr Körper wand sich unter der Decke. Trommeln bearbeiteten ihre Hüften, Gitarren zupften an ihren Brüsten. Ein blauer Spot brannte auf ihr im Kissen begrabenes Gesicht runter, tauchte ihr krem- und honigfarbenes Haar in geisterhaftes Weiß. Der blaue Spot wurde etwas weicher, erfaßte nun das ganze Bett. Die warnende Stimme kehrte wieder, weich, fordernd. Sprach die Wahrheit, wie es der Blues immer tut.

There's worse things than gators out there, boy.
Worse things than gators out there.

Belle stieß die Decke zurück, wurde von der Musik förmlich aus dem Bett gerissen. Sie blickte in die Nacht hinaus, schüttelte sich. Langte nach ihrem Umhang, steckte einen Arm in den Ärmel. Dann ließ sie den Umhang zu Boden fallen.

Der blaue Spot spielte auf ihrem Körper, als sie ins Dunkel lief.

27

Als die Lichter angingen, hatte ich noch zwei Drinks vor mir stehen. Ich hatte sie nicht angerührt. Der Stapel Zehner vor mir hatte abgenommen.

Ich ging zu meinem Platz am Ende der Bar zurück. Noch immer weit davon entfernt, mit Belle zu reden. Laura kam zu mir her, das Tablett mit einem weiteren Gin mit Tonic in getrennten Gläsern beladen. Sie lehnte sich über die Bar.

»Hat dir die Nummer besser gefallen?«

Ich spürte eine Hand auf der Schulter. »Mit Sicherheit«, sagte eine Kleinmädchenstimme.

Ich drehte mich nicht um. Ich wußte, wer es war.

»Is das deiner?« fragte Laura Belle.

»Mit Haut und Haaren«, sagte Belle.

»Ich hab gedacht, du magst keine Männer«, sagte Laura mit einem fiesen kleinen Lächeln.

»Ich mag keine Jungs.«

Laura schaute an mir vorbei. Sie langte mit der Hand zu meinem Stapel Zehner. Nahm einen. Stopfte ihn sich ins Dekolleté.

»Nimm zwei«, sagte Belle, die rauchige Stimme rasiermesserbestückt.

Laura zuckte die Achseln, als dächte sie drüber nach. Sie schnappte sich einen weiteren Schein von der Bar und ging weg.

Ich spürte Belles Gesicht in der Dunkelheit dicht vor meinem. Roch ihren Kleinmädchenschweiß.

»Wo ist Ihr Auto?« flüsterte sie mir ins Ohr.

Ich sagte es ihr.

»Trinken Sie Ihren Tonic aus. Ich treff Sie in zehn Minuten draußen.«

Ich spürte, wie sie davonzog.

28

Ich war noch bei meiner ersten Kippe, als ich sah, wie eine fließende weiße Gestalt über den Parkplatz auf das Auto zukam. Belle. In einem weißen Hänger, kaum kleiner als ein Kinderzelt.

Sie öffnete die Tür und rutschte auf den Vordersitz. »Krieg ich 'ne Zigarette, großer Junge?« Ihr Ton war reine Parodie.

Ich gab ihr eine. Riß ein Streichholz an und studierte im Feuerschein ihr Gesicht. Es war wieder sauber abgeschminkt. Sie inhalierte, wie man normalerweise einen Zug aus der Sauerstoffflasche nimmt. Ihre Brüste hoben sich unter dem Hänger. Ihre Schenkel schimmerten in der Nacht. Das blaue Mal war eine Tätowierung. Eine winzige Schlange, S-förmig gekrümmt.

Sie sah meinen Blick. »Gefallen Ihnen meine Beine?«

»Sie schaun aus, als würden sie Saft verspritzen, wenn man sie quetscht.«

»Möchten Sie's probieren?«

Ich legte ihr eine Hand auf den Schenkel, nahm die Schlangentätowierung zwischen Daumen und Finger.

»Nicht das da«, sagte sie.

Ich schob die Hand weiter, quetschte. Spürte die Babyhaut oben drauf, die langen, harten Muskeln drunter. Ich beobachtete ihr Gesicht.

»Kein Saft.«

»Da nicht«, sagte sie und verlagerte ihren Hintern auf dem Autositz.

Ich nahm die Hand weg. Zündete mir eine weitere Kippe an.

»Wie lang haben Sie mich beobachtet?« fragte ich sie.

»Woher wissen Sie das?«

»Sie wußten, wie Sie mich in der Dunkelheit finden.«

»Vielleicht bin ich ja den ganzen Laden durchgegangen.«

»Sie wußten, daß ich den Gin nicht getrunken habe.«

Belle nahm einen weiteren tiefen Zug. »Vielleicht *sind* Sie ja ein Detektiv«, sagte sie, ein dünnes Lächeln um den Mund. »Wir haben einen Streifen Einwegglas rund um den ganzen Laden. Damit wir sehen können, wer reinkommt.«

Ich sagte gar nichts, musterte die Schlangentätowierung.

»Wissen Sie, warum dem so ist?«

»Der Laden kann kein Geld einbringen. Die Strip-Nummern kosten 'ne Menge Zaster. Die Video-Projektion, die Musikanlage, all das. Ihr nehmt wenig Eintritt. Ihr verkauft keinen Sex. Auch wenn die Typen fürs Fummeln und verwässerte Drinks viel Geld zahlen, kann der Boß nicht glatt rauskommen.«

»Und...«

»Und der Bau ist 'nen ganzen Zacken größer als die Bar.«

Belle nahm einen letzten Zug. Warf die Zigarette aus dem offenen Fenster: »Was verrät Ihnen das?«

»Wer weiß? Habt ihr da hinten genug Platz, daß Laster reinfahren können?«

»Sicher.«

»Der Flughafen ist um die Ecke...«

Meine Zigarettenschachtel lag oben auf dem Armaturenbrett. Bell genehmigte sich eine. Ich zündete sie ihr an.

»Marques sagt, Sie wären ein Abstauber.«

»Marques ist ein Zuhälter.«

»Weiß nicht. Nicht *mein* Zuhälter. Deswegen hat die Zicke ja den Spruch losgelassen, von wegen ich mag keine Männer. Ich verkauf keinen Sex.«

»Täten Sie's, wären Sie reich.«

Das brachte mir ein weiteres Lächeln ein. Dann: »Sind Sie hier rausgekommen, um mir zu sagen, daß Sie sich mit ihm treffen?«

»Dienstag abend.«

»Warum am Dienstag?«

»Das ist doch Ihr freier Abend, richtig?«

»Und?«

»Und Sie kommen mit.«

»Sagt wer?«

»Das ist der Deal, Belle. Dienstag abend. Pier 47. Marques weiß, wo das ist. Elf Uhr. Bestellen Sie ihm, er soll zwei Riesen mitbringen. Bestellen Sie ihm, die sind für mich. Fürs Reden.«

»Das ist 'ne Menge Geld fürs Reden.«

»Sie werden für Ihre Arbeit bezahlt – ich für meine.«

Belle nahm einen weiteren Zug. »Um welche Zeit holen Sie mich ab?«

»Mach ich nicht. Bestellen Sie Marques, es läuft nach Duellregeln – jeder von uns bringt eine Person mit. Er hat Sie dabei.«

»Ich duellier mich nicht.«

»Der Kerl, den ich mitbringe, auch nicht. Bestellen Sie Marques, was ich gesagt habe. Er wird's kapieren.

»Ich möcht nicht, daß Marques weiß, wo ich wohne.«

»Treffen Sie sich woanders mit ihm.«

»Und danach ...«

»Bring ich Sie nach Hause«, sagte ich ihr.

»Soll ich Sie anrufen und Ihnen sagen, ob er ...?«

»Rufen Sie nicht an. Ich bin am Pier. Bestellen Sie ihm nur, er soll mich nicht wieder anrufen, wenn er nicht aufkreuzt.«

»Bringen Sie mich trotzdem heim?«

»Ja.«

Belle lehnte sich an mich. Ein großes, Süße verströmendes Mädchen mit einer Schlangentätowierung auf dem Schenkel. Sie stieß mir mit der Hand an die Brust, drückte mich in den Sitz. Küßte mich fest auf den Mund und sagte gleichzeitig: »Dann bis Dienstag.«

Ich sah den weißen Hänger über den dunklen Parkplatz tanzen, bis er hinter dem blauen Gebäude verschwand.

29

Max war bereits auf das Treffen mit Marques eingeschworen. Dem Maulwurf konnte ich mit Leichtigkeit eine Nachricht zukommen lassen, auch wenn er nicht ans Telefon ging. Damit blieben mir noch ein paar Tage, um den Prof aufzustöbern.

Es könnte so lange dauern. Der kleine Mann könnte in

Einfahrten schlafen oder Hotelkorridore abgrasen. Er könnte die U-Bahntunnel beackern oder die sperrstundenfreien Läden. Er hatte keine Anschrift, doch man konnte ihn nicht »obdachlos« nennen. Ich fragte ihn mal, warum er sich nicht irgendeine Bleibe suchte – warum er auf der Straße lebte. »Ich hab keinen Mumm, und ich mag kein Drumrum«, sagte er mir. Mehr brauchte er mir nicht zu erklären – wir kennen uns aus dem Gefängnis.

Ich glaube, »Prof« war einst die Kurzform für »Professor«, weil er immer soviel älter und schlauer als der Rest von uns wirkte. Aber irgendwo auf halber Strecke fing er an, jene Art Wahrheit von sich zu geben, die nie in Büchern auftaucht, und jetzt steht's für »Prophet«.

Ein Bürger könnte den Prof nie finden, aber ich wußte, wo er seine Löhnung abholte. Vor ein paar Jahren verschaffte ich ihm Stütze. Geistige Behinderung. Die offizielle Diagnose besagte »Schizophrenie. Chronisch, undifferenziert«. Der Diensthabende am Bellevue hielt die ungeheuerliche Desorganisation seines Gedankenmusters fest, seine grandiosen Verkündigungen, seine Wahnideen, wonach er seinen Marschbefehl direkt vom toten Geist des Marcus Garvey bezog. Ein typischer Fall von Mikrowelle. Sie probierten es mit Medikamenten, und die erreichten das Übliche – der Prof wurde schläfrig. Es war die dreißigtätige Investition wert. Als sie den Prof entließen, gaben sie ihm einen Medikamentenvorrat für eine Woche mit, einen regelmäßigen Termin in der Klinik und das, was der alte Mann seine »Irrenpapiere« nannte.

Einmal im Jahr schicken die *federales* dem Prof einen Brief, in dem sie ein Gespräch »unter vier Augen« fordern. Er muß dann persönlich in der Klinik antreten. Nicht um zu beweisen, daß er immer noch närrisch ist, sondern bloß, daß er noch lebt. Uncle Sam behält ein Auge auf seinem Geld.

Es war ein doppelter Coup. Nicht nur, daß der Prof jeden

Monat seine Behindertenrente kriegte, die Diagnose war auch ein Freifahrschein aus dem Knast für den Fall, daß er wegen irgendwas Größerem einfahren sollte. Es geht nichts über eine Verteidigungsstrategie aufgrund von Unzurechnungsfähigkeit, noch bevor man das Verbrechen begeht. Die Regierung schickt ihm den Scheck über die allgemeine Zustellung im riesigen Postamt an der Eighth Avenue zu, genau gegenüber vom Madison Square Garden. In New York gibt es so viele Obdachlose, daß am Schalter der allgemeinen Zustellung mehr Betrieb herrscht als in den meisten Kleinstädten.

Ich adressierte eine Postkarte an den Prof. Schrieb »Melde dich« hinten drauf und warf sie ein.

30

Bis zum späten Dienstag abend hatte ich alles an Ort und Stelle. Ich aß bei Mama zu Abend, während ich über einer Ausgabe von *Harness Lines* brütete und Ausschau nach einem Pferd hielt, das mich reich machen sollte. Max kam rein, sein Baby auf dem Arm, Immaculata an seiner Seite. Mama schnappte sich das Baby von Max und schob ihn zu meiner Ecke. Sie nahm Immaculata mit zu ihrer Ecke. Ich sah etwas rosa aufleuchten, als das Täschchen den Besitzer wechselte.

Ich erklärte Max, daß für uns Fünfhundert auf die Hand drin wären, egal, was Marques wollte. Wir hatten nicht vor, irgendwelche Extras abzuziehen, solange der Louis uns nicht blöde kam. Er deutete auf das Rennformular, das ausgebreitet vor mir lag, blickte fragend. Ich schüttelte den Kopf – nichts, was eine Investition lohnte.

Max hielt fünf Finger hoch, blickte mich fragend an. Er wußte, Marques zahlte uns das Vierfache – wo ging das übrige Geld hin? Die Frage sah Max nicht ähnlich. Vielleicht veränderte ein Baby alles. Ich hielt eine Hand in Brusthöhe und wedelte mit der anderen in einer weitausholenden Geste herum. Der Prof. Dann machte ich mit den Händen Stielaugen und schaute ihn durch sie hindurch an. Max blickte fragend zurück. Ich machte das Zeichen für etwas mit beiden Händen fest runterdrücken, eine Explosion auslösen. Der Maulwurf. Er blickte mich wieder fragend an. Warum all diese Leute für ein Treffen? Ich streute Salz auf den Tisch, zog einen Kreis. Ich legte zwei Münzen in den Kreis. Marques plus eine Münze. Er brachte jemanden mit. Ich legte noch zwei hin. Ich und Max. Dann fügte ich den Prof hinzu und tippte mir seitlich an den Kopf. Ich wußte nicht, was Marques wollte, mußte ihm aber möglicherweise an Ort und Stelle Antwort geben. Der Prof kannte die Aufreißerszene – er kannte sich mit Marques besser aus als ich.

Ich holte noch eine Münze raus, bedeutete ihm, daß dies der Maulwurf war. Legte sie auf den Tisch, aber absichtlich außerhalb des Kreises. Klopfte mir auf den Rücken, Sicherheitspolitik. Max nickte.

Immaculata kam an unseren Tisch, legte Max die Hand auf die Schulter.

»Burke, ist das gefährlich?«

»Nicht im blassesten, Mac«, sagte ich und machte das Zeichen für ein Auto steuern. »Glaubst du, ich lasse Max fahren?«

Sie lachte. Max sah aus wie ein nasser Pudel. Er dachte, er könnte genauso fahren, wie er lief: Wo die Leute beiseite traten, wenn sie ihn kommen sahen. Aber Frettchen, die auf der Straße nicht mal seinem Blick standhalten könnten, werden aufmüpfig, sobald sie am Lenker sitzen. Beim Autofahren war er wie ein Nashorn auf Angel-dust.

Max verabschiedete sich mit einem Kuß von Flower. Mac hielt ihre Tochter am Handgelenk und half ihr, ihrem Vater zum Abschied zuzuwinken.

31

Der Prof war, wo er gesagt hatte: Er stand bei einer Bank am Ostende des Parks im Union Square. Als er den Plymouth nahen sah, lud er sich einen Segeltuchsack auf die Schulter und lief zu uns. Der Prof trug einen förmlichen, schwarzen Frack samt weißer Nelke am Revers. Die glänzende Jacke reichte ihm fast bis zu den Füßen, wie der Staubmantel eines Viehtreibers. Irgendein Trottel mußte beim Klassentreffen auf den feinen Zwirn verzichten.

»Na, Brüder, was gibt's wieder?« grüßte er uns und stieg hinten in den Plymouth rein, als wär er die Limousine, die er erwartet hatte.

Ich bog nach Westen auf die 14th Street, Richtung Fluß. Der Prof steckte seinen Kopf zwischen mich und Max, umfaßte unsere Schultern mit den Händen. »Was steht an, Burke?«

»Wie schon gesagt, Prof. Marques Dupree wünscht ein Treffen. Hat 'ne Menge Ärger riskiert, um zu mir durchzudringen – hat alle Ecken und Kanten genommen. Er soll zwei Riesen mitbringen. Geteilt durch vier. Wir brauchen nichts weiter tun, als uns sein Geseier anzuhören.«

»Wer is der vierte?«

»Der Maulwurf wird da sein. Hält sich abseits.«

»Willst du, daß ich den Kofferraum übernehme?«

»Nein, wir gehn offen hin. Ich weiß nicht, was er will, okay? Ich könnte einen Dolmetscher brauchen.«

»Die Straße ist meine Oase«, sagte der Prof.

Max schaute gradeaus.

Gegen halb elf kamen wir zum Pier. Ich stieß mit dem Plymouth bis ans Geländer, parkte parallel dazu. Von einer zirka hundert Schritte hinter uns geparkten dunklen, eckigen Limousine abgesehen, war der Pier verlassen.

Wir stiegen alle aus. Max trug fließende schwarze Fallschirmspringerhosen und ein schwarzes Sweatshirt. Dünnsohlige schwarze Lederschuhe an den Füßen. Er verschwand im Schatten. Der Prof stand neben ihm. Ich lehnte mich ein paar Schritte entfernt ans Geländer. Wir warteten. Max und der Prof teilten sich eine Zigarette, und Max beugte sich jedesmal vor, wenn er dran war. Ein Beobachter würde die kleinen roten Punkte sehen, verschwommene Gestalten. Zwei Leute.

Scheinwerfer erfaßten den Pier. Ein großer, alter Rolls-Royce, pflaumenfarben, mit schwarzen Stoßstangen. Ich konnte zwei Köpfe hinter der Windschutzscheibe sehen. Der Rolls hielt im rechten Winkel zum Plymouth. Zwei Türen gingen auf. Der Prof und ich traten an den äußeren Rand des Scheinwerferkegels, so daß uns jeder im Auto sehen konnte.

Zwei Personen kamen auf uns zu. Belle war ein unförmiger Klotz in einem grauen Sweatshirt. Obwohl sie nur Turnschuhe trug, war sie so groß wie der Mann neben ihr.

Marques Dupree. Ein stämmiger, mahagonifarbener Mann mit glattem, rundem Gesicht. Er trug einen taubengrauen Seidenanzug mit metallischen Nadelstreifen. Langgeschnittene Revers über einem pfirsichfarbenen Hemd. Mit Diamanten übersät. Er und Belle blieben vor mir stehen.

»Sind Sie Burke?«

»Yeah.«

»Wer ist das?« auf den Prof gedeutet.

»Mein Bruder.«

»Sie sehen nicht wie Brüder aus.«

»Wir hatten denselben Vater.«

Marques lächelte. Ich sah einen Diamanten in seinem Mund aufblitzen. »Ich persönlich habe nie gesessen.«

Ich wollte keine Lebensgeschichten austauschen. »Sie wollen was Geschäftliches?« fragte ich ihn.

Marques steckte die Hand in die Tasche, zog ein Bündel Scheine raus. Eine Autotür knallte zu. Er drehte sich nicht um. »Was soll das?«

»Checken bloß Ihr Auto ab. Gehn sicher, daß Sie keine Freunde mitgebracht haben.«

»Sie sagten, jeweils einen Freund.«

»Sie sagten, Sie hätten nie gesessen.«

Eine weitere Tür knallte. Ich zündete mir eine Zigarette an. Noch zweimal Türenknallen. Ein heller Lichtpunkt erstrahlte, wo die dunkle Limousine geparkt war. Okay.

»Ihr Kofferraum ist abgesperrt«, sagte ich. »Von mir aus kann er zubleiben. Gehn wir da rüber.«

Ich marschierte nach links, weiter von den geparkten Autos weg. Marques behielt seine Asche in der Faust.

»So läuft das«, sagte ich. »Wenn irgendwer Ihren Kofferraum aufmacht, gibt's 'nen großen Knall. Okay? Geht heute abend hier alles klar, läuft alles, wie es sollte, nimmt mein Freund das Päckchen von Ihrem Kofferraum. Verstanden?«

»Kein Problem. Zwei Große, sagten Sie?«

Ich nickte.

Marques pellte Hunderter von seinem Bündel, zeigte mir, daß die Zweitausend nichts für ihn waren. Ich steckte die Asche ein.

Marques wandte sich an Belle. »Setz dich ins Auto.«

Sie wollte gehen, verzog keine Miene. »Bleiben Sie, wo Sie sind«, sagte ich.

Marques zuckte die Achseln, sein Gesicht verriet nichts. Ich wußte, was ihm durch den Kopf ging – falls Belle eine Geisel war, war sie eine wertlose.

Ich zündete mir eine Zigarette an. Max tauchte jäh aus der Nacht auf. Marques fuhr zusammen, riß die Hände zum Gesicht. Max streckte eine Hand aus, packte den Prof hinten an seiner Jacke und hievte ihn aufs Geländer.

Marques ließ langsam die Hände sinken. »Sie haben 'ne Menge Freunde, hä?«

»Eine Menge Freunde«, versicherte ich ihm.

Er richtete seine Manschetten, ließ mich die Diamantuhr

sehen, legte sich seinen Sermon zurecht, bevor er ihn abließ. Luden reden nicht gern im Stehen. »Ich habe für ein bißchen Zeit bezahlt.«

»Hier ist sie.«

Marques atmete durch die Nase. Es klang hohl. Kokain macht so was. Seine Stimme hatte diesen hart-süßen Ludenton, bei dem sich Versprechen und Drohung gemeinsam winden wie Schlangen in einem Korb. »Wir haben einander nie gesehen, aber wir kennen uns. Ich weiß, was Sie machen – Sie wissen, was ich mache. Ich habe ein Problem. Ein geschäftliches Problem.«

Ich beobachtete sein Gesicht. Seine Augen waren enge Schlitze in harten Fleischfalten. Ich zog mich zurück, so daß mir der Prof die Hand auf die Schulter legen konnte.

»Ich höre.«

»Ich bin ein Spieler. Ein großer Spieler. Ich habe einen Stall voller Rennpferde, falls Sie mir folgen können. Alle meine Mädchen sind Stars. Alle weiß, und alle heiß.«

Der Prof lachte. »Du hast nichts als Reifenbeißer und Asphaltlutscher, guter Mann. Wenn eine von deinen Viechern 'nen Autositz sieht, denkt sie, sie wär im Hilton.«

Marques blickte mich an. »Wer is'n das, Mann? Ihre etatmäßige Geheimwaffe?«

»Nein, Freundchen. Er ist ein Lügendetektor.«

»Kennen Sie meinen Betrieb oder nicht?«

Ich spürte die Hand des Prof auf meiner Schulter. Ein rascher Druck.

»Ja«, sagte ich.

»Dann wissen Sie, daß ich keinen Knast riskiere, richtig? Keine Babynutten im Stall habe?«

Ein weiteres Drücken vom Prof. Ich nickte zustimmend.

»Ich bin ein gehobener Spieler, verstehen Sie? Die Mühle kostet mich hundert Riesen, und daheim hab ich noch 'ne bessere. Ich trage vom Feinsten, ich esse vom Feinsten und ich lebe vom Feinsten. Ich habe nichts mit den halbärschigen Simpeln gemein, die denken, sie könnten einen auf die Schnelle machen. Ich hänge nicht beim Port Authority rum und schnappe mir Ausreißerinnen. Ich trage keine Leopardenfellhüte, ich protze nicht mit Zirkon rum, und das Geldbündel in meiner Tasche ist kein Türke. Meine Ladys sind Spitzenmiezen – und sie sind alle alt genug. Ich hab Anwälte, ich hab einen Notar, und ich halte meinen Laden beisammen, in Ordnung? Ich *mache* keinen Ärger, und ich *will* keinen Ärger.«

Mit einem Ton, der eine nahezu perfekte Imitation des Luden war, meldete sich der Prof zu Wort. »Okay, Jim, du bist nicht Iceberg Slim. Schluß mit dem Stuß, sag, was sein muß.«

Marques lächelte. »Sie haben's vielleicht drauf, Mann. Der kleine Nigger macht die Sprüche, Sie stehen bloß da.«

»Mein ist die Sprache, Burke kommt zur Sache«, sagte ihm der Prof.

Marques war kein guter Zuhörer. »Was macht'n der Schlitz da, Mann? Wollen Sie sich Chinafutter kommen lassen?«

Profs Stimme wurde sanft. »Das is Max der Stille, Louis. Hörst du den Namen, dann bete ein Amen.«

Wiedererkennen flackerte in den Augen des Luden auf. »Er ist der..«

»Das stimmt, du Narr«, schnitt ihm der Prof das Wort ab. »Max ist kein Chinese, aber vom Allemachen versteht er höllisch was.«

»Sind Sie jetzt mit dem Käse fertig?« fragte ich.

»Yeah, Mann, lassen wir die Spielchen. Ich weiß, daß Sie ein Abgreifer sind, ich weiß, daß Sie Knarren verhökern, ich weiß, daß Sie für Leute Sachen erledigen. Ich hab eine Sache zu erledigen.«

»Ich arbeite für keine Zuhälter.«

»Ich *weiß* das, Mann. Glauben Sie etwa, auf der Straße wüßte nicht jeder, wer Merlin erschossen hat?«

»Ich kenne keinen Merlin.«

»Yeah, klar, 'türlich nicht. Aber ich weiß, daß Merlin kein Spieler war, Mann. Er war ein echter Vergewaltiger – genau das war er. Hat die kleinen Mädchen da rangenommen wie ein Tier. Wer immer ihn erschossen hat, hat allen echten Spielern einen Gefallen getan.«

»Und?«

»Und Sie haben keinen Zoff mit mir, Mann. Ich weiß, daß Sie früher immer Touristen am Times Square ausgenommen haben – direkt im Busbahnhof. Ich weiß, daß Sie Ausreißerinnen einfangen. Sehen Sie, was ich sagen will? Ich *kenne* Sie. Deswegen hab ich auch nicht selber angerufen. Wollte nicht, daß Sie auf falsche Gedanken kommen.« Er wedelte mit der Hand zu Belle. »Ich hab der Fotze gutes Geld gezahlt, bloß damit sie uns zusammenbringt.«

»Für mich sieht die Dame nach keiner Fotze aus«, sagte der Prof. »Sieht auch nicht nach einer von deinen aus.«

Belle trat etwas zur Seite, schenkte dem Prof ein winziges Lächeln.

»Sie braucht nicht mir zu gehören, um eine Fotze zu sein, Mann. Sie verkaufen alle ihre Zeit.«

»Ich hab nicht gewußt, daß Sie ein Philosoph sind, Marques«, sagte ich ihm. »Und ich geb 'nen Scheiß drauf. Die einzige Zeit, die Sie sich gekauft haben, ist meine. Und die haben Sie so gut wie aufgebraucht.«

Marques ging auf Blickkontakt mit mir. »Kennen Sie den Geisterwagen?« fragte er.

Profs Hand biß mir in die Schulter.

Ich nickte.

Der Louis machte weiter, als hätte ich nein gesagt. »Großer, rauchfarbener Kombi. Keine Fenster. Vor ein paar Wochen kommt er zur Neunundzwanzigsten, am Fluß. Ich hab

Ladys in der Straße laufen. Der Kombi zieht an dem Rudel vorbei. Hält. Eins von den Babymädels, keine von mir, sie trödelt hin. Die Türen schwingen auf, und sie fällt auf die Straße. Keiner hat einen Schuß gehört. Die andern Mädels schießen in den Wind. In der Zeitung steht, das kleine Mädchen war vierzehn. In die Brust geschossen. Tot.«

Ich zünde mir eine weitere Kippe an. Schweißtropfen auf dem glatten Gesicht des Luden, er fuhrwerkte mit den Händen herum, als wüßte er nicht, wohin er sie stecken sollte.

»Die Woche drauf noch zwei Abschüsse. Zwei tote Mädels. Eine fünfzehn, eine neunzehn. Ich schaffe meine Mädels rüber zur East Side, aber dort ist die Ausbeute zu mager. Dieser Kombi muß vom Fluß her kommen. Die Mädels sagen, er ist wie ein Geist. Die eine Minute is alles cool, in der nächsten ist das graue Ding auf der Straße. Kostet Menschenleben. Letzte Woche steigt eins von den kleinen Mädels in einen blauen Caddy. Der Caddy fährt die Straße rauf. Eine von meinen Ladys wird neugierig; sie reckt den Kopf um die Ecke. Zwei Jungs steigen aus dem Caddy und halten das Mädchen fest. Sie tritt um sich und schreit. Sie werfen sie in den Geisterbus. Der Caddy fährt weg, und der scheiß Kombi verschwindet einfach. Meine Ladys wollen nicht arbeiten. Auf der Straße gibt's nichts umsonst, Mann. Ich schaffe meine Mädels wieder weg. Weiter runter. Nach Brooklyn. In die Bronx. Überall hin, Mann. Noch drei Mädels sind erschossen worden, noch eine weggeschnappt. Alle beim Fluß. Aber sogar außerhalb der Stadt sagen Mädels, die anschaffen, sie haben den Bus gesehen. Wie wenn ein Habicht zuschlägt. Sehen die Mädels bloß den Schatten, rennen sie los.«

»Was wollen Sie von mir?«

»Die Straßen sind voller Bullen. Meine Ladys müssen irgendwo arbeiten. Wenn sie nicht beim Fluß arbeiten können, hab ich ernsthafte Verluste, so Sie mir folgen können?

Ob Bus oder Bullen, ich hab was dagegen. Bis die den Bus aus dem Verkehr ziehen, sterben meine Mädels vor Schiß und fahren bei jedem Schatten zusammen. Das tut weh, Mann.«

»Im Geldbeutel.«

»Yeah, okay, Burke. Sie sind ein guter Bürger, richtig? Sie schauen auf mich runter – das ist Ihre Sache. Aber das hier ist auch Ihre Sache, wenn ich recht gehört habe.«

»Wie ist das?«

»Der Bus ist voller Abknaller und Wegschnapper, Mann. Und immer erwischen sie Babys. Genau Ihr Gebiet, richtig?«

»Falsch.«

»Schau, Mann, bleiben wir hier doch alle bei der Wahrheit. Der Spruch geht schon lange rum – hast du ein Baby-Problem, ruf Burke an. Ich weiß, daß Sie kein Sozialarbeiter sind. Sie sind ein Gesetzloser, wie ich. Sie arbeiten bloß auf der andern Seite der Straße.«

»Ich arbeite für Geld.«

»Glauben Sie, ich bin wegen mir hier? Die Spieler haben sich zusammengetan. Das hier ist für *jedermann* schlecht, nicht bloß für Marques Dupree. Wir bringen gemeinsam die Mäuse für die Belohnung auf.«

»Die Muschi bringt die Mäuse auf«, sagte der Prof.

»Nennen Sie's, wie Sie's sehen, wenn's Ihnen dann besser geht. Ich nenne es so, wie es ist.«

Ich wartete.

»Ein Kopfgeld. Fünfzigtausend Mäuse. Tot oder lebendig. Der Bus muß weg. Ob in den Knast oder die ewigen Jagdgründe, ist mir egal.«

»Heuern Sie sich 'nen Privatdetektiv.«

»Ich sagte Kopfgeld, Mann. Seh ich wie ein scheiß Freier aus? Wir bezahlen niemand nach Stundenlohn.«

»Verteiln Sie das Geld auf der Straße.«

»Kann ich nicht.«

»Warum?«

»Wir können nicht warten, bis uns irgendeine Schwuchtel was steckt. Und wir können uns jedenfalls nicht sicher sein, daß die Polente ihre Arbeit macht.«

»Warum nicht?«

»Wir haben gehört, der Bus wird *gedeckt*. Das ist alles, was ich weiß. Aber der Spruch macht die Runde, überall auf der Straße. Rauf und runter. Der Bus muß einen Stellplatz haben, kapieren Sie?«

Wieder bearbeitete der Prof mit den Händen meine Schultern.

»Yeah«, sagte ich.

»Es ist gutes Geld, Burke. Ich setze jede Sicherheit durch, die Sie wollen.«

»Sie haben Ihre Sicherheit dabei.«

Marques wirkte verwirrt. »Meinen Schmuck!«

»Ihren Kopf«, sagte ich ihm.

Er holte erneut tief Luft. »Sie machen es?«

»Ich will drüber nachdenken.«

»Müssen Sie noch irgendwas wissen?« fragte er.

»Wenn der Bus sich zeigt, sind wir bereit«, sagte der Prof.

»Gehn wir, Fotze«, sagte Marques zu Belle.

»Sie kommt mit mir«, sagte ich.

Marques Dupree lächelte. »Mögen Sie Kühe?«

»Geh heim und spiel mit deinen Kleiderbügeln«, sagte ich, während ich dem Maulwurf zuwinkte. Damit Marques den Kofferraum öffnen konnte, ohne seine Sicherheit zu verlieren.

32

Der Rolls entfernte sich. »Warten Sie im Auto«, sagte ich zu Belle. Sie wedelte dem Prof zum Abschied mit den Fingern zu. »Gute Nacht, schöne Frau«, sagte er. Max stand stockstill.

Ich beobachtete ihren Abgang.

»Prof, weiß du, was er da runtergefaselt hat?«

»Der Bus ist echt, Burke. Es geht schon seit Wochen auf der Straße rum.«

»Weißt du etwas?«

»Etwas. Wenn ich alles habe, bekommst du's als Morgengabe.«

Ich gab Max seine Fünfhundert, dem Prof einen Tausender. »Halte dich an den Maulwurf – er setzt dich irgendwo ab.«

Max verbeugte sich. Ich schüttelte dem Prof die Hand. »Paß auf dich auf«, sagte ich ihm.

Ich stieg in den Plymouth. Belle saß an der Beifahrertür und schaute durch das offene Fenster auf den Fluß.

»Wohin?« fragte ich sie, während die dunkle Limousine davonzog.

33

Belle langte unter den Bund ihres Sweatshirts, zog eine Schachtel Kippen raus. Ich reichte ihr meine kleine Streichholzschachtel, wartete. Sie inhalierte tief. Es war, als beobachte man die Alpen bei der Faltung.

»Kennen Sie den Broad Channel?«

»Sicher.«

»Ich zeig's Ihnen, sobald wir zum Cross Bay Boulevard kommen.«

Ich hielt mit dem Plymouth gen Downtown, in Richtung Battery Tunnel.

»Wie haben Sie Marques kennengelernt?«

»Als ich das erste Mal nach New York kam. Ich hab in Rosie's Show Bar gearbeitet.«

»Als Tänzerin?«

»Ich war Barmädchen.«

»Hat er Sie rauszuziehn versucht?«

»Er denkt, ich bin 'ne Lesbe. Okay?«

Sie wußte, was Sache war. Eine Menge Lesben gehen anschaffen, aber ein cleverer Louis will keine in seinem Stall. Eines Tages dreht er sich um, und ihm fehlen zwei Mädchen.

»Denken sie in dem Laden, in dem Sie arbeiten, dasselbe?«

»Dem Boß ist's hin wie her egal.«

»Und warum hat Marques Sie als Kundschafter ausgesucht?«

»Es ist eine der Sachen, die ich mache. Ich transportier Zeug, fahr ein Auto, überbring eine Nachricht ... in der Richtung, wissen Sie?«

»Transportieren Sie Puder?«

»Nein.«

»Da steckt das Geld drin.«

»Der Fall ist zu tief.«

»Schon mal dringewesen?«

»Bloß ein paarmal über Nacht. Einmal eine Woche. In West Virginia.«

»Wegen was?«

»Die Cops dachten, ich wär bei 'ner Banksache gefahren. Mich wollten sie gar nicht – ich war noch ein Kind –, sie wollten den Mann mit der Knarre.«

»Die haben Sie nur 'ne Woche festgehalten?«

Sie merkte etwas an meinem Tonfall. »Ich hab dichtgehalten, Burke. Sie haben Kaution für mich gekriegt, und ich hab mir einen Bus nach Norden geschnappt. Ich weiß, was ich zu tun hab – wenn ich in den Knast geh, geh ich allein.«

»Sie haben nie gesessen – wo haben Sie die Regeln gelernt?«

Belle lächelte in die Dunkelheit. Klatschte sich seitlich an den Schenkel. »Vielleicht bin ich zu schwer zum Umfallen.«

Ich lenkte den Plymouth auf den Belt Parkway, hielt mich östlich, Richtung Queens. Ein roter Lieferwagen wechselte plötzlich vor mir die Spur, schnitt mich. Ich tippte auf die Bremse, riß das Steuer nach rechts, trat aufs Gas. Der Plymouth strich an dem Lieferwagen vorbei wie ein Hai um ein Ruderboot. Belle schraubte den Hintern tief in den Sitz, um Gleichgewicht bemüht.

»In dem Auto steckt 'ne Masse mehr, als man denkt.«

»In Ihnen auch.«

Wieder blitzte ihr Lächeln auf. Ein züchtiges Lächeln, das nur die Spitzen ihrer Zähne zeigte.

Ich steuerte den Plymouth vom Belt runter, nahm die Strecke durch den Ozone Park. Keinerlei Grund, daß Marques das Auto verfolgen lassen sollte, aber Belle sagte, sie spiele nach unseren Regeln – sie wollte nicht, daß der Louis wußte, wo sie wohnte. Wir hielten an einer Ampel. Eine verlassene Fabrik stand am Straßenrand, wartete, daß ein Planer die Arbeit erledigte, die ein Brand vor Jahren begonnen hatte. Sie war mit Graffiti bekleistert, ein breites Rechteck in der Mitte ausgenommen, das jemand sorgfältig getüncht hatte. Auf dem weißen Grund war eine Botschaft, von einem begabten Graffiti-Schreiber liebevoll aufgesprayt. Orange Buchstaben in Leuchtfarbe, schwarz abgesetzt, so daß sie einem förmlich von der Wand entgegenschrien.

RESP AUF EIGENES RISIKO!

Belle las die Botschaft, war fasziniert, ging jedes einzelne Wort durch, biß sich auf die Unterlippe. »Was heißt das. ›Resp‹?«

»Das ist die Kurzform für ›Respektlosigkeit‹. Das hier ist Grenzgebiet. Schwarz und weiß.«

Sie sagte kein Wort mehr, bis wir auf den Boulevard bogen. Ich folgte ihren Anweisungen zum Broad Channel. Zumeist kleine Bungalows, dicht nebeneinander, direkt am Wasser. Vor Jahren waren es Sommerlauben gewesen, doch die meisten waren nun aufgemöbelt, und die Menschen wohnten dort übers ganze Jahr.

Die Hütte stand am Ende eines kurzen Häuserblocks. Weiß mit blauer Verzierung um das eine Fenster, das dunkle Dach darüber fast flach. Ihr roter Camaro war davor geparkt.

»Da wären wir«, sagte sie.

34

Ich ließ den Plymouth an den Randstein gleiten, stellte den Motor ab. Die Straße war ruhig, jedes Haus dunkel.

»Kommen Sie mit rein?« fragte Belle.

Die Hütte war dicht an den Gehsteig gebaut, der Weg zur Vordertür nur ein paar Schritte weit. Sie drehte den Schlüssel um, stieß die Tür auf, trat beiseite. Das Innere des Hauses lag im Schatten; von hinten drang weiches Licht. Belle bedeutete mir, vor ihr zu gehen.

»Nach Ihnen«, sagte ich.

Ein schwaches Lächeln. »Sind sie höflich? Oder ängstlich?«

»Ängstlich.«

Sie ging vor mir rein. Ich beobachtete sie von der Schwelle aus, stieß die Tür mit der linken Hand sachte vor und zurück, probierte den Widerstand. Belle bückte sich von der Taille aufwärts in den Schatten. Ich hörte ein Klicken. Eine Lampe leuchtete auf. Sie machte ein paar Schritte. Noch einen.

»Schließen Sie die Tür hinter sich«, sagte sie.

Die Hütte bestand aus einem großen Zimmer. Eine lange Couch aus Sitzelementen nahm eine Wand ein, an beiden Enden Beistelltische mit Lampen. Die Küche war entlang der gegenüberliegenden Wand untergebracht, Hollywood-Stil, alles in halber Größe. An der Seite waren blanke Wände, keine Fenster.

»Möchten Sie Kaffee?«

»Nein, danke.«

Ich zündete mir eine Zigarette an und ging in Richtung Couch. Die Hinterseite des Hauses war immer noch dunkel. Ich konnte weiter links ein Dreifachfenster neben einer Tür sehen, rechts ein Bett.

Belle zog sich das Sweatshirt über den Kopf und schmiß es in einen weißen Plastikkorb neben dem Kühlschrank. Ihr schwarzer BH war aus einer Art Jersey mit am Rücken über Kreuz laufenden Trägern, so daß die Schultern bloß waren. Sie stieg aus den Jogging-Hosen. Drunter hatte sie etwas an, das wie weiße Männer-Boxershorts aussah.

Sie nahm ihre Kaffeetasse in die eine Hand, eine Schachtel Zigaretten in die andere. Lief zur Hintertür.

Ich machte sie ihr auf, folgte ihr nach draußen. Ein Holzsteg ragte über das schwarze Wasser raus, auf beiden Seiten ein hüfthohes Geländer. Auch die anderen Hütten hatten Stege. Ich sah ein kleines Segelboot, das an einem festgebunden war, ein Ruderboot mit einem Außenborder an einem anderen. Belle ging bis zum Ende raus, balancierte vorsichtig die Kaffeetasse.

»Nehmen Sie mal«, sagte sie und reichte mir Kaffee und Zigaretten. Sie wandte den Rücken dem Wasser zu, stützte die Hände zu beiden Seiten aufs Geländer und schwang sich drauf. Ich stellte den Kaffee auf die eine Seite ihrer Hühnerstange, reichte ihr die Schachtel mit den Kippen wieder. Sie schüttelte sich eine raus, lehnte sich nach vorn, stützte sich mit einer Hand an meiner Schulter ab. Ich zündete sie ihr an.

Ich konnte die kühle Nachtluft durch meine Jacke spüren. Belle schien sie nicht wahrzunehmen. Ich lehnte die Ellbogen neben ihr aufs Geländer, sah zu den eine halbe Meile entfernten Hafenlichtern. Wieder spürte ich ihre Hand auf meiner Schulter.

»Haben Sie wirklich all das Zeug gemacht?« Ein sanfter Ton, durch und durch rauchig. Eine Kleinmädchenstimme. Die gewundene Tätowierung zeichnete sich scharf auf ihrem Schenkel ab, Zentimeter vor meinem Gesicht.

»Welches Zeug?«

»Was der Kerl heut abend gesagt hat.«

»Nein.«

Sie kicherte, wie Kinder es tun, wenn sie wissen, daß man mit ihnen spielt.

»Doch, Sie haben«, sagte sie.

Ich zuckte die Achseln.

»Ich hab was, das Sie interessieren könnte«, sagte sie mit ruhigem Ton.

»Sie haben was, das *jedermann* interessieren könnte.«

Sie kicherte. »*Das* hab ich nicht gemeint. Geschäftlich. Kann ich mit Ihnen drüber reden?«

»Nicht hier.«

»Warum?«

»Am Wasser trägt der Ton zu weit.«

Sie legte mir einen Arm um den Hals, zog mein Gesicht dicht an ihres. Flüsterte. »Glauben Sie, das weiß ich nicht? Ich bin am Wasser aufgewachsen. Drin.«

»Okay.«

Ich wandte mich dem Haus zu, schlang ihr den Arm um die Taille. Mit ausgestreckten Beinen rutschte sie vom Geländer auf mich zu. Instinktiv riß ich den anderen Arm hoch und packte ihren Schenkel. Belle kuschelte sich in meine Arme. »Trag mich«, sagte sie, sanft.

»Ich heb mir 'nen Bruch«, knurrte ich sie an, während ich mich um Halt suchend ans Geländer lehnte.

»Bitte.«

Ich hätte wieder die Achseln gezuckt, aber ich brauchte meine ganze Kraft.

Sie duckte ihren Kopf an meine Brust, als wir durch die Tür gingen, und stieß sie mit dem Zeh zu. Ich versuchte sie sacht auf der Couch abzusetzen, ließ sie aber den letzten halben Meter fallen. Ich plumpste neben ihr hin. »Ich liebe es, wenn ich getragen werde«, sagte sie, lehnte sich rüber und küßte mich auf die Backe.

»Gewöhn dich nicht zu sehr dran.«

Belle hüpfte von der Couch hoch. In Minutenschnelle kam sie zurück. Stellte ihre Kaffeetasse in die Spüle, zündete am Gasherd zwei Zigaretten an, lief zu mir und reichte mir eine.

»Erst du«, sagte sie.

Ich nahm einen tiefen Zug, fragte mich, woher sie Bescheid wußte.

»Diese Musik ...«

»In meiner Nummer?«

»Yeah. Sumpf-Blues. Hab ich nie zuvor gehört. Louisiana?«

»Florida. Ist 'ne alte Platte. Ich weiß nicht mal, wer der Sänger ist. Ich hab sie in einem Laden in der Stadt entdeckt.«

»Woher weißt du, daß sie aus Florida ist?«

Belle stand von der Couch auf, zog sich im Laufen den BH über den Kopf. Schaltete, eine nach der anderen, die zwei Lampen auf den Beistelltischen aus. Sie streckte sich in voller Länge auf Couch aus, den Kopf in meinem Schoß, und blickte zu mir hoch, die Augen geschlossen. Selbst als sie die Arme auf der Seite hatte, standen ihre Brüste stramm zu mir hoch, in Fleisch gemeißelt.

Ihr Gesicht war in dem weichen Licht undeutlich, die Augen hinter dem krem- und honigfarbenen Haarschopf verloren. Kein Lippenstift auf dem Mund. Nur das winzige Kinn mit der energischen Spitze in Bewegung.

»Ich bin aus Florida. Als ich den Song gehört hab, wußte ich, daß es der Ruf der Heimat war. Verstehst du?«

»Yeah.«

Sie nahm meine Hand, drückte sie dorthin, wo ihre Brust das Herz verdeckte. Ich konnte den Schlag spüren. Stark, langsam, stetig.

»Was hältst du von meiner Nummer?«

»Ich habe so was noch nie gesehn.«

»Jedes Mädchen kann ihre gestalten, wie sie will. Solange die Kleider fallen, bevor das Licht ausgeht.«

»Es ist ein psychiatrischer Spiegel.«

»Ein was?«

»Ein psychiatrischer Spiegel. Du machst deine Nummer – die Leute schaun zu – jeder sieht was völlig anderes – wenn du wüßtest, was sie denken, würdest du sie kennen.«

»Wie beim Tintenkleckstest?«

»Genau so.«

Belle seufzte. Ein winziger weißer Spalt auf ihrem Gesicht, wo sie auf der Unterlippe kaute. »Es stimmt. Männer schikken mir Zettel nach hinten.«

»Antwortest du ihnen?«

»Nein. Ich bin wie du.«

»Was soll das heißen?«

»Ich arbeite ebenfalls nicht für Zuhälter.«

»Du könntest für dich selber arbeiten.«

»Ich arbeite für mich selber – ich bin nicht zu kaufen.«

Sie langte nach meiner Zigarette, ignorierte die eigene. Steckte sie sich in den Mund, nahm einen tiefen Zug. Der Rauch schoß ihr aus der Nase. Ich sah, wie sich ihre Bauchmuskeln spannten.

»Hat es bei dir was bewirkt?«

»Was?«

»Meine Nummer – hast du an etwas gedacht?«

Ich biß in den Zigarettenfilter. »Ich hab es wie ein Stück gesehn. Ein junges Mädchen, das sich mit sich beschäftigt. Dinge, die ihr zu schaffen machen. Der Ruf des Bösen.«

»Sag mir die Wahrheit – hast du ein Stück gesehen?«

»*Wie* ein Stück. Alles hat etwas bedeutet.«

»Nicht, was du denkst.«

»Yeah, *exakt* was ich denke. Genau wie der Spiegel funktioniert.«

Belle setzte sich auf, den Rücken zu mir. Sie erhob sich, nahm meine Hand. »Komm mit«, sagte sie.

Sie ging hin zum Bett. Legte mir eine Hand auf die Brust. »Bleib hier«, sagte sie. Sie hakte die Daumen in den Bund ihrer Shorts, zog sie sich über die Hüfte, ließ sie bis zu den Füßen runter. Sie stieg aus den Shorts und tappte zum Bett. Sie sank auf die Knie, beugte sich nach vorn aufs Bett, die Hände vor der Brust gefaltet.

»Sag mir die Wahrheit«, verlangte sie wieder, und ihre Kleinmädchenstimme zischte beinahe. Fordernd. »Was hast du gesehen?«

Ich beobachtete, wie die Schatten auf ihrem Körper spielten. »Ich sah ein junges Mädchen. Beim Gebet.«

»Was hat es bewirkt? Was hast du tun wollen?« flüsterte sie, blickte über die Schulter zurück, wackelte mit dem Hintern.

Ich holte Luft. Sagte ihr die Wahrheit. »Dein Gebet erhören«, sagte ich ihr.

Ihr kleines Kinn kam hoch, ein Lächeln blitzte auf.

»Komm schon«, sagte sie.

35

Sie blieb auf den Knien, beobachtete mich über die Schulter. Sie legte den Kopf zur Seite, lauschte, als meine Kleidung zu Boden fiel.

»Wo ist deine Waffe?«

»Ich habe keine.«

»Marques schon.«

»Ich weiß – in seiner linken Hosentasche«, sagte ich, trat neben sie und legte ihr die Hand auf die Schulter.

Sie erhob sich, schaute mich an. Ohne die Absätze war sie vielleicht anderthalb Zentimeter kleiner als ich. Ihre Augen lagen so dicht beieinander, daß man kaum reinschauen konnte. Ich strich ihr mit zwei Fingern über den Kieferbogen. Tastete nach dem in weichem Fleisch verlorenen Knochen, stützte ihr kleines Kinn. Ich küßte sie sanft, spürte die Lippen schwellen. Ihre Zähne klackten gegen meine.

»Woher hast du gewußt, daß er eine Waffe hatte?« fragte sie, ließ die Zunge vorschnellen, flüsterte mir in den Mund.

Ich glitt mit den Händen zu ihrer Taille und runter zu ihrem modellierten Hintern, spürte die weiche Haut, quetschte die harten Muskeln unter der Oberfläche. Sie verschränkte die Hände hinter meinem Kopf, ließ sich zurückfallen und zog mich mit sich runter.

Das Bett war hart. Keine Feder quietschte, als unser Gewicht auftraf. Ich landete auf ihr, doch sie schlüpfte so geschmeidig unter mir weg wie ein Otter von einem Felsen ins Wasser. Sie kuschelte sich an meine Brust, stupste mich mit der Schulter am Rücken, grabbelte mir mit einer Hand über den Bauch, warf einen Schenkel über meine. Am ganzen Körper zitternd, barg sie das Gesicht an meinem Hals.

»Du mußt es mir verraten«, flüsterte sie. »Ich muß solche Sachen wissen.«

»Warum?«

Sie langte mir mit der freien Hand zwischen die Beine,

umfaßte mich, rubbelte mit der Daumenkuppe über die Spitze. »Glaubst du, das ist die Erhörung meiner Gebete?«

»Ich hatte die Hoffnung«, sagte ich.

»Komm schon, Süßer. Woher hast du's gewußt?«

»Als du mit ihm gekommen bist, wollte er dich nicht auf seiner linken Seite haben. Als du dich verzogen hast, war er lockerer.«

»Und?«

»Und so hatte er sie entweder auf der linken Seite, oder du hast das Eisen für ihn getragen.«

»Woher hast du gewußt, daß ich's nicht hab?«

»Deine Hände warn leer. Die Klamotten, die du anhattest – der Jogging-Anzug –, da wärst du nicht rechtzeitig rangekommen. Außerdem warst du nicht seine Frau.«

»Weil ich das gesagt hab?«

»So, wie du dich aufgeführt hast.«

Sie streichelte mich sanft, in Gedanken woanders. Ich nicht.

»Und wenn du dich geirrt hättest?«

»Hä?«

»Wenn ich doch eine gehabt hätte?«

»Du wärst nicht schnell genug rangekommen.«

»Nicht schnell genug für dich?«

»Für Max.«

»Welcher war Max?«

»Der Kerl, der nicht gesprochen hat.«

»Der war zehn Schritte von mir weg.«

Ich zuckte die Achseln.

Sie verlagerte ihr Gewicht, stützte den Ellbogen seitlich aufs Bett und legte den Kopf auf die Hand. Ihre Brust war einen Zentimeter vor meinem Gesicht. Der dunkle Nippel wirkte auf der weißen Kugel winzig. Ich küßte ihn. Sie reagierte, indem sie mit der Hand an mir zog.

»Ist er wirklich so schnell?«

»Schneller.«

Belle schob den Kopf wieder an meine Brust. Ihre Hand glitt den Schaft runter, umschloß die Eier, hob sie sacht, als wolle sie ihr Gewicht schätzen. Ihre Stimme bestand aus nichts als weichen Kurven mit gespannter Härte darunter – genau wie ihr Körper. »Sag mir die Wahrheit. Als du mich im Club gesehen hast – in dem Stück – und meine Gebete erhören wolltest?«

»Yeah?«

»Was wolltest du da machen?«

»Ich bin mir nicht sicher ...«

»Sag's mir!« flüsterte sie barsch an meiner Brust, und ihre Hand schloß sich um mich.

»Ich wollte dich erretten«, sagte ich.

Ihre Hand marschierte wieder zum Schaft, sie schob ihren Körper über mich, half mir in sich hinein. Sie war naß – ich glitt rein wie eine Kugel in die Kammer. Ihre beiden Hände waren jeweils seitlich von mir, nahmen das Gewicht weg, und ihre Brüste strichen mir über das Gesicht. Ich faßte ihr mit meinen Händen an den Hintern, als sie anfing, sich an mir zu reiben.

Ihr Mund kam runter zu meinem. »Errette mich«, sagte sie.

36

Als ich eine Weile später erwachte, lag Belle mit dem Gesicht auf dem Kissen neben mir, während ihr Körper mich noch immer bedeckte. Ich konnte nicht auf meine Uhr schaun. Ich straffte die Schultern, wollte sehen, ob ich unter ihr wegrutschen konnte, ohne sie aufzuwecken.

»Möchtest du eine Zigarette, Baby?«

»Ich wußte nicht, daß du wach bist«, sagte ich.

»Ich hab überhaupt nicht geschlafen. Ich war die ganze Zeit da.«

»Und wieso bist du nicht aufgestanden?«

»Ich hab dich behütet«, sagte sie, das Gesicht dicht an meinem. »Ich hab gewußt, daß du nur schläfst, wenn ich mich nicht rühre.«

Sie tappte zur Küche, öffnete eine Tür neben dem Kühlschrank. Ich hörte Wasser laufen. Belle kam mit einem großen Glasaschenbecher zurück, Zigaretten und Streichhölzer drin, einen Lappen über der Schulter. Sie beugte sich über mich, stellte den Ascher auf die andere Seite. Sie nahm eine Zigarette in den Mund, steckte sie an, reichte sie mir. Zündete sich selber eine an.

Sie lächelte in der Dunkelheit auf mich runter. »Bist du jetzt mein Freund?«

Ich dachte, ich müßte loslachen – heraus kam eine Art Schnauben. »Dein Freund?«

»Ja, mein Freund.«

»Was soll das heißen?«

»Weiß ich nicht. Ich hatte nie einen Freund. Aber wenn du mich errettet hast, mußt du doch mein Freund sein, richtig?«

»Wenn das alles ist, was man zu deiner Errettung braucht, muß es tausend Bewerber für den Job gegeben haben.«

Sie beugte sich vor und küßte mich. »Du bist ein süßer Mann. Aber das war bloß ein Abschlag. Noch bin ich nicht errettet.«

Sie drückte ihre Zigarette aus, zog das Waschtuch von der Schulter. Fing an, mich zu säubern, ohne sonderlich sachte mit mir umzugehen. Das Waschtuch war weich, warm vom Wasser. Ich spürte, wie ich in ihrer Hand wuchs.

Ich rauchte meine Zigarette auf. Belle, die im rechten Winkel zu mir auf dem Boden kniete, schrubbte mich noch immer ab, als hätte sie vor, meinen Schwanz zu operieren. Ich zündete mir eine neue an. Sie schmiß das Waschtuch zur Seite, stieg ins Bett, die Knie neben meiner Brust. Sie beugte sich nach vorn und nahm mich in den Mund, den Hintern in die Luft gereckt, wo er mir den Blick auf die übrige Welt versperrte.

Sie nahm den Mund von mir, guckte über die Schulter zurück. Leckte sich die Lippen. »Mach die Zigarette aus.«

»Warum?«

»Ich will nicht, daß du mich brennst.«

»Ich brenne dich schon nicht.«

Sie kapierte den warnenden Unterton. »Ich hab nicht gemeint, *absichtlich*«, flüsterte sie. »Ich weiß, daß du nicht so bist.«

Ich hielt die Zigarette mit der linken Hand, nahm einen tiefen Zug, während ich mit der rechten Hand ihren äußeren Schenkel streichelte.

»Steck sie bloß nicht in den Mund«, sagte sie, beugte sich wieder nach vorn, nuckelte an meinem Schwanz. Heftig saugend schluckte sie die pralle Spitze. Ich steckte mir die Zigarette in den Mund, zog tief, ließ den Rauch aus der Nase quellen, völlig im Gefühl versunken.

Belle schob den inneren Fuß an mich, ließ ihn auf meine Brust rutschen. Die Zigarette wechselte in meine linke Hand, als sie das Bein drüberwarf, so daß sie auf mir grätschte, den Hintern noch immer hochgereckt, aber nun groß und breit vor mir. Sie wackelte mit dem Sitzfleisch, saugte, setzte die Zunge ein. Ich nahm einen weiteren Zug. Ihr Hintern kam runter, schob sich auf mein Gesicht zu. Ich knallte ihr mit der rechten Hand heftig auf die Backe, ein scharfes Klatschen im stillen Raum.

Sie stieß mit dem Hintern wieder in die Luft, zog den Mund vor mir weg. »War das 'ne Mitteilung – oder hast du bloß sehen wollen, wie sich's anfühlt?«

»Eine Mitteilung«, sagte ich ihr.

»Warum hast du's nicht einfach gesagt?«

»War nicht genug Zeit.«

Sie drehte sich auf den Knien, so daß ihr Gesicht dicht an meinem war. »Möchtest du mich nicht kosten?«

»Nein.«

»Warum nicht, Schatz? Meinst du nicht, daß ich süß bin?«

»Darum geht's nicht.«

»Meinst du, ein Mann sollte so was nicht machen?«

Ich stupste die Zigarette aus. »Das meine ich nicht. Ich mag's bloß nicht.«

»Gefängnis?«

»So simpel ist das nicht. Es hat nichts mit 'nem Kodex zu tun.« Ich lachte. »Die einzigen Knackis, die schwören, daß sie nie 'ne Frau geleckt haben, sind Zuhälter.«

Belle rieb ihr Gesicht an meiner Brust. »Möchtest du nicht irgendwas tun, was mich glücklich macht?«

»Einiges. Manches. Verstehst du?«

»Ich würde alles tun, was du magst.«

»Die Kiste funktioniert nur dann, wenn du tust, was *du* magst, Belle. Das ist das einzige, was auf Dauer zählt.«

Sie zündete sich eine Zigarette an.

»Hast du eine Frau?«

»Ja.«

»Bei dir?«

»Nein.«

»Wo ist sie?«

»Weiß ich nicht.«

Ihre Zigarette glühte auf. »Aber du liebst sie – du wartest auf sie?«

»Ja.«

»Kommt sie wieder?«

»Weiß ich nicht.«

Sie fuhr sich mit den Händen durchs Haar, raffte es zu einem Dutt über dem Kopf, schaute auf mich runter.

»Wirst du mich lieben?«

»Ich dachte nie, daß ich sie lieben würde«, sagte ich.

Sie hielt mir die Zigarette an den Mund. Ihr Gesicht, das wie von innen strahlte, war forschend. Sie mußte mich nicht bitten, ihr die Wahrheit zu sagen – sie erkannte sie, wenn sie sie hörte.

»Ich will dich lieb haben, Burke. Und du willst mich erretten.« Sie zog die Hand von meinem Gesicht weg, ließ mir aber die Zigarette im Mund.

»Wenn ich mich wieder auf dein Gesicht zu setzen versuche, gibst du mir dann noch 'nen Klapps?«

»Soll ich's dir auf andre Art beibringen?«

Wieder drehte sie sich auf den Knien, beugte das Gesicht runter. Sie schaute über die Schulter zurück. »Nein, schick mir lieber 'ne Mitteilung. Ich mag die Art, wie du das machst.«

Ihr Mund schloß sich wieder um mich. Ich wurde hart. Sie rieb die Schenkel aneinander. Meine Hand streichelte ihren Hintern. Ihre Schenkel öffneten sich. Ich strich ihr mit den Fingern über die Kniekehlen. Ein Tropfen Flüssigkeit fiel mir auf die Hand. Ich spürte den Druck wie Nadelstiche in den Eiern, die sich zu einer dicken Masse verdichteten. Ich hakelte mit der Hand um ihre Schenkelvorderseite, zog sie zu mir her. Sie wollte sich nicht rühren, saugte statt dessen heftiger. Strega kam mir in den Sinn – Strega und ihre Hexenspiele. Ich zerrte heftig an ihrem Schenkel, versuchte ihr Gesicht von mir zu ziehen. Ich war starr wie ein Zellengitter.

»Belle«, flüsterte ich. »Komm her.«

Sie rührte sich nicht. Heftig knallte ich ihr auf dieselbe Backe wie zuvor. Sie gab ein Summen von sich, blieb aber, wo sie war. Ich haute sie noch zweimal, spürte das Stechen in meiner Hand, fragte mich, was sie spürte.

Ihr Mund löste sich von meinem Schwanz. Sie krabbelte weiter runter und warf ein Bein über mich. Sie stieß mir den Hintern zwischen die Beine, bis ich aalglatt in ihr war, hob sich auf die Knie, ritt meinen Körper, den Rücken mir zugekehrt.

»Komm schon!« sagte sie mit fester Stimme und rammelte mich, bis wir beide soweit waren.

37

Danach schlief sie. Auf dem Bauch, einen Arm um meine Brust geschlungen. Ich schlüpfte drunter raus, suchte das Badezimmer. Es war untermaßig, wie die Küche. Billige, schwarzweiße Kacheln am Boden und über der Wanne die halbe Wand hoch. Das heiße Wasser kam augenblicklich; der Druck war für diese Nachtstunde gut. Ich nahm eine kurze Dusche, benutzte eines ihrer x-beliebigen Shampoos, frottierte mich ab. Der kleine Medizinschrank war bis auf eine Zahnbürste und ein Fläschchen Aspirin leer. Eine Plastikhaarbürste und eine Flasche mit grünem Mundwasser befanden sich auf dem Waschbecken. Ich fragte mich, wo sie ihr ganzes Make-up aufbewahrte ... vielleicht auf dem Ankleidetisch neben dem Bett.

Das Badezimmer war voller Dampf, der Spiegel beschlagen. Ich wischte ihn ab, schaute mir mein Gesicht an. Was immer sie wollte, dort hatte sie es nicht gesehen.

Mit dem Fuß stieß ich an etwas unter dem Becken. Ein schwarzer Metallkasten mit einer Lasche vorn dran, oben ein Tragegriff. Ich klappte ihn auf. Sterile Binden, einzeln eingewickelt. Eine Rolle Mull. Elastikband. Drei Skalpelle mit verschieden großen Klingen. Eine Operationsschere. Eine Flasche Jod. Noch zwei mit Schwefelpulver. Ein paar gleich aussehende Phiolen, nicht ausgezeichnet. Ich öffnete sie. Penizillin. Perkodan. Auf dem Metallkasten war kein Aufkleber, doch ich wußte, was er war. Schußwundengrundausstattung.

Der Kühlschrank enthielt eine halbleere Tüte Milch, einen

Klumpen Weichkäse und einen Salatkopf in einer Plastikhülle. Ich entdeckte ein paar Eiswürfel, füllte ein Glas, ließ es kalt werden, während ich mich anzog.

Im Lehnstuhl neben dem Bett nippte ich am Wasser, rauchte, versuchte es durchzudenken. Ein Geisterbus ging mir im Kopf herum.

Als sie die Augen aufschlug, rollte sich Belle auf die Seite.

»Diesmal hast du mich behütet«, sagte sie.

»Ich muß gehn«, sagte ich ihr.

»Laß mich erst eine Dusche nehmen«. Ohne die Antwort abzuwarten, walzte sie an mir vorbei zum Badezimmer. Draußen war es immer noch dunkel – nach meiner Uhr halb fünf.

Mit naß glänzendem Körper kam sie aus dem Badezimmer, bürstete ihr Haar.

»Warum mußt du gehen?« wollte sie wissen, während sie zu mir trat.

»Es gibt etwas, um das ich mich kümmern muß.«

»Wie heißt sie?« fragte sie mit spöttisch schnurrender Stimme.

»Pansy.«

Sie zuckte zurück. »Willst du mich veräppeln?«

»Pansy ist 'ne Hündin. Meine Hündin.«

Sie kicherte. »Du hast 'ne Hündin namens Pansy? Bindest du ihr Schleifen ins Haar und so?«

»Sie hat etwa deine Größe.«

»Das möchte ich sehen.«

»Wirst du.«

»Kann ich mit dir kommen?«

»Diesmal nicht«, sagte ich und stand auf.

Sie legte mir die Arme um den Hals und stieß mit der Nase so dicht an meine, daß mir die Augen verschwammen. »Kommst du heut abend wieder?«

»Ich dachte, du mußt arbeiten.«

»Ich meld mich krank. Die meisten Mädchen machen das nach ihrem freien Abend – ist keine große Sache.«

»Okay«, sagte ich, während ich mit den Händen über ihren glatten Rücken bis zum Ansatz ihres Hinterteils runterfuhr.

»An was denkst du?«

»Ich dachte mir, wenn ich einen Vierteldollar an deinen Rücken presse und ihn loslasse, segelt er von deinem Arsch weg wie von 'ner Sprungschanze.«

Sie schob die Hand zwischen uns, tippte mir an den Schritt. »Hast du da irgendwo 'nen Vierteldollar?«

»Nein«, sagte ich und stieß sie sachte weg. »Ich muß gehn – ohne Witz.«

Sie faßte mich an der Hand, geleitete mich zur Tür. »Burke, weißt du, als du mich nicht kosten wolltest? Du hast gesagt, daß du's nicht magst, richtig?«

Ich machte im Gehen ein Ja-Geräusch.

»Das ist okay. Du kannst tun, was du magst. Isses okay, wenn ich weiter tanze?«

»Wenn du möchtest.«

»Ich sag dir jetzt die Wahrheit, Burke. Ich werd dich lieben. Und du wirst mich auch lieben, wenn du siehst, wie ich bin. Aber ich muß dabei tun und lassen können, was ich will, verstehst du?«

»Ich widerspreche dir nicht, Belle.«

Sie legte mir den Mund ans Ohr, flüsterte mit dieser rauchigen Kleinmädchenstimme, hielt meine Hand fest. »Ich bin, wie ich bin. Du änderst dich nicht wegen mir – ich änder mich nicht wegen dir. Aber ich würd dich nicht tanzen lassen.«

»Das heißt was?«

Ihre Stimme war klar und traurig. »Wenn Pansy eine Hündin ist, wie du gesagt hast, geh ich sie kraulen. Wenn sie eine Frau ist, bring ich sie um.«

Sie küßte mich auf die Backe, stieß mich weg, stand daneben, während ich aus der Tür trat.

Als ich ins Auto stieg, schaute ich zur Hütte zurück. Sie war dunkel.

38

Der Plymouth schaffte den Rückweg ins Büro, ohne daß sich der Monstermotor mühen mußte. Im Nachrichtensender redeten sie drüber, daß kuwaitische Schiffe im Persischen Golf die US-Flagge zeigten und Minensuchboote eingesetzt wurden. Ich schaltete auf den Oldies-Sender um. Screamin' Jay Hawkins. »I Put a Spell on You«. Fauchende Liebesdrohungen an seine Frau und die Welt.

I dont't care if you don't want me, I'm yours
Right now.

Belle wüßte, daß er die Wahrheit sagte.

Auf der Straße waren fast nur Laster, die in Richtung Stadt heizten. Ein Kombibus Marke Eigenbau überholte mich rechts. Große Glastüren an der Seite, Plastikkuppel auf dem Dach. Im Vorbeifahren sah ich eine schmale Metalleiter zwischen Stoßstange und Dach. Hinten drauf war ein Gemälde – irgendwas Religiöses. Ich zündete mir eine Kippe an. Der Kombi, nach dem ich Ausschau hielt, war auch Marke Eigenbau. Ich wußte, das hatte etwas zu bedeuten, doch ich kriegte es nicht in den Griff. Es würde von selber kommen.

Falls Marques recht hatte, war der Bus nun ein paar Wochen in Aktion. Lange genug, um die Polizei auf den Plan zu rufen. Ich schnippte die Zigarette aus dem Fenster, fragte mich, ob McGowan nachts arbeitete.

Bob Seger kam übers Radio. »Still the Same«. Detroit-Blues. Jemand sagte mal, es ginge um einen Kerl, der seine alte Freundin einholen möchte, aber so hat es für mich nie geklungen.

Für mich klang es, als wollte ein Kind seinen Vater einholen.

39

Ich ließ Pansy raus aufs Dach. Griff zum Telefon auf meinem Schreibtisch, checkte wegen der Hippies. Alles ruhig.

Ich wählte eine Nummer.

»Entlaufenendezernat, Officer Thompson am Apparat.« Die Stimme einer jungen Frau.

»Ist McGowan da?«

»Warten Sie bitte.«

Ich zündete mir eine Kippe an, wartete. In jeder anderen Polizeistelle in der Stadt fragen sie, wer anruft. Beim Ausreißertrupp wissen sie, daß die Mehrzahl der Anrufer keinen Namen nennen möchte.

»McGowan«, sagte die Stimme am Telefon. Derselbe hart-süße Ton, wie ihn Zuhälter benutzen, doch McGowan setzte ihn anders ein, ließ einem die Wahl.

»Burke hier, wir arbeiten am selben Fall. Haben Sie ein paar Minuten für mich Zeit?«

»Ich hab um acht frei. Frühstück bei Dino? Viertel nach acht, halb neun?«

»Ich bin da«, sagte ich ihm und legte den Hörer auf.

Pansy trottete rein, knallte mir den Kopf auf den Schoß. Ich tätschelte sie. »Du bist immer froh, mich zu sehn, nicht wahr, mein Mädchen?«

Sie antwortete mir nicht.

Ich schubste ihren Kopf von meinem Schoß, besorgte mir ein Glas Eiswasser aus dem Kühlschrank. Ich nahm zwei hartgekochte Eier raus, schlug sie an der Wand auf, pellte die Schale ab.

»Weck mich in ’ner Stunde«, hieß ich Pansy und reichte ihr die Eier.

Ich schloß die Augen, damit ich mir die Schweinerei nicht anschauen mußte, die sie machte.

40

Als ich die Augen aufschlug, war es halb acht. Ich nahm noch eine Dusche, zog mich um. Ich ließ Pansy wieder raus, und während sie rumrannte, nahm ich einen großen Schluck Alka-Seltzer. Bei Dino auf leeren Magen zu essen war gefährlich.

Ich fuhr auf dem West Side Highway nach Norden, dem massierten Stoßzeitverkehr entgegen. Dino’s war an der Twelfth Avenue, zirka zehn Straßen südlich des Times Square. Die Yuppies in New York stehen schwer auf Essengehen im Diner, doch Dino lief diesbezüglich keine Gefahr.

McGowans Zivilstreifenwagen parkte direkt davor, freie Lücken auf beiden Seiten. Ich stieß in eine, ohne erst Zeit zu verschwenden und durch die schmierigen Fenster nach ihm Ausschau zu halten. Er hockte in einer Nische an der hinteren Ecke, den Hut aus dem langen, irischen Gesicht geschoben, Zigarre im Mund. Trug einen dunklen Anzug, ein Hemd, das mal weiß gewesen war, einen blauen Binder, der nie aus Seide gewesen war. Ich setzte mich ihm gegenüber, den Rücken zur Tür. Wir kannten einander seit langer Zeit.

Bevor ich den Mund aufmachen konnte, schüttelte er heftig den Kopf, das Kinn vorgereckt. Jemand kam.

Die Schicht war grade drei Stunden alt, doch die Bedienung war bereits müde, das breite Gesicht vor Anstrengung gefurcht. Dennoch hatte sie ein Lächeln für McGowan übrig. Hatten sie alle.

»Guten Morgen, liebe Belinda«, begrüßte er sie. »Wie läßt sich das Spiel an?«

»Es läßt sich an wie ich, McGowan. Nicht allzuoft.«

»Nichts, was gut ist, fällt leicht, mein Schatz«, sagte er und wandte sich zur Seite, wich dem düsteren Unterton aus wie ein Torero. Er nahm eine ihrer Hände, hielt sie, tätschelte sie.

»Belinda, es war deine freie Wahl. Bei 'nem hübschen jungen Mädchen wie dir sind die Jungs hinterher wie nichts, und sie hatten die Gelegenheit. Aber ein Leben als Hausfrau ist nichts für mein Mädchen. Oder das hier? Dein Spiel kommt noch. Dein Tag kommt noch.«

»Ach, McGowan...« sagte sie und grinste über seine Schmeichelei. Doch es wurde ein Lächeln draus, und beide hatten es gewußt.

»Gib mir zwei von deinen besten Eiern, Sonnenseite oben. Speck, Toast und einen Sanka, ja, mein Mädchen?«

Sie schrieb es auf, wandte sich mir zu.

»Zwei Eier, hart überbacken, die Dotter zerrührt. Schinken, Roggentoast, Apfelsaft. Alles heißgemacht.«

»Kommt sofort«, sagte die Bedienung beim Weggehen. Ihr Gang wirkte wieder beschwingter.

McGowan paffte seine Zigarre; er wußte, wir würden nicht reden, bevor das Essen kam.

»Wie geht's Max?«

»Wie üblich.«

»Ich habe gehört, er wär stolzer Papa.«

»Geht das auf der Straße rum?«

»Sicher«, sagt er und beobachtete mich genau. »Gibt's irgendein Problem?«

Ich zuckte die Achseln. Kam nicht in die Tüte, daß ich McGowan fragte, wo er es her hatte – vielleicht von einem der kleinen Mädchen, die er zu Lilys Stunden brachte, vielleicht...

Das Frühstück kam, und wir aßen.

Wir brauchten beide nicht lang dazu. Das Runterschlukken war halb so schlimm wie das Anschaun. Ein Motto für jeden Abgeordneten.

Belinda spülte Teller. McGowan ließ sich eine zweite Tasse Sanka kommen, zündete die stinkende Zigarre wieder an.

»Also?«

»Der Geisterbus – kennen Sie ihn?«

»Jeder kennt ihn.«

»Irgendwas mehr, als was in der Zeitung war?«

»Ein bißchen. Was interessiert Sie dran?«

»Ein paar Leute möchten, daß ich ihn suche.«

»Und aus dem Verkehr ziehen?«

»Es ist bloß eine Ermittlung. Die Leute, die mich für den Job möchten, haben nichts Persönliches laufen. Was sie betrifft, kann ich die Cops rufen, so ich ihn habe.«

McGowan lehnte sich über den Tisch, statt irisch schwermütig nun bullenhart. »Für mich ist das persönlich, Burke. Die Schweine haben eins meiner Mädchen erschossen.«

»Wann?«

»Beim zweiten Mal. Ein kleines Mädchen namens Darla James. Fünfzehn Jahre alt und die letzten zwei auf Achse. Ich war kurz davor, sie von der Straße zu holen. Ganz kurz, Burke. Sie haben ihr auf zwanzig Schritt zwei in die Brust gejagt – sie hatte nicht die leiseste Chance.«

Ich zündete mir eine Kippe an, musterte sein Gesicht. McGowan arbeitete jetzt seit zwanzig Jahren in der Pißgrube, und er hatte nie einen Schuß abgefeuert. Er gewann manchmal, und verdammt viel öfter verlor er, doch er blieb immer dran. Er spielte offen und ehrlich, und wir alle respektierten ihn.

»Wenn Sie möchten, daß ich raus bin – bin ich raus«, sagte ich ihm.

»Ich möchte sie drin, Freundchen. Tatsache ist, daß ich letzte Woche schon versuchen wollte, mich mit Ihnen kurzzuschließen. Das sind sehr, sehr schlimme Leute, Burke.«

»Wie gehn Sie ran?«

Er paffte an seiner Zigarre, den Blick noch immer hart, aber nicht auf mich gerichtet. »Muß eine Bürgerwehr-Masche sein. Einer von diesen kaputten Kults. Sie schießen auf die armen kleinen Mädchen, weil sie den Teufel bekämpfen wollen. Oder vielleicht opfern sie die Leiber dem Satan. Kommt alles aufs gleiche raus.«

»Sind Sie sicher?«

»Ich bin mir über gar nichts sicher. Ich sag Ihnen, was wir haben – ist sowieso herzlich wenig.«

Ich ließ die Hände auf dem Tisch, wo er sie sehen konnte. McGowan wußte zwar, daß ich mir nichts aufschreibe, aber er wirkte so aufgebracht, daß er's vergessen haben könnte.

»Schießen Sie los«, sagte ich.

»Es sind fünf Mädchen erschossen worden, nicht nur drei, wie die Zeitungen berichten. Und zwei einkassiert – nicht bloß die eine, über die jeder Bescheid weiß. Die Ballistiker sagen, sie sind alle mit derselben Knarre erschossen worden. Einer Kriegswaffe, wahrscheinlich ein M-16, oder eins von den Russendingern. Hochgeschwindigkeitsmunition. Die Ballistiker sagen, die Kugeln waren zwoundzwanziger Kaliber.«

»Sie meinen, 5.56 Millimeter. In etwa dasselbe.«

»Egal was«, knurrte McGowan. Er war kein Mann für forensische Feinheiten. »Die Mädchen waren inwendig total zerrissen – in Stücke gerupft. Tot bevor sie auf der Straße lagen.«

»Haben Sie je eins der Mädchen gefunden, die sie kassiert haben?«

»Nicht die Spur.«

»Waren sämtliche Mädchen minderjährig?«

»Entweder das, oder sie sahen so aus.«

»Sind Sie sicher, daß es zufällig passiert?«

»Wir haben drüber nachgedacht. Die Hälfte aller Zuhälter

am Times Square befragt. Wir kriegen keine Verbindung hin.«

»Wer ist ›wir‹? Hat der Polizeipräsident 'nen Sondertrupp drauf angesetzt?«

McGowans Lachen war zu häßlich, um zynisch zu sein. »Sondertrupp? Sicher, und warum sollten sie? Es ist ja nicht so, daß Bürger umgelegt werden.«

Ich nippte an meinem Apfelsaft, dachte laut drüber nach. »Scheint mir eine komische Knarre...«

McGowans Blick wurde bohrend. »Warum?«

»Es ist keine Mordwaffe. Hat nicht die Wucht wie eine schwere Kugel, auf diese Nahdistanz ist die hohe Geschwindigkeit reine Verschwendung. Die Kugeln fliegen so schnell, daß sie ins Taumeln geraten, sobald sie auf etwas treffen. Deshalb waren die Mädchen innerlich so zerrissen. Und es macht 'nen höllen Knall – echt schwer zu dämpfen.«

Ich nahm einen weiteren Zug, durchdachte es. Ich spielte nicht mit McGowan: Es machte tatsächlich keinen Sinn. »Automatische klemmen«, sagte ich ihm. »Das wissen Sie – deshalb lassen sie euch nicht die Neunmillimeter tragen, die ihr wollt. Warum also das Risiko mit 'ner Automatik eingehen, wenn du bloß ein paar Schuß abfeuern willst? Und wenn's so zufällig war, warum haben sie dann nicht einfach quer über die Straße gehalten? Mit 'nem M-16 könnten sie etliche Mädchen genauso leicht ummähen wie eins. Haben Sie bei der Waffenmeldestelle gegengecheckt?«

»Die sind zu beschäftigt damit, Uzis aufzuspüren. Der Kerl, mit dem ich geredet habe, sagt dasselbe wie Sie. Muß nicht mal eine Kriegswaffe sein – hier sind sämtliche Sorten von halbautomatischem Zeug im Umlauf: AK-47, AR-15. Dauert zehn Minuten, sie auf Vollautomatik umzubauen, sagt er.«

»Trotzdem ist es noch die falsche Knarre für kurze Entfernungen. Ein schwereres Kaliber, selbst wenn du jemand bloß am Arm erwischst, reißt es ihn glatt weg. Sie wärn tot, bevor die Sanitäter kommen.«

»Vielleicht haben sie nichts anderes.«

»Haut nicht hin. Das ist 'ne teure Kiste, McGowan. Und für was?«

Seine Honigstimme wurde sauer. »Ein paar Kugeln und das Benzingeld – hört sich für mich nicht so teuer an.«

»Habt ihr den Kombi je gesehn?«

»Nein. Also?«

»Also haben sie ihn nach den Abschüssen nicht abgestoßen. Also müssen sie 'nen Platz haben, wo sie ihn verstaun. Sie müssen wenigstens einen Fahrer haben, einen Schützen und einen weiteren Mann zum Türenaufstoßen. Und das Wegschnappen... sie hatten dafür ein zweites Auto, richtig?«

»Woher haben Sie das?«

»Von draußen«, sagte ich, vage durch die schmierigen Fenster deutend.

»Yeah. Wir haben den Zweitwagen gefunden. Haben ihn auseinandergenommen, Stück für Stück. Wir haben ein paar anständige Abdrücke, aber ohne Resultat.«

»Irgendwas anderes?«

»Es gibt kein Muster. Keinen Faden. Die Mädchen haben einander nicht gekannt. Zwei waren auf der Liste der Ausreißerinnen, aber das will gar nichts heißen. Die Hälfte der kleinen Nutten da draußen war das eine oder andere Mal auf der Liste.«

»Irgendwelche Post?«

Er wußte, was ich meinte. Manche Serienmörder müssen den Cops mitteilen, wie raffiniert sie sind.

»Keine Briefe. Keine Anrufe. Eine glatte scheiß Null. Es ist so schlimm, daß nicht mal die Loddel Angst haben, gesehen zu werden, wie sie mit uns reden – auch sie wollen diese Jungs von der Straße haben. Ich hab sogar Gerede über ein

Kopfgeld gehört...« Er ging auf Blickkontakt. »Haben Sie irgendwas von einem Kopfgeld gehört, Burke?«

Ich erwiderte sein Starren. »Nein.«

Den Polizisten beeindruckte das nicht. Er wußte, wo ich aufgewachsen bin.

»Bei solchen Menschen... wer weiß, was passieren könnte, wenn sie festgenommen werden. Ein cleverer Anwalt... vielleicht 'ne Art NSG-Deal... ein paar Groschen springenlassen. Vielleicht machen sie sogar 'ne gottverdammte Fernsehserie draus.«

NSG. Nicht schuldfähig, geisteskrank. »Dann lieber nicht festnehmen«, sagte ich leise.

Seine Augen waren wie Stahlkugeln.

41

Ich steuerte zum Büro zurück, schlängelte mich durch die Straßenzüge der West Side, checkte die Action. Für mich sah es aus wie immer. Falls der Geisterbus die Babyprossies von der Straße zu scheuchen versuchte, funktionierte es nicht. Ich konnte keine Witterung aufnehmen – dazu muß man dicht am Boden arbeiten. Falls er da draußen war, würde der Prof ihn finden.

Rief Mama von einem Münztelefon an. Nichts.

Im Büro zurück, ließ ich Pansy aufs Dach raus. Ich hatte noch ein paar Anrufe zu erledigen, aber die mußten bis nachmittags warten.

Pansy trottete zum Schreibtisch rüber, wo ich an einem Rennblatt arbeitete, und machte dieses knurrige Geräusch, das sie von sich gibt, wenn sie mir was erzählen will. Ich wußte, was sie wollte. »Ich war bei Dino«, sagte ich als Erklärung, warum ich ihr nichts mitgebracht hatte.

Da lief ein Traber, der es mir angetan hatte, im vierten Rennen in Yonkers. Mystery Mary, eine fünfjährige Stute aus Kanada. Sie war in diversen Rennen in Greenwood gelaufen und halbwegs beständig auf Geldplätzen gelandet, aber kein Sieg. Sie hatte jede Menge Antrittstempo, was für eine Stute ungewöhnlich ist, aber auf der langen Gerade wurde sie stets überrannt. Der Kurs von Greenwood ist fünf Achtel Meilen lang – eine mächtige Strecke von der Dreiviertelmarke bis zur Ziellinie. Yonkers ist eine halbe Meile – eine längere Eröffnung und ein kürzerer Heimweg. Sie war auf dem besten Weg zu größeren Börsen in New York, doch ich glaubte, daß sie einen Versuch wert war, wenn sie sauber wegkam. Ich checkte die letzten acht Rennen. Mystery Mary war ein trittsicherer kleiner Traber – kein Springen auf ihrer Tabelle. Ihre Morgennotierung lag bei 6:1. Die meisten OTB-Wetter würden die *Daily News* als Orientierungshilfe benutzen. Und die würden lediglich ihre letzten Einläufe bringen: zwei dritte und ein fünfter Platz. Ich machte mir in Gedanken eine Notiz, vor Ladenschluß meinen Buchmacher anzurufen, schmiß den Fernseher an und knallte mich wieder auf die Couch. Das letzte, an das ich mich erinnere, bevor ich einschlief, war Abbott, der Costello erklärte, daß ausstehende Miete zu zahlen genauso wäre wie auf ein totes Pferd setzen.

Es war kein guter Schlaf. Dunkle, fleischige Träume. Flood, die Cobra forderte, die Schlange auf seinem Arm verwandelte sich in die Tätowierung auf Belles Schenkel. Strega, die sich die blutigen Lippen leckte, die närrischen Augen voll ekliger Versprechen. Der Geisterbus graste eine enge Straße ab, ein stiller, grauer Hai. Am Ende stand Max, wartete, den einen Arm schützend um Flower.

Ich wachte vor dem Zusammenprall auf, schwitzte wie seinerzeit, als ich Malaria hatte. Im Fernseher war Sergeant Bilko. Kurz nach drei Uhr.

Ich nahm eine Dusche, wechselte die Klamotten. Als ich aus der Tür ging, sprang Pansy auf die Couch.

Mama hatte immer noch nichts für mich. Ich warf einen weiteren Vierteldollar ein, rief Maurice an. Er meldete sich auf die übliche atemlose Art.

»Yeah?«

»Burke hier.«

»Rufst du aus Höflichkeit an, oder was?«

»Yonkers. Gib mir das Zweierpferd, viertes Rennen. Ein Pfund auf Sieg.«

»In Yonkers. Pferd Nummer zwei, Rennen Nummer vier. Zwei auf die Hand, ist das richtig?«

»Richtig. Wie geht's dir, Maurice?«

»Wenn de 'ne Ansprache willst, mußte scheiß Lotto spieln«, sagte er und legte auf.

Ich wechselte das Telefon, verfütterte einen weiteren Vierteldollar. Ich weiß nicht, warum sie überhaupt noch Dimes machen. Ich ließ es am Direktanschluß eines mir bekannten Reporters klingeln.

»Morelli.«

»Burke hier. Habt ihr irgendwas über den Geisterbus, was noch nirgendwo stand?«

»Klatsch und Tratsch. Bullengerede. Zu nichts nutze.«

»Glauben die Cops, sie wärn dicht dran?«

»Die warten drauf, daß der Bus 'nen Strafzettel kriegt.«

»Können Sie mir die Ausschnitte besorgen?«

»Halten Sie nach ihm Ausschau?«

»Ich schau mich jedenfalls *um.*«

»Weihen Sie mich vorher ein?«

»Wenn ich kann.«

»Ich besorge die Ausschnitte, hinterlege sie gegen sechs unten. Okay?«

»Yeah. Könnten Sie auch 'ne Konferenzschaltung machen? Gucken, ob's irgendwo im Land noch mehr Bus-Dinger gibt?«

»Glauben Sie, das ist 'ne Gruppe?«

»Nein, aber checken Sie's trotzdem.«

»Schon geschehen.«

Noch ein Anruf. Belle ging beim ersten Läuten ran, klang, als wäre sie hundert Meter gerannt, bevor sie an den Apparat hechtete.

»Hallo?«

»Ich bin's. Lust, was zu essen?«

»Oh, ich bin am Verhungern. Ich hab nichts im Haus.«

»Weiß ich. Warum biste nicht weggegangen?«

»Ich hab gewußt, daß du anrufst.«

»Ich sagte... Schwamm drüber. Ich hole dich in einer Stunde ab, okay?«

»Beeil dich«, sagte sie.

Ich legte den Hörer auf, hielt mich ran, um der Stadt den Schneid abzukaufen.

42

Kurz nach fünf hielt ich hinter dem roten Camaro. Die Haustür ging auf, als ich grade anklopfen wollte. Eine Hand legte sich um meinen Hals, zog mich rein. Belle quetschte ihr Gesicht an meines, küßte mich heftig, knallte mit der Hüfte die Tür zu.

Sie zog das Gesicht ein paar Zentimeter zurück, hielt mich aber immer noch fest.

»Das war ein kalter Kuß. Hast du mich nicht vermißt?«

»Ich habe gearbeitet, Belle.«

Ihre Mundwinkel sackten runter. »Tut mir leid«, sagte sie. »Ich wollte dich nicht bedrängen.«

Ich legte ihr eine Hand in den Nacken, bearbeitete die festen Muskeln, sprach mit leiser Stimme.

»Du bedrängst mich nicht. Du kennst mich nicht, okay? Ich lasse nur nicht sonderlich viel nach außen – ist nicht meine Art.«

»Du hast mich vermißt?«

»Ich habe dich vermißt.«

Strahlend wirbelte sie weg. Ihr Gesicht total zurechtgemacht, der blaue Lidschatten ließ ihre Augen größer wirken, der helle Lippenstift hatte die Zähne verschmiert. Sie trug ein feuerwehrrotes T-Shirt, groß genug für einen Außenverteidiger. Es reichte bis Schenkelmitte, bedeckte grade mal die Tätowierung.

»Ich bin so gut wie fertig, Schatz. Gib mir noch 'ne Minute. Ich muß meine Schuhe suchen.«

Sie schnappte sich eine Brille vom Ankleidetisch. Große, runde Gläser mit hellblauer Tönung in einem schmalen, schwarzen Plastikrahmen. »Da sind sie ja«, sagte sie fröhlich und zog ein Paar roter Schuhe mit Pfennigabsätzen unter dem Bett vor.

»Belle.«

Sie war vornübergebeugt, während sie in die Schuhe schlüpfte. Das schwarze Höschen hatte nicht den Hauch einer Chance, den Hintern zu bedecken, der rausguckte, als sich das T-Shirt hob. »Was ist, Süßer?«

»Willst du so ausgehn.«

Sie machte ein Gesicht. »Magst du's nicht?«

Verdammt. »Darum geht's nicht«, sagte ich leise, ging zu ihr hin, nahm ihr Kinn in die Hand. Mit den Pfennigabsätzen war sie größer als ich – ich mußte ihr nach oben in die Augen schauen.

»Gehst du so auf die Straße, wird sich jeder Mann, der nicht hirntot ist, an dich erinnern.«

»Und?«

»Und Aufmerksamkeit anzuziehn ist nicht mein Spiel, Kleine. An den Orten, wo ich hingehe – ich mache keine Reservierungen, verstehst du?«

»Magst du mich lieber, wenn ich total vermummt bin? Wenn ich wie 'ne große, fette Kuh ausseh?«

»Ich mag dich genausogern. *Du* bist es, die ich mag, ja?«

»Ja?«

»Ja!« sagte ich und gab ihr einen Klaps aufs Sitzfleisch.

Sie schnappte sich meine Hand, zog sie an ihren Hintern. Hielt sie dort fest. »Magst du dieses große, fette Ding?«

Ich schaute ihr tief in die Augen, sah, wie ihr eine Träne über die Wange lief. Sprach mit leiser Stimme: »Belle«, sagte ich ihr, »bei mir wirkt es wie ein Hormonstoß.«

Sie nahm den Blick nicht von mir. »Burke, ich mach alles für dich.«

»Ziehst du dir auch ein Paar Hosen an?«

»Sicher, Schatz. Ich hab genau das Richtige.«

Sie kramte in einer Kommode rum, warf Klamotten aufs Bett. Schließlich zog sie einen weißen Overall raus, die Sorte mit den Hosenträgern. Sie kickte die Hochhackigen weg und stieg in den Overall, zog sich die Träger über die Brüste. Sie würde in einer Menschenmenge nicht verschwinden, aber wenigstens stellte sie keine hundert Meter Haut zur Schau.

»Du siehst wunderhübsch aus«, sagte ich.

Sie warf mir ein Lächeln zu, während sie ein Paar schmutzigweiße Sneaker band. »Ich bin fertig«, verkündete sie und hüpfte vom Bett auf mich zu. Sie war nicht das einzige, was hüpfte.

»Belle ...«

»Was ist jetzt los?«

»Könntest du auch 'nen BH anziehn?«

Sie nahm die Brille ab, hakte die Träger los, zog sich das rote T-Shirt über den Kopf. Sie entdeckte einen weißen BH mit starken Trägern. Schlüpfte rein, hakte ihn vorn zu.

»Ich wußte nicht, daß sie so große machen«, sagte ich, während ich ihr zusah.

»Möpse?«

»Halter.«

Sie boxte mir auf den Arm, lächelte, schob mich mit der Hüfte zur Tür.

43

Ich hielt ihr die Autotür auf. Sie rutschte rüber, zog am Innengriff und ließ mich rein. Ich wendete den Plymouth in einer engen Spitzkehre und steuerte in die Stadt zurück. Sobald wir auf den Highway stießen, schob ich eine Kassette rein. Belle saß mit dem Rücken zur Tür, die Füße zwischen uns auf dem Sitz, die Hände um die Knie geschlungen. Rauchte und hörte zu. Charley Musselwhites Harmonia, die ihre Herausforderung in »Strangers in a Strange Land« rausbellte. Buddy Guy, der sein Mojo nach Norden bis Chicago jagte, Junior Wells auf dem heißen Sitz neben ihm. Lightning Hopkins, der sich mit großgewordenen Schulmädchen auskannte, und John Lee Hooker, der jedem drohte, der ein Auge auf seine Frau warf. Paul Butterfield, der auf dem Mystery Train andampfte.

Das Band lief bis hinter der Brooklyn Bridge. Eine Gruppe nach der anderen drang aus den Lautsprechern und schwebte um uns. The Jacks, The Chantals, The Passions. Als ich Rosie and the Originals hörte, die klare, hohe Stimme der Sängerin, die »Angel Baby« hinkriegte, wie es kein anderer konnte, drückte ich die Kassette raus.

Ich spürte Belles Blicke auf meinem Gesicht. »Erinnert's dich an etwas?«

»Yeah«, sagte ich. Der Tanz mit Flood in der Lagerhausgarage, als ich ihr half, vor dem letzten Kampf wieder zu sich zu finden. Ich hätte das scheiß Ding löschen sollen.

Wir steuerten Richtung Midtown Tunnel. Ich lenkte auf die Spur für die passend abgezählte Maut, schmiß einen Zwei-Dollar-Jeton in den Korb und zog auf die rechte Spur.

Als wir vor der Illustrierten an der Second Avenue hielten, war es bereits nach sechs.

»Geh rein und sag dem Posten, du möchtest ein Päckchen von Mr. Morelli abholen«, sagte ich.

Sie stellte keinerlei Fragen. Eine Minute später war sie zurück, schmiß einen braunen Papierumschlag zwischen uns auf den Sitz.

»Wo wollen wir hin, Süßer?«

»Du wolltest Pansy kennenlernen«, sagte ich und richtete das Auto gen Downtown.

44

Ich stieß mit dem Plymouth in die Garage, zeigte Belle die Hintertreppe, bedeutete ihr voranzugehen. Ihre schwingenden Hüften machten die Treppe schmal.

Sie wußte, was sich gehörte – gab auf dem Weg nach oben keinen Laut von sich. Als wir zur Bürotür kamen, schob ich sie sachte zur Seite, während ich mir die Schlösser vorknöpfte. Ich ging zuerst rein, sagte gleichzeitig: »Pansy, spring!« Sie schmiß sich zu Boden, den Monsterkopf in Richtung Belle gewandt.

Ich machte eine Handbewegung, die ihr erklärte, daß alles okay wäre, und sagte Belle, sie könnte reinkommen.

»Das ist Pansy«, sagte ich.

Belle stand wie angewurzelt auf der Schwelle zum Büro. »Großer, gütiger Gott! Das ist ein *Hund*? Er schaut aus wie ein Sumpfpanther. Was für 'ne Sorte ist das?«

»*Sie* ist ein neapolitanischer Mastiff. Der schönste neapolitanische Mastiff auf der Welt, nicht wahr, mein Mädchen?« fragte ich Pansy, während ich ihr den Kopf rubbelte. Pansy knurrte zustimmend und ließ vor lauter Glück die Zunge raushängen. Belle hatte sich nicht gerührt.

»Geh und setz dich auf die Couch«, sagte ich ihr. »Es ist okay.«

Gehorsam ging Belle zur Couch, setzte sich hin, als wäre sie in der Kirche, Knie zusammengepreßt, Hände im Schoß. Ich breitete die Arme weit aus, erklärte Pansy, sie wäre entlassen. Das Biest zockelte rüber zu Belle, hockte sich vor die Couch, reckte den Kopf.

Belle rührte sich nicht. Pansy rammte ihr den Kopf auf den Schoß, stupste an die Hände, forderte ihre Streicheleinheit. Oder was anderes.

»Sie tut dir nicht weh«, sagte ich.

Belle tätschelte Pansy halbherzig. Das Biest gab ein tiefes Grollen in der Brust von sich. Belles Hand zuckte weg. Pansy schob ihren Kopf wieder auf Belles Schoß.

»Sie möchte bloß Freundschaft schließen.«

»Burke, ich schwör's bei Gott, sie erschreckt mich zu Tode.«

»Das ist ihr Glücksgrollen«, versicherte ich ihr.

»Wieviel wiegt sie?«

»In etwa soviel wie du.«

»Dafür würd ich dich küssen, wenn ich nicht zuviel Schiß hätte, die Couch zu verlassen.«

Ich ging ins Nebenzimmer, holte etliche Streifen Steak aus dem Kühlschrank, schmiß Pansy einen zu und sagte gleichzeitig: »Sprich!« Das Steak verschwand. Ich warf ein weiteres Stück auf den Boden und beobachtete, wie Pansy drübersabberte.

»Warum frißt sie's nicht?«

»Sie wartet auf das Wort.«

»Was du grad gesagt hast?«

»Jawoll.«

Belle blickte auf Pansy, sagte im gleichen Tonfall wie vorher ich »Sprich!« Pansy ignorierte sie. »Funktioniert das nur, wenn du es sagst?«

»Das stimmt.«

»Na ja, dann *sag* es. Sonst trifft den armen Hund noch der Schlag.«

Pansy warf Belle einen dankbaren Blick zu, als ich ihr das Stichwort gab. Sobald sie das Steak verputzt hatte, kam sie zur Couch zurück. Belle tätschelte sie mit ein bißchen mehr Vertrauen. »Ich glaub, sie mag mich, Burke. Kann sie noch ein paar Tricks?«

»Das sind keine Tricks«, sagte ich ihr. »Pansy arbeitet. Genau wie du und ich.«

Ich gab Pansy das Zeichen, und sie kam rüber zur Tür. Ich öffnete sie, und sie verschwand im Dämmerlicht.

»Wo geht sie hin?«

»Aufs Dach.«

»Es muß herrlich sein – können wir raufgehen?«

»Belle«, sagte ich, »vertraue mir. Das Dach ist einer jener Orte, wo du nie und nimmer hinwillst.«

»Kann ich rauf?«

»Sicher. Es ist okay – Pansy versteht das.«

Ich zeigte Belle das restliche Büro. Ich ließ sie allein rumschnüffeln, während ich die Ausschnitte, die Morelli mir besorgt hatte, auf dem Schreibtisch ausbreitete. Inzwischen hätte ich was vom Prof hören sollen.

Belle kam rein, legte mir die Hand auf die Schulter. »Kennt mich Pansy ab jetzt?«

»Sicher.«

»Wenn ich also allein kommen würde... wenn ich einen Schlüssel hätte... würde sie mich reinlassen?«

»Sie würde dich in Stücke reißen, Belle.«

»Oh«, sagte sie mit ihrer Kleinmädchenstimme und behielt Pansy im Auge, die wieder reinkam und sich in einer Ecke einrollte.

Ich drückte meine Zigarette aus, wollte unbedingt auf die Straße, sehen, ob sich der Prof gemeldet hatte.

»Möchtest du was essen?«

»Wenn du auch möchtest, Schatz.«

»Ich dachte, du wärst am Verhungern.«

»Ich kann auf das, was ich will, warten«, sagte sie, und ihre Stimme war immer noch zu klein für den Körper. »Ich hab auf dich gewartet.«

Ergo hatte sie auf der Suche nach dem idealen Abgreifer rauf- und runterüberlegt. Tolles Ding. »Gehn wir«, sagte ich.

Belle rieb mir immer noch die Schulter, beobachtete die Hündin. »Wird sie eifersüchtig, wenn ich dich küsse?«

»Sie schert sich den Deibel drum.«

»Ein Mädchen nach meinem Geschmack«, sagte Belle und küßte mich seitlich auf den Mund.

45

Über der grünen Metalltür des Ladens, zu dem ich sie mitnahm, steht bloß »Bar«. Ein Aufreißertreff an der West Street, der im Hinterzimmer anständiges Essen serviert, sämtliche Tische seitlich in Nischen angeordnet, damit die Leute ihre Geschäfte machen können.

Ich ließ Belle in der Nische sitzen und rief Mama von einem der Münztelefone in der Bar an. Ich wählte die Nummer, die den Apparat an ihrem Arbeitsplatz vorn im Restaurant klingeln läßt. Sie sagte etwas auf kantonesisch.

»Irgendwas da?« fragte ich.

»Kein Anruf«, sagte sie – sie kannte meine Stimme.

Ich hängte ein, ging wieder rein. Eine rothaarige Kellnerin redete auf Belle ein. Als ich näherkam, erkannte ich sie wieder. Mary Ellen. Sie arbeitete seit Jahren hier. Es war ein netter, ruhiger Laden, keine besoffenen Arschabtatscher, alles rein geschäftlich.

»Was darf's denn sein?« fragte sie, als hätte sie mich nie zuvor gesehen. Ein Laden nach meinem Geschmack.

»Bestellst du?« fragte ich Belle, die es sich in der Nische gemütlich machte. Im Sitzen war sie kleiner als ich – ich schätze, die Beine machten den Großteil ihrer Länge aus.

»Ich hab auf dich gewartet, Süßer.«

Ich blickte zu Mary Ellen auf. Hier gibt's keine Speisekarte, aber das Essen ändert sich nicht oft.

»Wir haben ein paar sehr schöne Hüftsteaks.«

Ich blickte Belle fragend an. Sie nickte. »Eins medium und eins...« Wieder blickte ich Belle an. »Englisch«, sagte sie. Ich bestellte ein Ginger-Ale. »Haben Sie Bier vom Faß?« fragte Belle. Mary Ellen schüttelte verneinend den Kopf.

»Welche Sorte?«

»Kalt«, sagte Belle und lächelte sie an.

Möglicherweise war sie am Verhungern gewesen – Belle verpaßte ihrem Steak einen technischen K. o. in der ersten Runde. Bevor ich halbwegs durch war, verdrückte sie noch zwei Bier und die Hälfte meiner Kartoffeln. »Möchtest du noch eins?« fragte ich scherzhaft. Sie nickte selig. Trotz meines Vorsprungs wurden wir etwa zur selben Zeit fertig.

Mary Ellen räumte die Teller ab. Ich zündete mir eine Kippe an.

»Haben die hier keinen Nachtisch?« fragte Belle.

»Nicht hier«, sagte ich ihr. »Möchtest du Kaffee?«

»Kann ich später eine Eiskrem kriegen?«

»Sicher.«

Ich rauchte meine Zigarette, dachte über den Prof nach. Belle nippte an ihrem Kaffee, beobachtete mich schweigend. Ich spürte eine Hand auf der Schulter, Flieder- und Jasminduft. Michelle. In einem weinfarbenen, seidenen Futteralkleid, einen schwarzen Schal um den Hals. Sie blickte mich fragend an. Ich rutschte rein, damit sie sich neben mich setzen konnte. Als sie reinglitt, gab sie mir einen raschen Kuß, wandte den Blick Belle zu, sprach mich aus dem Mundwinkel an.

»Hi, Schätzchen. Wer ist deine Freundin?«

»Michelle, das ist Belle.«

Michelle hielt ihr eine manikürte Hand hin. »Hi, Süße.«

»Hallo«, sagte Belle und schüttelte ihr die Hand. Hielt sie zu lange fest, beobachtete mein Gesicht.

Michelle, die sich in einem Sekundenbruchteil über alles klar wurde, zog die Hand zurück.

»Schau mich nicht so an, Mädchen. Dieser häßliche Schlagetot ist mein Bruder, nicht mein Lover.«

Belles Mund verzog sich zu einem angedeuteten Lächeln. »So häßlich ist er gar nicht.«

»Süße, *bitte*!«

Belle lachte. »Er hat seine Qualitäten.«

»Weiß ich«, sagte Michelle.

Belles Miene wurde hart. »Wirklich?«

Michelle erstarrte, fuhr die Krallen aus. »Schau, Landmädchen, ich sage, was ich meine. Und ich meine, was ich sage. Laß uns das klarstellen, okay? Ich hatte nie 'nen Bruder, bis Burke daherkam. Ich liebe ihn – ich schlafe nicht mit ihm. Wo immer du auch mit ihm hingehst, ich möchte nicht dorthin. Und wo immer ich mit ihm hingehe, *kannst* du nicht hin. Kapiert?«

»Ich hab's kapiert.«

»Dann kapier auch das. Willst du meine Freundin sein, dann kommst du mit der besten Empfehlung«, sagte Michelle und tätschelte mir den Unterarm. »Machste auf zickig, dann biste am rechten Ort. Ich bin noch da, wenn du schon weg bist, Mädchen.«

»Ich geh nirgendwo hin«, sagte Belle.

»Dann wollen wir Freundinnen sein, ja?« sagte Michelle mit einem tödlichen Lächeln auf dem modellierten Gesicht.

»Ja«, sagte Belle, langte rüber und nahm meine Hand.

Michelle zog eine ihrer langen, schwarzen Zigaretten aus einem flachen Lackkästchen und tippte an den Filter, wartete auf Feuer. Ich riß ein Streichholz an. Sie schirmte meine Hand mit dem Feuer ab und zog sachte den Rauch ein. Belle beobachtete Michelle, als wüßte sie die Antwort auf all ihre Fragen.

Michelle fummelte in ihrer gewaltigen Lackledertasche rum. Sie zog einen Fotostreifen raus. Terry. In einem blauen Blazer mit goldenen Knöpfen, dazu ein weißes Hemd und einen gestreiften Schlips, das Haar zurückgestriegelt. »Isser nicht hübsch?« fragte sie mich.

»Eine lebendige Puppe«, versicherte ich ihr.

Michelle haute mir den Ellbogen in die Rippen. »Schwein«, fauchte sie. Sie hielt Belle die Fotos hin. »Mein Junge.«

Belle nahm die Bilder. »Er *ist* hübsch. Geht er schon zur Schule?«

Ich lachte. Wieder stieß mich Michelle. »Aber ganz gewiß tut er das, Süße. Auf eine der exklusivsten im Lande, möchte ich hinzufügen. Und wenn es da nicht gewisse Leute gäbe, die ihm schlechte Manieren beibringen...«

»Schau mich nicht an«, sagte ich.

»Der Maulwurf raucht nicht«, beendete Michelle die Diskussion.

»Wie alt ist er?« fragte Belle.

»Er ist fast zwölf.«

»Der wird ein Herzensbrecher, wenn er älter wird.«

»Genau wie die Mutter«, sagte Michelle, bereit, die nächsten paar Tage über ihr Lieblingsthema zu sprechen.

»Ich kann den Prof nicht finden«, versuchte ich sie in die wirkliche Welt zurückzubringen.

»Nun, Süßer, du kennst den Prof. Er könnte überall sein.«

»Er sollte sich wieder melden, Michelle. Wir arbeiten an etwas.«

»Oh.«

»Yeah. Kannst du...?«

»Ich laufe jetzt auf 'ner anderen Schiene, Schätzchen. Aber ich hab immer noch meine Partner an den richtigen Stellen. Ich werfe ein paar Haken aus, okay?«

»Heut abend?«

»Ich hab 'ne späte Verabredung – ich mach ein paar Anrufe, bevor ich losgehe. Wenn du bis morgen nichts hörst, rufst du mich an, und ich halte selber Ausschau.«

»Danke, Michelle.«

Sie winkte ab.

Ich stand auf, um Mama noch mal anzurufen. Sie meldete sich genauso.

»Überhaupt nichts?«

»Nichts. Du in Sorge?«

»Ja.«

»Ruf später an. Laß Nummer, okay?«

»Okay.«

Als ich zurück zur Nische kam, quasselten Michelle und Belle miteinander wie alte Kumpel. Michelle hatte Belles Gesicht in der Hand, drehte es im Licht hin und her. Das große Mädchen schien's nicht zu stören. Ich setzte mich hin, zündete mir eine weitere Kippe an, hörte Michelles Sermon zu.

»Du mußt den Eye-liner von der Mitte *weg*ziehen, Süße. *Trenn* die Augen. Und *hier* nehmen wir einen scharfen Strich« – zog den Fingernagel über Belles Jochbein – »zur Betonung. Kommst du soweit mit?«

Belle nickte eifrig, versuchte nicht zu reden, solange Michelle ihr Gesicht im Griff hatte.

»Nun zum Mund ... wir benutzen einen Pinsel, ja? Wir ziehen einen *dünnen* Strich genau um die Lippen, dann füllen wir das Ganze mit einem hübschen Dunkelton aus. Verbreitern den Mund ein bißchen. Dann nehmen wir ... Oh, komm schon«, sagte Michelle, stand auf und zog Belle an der Hand mit sich. »Wir sind in 'ner Minute zurück«, sagte sie zu mir.

Ich ignorierte sie. Ich wußte, was bei Michelle eine Minute

hieß. Ich wußte, was es hieß, wenn sich der Prof nicht meldete.

Es dauerte zwei Ginger-Ales und ein halbes Dutzend Zigaretten, bis sie wieder aus der Damentoilette kamen. Michelle führte Belle noch immer an der Hand. Beide setzten sich mir gegenüber. Ich mußte zweimal hinschauen. Belles weiches Gesicht war schärfer, anders. Ihre Augen wirkten auseinandergerückt, größer. Ihre Wangenknochen stachen vor, ihr winziger Mund war großzügiger. Und ihr Haar war zur einen Seite rübergezogen und mit Michelles Schal festgebunden.

»Du siehst wunderschön aus«, sagte ich.

»Magst du's wirklich?« fragte sie.

»Süße, steh dazu, du bist ein Verkehrshindernis«, sagte ihr Michelle. »Alles, was es dazu braucht, ist ein bißchen Arbeit.«

»Michelle, du bist ein Goldstück«, sagte Belle.

»Das sagen alle.« Michelle lächelte. »Nicht wahr, Burke?«

»Unter anderem.«

Michelle war zu gut gelaunt, um mich zu beachten. »Streifen«, sagte sie zu Belle. »Senkrechte Streifen. Du bist groß genug für *zwei* Tänzerinnen, Zuckerstück. Und paß auf die Taille auf – schnürst du sie zu sehr ein, wirken die Hüften zu wuchtig.«

»Er mag meine Hüften«, sagte Belle und lächelte mich an.

»Alle Männer der Unterklasse mögen breite Hüften, Süße. Achte nicht auf ihn.«

Belle schaute mich an. »Du hast vielleicht 'ne Familie. Einen kleinen schwarzen Bruder und 'nen großen chinesischen. Und eine sagenhafte Schwester.«

Michelle bedachte sie mit einem perfekten Lächeln. »Das ist wahr, Kleine.«

Sie gab jedem von uns einen Kuß. »Ich muß an die Arbeit – mein Baby braucht Violinstunden.«

Belle küßte sie ebenfalls. »Danke, Michelle. Für alles.«

»Grill ihnen die Hirnzellen, Süße«, sagte sie, »und paß auf deinen Gang auf.«

Ein rasches Winken über die Schulter, dann war sie weg.

46

Ich wurde von einer Ampel an der Ecke 43rd und Ninth aufgehalten, als Belles Babystimme sich durch den Dunst in meinem Hirn bohrte.

»Liebster ...«

»Was?«

»Wir fahren jetzt seit zwei Stunden in der Gegend rum. Immer hin und her. Du hast kein Wort zu mir gesagt – bist du wegen etwas böse auf mich?«

Ich holte Luft, blickte auf meine Uhr; es war elf vorbei. Ich wollte bloß mal rasch die Stadt abklappern, sehen, ob ich den Prof ausmachen konnte. Im Kopf spulte ich die Route noch mal ab: beide Seiten des Flusses, von der Christopher Street zum Sheridan Square, über die Sixth Avenue zur 8th Street, zurück nach Downtown zur Houston, rüber zur First, durch die Lower East Side zum Tompkins Square Park, von der Poolhalle an der 14th rauf zum Union Square, rüber zur Eighth Avenue und rauf zum Times Square arbeitete ich mich von Fluß zu Fluß nach Midtown vor. Und wieder zurück. Fuhr über den Marktplatz, wo jedermann jedesmal, wenn der Plymouth zum Stehen kam, etwas verkaufte. Crack, Dope, Kampfmesser, billige Handfeuerwaffen, Armbanduhren mit Rolex-Zifferblatt und Taiwan-Innereien, kleine Jungs, Mädchen, Frauen, wie Frauen gekleidete Männer. Billige Verheißungen – hohe Preise. Ablinker, die die New Yorker Variante von Safe-Sex verkauften – der Hotelzimmerschlüssel, den sie dir andrehten, öffnete keine Tür, und sie standen nicht mehr an derselben Ecke, wenn du zurückkamst, um nach besseren Angaben zu fragen. Inseln aus Licht, wo Fleisch drauf wartete, dir dein Geld abzunehmen – Teiche aus Dunkelheit, wo die Wolfsrudel drauf warteten, dir dein Leben zu nehmen. Und Geier, die deine Knochen auflasen.

Auch etwas anderes war da draußen. Etwas, bei dem die Wölfe beiseite traten, wenn es ausschritt.

Ich schaute rüber zu Belle. Sie starrte durch die Windschutzscheibe, als ob sie mein Gesicht nicht sehen wollte, und ihre Hände rangen im Schoß miteinander. Ihr zuzusehen schmerzte mich – es war nicht ihr Fehler. »Du bist ein gutes, süßes Mädchen«, sagte ich ihr. »Es hat nichts mit dir zu tun; ich halte Ausschau nach meinem Freund.«

»Dem kleinen, schwarzen Kerl?«

»Yeah.«

»Ich hab auch Ausschau gehalten«, sagte sie mit ernster Stimme. »Meinst du, wir sollten aussteigen? Rumfragen?«

Ich tätschelte ihren Schenkel. Sie war dabei, egal, was es kostete – wußte, daß ich dies tun mußte. Ich konnte ihr nicht erklären, wie es funktionierte. Nach dem Prof rumzufragen könnte ihn tiefer reinreiten, als er bereits war.

Ich fuhr zum Fluß zurück, wandte mich gen Downtown, bis ich ein Münztelefon entdeckte. Mama hatte immer noch nichts für mich. Falls der Prof von den Cops hopsgenommen worden war, würde er früher oder später seinen Anruf kriegen. Nichts blieb übrig, als zu warten.

Ich saß auf der Haube des Plymouth, spürte die Wärme des Motors durch die Kleidung, spähte zu den Lichtern von Jersey über dem Fluß. Ich fühlte mich wie komprimiert. Die Dinge bewegten sich zu schnell – nicht wie sie es sollten. Ohne jedes Vorspiel war Belle in meinem Leben. Wir hatten ein paar Deals gemacht, ohne sie abzusprechen – sie war in meinem Büro gewesen, Michelle hatte ihr die Kinderbilder gezeigt und ihr Kosmetikberatung gegeben. Ich wollte ihr dabei helfen, bei ein paar Abgreifern abzugreifen. Alles zu schnell.

Der Prof war irgendwo auf der Freak-Schiene unter der Stadt verloren, und ich konnte nicht hinter ihm her, ohne die Schatten aufzuschrecken.

Ich stieg wieder ins Auto, startete den Motor.

»Ich bringe dich heim«, sagte ich.

»Wirst du bei mir bleiben?«

»Ich muß 'ne Telefonnummer hinterlassen. Wo ich heut nacht zu erreichen bin.«

»Warum gehen wir nicht zu deinem Haus?«

»Da gibt's kein Telefon«, sagte ich ihr. Sie hatte noch nicht geschnallt, daß ich in meinem Büro wohnte.

Sie zündete sich eine Kippe an, beobachtete mich, ihre Stimme war weich. Drängte nicht. »Was, wenn ich nicht will, daß meine Nummer rausgegeben wird?«

»Ist okay. Ich setze dich ab. Sehe dich bald wieder, in Ordnung?«

»Nein!« Es klang, als finge sie jede Minute an zu weinen. »Du kannst meine Telefonnummer hinterlassen. Ich weiß, es ist wichtig, Burke. Tut mir leid, okay?«

»Yeah.«

»Können wir nicht erst zu deinem Haus?«

Ich blickte sie fragend an.

»Damit du deinen Koffer packen kannst.«

Ich versuchte sie anzulächeln, wußte aber nicht, ob ich's auf die Reihe kriegte. »Ich kann nicht bei dir bleiben, Belle. Nicht solange das hier abläuft.«

»Aber wenn's vorbei ist...?«

»Schaun wir, was passiert.«

Sie schob sich dicht an mich, gab mir einen raschen Kuß. »Was auch immer passiert«, sagte sie.

Ich steuerte den Plymouth aus der Stadt.

47

Es war nach zwei, als ich Mama von Belles Telefon aus anrief. Ich gab ihr die Nummer, unter der ich zu erreichen war, sagte ihr, ich würde sie anrufen, wenn wir wieder loszogen. Sie strapazierte die Telefonleitung nicht damit, mir zu sagen, ich sollte mir keine Sorgen machen.

»Wo ist das nächste Münztelefon?« fragte ich Belle.

»Etwa vier Blocks runter. Vor dem Lebensmittelladen auf der rechten Seite.«

»Ich bin in ein paar Minuten zurück«, sagte ich ihr.

»Liebster, warum nimmst du nicht das Telefon hier. Es geht mich nichts an, ich kann raus auf den Steg gehen, bis du fertig bist.«

»Ich will bei dir anrufen. Sichergehn, daß dein Telefon funktioniert, okay?«

Sie musterte mein Gesicht. »Was immer du sagst.«

Ich entdeckte das Münztelefon, wählte Belles Nummer, hörte, wie sie sich meldete, hängte ein.

Der Rückmarsch half nicht – im Kopf konnte ich es mir nur zu leicht zurechttüfteln, aber die Antworten taugten nichts. Der Prof war absolut zuverlässig. Wenn er nicht anrief, war er in Schwierigkeiten, oder er war tot. So oder so, ich war in der Pflicht.

Belle ließ mich wieder rein. Ich checkte das Telefon; die Schnur war lang genug und reichte durch die ganze Hütte, sogar bis raus auf den Steg. Ich bat Belle um eine Nagelfeile. Dann drehte ich das Telefon um, schraubte es auf, checkte die Kontakte, stellte sicher, daß die Glocke funktionierte. Ich schraubte es wieder zu, drehte die Scheibe auf der Unterseite auf die lauteste Einstellung. Ich stellte das Telefon auf den Beistelltisch neben der Couch zurück, beobachtete es.

Belles Stimme drang durch den Nebel. »Du bringst alles fertig, damit ein Telefon klingelt, hä?«

Der Raum wurde wieder deutlich. Ihr Gesicht war sauber

abgerieben, doch der Glanz war weg. »Was ist los, Belle? Du siehst aus, als hättest du Angst vor mir.«

»Ich hab Angst davor, daß du mich ausschließt.«

»Das ist nicht deins«, sagte ich ihr – die Stimme tonlos.

Belles Hände marschierten auf die Hüften. Sie reckte das kleine Kinn vor, die Augen funkelten. »Für was für eine Frau hältst du mich eigentlich?« forderte sie.

Ich zuckte die Achseln, wußte, es war grausam, klemmte aber an meinem Kurs.

Sie rückte näher, nahm sämtlichen Raum zwischen uns ein.

»Ich hab gesagt, ich würde dich lieben, Burke. Glaubst du, ich laß dich die Wahrheit sagen und mach's selber nicht?«

»Nein.«

»Dann glaubst du, daß ich die Wahrheit gesagt habe?«

»Ja.«

»Du weißt, was ich möchte?«

»Sicher.«

Sie bückte sich zu meinem Sitzplatz runter, zog mir die Zigarette aus dem Mund, drückte ihre Nase an meine.

»Sag mir, was ich möchte.«

Ich rührte mich nicht, verzog keine Miene. »Die Hinterseite von dem Laden, wo du arbeitest – die ist wie ein Koffer mit doppeltem Boden. Jede Menge Platz. Erwischt's am Flughafen einen Panzerwagen – machen sich die Abgreifer davon, so schnell sie können. Aber sie brauchen nicht weit, richtig? Sie fahren hinten in den Laden rein, verstaun das Fluchtauto und gehn in den Club. Wenn die Cops nachschaun kommen, sind sie seit Stunden dagewesen. Alles in einem, Alibi und Unterschlupf. In ein paar Wochen kommt man problemlos zurück. Schafft die Asche weg.« Ich nahm ihr die Zigarette aus der Hand, lehnte mich zurück, nahm einen tiefen Zug. »Wie werden sie das Fluchtauto los – säbeln sie's in Stücke? Spritzen sie's dort um? Fahren sie hinten in einen Lieferwagen rein, versenken es eines Nachts im Sumpf?«

Sie antwortete mir nicht. Musterte mich bloß.

»Das Geld liegt da einfach rum. Saubere, unmarkierte Scheine. Wahrscheinlich zwei oder drei gute Jobs, an einem Ort verstaut. Etliche Hunderttausend, minimum. Wäre nicht das erste Mal, daß jemand den Spieß umdreht und das Syndikat erwischt hat. Abgreifer sind nicht wie Buchmacher – deshalb geben sie auch keine guten Angestellten ab.«

Ich nahm einen letzten Zug, drückte die Kippe aus. Spürte ihren Blick auf der Haut brennen.

»Wer immer das organisiert hat, es ist 'ne großangelegte Operation. Kostet eine Menge Asche im voraus. Das Syndikat schnappt sich wahrscheinlich ein Stück von jedem Abgriff am Flughafen. So machen die das immer. Ich weiß, wie so was läuft. Die jungen Mobster wollen heute nichts andres mehr als Waren verschieben. Sie überlassen die Panzerwagen und Banken den Unabhängigen.«

Ich zündete mir eine neue Zigarette an, dachte dran zurück, wie ich mal gewesen war. Sagte die Wahrheit, wie sie es wollte.

»Ein guter Dieb, der kann nicht rumstehn und zusehn, wie irgendwo ein großer Haufen Asche rumliegt. Bloß eine Frage der Zeit, bis irgendeine Truppe was spitzkriegt.«

Wieder nahm Belle mir die Zigarette weg, steckte sie sich zwischen die Lippen. Ein roter Punkt glühte vor meinem Gesicht auf. Zwei weitere in ihren Augen.

»Du hast mir keine Antwort gegeben, Burke. Sag mir, was ich möchte. Sag mir die Wahrheit.«

»Du möchtest, daß ich das Geld abgreife.«

Ich sah, wie ihre linke Schulter runtersackte, doch ich behielt ihr Gesicht im Blick. Ihre Hand kam herumgezischt, ihre kleine, geballte Faust erwischte mich hoch am Wangenknochen, knapp unter dem Auge. Sie zog die Faust wieder zurück. »Das reicht«, sagte ich.

Ihr Mund zuckte. Die Blitzlichter verschwanden aus ihren Augen. Sie rannte von mir weg, warf sich, Gesicht nach unten, auf das große, weiße Bett. Weinte leise vor sich hin, als ich mir einige Eiswürfel aus dem Kühlschrank holte. Ich wickelte die Eiswürfel in ein Handtuch und hielt es mir ans Gesicht. Setzte mich neben das Telefon.

48

Als ich aufwachte, war es vier Uhr morgens vorbei. Meine Jacke war auf der linken Seite pitschnaß. Ich schnappte mir das Telefon. Amtszeichen.

»Es hat nicht geklingelt.« Eine weiche Stimme vom Bett. »Ich hab aufgepaßt, seit du eingeschlafen bist.«

»Danke.«

»Ich bleib jetzt am Telefon. Wenn du dort angekommen bist, wo du hinwillst, kannst du mich anrufen. Wenn du bis dahin deinen Anruf nicht kriegst, kannst du die Nummern austauschen, okay?«

»Yeah.«

»Ich hab einen Elektro-Radiator: Im Winter wird's am Wasser kalt. Du kannst erst deine Sachen trocknen.«

Ich zog die Jacke aus, knöpfte das Hemd auf. Belle stieg aus dem Bett. Ich reichte sie ihr. »Dein Gesicht ist geschwollen«, sagte die – die Stimme ein Flüstern, gehaucht, wie man jemandem ein Geheimnis erzählt.

»Ist keine große Sache. Nichts gebrochen.«

»Mein Herz ist gebrochen«, sagte sie. Als sage sie, es wäre Mittwochmorgen.

»Belle...«

»Sag gar nichts. Es war mein Fehler. Ich hab Mist gebaut.

Ich wollte einen harten Mann. Einen harten Mann, keinen kalten Mann.«

Ich zündete mir eine Kippe an. Sie kam wieder her zu mir, ihre Stimme klang nun traurig. Traurig über uns alle. »Keinen kalten Mann, Burke. Keinen Mann, der meine Liebe nicht hinnehmen will.«

»Ich wollte doch bloß ...«

»Yeah, weiß ich. Du glaubst, die Wahrheit zu sagen ist kein Spiel für eine Frau.«

»Das isses nicht.«

»Nein?« reizte sie, die Kleinmädchenstimme mit Säure getränkt. »Glaubst du, ich könnte keinen Cowboy finden, der für mich 'nen Schnapsladen hochnimmt? Glaubst du, ich kann nicht irgend 'nen Typen so rammelig machen, daß er sich 'ne Knarre nimmt? Keinem Schwanzgesteuerten Honig ums Maul schmieren, bis er mir zeigt, was für ein großer Mann er ist?«

»Ich weiß, daß du könntest.«

Belle stolzierte durchs Zimmer, knöpfte die Hosenträger los, zog sich das T-Shirt über den Kopf, hakte den BH auf. Sie öffnete den Reißverschluß, zog die weiße Hose über die Hüfte. Sie setzte sich aufs Bett. Band die Sneaker auf, warf sie in die Ecke. Sie ging rüber zur Kochnische, wo Jacke und Hemd von mir auf Kleiderbügeln hingen und in der Glut des Elektro-Radiators grillten. Sie griff sich mein Hemd. »Ich trockne es lieber so«, sagte sie und schlüpfte rein. Sie versuchte es zuzuknöpfen; es wollte sich über der Brust nicht schließen lassen.

Sie sank neben mir in die Knie, die Hände auf meinen Schenkeln, und schaute zu meinem Gesicht hoch.

»Kriegen wir noch eine Chance?«

»Wer ist ›wir‹?«

»Du und ich.«

»Für was?«

»Die Wahrheit zu sagen. Ich will dir die Wahrheit sagen. Die echte Wahrheit. Ich schwör's bei meiner Mutter«, flüsterte sie, und die eine Hand machte ein X auf ihre Brust. »Das ist mein heiliger Eid.«

»Belle...«

»Tu mir nicht so weh, Burke. Ich würde dir nie weh tun. Du weißt nicht, was ich möchte. Du hast nicht die geringste Ahnung. Laß mich sagen, was ich sagen muß.«

Sie erhob sich wieder, streckte die Hand aus.

Ich nahm sie.

Sie zog mich zum Bett. »Setz dich«, sagte sie. Sie nahm eine fette, schwarze Kerze, plazierte sie in dem Glasaschenbecher, stellte ihn oben auf den Kopfteil des Bettes. »Zünde sie an«, sagte sie.

Ich riß ein Streichholz an. Ich hörte ein Klicken – der Elektro-Radiator hatte sich abgeschaltet. Belle legte sich aufs Bett zurück, die Hände hinter dem Kopf. Ich setzte mich neben sie, beobachtete die kleine Kerzenflamme.

»Das ist die Wahrheit«, begann sie. »Ich bin an einem kleinen Ort aufgewachsen, von dem du nie was gehört hast. In Süd-Florida. Bloß ich, mein Vater und meine große Schwester. Sissy. Wir wohnten in einem winzigen Haus am Rand des Sumpfs. Nicht viel größer als das hier. Mein Vater hat ein bißchen das und ein bißchen jenes gemacht. Wie jeder da unten. Hat hinten draußen ein bißchen Gemüse angebaut. Ein bißchen Schnaps gebrannt. In der Nähe war 'ne Fabrik – er hat gearbeitet, wenn sie Arbeit hatten. Hat sich wegen der Häute ein paar Alligatoren geschossen. Boote repariert. Wir waren arm, aber zufrieden. Wenn mein Vater gute Kohle gemacht hat, hat er immer was fürs Haus gekauft. Wir hatten einen alten Eisschrank, einen hübschen Farbfernseher. Ein gutes Boot auch. Mercury-Außenborder.« Ihre Stimme verlor sich in der Erinnerung. Ich zündete eine Zigarette an, reichte sie ihr.

»Man hat mir erzählt, meine Mutter wär bei meiner Geburt gestorben. Sissy hat mich eigentlich aufgezogen – sich um mich gekümmert –, mein Vater schenkte mir nicht die geringste Aufmerksamkeit.«

Sie zog an der Zigarette, blickte an die dunkle Decke.

»Ich war ein großes, hochaufgeschossenes Mädchen, selbst als ich noch ziemlich jung war. Und richtig dürr – kannst du das glauben?«

»Sicher.«

»Ich war's. Wie ein Brett. Ein häßliches, altes, dünnes Mädchen mit überhaupt keinem Gesicht. Sissy war die Hübsche. Ich wußte es, wenn ich sie mir im Morgenlicht anschaute. Sissy war streng mit mir. Ich mußte meine Pflichten *eisern* erledigen, oder ich hab es zu spüren gekriegt. Auch die Hausaufgaben. Wir hatten eine Schule, alle Kinder in einer Klasse zusammen. Sissy paßte auf, daß ich meine Hausaufgaben machte. Schickte mich immer sauber zur Schule, egal, wie die Dinge zu Hause standen. In all der Zeit, die ich sie kannte, hatte sie nie ein neues Kleid. Sagte, es würde ihr nichts ausmachen. Aber sie hatte hübsche Nachthemden. Sie hat mich mal erwischt, als ich eins anprobieren wollte, und hat mich so schwer vermöbelt, daß ich mich etliche Tage nicht mehr hinsetzen wollte. Alles, was sie hatte, gab sie mir. Außer diesen Nachthemden. Oder ihrem Parfüm.«

Sie nahm einen weiteren Zug.

»Mein Vater hat sich nie viel um mich geschert. Ab und an hab ich was gemacht, damit er mich wahrgenommen hat. Mir ein bißchen Aufmerksamkeit schenkt. Er hat sich nicht drum gekümmert, ob ich meine Hausaufgaben machte, aber sein Kaffee mußte so und nicht anders sein: schwarzer Kaffee mit einem großen Schlag Sahne oben drauf; er hat ihn nie umgerührt.

»Einmal hab ich ihm widersprochen. Er schnappte sich meinen Arm, zog seinen Gürtel raus, ums mir zu besorgen.

Sissy ging dazwischen, ein Küchenmesser in der Hand. Der Teufel stand ihr aufs Gesicht geschrieben – man konnte es sehen. Du legst keine Hand an das Kind, sagte sie ihm.

»Er machte einen Rückzieher. Sagte ihr, ich hätte eine Tracht nötig, konnte ihr aber nicht ins Gesicht schauen. Sissy sagte, wenn ich eine nötig hätte, wäre *sie* diejenige, die sie mir verpaßt. Mach schon, sagte mein Vater, gib sie ihr.

»Sissy riß ihm den Gürtel aus den Händen, zerrte mich hinten raus. Brüll jetzt besser, sagte sie mir. *Laut!* Hat die mich damals übel verdroschen! Brachte mich an der Hand ins Haus zurück, befahl mir, meine Pflicht zu tun und den Mund zu halten. Mein Vater beobachtete uns, als wir reinkamen. Sissy ging nach hinten zum Schlafzimmer. Ich sah, wie sie eins ihrer Nachthemden aus der Schublade zog. Mein Vater ging ebenfalls nach hinten.«

Wieder zog sie an der Zigarette, die Glut dicht an ihrer Hand.

»Eines Tages war mein Vater schwer betrunken. Später Nachmittag, Schatten vom Sumpf auf der Rückseite des Hauses. Als ich nach Hause kam, hörte ich ihn mit Sissy kämpfen. Ich schwör dir, ich bring dich um, sagte Sissy zu ihm. Er lachte sie bloß aus. Schlug ihr hart übers ganze Gesicht. Ich ging auf ihn los. Er schüttelte mich ab, aber ich kam wieder hoch. Sissy und ich kämpften mit ihm, bis ihm die Puste ausging. Er lag einfach auf dem Boden und schaute zu uns auf. Ich komm heut nacht wieder, sagte er Sissy, ich komm wieder und nehm mir, was mir gehört.

»Er torkelte aus der Tür. Sissy packte mich und nahm mich mit nach hinten. Deine Zeit ist gekommen, sagte sie mir. Sie holte einen Koffer raus. Ich wußte nicht mal, daß sie einen hatte. Pack all deine Sachen da rein, befahl sie mir. Streit nicht rum. Ich half ihr beim Packen. Ich dachte, wir würden gemeinsam ausreißen. Wir haben uns hinten rausgedrückt, in den Sumpf rein. Sissy zeigte mir eine Markierung auf einer Zypresse, die sie mit dem Messer eingekerbt hat. Sie gab mir eine Schaufel und befahl mir zu graben. Tief. Ich stieß auf einen alten Steinkrug, mit Wachs verschlossen. Stieß auf noch zwei. Sissy brach die Krüge auf. Innen waren fast tausend Dollar.«

Belle jaulte auf – die Zigarette hatte ihr die Finger verbrannt. Ich hielt ihr den Ascher hin, und sie ließ sie reinfallen, steckte sich eine Sekunde die Finger in den Mund und saugte dran.

»Sissy setzte mich an den Tisch. In ein paar Stunden ist er wieder da, sagte sie. Du nimmst den Koffer und gehst in den Sumpf. Ich kümmer mich ums Boot, damit er nicht hinter dir her kann. Du hältst dich die ganze Zeit auf dem Weg hinten, bis er auf den Highway stößt. Der Spätbus in die Stadt kommt dort gegen neun vorbei – du hast jede Menge Zeit.«

Belles Gesicht war naß von Tränen, doch sie sprach mit demselben leisen Flüstern.

»Wo soll ich hin? fragte ich sie. Geh zum Busbahnhof. Nimm dir einen Greyhound nach Norden und steig nicht aus, bis du aus diesem Staat raus bist. Geh nach Norden, soweit du kannst, Belle, befahl sie mir. Du bist auf dich selbst angewiesen.

»Ich wollte nicht gehen – ich verstand es nicht. Sissy wollte mir nicht zuhören. Du bist jetzt erwachsen, sagte sie. Beinah fünfzehn Jahre alt. Ich hab ihn zurückgehalten, solang ich konnte, aber jetzt ist deine Zeit gekommen. Du mußt es mir glauben, Belle, sagte sie. Dieses eine letzte Mal. Du mußt mir glauben – tu, was ich sag. Sie holte ihre Nachthemden aus der Schublade, warf sie ebenfalls in den Koffer. Deine Nachthemden ... sagte ich. Ich brauch sie nicht mehr, sagte sie mir. Ich glaub, da hab ich Bescheid gewußt, zum ersten Mal.«

Belle weinte jetzt, strengte sich an, die Stimme unter Kontrolle zu behalten.

»Ich hab sie gepackt. Sie fest an mich gedrückt. Schick mich nicht weg, Sissy, hab ich gebettelt. Sie schubste mich weg.

Schaute mich an, als würde sie sich mich einprägen. Dann schlug sie mir ins Gesicht. Hart. Warum schlägst du mich, Sissy? fragte ich sie. Warum schlägst du mich? Du hast mich das ganze Leben lang nicht ins Gesicht geschlagen.«

Belle holte tief Luft, blickte mich in der Dunkelheit direkt an.

»Ich hab dich geschlagen, damit du meinen Namen nie vergißt, Kleine. Nenn mich nie wieder Sissy, nicht mal im Traum! Ich stand da und heulte. Sissy rieb mir übers Gesicht, wo sie mich geschlagen hatte. Zärtlich und liebevoll. Sie küßte mich, um mir den Schmerz zu nehmen, wie sie's immer gemacht hat, als ich klein war. Wir hörten das Auto unseres Vaters vorfahren. Ich bin nicht bloß deine Schwester, Belle. Ich bin nicht Sissy. Ich bin deine Mutter. Ich konnte mich nicht bewegen. Geh! sagte Sissy. Geh, mein kleines Mädchen. Ich bin deine Mutter. Ich hab dich beschützt. Jetzt lauf!

»Ich lief in den Sumpf, ging aber nicht weit. Ich versteckte mich in einem Wäldchen, hatte soviel Schiß, daß meine Beine nicht funktionierten. Ich hörte, wie mein Vater Sissy etwas zubrüllte. Dann hörte ich eine Explosion; Flammen schossen hoch. Das Boot. Du bleibst dort stehen, du Biest! hörte ich meinen Vater brüllen. Dann hörte ich sein Alligator-Gewehr losgehen. Einmal, zweimal. Er brüllte meinen Namen. Schrie ihn raus in die Nacht. Ich rannte durch den Sumpf. Meine Mutter lag nicht tot neben dem Boot – sie war in mir – rannte mit mir – gab mir Kraft. Sie ist immer in mir.«

Belle griff nach mir, hielt mich fest umschlungen, die Arme um meinen Rücken geklammert.

Weinte die Wahrheit.

49

Ich weiß nicht, wie lange wir so blieben. Belle löste ihren Griff. Sie zog sich von mir zurück, streckte aber die Hand aus und berührte mein Gesicht.

»Tut es weh?«

»Nein.«

»Ich hab dir nicht weh tun wollen. Ich wollte bloß, daß du dir meinen Namen merkst«, flüsterte sie.

»Tu ich.«

»Gehst du mit mir ins Bett, Liebling? Legst du dich zu mir?«

»Sicher.«

»Sie stützte sich auf den Ellbogen, langte über meine Brust hinweg nach den Zigaretten. »Ich muß dir den Rest erzählen«, sagte sie.

»Du brauchst ...«

»Doch. Doch, ich brauche. Du weißt immer noch nicht, was ich von dir möchte.«

Ich zündete ein Streichholz für sie an und beobachtete, wie der Rauch aus ihrer Stupsnase quoll, drängte sie nicht.

»Wie alt, glaubst du, bin ich?« fragte sie.

»Zwanzig, zwoundzwanzig?«

»Ich bin beinah neunundzwanzig Jahre alt«, sagte sie. »Es ist vierzehn Jahre her, daß meine Mutter mich gerettet hat. Ich bin weiter davongelaufen. Selbst als ich noch ein junges Mädchen war, haben sie immer nur auf meine Brust geschaut, nicht auf mein Gesicht. In diesem Land sind immerzu junge Leute am Davonlaufen. Ich hab sie gefunden – sie haben mich gefunden. Ich hab mir ein paar Regeln gemacht, Versprechen gegenüber meiner Mutter. Ich bin nie anschaffen gegangen, aber ich hab meine Titten über eine Menge Bars hängen lassen. Ich konnte die Männer immer dazu bringen, Drinks zu spendieren. Ich hab mich nie von einem Mann schlagen lassen – ein paar wollten's probieren – bei

’nem großen Mädchen wie mir fühlen sie sich klein, schätz ich. Ich hab auch Autos gefahren – ich kann das echt gut. Manchmal Fluchtautos. Ich hab Schwarzgebrannten über die Berge von Kentucky geschafft. Gestohlene Autos von Chicago nach Vegas gefahren. Ich dachte, ich könnt’s dort zum Showgirl bringen. Ich hab die Größe und den Körper dafür, aber mein Gesicht...«

»Du hast ein wunderhübsches Gesicht, Belle.«

»Nein, hab ich nicht. Aber ich weiß, daß du die Wahrheit meinst. Hör mir bloß zu, sag nichts.«

Ich nickte, rieb ihr die Schulter.

»Ich hab mein Geld gespart. Eine Masse Bücher gelesen, mir selber was beigebracht. Ich bin ein Inzestkind. Weißt du, was das heißt? Ich besitze das Blut meines Vaters und das von meiner Schwester. Deshalb ist mein Gesicht so... wie es ist. Die Augen so dicht beisammen und alles. Ich hab schlechtes Blut, Burke. Schlechtes Blut. Der Herr allein weiß, was in meiner Familie los war, bevor ich geboren bin. Oder was mit Sissys Mutter passiert ist. Meiner Großmutter, schätz ich. Ich war bei einem Doktor. An der New York University. Ich hab ihm die Wahrheit gesagt. Er machte ein paar Tests, aber er konnte mir nichts sagen, ohne auch meinen Vater getestet zu haben. Ich bin innerlich total vermurkst. Hier fehlt mir ’ne Rippe« – sie drückte meine Hand unter ihr Herz – »und ein Bein ist ein bißchen kürzer als das andere. Der Doktor wollte mir nicht soviel verraten, aber ich hab die Wahrheit von ihm erfahren.«

Sie rauchte im Dunkeln, während ich wartete.

»Ich kann nie ein Kind bekommen. Nie ein eigenes Kind, verstehst du? Die Linie meines Vaters muß mit mir enden.«

Sie spürte meine Frage.

»Er ist drunten im Raiford State Prison. In dem Schub da drüben hab ich sämtliche Papiere. Ich bin mal mit ’nem

Kleinlaster voller Maschinengewehre aufgeflogen. Ich hab die Leute verpfiffen, die mich angeheuert haben«, sagte sie und musterte meine Miene. »Sie sagten mir, es wären gestohlene Uhren, als sie mich drum baten zu fahren.«

»Sie haben nicht die Wahrheit gesagt«, meinte ich.

»Yeah, du verstehst es. Sie haben nicht die Wahrheit gesagt. Ich hab freies Geleit gekriegt – keine Aussage, bloß die Namen. Und einer von den FBIlern, der hat sich meinen Vater vorgeknöpft. Er brummt seit zehn Jahren wegen Totschlags; Weihnachten kommt er raus.«

»Wie kommt's, daß er immer noch auf 'ner Zehnjahreskür drin ist, wenn es vor vierzehn Jahren passiert ist?«

Belles Gesicht verzog sich – ich sah ihre Zähne blitzen, doch es war kein Lächeln. »Für den Mord an meiner Mutter hat er keinen Tag gesessen. Er hat im Streit wegen ein paar Gatorhäuten einen Mann erschossen.«

Sie reckte den Zeh in die Luft, spannte den Schenkel an, lenkte meinen Blick auf die Tätowierung.

»Schau genau hin«, flüsterte sie. »Schau ganz genau hin. Was siehst du?«

»Eine Schlange.«

»Als ich in dieser ersten Nacht durch den Sumpf gerannt bin, hab ich auf einer Lichtung Halt gemacht. Eine Schlange zischte mich an. Kann sein, 'ne Wassermokassin. Ich konnte sie im Dunkeln nicht sehen. Ich stand wie angewurzelt – hatte Schiß, mich zu bewegen. Dann drang der Geist meiner Mutter in mich, und ich wußte, ich mußte weiter. Komme, was wolle. Ich warf einen Ast nach dem Geräusch, und es hörte auf. Ein Gator hätte nicht aufgehört. Ich hab in diesem Club in Jersey getanzt. Sämtliche Mädchen hatten Tätowierungen, Schmetterlingstätowierungen. Die Namen ihrer Freunde. Eine Rose auf dem Hintern. Sie verrieten mir, wo sie die gemacht kriegen. Ich ließ mir von dem Mann eine Schlange machen. Mitten auf den Schenkel, wo sie auf meine

Möse deutet. Eine Giftschlange – das ist alles, was die Männer gesehen haben.«

Ich schaute mir die Tätowierung konzentriert an, wußte, daß mehr dran war. Sah es dann. »Die Schlange, es ist der Buchstabe S.«

»Ja. Für ›Sissy‹. Für meine Mutter. Es ist der einzige Grabstein, den sie je haben wird.«

Ich zündete mir eine Zigarette an. »Daher kommt dein Tanz.«

»Sag's mir«, flüsterte sie. »Sag mir, daß du ihn siehst.«

»Ich seh ihn. Es sind schlimmere Dinge als Gators da draußen«, sagte ich ihr. »Doch nicht so schlimm wie das im Hause.«

Sie küßte mich auf die Brust. »Das hab ich gewollt«, sagte sie, und sie redete nun schnell, als könnte ich ihr ins Wort fallen, bevor sie fertig wäre. »Das hab ich von dir gewollt. Marques hat mir gesagt, ohne Hintertürchen würde er sich nicht mit dir treffen. Er hat mir erklärt, du wärst ein gefährlicher, verrückter Mann. Sagte, du wärst mal ein Abgreifer gewesen, und jetzt wärst du ein bestellter Killer.«

»Marques hat keine...«

»Sssscht...« sagte sie und legte mir den Finger auf den Mund. »Er hat gesagt, du hättest 'nen Zuhälter umgebracht, bloß weil er ein kleines Mädchen auf der Straße hatte. Er hat gesagt, jeder wüßte, daß du den Verstand verlierst, wenn Leute Kinder ficken. Er hat gesagt, du hättest Geld dafür genommen, um irgendeine Ausreißerin zurückzubringen. Du hättest sie von dem Zuhälter losgeeist, dann hättest du ihn trotzdem erschossen.«

»Und du wolltest...«

»Ich wollte, daß du mich errettest. Ich hab dir die Wahrheit gesagt, Liebster. Ich hab dir die Wahrheit gesagt. Es ist meine Seele, die verloren ist. Mein Geist. Meine Mutter hat mir das Leben gerettet – ich brauch jemand, der den Rest rettet.«

»Das Abgreifen ...«

»Ich verdiene, daß man mir dafür den Arsch versohlt. Ich hab es falsch angefangen. Ich wollte einen harten Mann. Ich wußte, ich könnte dich mit Sex nicht halten. Ich wollte, daß du mich errettest – ich wollte dein Partner sein. Ich dachte, wenn ich dir 'nen goldenen Schnitt brächte, ihn dir auf dem Silbertablett serviere ... würdest du wissen, daß ich was wert bin. Ich hab das Geld nicht gewollt.«

»Verdammt.«

»Burke. Mir ist es wurscht, ob du den Hinterraum ausnimmst. Möchtest du es machen, fahr ich das Auto. Und ich laß den Motor laufen, bis du aus der Tür kommst, ich schwör's.«

»Und wenn nicht?«

»Dann geh ich rein und hol dich raus.«

Ich nahm einen tiefen Zug. »Ich meine, wenn ich den Raubzug nicht veranstalten will?«

»Ich möchte bloß, daß du mich magst«, sagte sie mit feierlichem Ton. »Nie im Leben hab ich was ernster gemeint.«

Ich nahm einen weiteren Zug, fühlte mich so müde.

»Ich kann dich nicht erretten, Belle.«

»Laß mich dir helfen. Bei deinem Freund helfen. Den Bus zu suchen. Dann entscheide dich.«

Ich saß schweigend da, beobachtete die Schatten.

»Bitte, Liebster.«

»Geh schlafen, Belle«, sagte ich und streichelte ihr den Rücken. »Wenn der Prof okay ist, kannst du helfen.«

Bei diesem Versprechen schloß sie die Augen.

50

Sie schlief mit dem Gesicht an meiner Brust. Ich rief mir das Gesicht des Prof in den Sinn, hielt ihn so am Leben. Den Prof zu sehen ließ mich das Gefängnis sehen. Wo wir einander begegnet waren. Ich erfuhr nie, was ihn damals reingebracht hatte. Jedesmal wenn's um das Thema ging, stellte der kleine Mann klar, wie er dazu stand. »Ich hab nicht telefoniert, ich bin allein reinmarschiert«, ist alles, was er sagte. Es war genug.

Als ich das erste Mal rein mußte, war ich ein Bengel. Als Sechzehnjähriger in New York bist du viel zu weit für die Reformschule. Ich kam mit einer guten Latte rein: versuchter Mord. Doch es war nicht genug. Ein Gutes nach all der Zeit in der Reformschule – ich kannte die Regeln. Ich blieb die dreißig Tage im Frischlingsblock für mich. Eines Tages kreuzte der Prof vor meiner Zelle auf – er war der Kalfakter. Sagte: »Das is von einem Freund«, und schmiß etliche Schachteln Kippen und eine alte Illustrierte in meine Zelle. Ich wollte sehnlichst eine Kippe, doch ich ließ alles auf meiner Pritsche, wartete, daß er wieder rumkam. Ich packte ihn durch die Gitter und zog ihn ran.

»Bring das Zeug zurück, wo du's her hast«, sagte ich zu ihm, nett und leise. »Ich habe hier keine Freunde.«

Der kleine Mann blickte zu mir hoch. Seine Augen hatten einen gelblichen Schimmer. Keine Spur Angst.

»Hier is der Faden für den Laden, Sohn. Spiel nicht den Harten, haste nicht die Karten.«

»Ich habe *mich*«, sagte ich ihm. »Sag du demjenigen, der dir das Zeug für mich gegeben hat, ich schick's ihm zurück, okay? Und wenn er's nicht mag, schick ich's ihm mit Zinsen zurück, sobald ich auf den Hof komme.«

Der kleine Mann lächelte, er versuchte nicht mal, sich loszureißen. »Mach langsam, junger Mann. Ich bin kein Geier, und das ist die Wahrheit.«

Ich schaute zu den Zigaretten. »Von dir?«

»Von mir, Blödmann. Nie was vom Willkommenswagen gehört?«

»Ich dachte ...«

»Ich weiß, was du gedacht hast, Jungspund. Hier is'n Tip – spiel nicht verrückt.«

»Ich kann's dir nicht zurückzahlen«, sagte ich ihm. »Ich habe kein Geld auf der Kante.«

»Schau her, Anfänger. Ich hab mehr Zeit hinter Gittern zugebracht als du auf der Welt. In Haft heißt es, erst lernen, *dann* ernten.«

»Was lernen?«

»Hier is die erste Stunde, Kunde. Rauch die Kippen nicht. Les die Illustrierte nicht. Laß alles liegen. Trau mir nicht. Wenn du wieder unters Volk kommst, halt das Ohr am Boden, frag rum. Die Leute nennen mich den Prophet. Ich bin nicht groß, aber ich bin aufrecht. Wirf 'nen Blick drauf vor dem Kauf.«

Ich ließ von ihm ab. Der kleine Mann machte seine Tour den Gang runter, reimte die Zeit hinweg.

Als ich wieder unters Volk kam, ging ich langsam vor. Fragte herum, wie der Mann gesagt hatte. Der Prophet hatte seinen Ruf. Die Jungs kannten ihn schon seit zwanzig Jahren – dies war mindestens sein fünfter Aufenthalt hinter Gittern gewesen. Er saß mal vier Jahre am Stück in Einzelhaft, weil er eine Waffe reingeschmuggelt hatte. Er hatte sich mit einem Kerl zusammengeklinkt, der dreimal lebenslänglich absaß und den Affen machte. Sie nahmen einen Wärter als Geisel. Schafften es bis zum Ausgangstor, wo sie keine Bewegungsfreiheit mehr hatten. Der Kerl bei ihm wurde umgeblasen. Die Wachteln brachen dem Prof fast alle Knochen im Leib.

In Einzelhaft knöpften sie ihn sich vor. Jeden Tag, jede Nacht. Er blieb dabei und erzählte ihnen, die Waffe wäre durch eine Vision zu ihm gekommen. Jeder Knacki in dem

Laden wußte, woher die Waffe gekommen war ... woher sie gekommen sein *mußte*. Einem Wärter. Und der Prof war Manns zuviel, um auch nur einen von ihnen auffliegen zu lassen.

Es dauerte ein paar Wochen, aber schließlich sah ich den Prof auf dem Hof. Ich kreuzte bei ihm auf, ließ beide Hände da, wo er sie sehen konnte. Die Gruppe Männer um ihn schloß dichter auf. Der Prof machte eine Kopfbewegung, sie verkrümelten sich und ließen Platz für mich.

»Wie lautet der Spruch, Grünling?« reizte er mich.

Ich zog die beiden Schachteln Kippen und die Illustrierte unter dem Hemd raus.

»Reichst du sie zurück?« fragte er.

»Nein. Ich wollte, daß du's selber siehst«, sagte ich, öffnete eine Schachtel und nahm meine erste Zigarette seit sieben Wochen raus. »Rauchen?« fragte ich und hielt ihm die Schachtel hin.

»Sehr verbunden, Spund«, entgegnete der alte Mann mit einem strahlenden Lächeln.

Ich hockte mich, den Rücken zum Hof, neben ihn an die Mauer hin, musterte ihn. Sprach aus dem Mundwinkel, während ich gradeaus schaute.

»Was ich gedacht habe, tut mir leid.«

»Das is okay, Pistolero. Hier drin biste bloß ein Schuljunge.«

Ich schaute ihn nicht an, doch er mußte die Frage gespürt haben.

»Ich habe deine Akte geklemmt.«

»Wie haste das durchgezogen?«

»Es kostet nichts, kennt man die Tricks«, sagte der kleine Mann.

Ich saß drei Jahre von dieser Kür ab. Nicht ein Tag verging, ohne daß der Prof mich etwas lehrte. Als mein Abgang näher rückte, schulte er mich, wie ich mich vor dem Bewährungsausschuß betragen sollte. Als der Ausschuß einen Entlassungstermin festsetzte, brachte er mir das harte Zeug bei. Direkt.

»Nicht mehr lange jetzt, Schuljunge. Weißt du, was das heißt? Noch dreißigmal schlafen, dann verläßt du den Hafen. Jetzt machen sie sich an dich ran. Finken, die vorher gekniffen haben, werden jetzt keck, weil sie wissen, daß de dir dein Auslauf nicht versaun willst. Du hast zwei Spiele: Untertauchen oder durchkrauchen.«

»Abschmettern.«

»Scheißt dich der erste Kerl an, kannste zum großen Mann laufen. Den Rest deiner Kür in SH gehen.«

»Nein.«

»Yeah, das funktioniert nur bei Bürgern. Den Kerlen, die nie mehr hierher zurückkommen. Das biste nicht. Also müssen wir durchkrauchen. Ich habe Leute hier – überlasses mir.«

»Soll heißen?«

»Soll heißen, junges Blut ist hitziges Blut. Sei also kalt, dann wirste alt. Macht dich jemand an, sag ihm mit den Augen ›später‹, aber tu ihm nichts im Augenblick, hab ich mich klar ausgedrückt?«

»Klar, Prof.«

Gegen Ende der Woche passierte es. Ein großer, fetter Macker namens Moore, der mich schon zu Anfang meiner Kür aufreißen wollte. Ich zeigte ihm einen Stichel, und er verdrückte sich. Ging sich leichtere Beute suchen – es gab eine Masse davon rundum. Ich saß während der Fütterung an meinem Tisch, als ich spürte, daß er auf mich runterschaute.

»Du hast vier Stangen auf die Serie verloren, Burke. Wann gedenkst du zu zahlen?«

»Du träumst, Freundchen. Ich habe nie mit dir gewettet.«

»Ich sag, ja. Du hast bis Montag. Dann möcht ich meine vier Stangen, oder ich hol's mir in Naturalien.«

Ich stieß meinen Stuhl zurück, wußte, daß jedermann zusah. Der Prof gab eine Art Knurren von sich. Ich schaute zu Moore auf.

»Wir sehn uns vor Montag«, versprach ich ihm, die Stimme unter Kontrolle.

Er marschierte davon, gab einem seiner Kumpel einen warmen Händedruck.

Spätnachmittags waren wir auf dem Hof. Ein Paar Lederne lösten sich von ihrer Gruppe und kamen auf uns zu. Beides Monster-Bodybuilder, ihre Arme so mit Muskeln vollgestopft, daß sie die Ellbogen abwinkeln mußten, um gehen zu können. Ich langte an meine Socke. Ein Bluff – so kurz vor der Bewährung hatte ich nichts bei mir, doch ich wollte dem Prof Zeit zum Davonlaufen geben. Er gackelte. »Mach die Biege, Fliege«, sagte er.

Ich wollte nicht respektlos zu ihm sein und streiten. Als ich über die Schulter zurückblickte, war er mit den Gorillas ins Gespräch vertieft.

Am Sonntag morgen summte die ganze Cafeteria, als ich reinkam. Ein Schwarzer, den ich vom Boxen her halbwegs kannte, marschierte an meinen Tisch. »Recht so, Mann«, flüsterte er. Ich zündete mir eine Zigarette an, um mein Gesicht zu verbergen.

Bongo, ein alter Kumpel aus der Besserungsanstalt, zog sich einen Stuhl mir gegenüber ran. Sein Trick war der, daß er im Kampf seinen Kopf als Stoßramme benutzte. Er hatte es zu oft gemacht.

»Burke, schon gehört, was letzte Nacht im Stemmraum passiert is?«

Ich schüttelte verneinend den Kopf.

»Kennst du Moore? Die große, fette Schwuchtel? Der nimmt sich vor, daß er beim Bankdrücken vierhundertfünfzig Pfund schafft, kannst du das fassen?«

»Das ist 'ne Menge Holz.«

Bongo kicherte auf seine närrische Art. »Zu *viel* scheiß Holz, Mann. Seine Zuschauer müssen noch größere Finken gewesen sein wie er – sie ham ihm das Gewicht auf die Brust falln lassn.«

»Was?«

»Yeah, Mann. Glatte Kiste. Die Wachteln ham ihn auf der Bank gefundn. Die Brust durchgeknackst, als wär's Karton.«

Als der Prof schließlich aus dem Tor trat, war ich da.

51

Ich zündete mir eine Zigarette an, ließ den Prof im Geiste weiterleben. Belle rührte sich im Schlaf. Ich tätschelte sie, sagte: »Ssssch, mein kleines Mädchen«, aber es nützte nichts.

»Ich kann nicht schlafen, Liebster. Wieviel Uhr ist es?«

»Zirka fünf.«

Sie rückte mit dem Körper von mir ab, rutschte, das Gesicht noch immer auf meiner Brust, mit dem Hintern, bis er am Kopfteil war.

»Hilf mir einschlafen«, flüsterte sie und rieb das Gesicht an meinem Bauch.

»Belle ...«

Sie robbte tiefer, leckte mich sachte, nahm mich in den Mund, gab sanfte Töne von sich. Ich fühlte, wie ich wuchs, aber es war wie bei jemand anderem.

»Zieh mir das Höschen runter«, sagte sie, als sie den Mund von mir nahm.

Ich kriegte es über ihren Hintern, aber weiter ging nichts mehr. Ein schwarzes Band um ihre Schenkel. Ich wurde in ihrem Mund halbhart.

»Ich will ...«

»Will gar nichts, Liebster. Bitte. Ich sehn mich nach dir –

du bist so weit weg. Laß dich bloß festhalten, bis ich einschlafe.«

Sie legte wieder Mund an mich. Innerhalb einer Minute schlief sie.

52 Ich tätschelte ihr das Sitzfleisch, während ich ab und zu wegdöste. Wenigstens war es eine verdammte Masse mehr als die Zeit, die ich zur Verfügung hatte. Zeit. Zurück im Gefängnis, wo Zeit der Feind ist und du sie totschlägst, so gut du kannst. Es war der Prof, der mich dazu kriegte, Bücher zu lesen. Als er mir das erste Mal damit kam, lachte ich ihn aus.

»Sie schreiben nicht alles in diesen Büchern«, sage ich.

»Bloß weil du im Loch hockst, bist du kein Dummkopf, Bruder. Merke auf. Höre das Wort. Was hast du vor, wenn du wieder Auslauf kriegst, dir ’nen Job besorgen?«

»Wer nimmt denn mich?«

»Willste dich beim Mob einklinken – irgend ’nem alten Arschloch die Finger schlecken?«

»Kommt nicht in Frage.«

»Das is die rare Ware. Du bist sowieso kein Italiener, richtig?«

»Weiß ich nicht.«

Eine Sekunde lang wirkte der Prof bekümmert. »Wirklich nicht?«

»Nein. Ich habe Karriere beim Staat gemacht. Vom Waisenhaus übers Pflegeheim zur Gladiatorenschule. Bis hierher.«

»Und du hast immer gewußt, daß du hierher kommst.«

»Wußte ich immer.«

»Okay, Bruder, dann wisse *dies*. Du kannst nicht kassieren, ohne mehr zu kapieren, verstanden? Ob hin oder her, du mußt klauen, sonst gibt's nichts zu kauen. Und ich weiß, was in deinem kleinen Schuljungenkopf vorgeht: Schnapp dir 'ne Knarre, und ran an die Ware. Richtig?«

Ich lächelte den kleinen Mann an, dachte an Knarren. Und Banken.

Er packte mich am Arm, fest. Ich war immer über den kräftigen Griff des Prof überrascht.

»Du mußt auf die Abstaube gehen, Schuljunge. Mit der Knarre in der Hand bringst du nicht viel zustand – spiel es weich, die Kohle ist gleich.«

»Ich bin kein Abstauber. Ich habe die Leier nicht drauf.«

»Mann, ich rede nicht von dem Ablinkereischeiß. Oder davon, kleine Mädchen laufen zu lassen. Das Zauberwort heißt ›Absahnen‹, guter Mann. *Nütze* diese Zeit. Studiere die Freaks hier drin. Beobachte sie genau. Lern. Wie. Sachen. Laufen. Das ist der Schlüssel zum goldenen Rüssel.«

Ich fing an, Bücher zu lesen, bloß um dem Prof meine Achtung zu bezeugen. Es war sein Ratschlag – er mußte für etwas stehen. Ich las sie alle. Jedes, das ich in die Hand kriegen konnte. Als der Gefängnisbibliothek der Stoff ausging, trat ich dem Buchclub bei. Ich staubte etliche Dutzend Bücher ab, bevor sie mir mit dem Kuckuck auf meiner Habe drohten. Ich schrieb an kirchliche Organisationen – sie schickten mir ebenfalls Bücher. Ich schrieb Hunderte von Seiten voll, Notizen, Kalkulationen. Rechnete die Chancen aus.

Als ich rauskam, liefen die Sachen nicht wie geplant. Es kostete mich ein paar weitere Einfuhren, bis ich die Dinge dort hatte, wo ich sie jetzt habe. Aber ich habe immer wieder gelesen, zugehört. Auf den Riß in der Mauer geachtet.

Es war während meiner zweiten Kür, daß ich anfing, über Psychologie zu lesen. Ich habe nie gewußt, daß es so liebe Worte für ein paar von den freakigen Sachen gibt, die manche Leute machen. Der Prof sagte, wenn ich die Bücher ausreichend läse, würden sie eines Tages zu mir sprechen. Ich wußte, was ich sein wollte, bloß nicht, wie ich es nennen sollte.

Eiskalt.

Steinhart.

Und auch daran arbeitete ich.

Eines Tages las ich ein Psychologiebuch, und ein Wort sprang mir ins Auge. »Soziopath«. Es schlug mich in Bann. Ich las es wieder und immer wieder. »Soziopath. Das grundsätzliche Charakteristikum für diese Störung ist das Fehlen jeglicher Reue, selbst für gewalttätiges oder kriminelles Verhalten. Dem Soziopathen mangelt es an der fundamentalen Qualität der Empathie.«

Ich flitzte zu dem zerfledderten alten Wörterbuch, das ich in meiner Zelle aufbewahrte. »Empathie: die intellektuelle Identifikation mit den oder das Nachempfinden der Gefühle, Gedanken und Haltungen anderer.« Ich reimte es mir zusammen. Ein Soziopath denkt nur seine eigenen Gedanken, geht seiner eigenen Wege. Spürt nur seinen eigenen Schmerz. Yeah. War das nicht die rechte Tour, um auf diesem Schrottplatz zu leben? Sitz deine eigene Zeit ab, klapp das Visier runter. Laß sie nicht in dein Herz blicken.

Etliche Wochen später sah ich, wie die Wachteln einen Informanten auf einer Bahre raustrugen, ein weißes Handtuch über dem Gesicht. Ein Stichel ragte aus seiner Brust. »Für 'ne Ratte ist das 'ne nette Art, aus diesem Hotel auszuchecken«, sagte ich zu den Jungs um mich. Sie nickten. Ich wußte, was sie sagen würden – Burke ist ein kalter Hund.

Mein Gesicht blieb undurchdringlich. Ich hob nie die Stimme, stritt mit niemandem. Übte, meinen Blick unscharf werden zu lassen, damit ich einem Mann minutenlang ins Gesicht schauen konnte, ohne mich abzuwenden.

Manchmal sagte ich nachts in der Zelle leise das Wort zu mir. »Soziopath.« Rief den Eisgott an, er möge in meine

Seele kommen. Wollte alles sein, nur nicht die ganze Zeit ängstlich.

Ich hörte den Freaks zu. Hörte Lester zu, der uns erzählte, wie er in ein Haus einbrach, auf irgendeine Frau stieß, die ein Bad nahm. Setzte ihr die Knarre an den Kopf, ließ sich einen lutschen. Dann stöpselte er ihren Haarfön ein, schmiß ihn ins Wasser. Ich verzog keine Miene, ging einfach weg.

Lester griff sich einen jungen Kerl, der grade reingekommen war. »Scheiße auf meinem Schwanz oder Blut an meinem Messer«, erklärte er dem Bengel und lächelte sein Lächeln. Die nächste Nacht strich ich ihn von der Anwesenheitsliste.

Er sah mich nicht mal kommen. Ich erwischte ihn rückhändig mit einer scharfgeschliffenen Feile im Bauch, riß sie hoch bis zu seiner Brust. Ich ließ die Feile auf seinen Körper fallen, marschierte weg. Ein paar Jungs sahen es – niemand sagte irgendwas. Ich ließ sie glauben, es wäre wegen einer Spielschuld.

Ich las die Psychologiebücher wieder und immer wieder. Sie haben manche von uns dort einsortiert. Michelle ist ein Transsexueller. Eine Frau, die im Körper eines Mannes gefangen ist. *Das diagnostische und statistische Handbuch der Geisteskrankheiten* hat sogar einen speziellen Nummerncode dafür – 302.50.

Doch ich kriegte dabei nie das richtige Gefühl – fand nie den entsprechenden Namen dafür. Und die Nummer, die sie mir draußen auf dem Land gaben, sagte mir auch nichts.

53

Das Telefon weckte mich. Ich schnappte mir den Hörer beim ersten Klingeln.

»Yeah?«

»Dein Freund ruf an«, sagte Mama. »Er sag, komm zu

Saint Vincent Hospital, Zimmer 909. Besuchzeit um neun Uhr. Frag nach Melvin, okay?«

»Danke, Mama.«

Belle, immer noch verdreht wie beim Einschlafen, war wach und schaute zu mir hoch.

»Hat er angerufen?«

»Sicher hat er.« Ich stand auf. »Ich nehm eine Dusche, okay?«

»Darf ich erst rasch 'ne Minute ins Bad?«

Sie tappte davon. Ich zündete mir eine Kippe an. Melvin war Profs Bruder, ein halbseidener Typ, der beim Postamt ackerte. Er mußte wegen dem einen oder anderen im Hospital sein. Wenn wir uns schon tagsüber treffen sollten, war das Saint Vincent so gut wie jeder andere Ort.

»Du kannst«, sagte Belle und gab mir einen Kuß.

Ich sang nicht unter der Dusche, aber ich fühlte mich danach. Pansy ist die einzige, die meinen Gesang mag.

Ich schlüpfte in mein Hemd. Es roch nach Belle. Sie wuselte in dem kleinen Haus herum, ein Lächeln auf dem Gesicht. »Gehst du?« fragte sie.

»Yeah, ich muß um neun in der Stadt sein.«

»Es ist noch nicht mal sechs, Liebster.«

»Ich muß im Büro vorbei, rasieren, die Klamotten wechseln.«

Belle ging zum Bett, beugte sich vornüber, schaute rückwärts zu mir; ihr großer, wunderschöner Hintern bebte nur ein kleines bißchen. »Du hast noch etwas Zeit«, sagte sie.

Ich ging zu ihr hin.

»Das muß dich an *etwas* denken lassen«, sagte sie, die Stimme sanft und süß.

Ich glitt glatt in sie rein. Sie ließ die Schultern aufs Bett sinken, stieß gegen mich. »Komm schon.«

Belle umklammerte ihre Ellbogen fest, als ich, die Hände an ihrer Taille, von hinten in sie stieß. Ich war in ihr verloren.

»Ich komme«, sagte sie, die Stimme ruhig.

»Überanstrenge dich nicht dabei«, sagte ich ihr.

Sie kicherte. Ihr ganzer Körper zitterte. »Ich meine, ich komme mit dir. Zum Hospital... oh!«

Ich schoß in ihr ab, fiel über ihr aufs Bett. Ich lag da, rang nach Atem, bis ich weich wurde und aus ihr glitt. »Möchtest du 'ne Kippe?« fragte ich sie und zündete mir selber eine an.

»Nein, ich muß mich anziehen«, sagte sie und hüpfte aus dem Bett.

Ich stritt nicht mit ihr.

54

Der Morgen war hell und klar. Wie ich mich fühlte. Gleich hinter dem Battery Tunnel fuhren wir vom West Side Highway ab. Ich brummte leise die Road Street hoch, steuerte gen Fluß und Büro. Ein gemischter Trupp Schwarzer und Asiaten verschnaufte grade vom Entladen eines Lasters. Die schwarzen Jungs aßen dampfende Nudeln aus Schälchen und gingen mit den Eßstäbchen um, als hätten sie ihr Leben lang nichts anderes gemacht. Einer der Asiaten brüllte einem Kerl, der mit einem Klemmbrett in der Einfahrt stand, etwas auf chinesisch zu. Das einzige Wort, das ich aufschnappte, war »Oberarschloch«.

Pansy war froh, mich zu sehen. Ist sie immer, egal, was ich in der Hand habe. Ich liebe meine Hündin. Jungs, die sitzen, versprechen sich eine Masse Sachen, wenn sie wieder Auslauf kriegen. Dicke Autos. Breite Bräute. Feine Klamotten. Wer weiß? Ich versprach mir einen Hund. Ich hatte einen, als ich noch ein Bengel war, und sie nahmen ihn mir weg, als sie mich aufs Land schickten. Wegen irgendwas, das man für Geld kaufen kann, geh ich nie mehr in den Knast. Wo immer ich hin abhaun muß, kann ich Pansy mitnehmen.

Das Biest nahm mein Zeichen war und ließ Belle rein. Ich

gab ihr etliche Hörnchen, die wir mitgebracht hatten, und ging rein, mich rasieren. Als ich rauskam, hockte Belle auf der Couch und hielt, die Arme steif wie Stahl, ihren Pappbecher mit Kaffee in beiden Händen. Pansy lag auf der Couch, schlürfte selig aus dem Becher und verschüttete den Kaffee quer über Belle.

»Pansy, spring!« brüllte ich sie an. Sie schmiß sich zu Boden, wobei sie den restlichen Kaffee verschüttete. »Du elendiger Gorilla«, sagte ich zu der Hündin.

Belle schaute mich flehend an. »Ich wußte nicht, was ich machen sollte – ich hatte Angst, sie wegzustoßen.«

»Ist nicht dein Fehler – sie ist 'ne gottverdammte Krawallschachtel.«

Pansy, immer scharf auf ein Lob, knurrte zustimmend.

Belles weißes Sweatshirt war klatschnaß. Sie zog es über den Kopf. »Ich zieh was von dir an«, sagte sie lächelnd.

Ich wußte, daß ihr keins meiner Hemden passen würde, hielt aber den Mund. Ich entdeckte einen schwarzen Rollkragenpullover in einer Schublade, schmiß ihn ihr zu.

Ich holte einen dunklen Anzug raus, ein hübsches, konservatives blaues Hemd, schwarzen Strickbinder. Eine Brille mit schwarzem Rahmen und einen Attachékoffer, und fertig war ich.

Belle schaute mich von oben bis unten an. »Ich hab nicht gewußt, daß du eine Brille trägst.«

»Das ist bloß Fensterglas – sie verändert die Gesichtsform.«

»Ich wünschte, *ich* könnte das«, sagte sie bitter.

»Ich mag dein Gesicht«, erklärte ich ihr.

»Es sieht nicht wie seins aus«, sagte sie. »Aber manchmal seh ich ihn noch im Spiegel.«

»Wenn es dir weh tut, solltest du es vielleicht richten lassen.«

»Meinst du so was wie kosmetische Operation?«

»Nein.«

»Oh. Glaubst du . . .?«

»Dazu ist jetzt keine Zeit, mein kleines Mädchen.«

Sie nickte. Ein vertrauensvolles Kindergesicht, das mich musterte. Zuhörte.

Höchste Zeit zu gehen. Ich ließ Pansy raus aufs Dach, versuchte, einen klaren Kopf zu kriegen. Spekulationen kamen nicht in die Tüte – der Prof hatte etwas für mich, und ich würde's rausfinden, sobald ich ihn sah.

Pansy kam runtergestreunt und knallte sich in eine Ecke. Sie war nicht in Übung.

»Willst du ein Bier?« fragte ich Belle.

»Wer trinkt um diese Zeit Bier?«

Ich holte die letzte Flasche Budweiser aus dem Kühlschrank, öffnete sie und goß sie in eine Schale. Pansy fiel drüber her – ließ es verschwinden.

55

Das Saint Vincent ist im West Village, nicht weit von meinem Büro weg. »Benimm dich einfach, als wüßtest du, wo du hin willst«, sagte ich Belle.

Am Informationsschalter gaben sie uns einen Besucherschein, und wir nahmen den Fahrstuhl. Zimmer 909 war am Ende des Korridors. Ich ging zuerst rein, nicht scharf drauf, mit Melvin Süßholz zu raspeln, sondern ich hoffte, daß der Prof bereits vor Ort war.

Er war. Im Krankenhausbett, beide Beine dick eingegipst, an Stahldrähten hängend. Ein paar Versorgungsröhrchen steckten in seinem Arm. Sein Gesicht war aschgrau, die Augen geschlossen. Er wirkte kleiner denn je – hundert Jahre alt.

Mein Blick wanderte durchs Zimmer. Leer bis auf einen Stuhl in der Ecke. Ich trat leise ans Bett, das Hirn voller Bilder.

Der Prof rührte sich nicht, öffnete die Augen nicht. Ich beugte mich dicht über ihn.

»Burke?« Seine Stimme war ruhig. Bedröhnt?

»Ich bin's, Bruder.«

»Hast du meine Nachricht gekriegt?«

»Yeah. Was ist passiert?«

Er schlug die Augen auf. Sie waren blutunterlaufen, aber klar, auf mein Gesicht gerichtet. Seine Stimme war schwach, kaum ein Flüstern. »Ich habe rumgeschnüffelt. Auf meiner Karre. Die Szene begucken, weißt du! Ich habe die Sechsunddreißigste, Ecke Zehnte beackert. Beim Lincoln-Tunnel.«

Der Prof hat eine Masche drauf, bei der er die Beine unter sich faltet und sich auf einem Brett mit an den Boden geschraubten Rollschuhrollen vorwärtsstößt. Es sieht aus, als hätte er keine Beine. Manchmal hat er noch ein Schild oder einen Metallbecher dabei. Arbeitet dicht am Boden.

»Willst du damit warten? Dich ausruhn?«

Sein Blick wurde hart. »Sie brachen mir viel, doch ich bin noch im Spiel. Die Schwester kommt in ein paar Minuten vorbei und gibt mir noch 'nen Schuß. Du mußt es jetzt erfahren.«

Ich legte ihm die Hand auf den Unterarm, neben die Versorgungsröhrchen. »Spuck's aus«, sagte ich, meine Stimme so leise wie seine.

»Hast du je von diesem Karate-Freak gehört, den sie Mortay nennen?«

»Demjenigen, der sämtliche Dojos abklappert? Jeden Sensei rausfordert?«

»Das isser. Kennst du Kuo? Den Kung-fu-Mann?«

»Er lehrt den Drachenstil, richtig? Drüben an der Amsterdam?«

»Er is tot, Burke. Dieser Mortay kreuzt im Dojo auf, knallt Kuo vor seinen Schülern eine. Kuo macht die Kampffläche klar, und sie legen los. Mortay ließ ihn einfach liegen.«

Ich ließ Luft ab. »Kuo ist gut.«

»Er ist gut und tot, Bruder. Es läuft schon seit 'ner Weile. Dieser Mortay hat Tickets verkauft – sagt, er wär der tödlichste Mensch der Welt. Es geht das Gerücht, daß er aus dem Turnierbetrieb rausgeflogen ist – er wollte seine Technik nicht abstoppen. Hat 'ne Masse Leute verletzt. Er hat vor einem Jahr einen Kampf auf Leben und Tod veranstaltet. In einem Keller unter Sin City.«

»Ich habe davon gehört.«

»Jeder Spieler aus der Szene war dort. Sie haben zwanzig Riesen als Börse aufgebracht, überall im Laden Nebenwetten. Er hat gegen diesen Japaner von der Küste gekämpft. Wie ich gehört habe, hat Mortay mit ihm gespielt, bevor er ihn auseinandernahm. Jetzt steht er nur noch drauf. Auf Tod. Er sucht sich einen Dojo, geht durch die Tür. Der Sensei muß gegen ihn kämpfen oder die Kampffläche räumen.«

»Er muß närrisch sein. Früher oder später ...«

»Yeah. Genau das hat jeder gesagt. Aber er is immer noch da draußen.«

Der Prof holte tief Luft. »Er macht auch Aufträge.«

»Auf Bestellung?«

»So geht das Gerücht.«

»Hat er dir das angetan?«

»Ich bin auf meiner Karre, rede mit ein paar arbeitenden Mädchen, laß meinen religiösen Rap vom Stapel. Als wär ich der Mann, der sich den Bus vorknöpft, weißt du?«

»Yeah.«

»Ein Auto bleibt stehen. Ein Lieferwagen. Ein Latinotyp steigt aus. Kleiner, untersetzter Kerl. Großen Diamanten im Ohr. Sagt mir, er hat jemand, der mit mir reden will. Ich sag ihm, daß ich den Menschen das Wort bringe, damit die Menschen zu mir kommen. Der Latino zuckt nicht mit der Wimper. Zieht mitten auf der Straße ein Eisen raus. Erklärt mir, er muß mich hinbringen, egal in welchem Zustand ich ankomme. Ich sag ihm, er soll nicht durchdrehn – wie ich denn hinkommen sollte, laufen? Er ruft 'nen andern Kerl. Jeder greift ein Ende von meiner Karre, heben mich hinten in den Wagen rein. Die Mädchen verdünnisieren sich einfach. Sie greifen mich von der Straße ab, und keiner nimmt was wahr.«

Die Stimme des Prof war unverändert, ein leiser Sprachfluß, die Augen auf irgendwas anderes konzentriert.

»Sie schaffen mich zu einem der Piers. Hinter den großen Schiffen. Ich habe die Augen nicht verbunden und nichts. Sie zerren mich in diesen alten Bau am Ende des Piers. Der Schuppen fällt auseinander: große Löcher im Dach, riecht wie 'ne Müllkippe. Ein Kerl erwartet uns. Groß, vielleicht einsachtundachtzig, einsneunzig. Konnte nicht mehr als einszehn wiegen.«

»So dünn?«

»Dürr wie 'ne Rasierklinge, Mann. Arme wie Streichhölzer. Neben ihm siehst du wie ein Gewichtheber aus.«

»Mortay?«

»Oh, yeah. Mortay. Kein Rätselraten – er *sagt* mir, wer er is. Wie wenn sein Name für etwas stehen sollte. Er hat so 'ne irre Stimme. Total dünn, piepsig. Er sagt, daß er gehört hat, ich würde rumfragen. Über den Geisterbus. Er sagt, das wäre gar nicht gut. Könnte ihn böse werden lassen, mach ich damit weiter.

»Ich sülze auf ihn ein. Versuch's mit meiner Blödennummer. Er steigt nicht drauf ein. Er sagt, er kennt mich auch. Sagt meinen Namen – der Prophet. Fragt, warum ich mich, wenn ich das Wort kenne, nicht selber heilen kann. Meine Beine selber richte. Ich erklär ihm, kein Mensch kann den Willen des Herrn ändern. Er macht sich über mich her, kniet sich hin, bearbeitet mich mit den Händen, drückt mir Flekken ins Gesicht, beobachtet mich. Dann sagt er: Du lügst. Einfach so. Du lügst. Er knallt mich von der Karre, befiehlt mir aufzustehen. Eine Minute lang dachte ich, meine Beine würden wirklich nicht mehr funktionieren ... aber ich bin auf die Füße gekommen.

»Er sagt mir, er wird mir zeigen müssen, daß es ein Fehler is, Fragen zu stellen. Ich weiß, jetzt kommt 'ne Abreibung. Ich konnte nirgendwo hin. Ich hab's verschissen«, sagte der kleine Mann, und seine Stimme zitterte. »Ich hatte Schiß. Du weißt, daß ich nicht leicht erschrecke, aber dieser Freak ... Es war, als würde er Wellen aussenden. Mich innerlich verletzen, und er hatte mich nicht mal angerührt.«

Ich spürte Belle hinter mir. »Warte draußen«, sagte ich zu ihr. Ich wußte nicht, was kam, aber es war nicht für ihre Ohren bestimmt.

»Ist in Ordnung, Prof«, sagte ich zu meinem Bruder und drückte ihm den Arm.

Seine Stimme wurde traurig. Beschämt. »Nein, es is nicht in Ordnung. Ich habe die Kontrolle verloren, Burke. Ich habe Max' Namen rausgerückt. Ich habe diesem Freak erklärt, der Stille wäre mein Bruder. Ich habe die ganze Tour abgezogen. Ihm gesagt, der witwenmachende Wind würde ihm das Haus niederreißen, wenn er Mist mit mir macht. Ich dachte mir, wenn er wüßte, daß ich mit Max zusammenhänge ...«

»Es ist die Wahrheit. Und er ist nicht der einzige.«

Profs Gesicht war zu Tode betrübt. »Weißt du, was er gemacht hat? *Gelächelt* hat er. Hat gesagt, er *möchte* Max. Im Kampf. Sagt, bringt er mich zum Laufen, bringt er Max zum Raufen. Sagt der Freak, er hat seit Monaten den Spruch raus, daß er Max begegnen möchte – daß Max hundefeige wäre. Ich bin stumm geworden. Es war keine Schauspielerei. Es war der Teufel, der zu mir redete, genau vor mir. Er hat gesagt, er sucht Max' Dojo. Wenn er ihn findet, nimmt er ihn für sich. Und dann hat er mich gefragt, wo er wäre. Gelächelt hat er. Gesagt, nachdem Max mein *Bruder* wäre und alles, müßte ich's wissen. Ich erklär ihm, daß nicht. Ich weiß, wenn ein Mann lügt, sagt er. Schaut mich an. Mitten durch mich durch.

»Der Latino sagt irgendwas. Mortay wischt dem Latino mit der Faust ins Gesicht, als würde er 'ne Fliege verscheuchen. Blut spritzt dem Latino aus dem Gesicht. Dann sagt der Freak, er sieht, daß ich nicht weiß, wo Max' Dojo is. Und er will mir 'ne Botschaft für ihn mitgeben. Ich sage, okay – gib mir die Botschaft. Er nimmt diese scheiß Machete von irgendwo her. Reicht sie mir. Probier die Klinge, sagt er. Breites Lächeln auf dem Gesicht. Ich faß die Schneide an – die fährt mir sofort in die Hand, bis aufs Blut. Scharf genug? fragt er mich. Für was? sag ich. Ich richte dir deine Beine, sagt er. Ich versuch ihn hinzuhalten. Lege die Klinge hin, nehme den Mantel ab. Wie wenn ich mich für'n Duell mit ihm klarmache. Ich heb die Klinge auf, schwing sie mit beiden Händen. Wie wenn ich sie teste. Ich check die Tür, wo sie mich reingebracht haben. Der Latino steht da, hält die Knarre. Keinerlei Ausweg. Ich hatte Schiß, Burke. Und ich habe mich geschämt. Ich wußte, ich hab Max' Namen rausgerückt. Die Regeln gebrochen. Ich bin ein Mann. Ich habe kein einziges Mal geschrien, als sie mich im Bau in die Mangel genommen haben. Auch ich hab 'nen Namen.«

»Dein Name ist Gold wert, Prof.«

Der kleine Mann hörte nicht zu; Tränen auf seinem Gesicht.

»Ich wollte es wissen. Ich habe ihn beim Namen gerufen: Komm schon, Pusti! Er ging auf mich los. Ich schmeiße mich zu Boden, rolle mich auf den Rücken und haue beidhändig mit der Klinge nach ihm – feste. Will ihm die Eier absäbeln.«

Profs Arm bebte in meiner Hand.

»Er segelt mitten über mich weg. Muß fast zwei Meter überm Boden gewesen sein. Er kommt wieder. Ich tret ihm entgegen, fuchtel mit der Klinge hin und her, im Kreis. Kein

Durchkommen für ihn. Er *kommt* durch, donnert mir aufs Handgelenk. Die Klinge fliegt davon. Der Spaß is vorbei, Nigger, sagt er.«

Der Prof schloß die Augen.

»Ich grapsche nach seinen Augen. Weißer Nebel kommt. Ich hör's knacken – ich weiß, es is mein Bein. Ich geh zu Boden.«

Er öffnete die Augen.

»Als ich wieder zu mir komme, bin ich hinten in dem Lieferwagen. Mortay – er sitzt da, wie Max immer sitzt. An der Hintertür – mir gegenüber. Bring dich zum Krankenhaus, sagt er. Leg dich in ein nettes Privatzimmer – geht alles auf mich. Bestell Max, *ich* hab das gemacht. Sagt seinen Namen ganz langsam. In zwei Stücken. Wie Mor-Tay. Merk es dir, sagt er. Bring ihm die Botschaft.«

Der Prof biß sich auf die Lippen, suchte in sich nach dem Nötigen. »Du bist der einzige, den ich angerufen habe«, sagte er.

»Ich weiß.«

»Ich hab's verschissen, böse verschissen.«

»Du hast den Job gemacht, Bruder. Dieser Mortay... er muß irgendwie in dem Bus drinstecken.«

»Aber Max...?«

»Er wußte längst von Max, bevor er dich geschnappt hat, Prof. Das ist seine eigene Kiste. Du hast ihm nichts gegeben, was er nicht schon hatte.«

»Burke... Ich habe in meinem Leben noch niemanden so schnell sich bewegen sehn.«

Ich tätschelte seinen Arm, spürte, wie die Furcht des kleinen Mannes zu mir durch vibrierte.

»Ich brauche dich bei dem hier, Bruder«, sagte ich ihm.

»Ich werd 'ne Weile kein Rennen laufen«, sagte er und schaute auf seine Beine.

»Deinen Kopf brauche ich. Messerhelden gibt's wie Sand am Meer.«

Der Prof machte ein Gesicht, das wie der Geist seines alten Lächelns aussah. »Hast du 'nen Plan, bin ich dein Mann.«

»Machen die immer noch diese Kämpfe auf Leben und Tod im Keller unter Sin City?«

»Die ziehn damit rum, soweit ich gehört habe.«

»Wer könnte es wissen?«

Der Prof dachte eine Minute nach. »Am besten Lupe, Bruder. Der Typ is'n Kampf-Freak. Hahnenkämpfe, Pitbulls, Seiltanzen... Gibt's 'ne gute Wette, isser an der Stätte.«

»Wo hängt er rum?«

Diesmal ein breiteres Lächeln. »Dein Lieblingsplatz, As. Werktags isser jeden Abend am Ende der Haupttribüne in Yonkers.«

»Welches Ende?«

»Gleich hinter der Ziellinie... wo's aussieht wie nicht mehr überdacht.«

»Yeah, kenn ich.«

»Jeden Abend. Er arrangiert Kämpfe. Nimmt seinen Teil.«

Der Blick des kleinen Mannes wurde schärfer. Funktionierte wieder. »Gib mir 'ne Zigarette.«

Ich zündete ihm eine an, hielt sie ihm an die Lippen. Er nahm einen tiefen Zug.

»Lupe is um die fünfzig. Fettige Haare, geschnitten wie ein Entenschwanz früher. Mexenkreuz auf der Hand. Kleiner, fetter Kerl. Schlechte Zähne. Haste alles?«

»Yeah.«

Der Prof schaute zu mir hoch, der Blick jetzt klar. »Alles, was die Schwuchtel mir gebrochen hat, war das Bein, Burke.«

»Weiß ich.«

»Ich mein ohne Reim: Es wird ihm leid tun.«

»Daß er dir die Beine gebrochen hat?«

»Daß er mich nicht getötet hat, als er die Chance hatte«, gelobte der kleine Mann. Wieder der Alte.

Ich hörte laute Stimmen auf dem Korridor. Stieß die Tür einen Spalt auf. Eine große, schwarze Schwester versuchte, sich an Belle vorbeizudrängeln, hatte aber kein Glück.

»Ist okay«, sagte ich Belle und hielt die Tür auf.

Die Schwester schob eine Karre mit einem Metalltablett vor sich rein. »Zeit für Ihre Medizin«, sagte sie mit karibischem Zungenschlag zum Prof.

Der kleine Mann zwinkerte ihr zu.

»Ich hoffe doch, es is kein Stoff«, sagte er und deutete mit dem Kinn auf die Spritze auf dem Tablett.

»Und wieso?« sagte sie, während sich ein Lächeln auf ihr breites Gesicht stahl.

»Stoff macht mich sexy, Mama. Bei 'nem saftigen jamaikanischen Schokokeks wie dir könnt ich mir nich traun.«

»Macht bei 'ner spitzen Gosche gar nix, Mahn«, versetzte sie, immer noch lächelnd, und lud die Spritze.

Der Prof schaute mich und Belle an. »Nun, ihr Dummköppe, könnt ihr nich sehn, daß die Lady und ich allein sein wolln?«

Ich winkte ihm zum Abschied. Belle ging hin und küßte ihn.

Bis wir die Tür geschlossen hatten, steckte er bereits tief in seinem Rap mit der Schwester.

56

Belles Hand ruhte leicht auf meinem Arm, als wir, ohne ein Wort zu sagen, auf den Fahrstuhl warteten. Sie blieb still, bis wir ins Auto stiegen.

»Was ist ihm passiert?«

»Er hatte einen Unfall.«

Sie zog eine Schmollmiene. »Ich hab dir die Wahrheit gesagt. Ich hab dir meine Geheimnisse verraten. Du mußt mir deine nicht verraten.« Sie zündete sich eine Zigarette an. »Aber lüg mich nicht an – ich bin ein großes Mädchen, kein Kleinkind. Geht's mich nichts an, dann sag es. Erzähl mir keine Geschichten, wenn du willst, daß ich dir traue.«

»Es geht dich nichts an«, sagte ich.

Sie sagte kein weiteres Wort, bis ich auf den Highway bog und sie sah, wohin wir steuerten.

»Nicht.«

»Nicht was?«

»Nicht mit mir. Was deinem Freund passiert ist – es geht mich nichts an, okay. Aber du hast jetzt etwas vor. Ich weiß, daß du's mußt.«

»Und?«

»Und *das* geht mich was an. Ich steck auch drin.«

»Nein, tust du nicht.«

»Doch, *tu* ich. Sag mir nicht nein. Ich kann was tun. Ich kann helfen.«

»Schau, Belle...«

»*Du* schaust. Denkst du, ich bin bloß ein Stück Arsch mit 'ner traurigen Geschichte? Ich bin eine Frau. Eine Frau, die dich liebt. Willst du meine Liebe nicht, dann sag es. Sag es auf der Stelle.«

»Ich...«

»Halt bloß das Maul. Ich verkauf meine Liebe nicht. Ich hab sie noch nie jemandem geschenkt. Ich hab gesagt, ich würde dich lieben. Das *bedeutet* etwas. Meine Liebe ist etwas wert – du mußt mir die Chance geben, es dir zu zeigen.«

»Du kriegst deine Chance.«

»Welche? Daß ich dich am Besuchstag sehen kann?«

»Wenn's drauf rauslaufen sollte.«

»Nein! Ich liebe dich. Ich schwöre, ich liebe dich. Ich merk auf, wenn du redest. Ich lern Sachen. Behandelst du mich mies, lieb ich dich immer noch. Ich geb alles. Aber du kannst mich nicht respektlos behandeln. Wie auf der Wand, die du mir gezeigt hast.«

»Ich behandle dich nicht respektlos.«

»Nein? Hast du was zu erledigen, soll ich daheim bleiben, richtig? Ich bin zu fett für 'ne Schürze, und ich hab keine Ahnung vom Kochen.«

Ich zündete mir eine Zigarette an, blies den Rauch an die Windschutzscheibe, fuhr mechanisch.

Belle schob sich dichter zu mir, die Hüfte an meiner, beide Arme um meinen Hals, und redete mir leise ins Ohr. »Du *mußt* mich lieben. Und du kannst ... mich nicht *richtig* lieben ... solang du mich nicht reinnimmst. Komm ich nicht klar – tu ich einfach meinen Teil. Du sagst, was. Aber du mußt mich reinnehmen, oder du wirst nie sehen, was ich bin ... wirst mich nie lieben, Burke.«

Ich holte tief Luft, ließ sie langsam ab.

»Nichts auf eigene Faust? Machst du, was ich dir sage?«

»Ich schwör's.«

»Ich hole dich heut abend ab. Gegen sieben.«

»Wohin gehen wir.«

»Zur Rennbahn.«

»Ich dachte ...«

»So haben wir nicht gewettet«, erinnerte ich sie.

Sie gab mir einen Kuß, kuschelte sich eine Minute an mich, verzog sich wieder auf den Beifahrersitz.

»Du bist der Boß.« Sie lächelte.

Sicher.

57 Als wir zu ihrem Haus kamen, schwang sich Belle aus dem Auto, als gäbe es Seelenheil im Schlußverkauf. Ich drehte mit dem Auto um und zischte in die Stadt. Massenhaft Arbeit zu machen.

Ich hielt hinter Mamas Laden. Schnappte mir die *Daily News* unter der Registrierkasse und setzte mich in meine Ecke. Der Kellner brachte mir eine Sauerscharfsuppe; er tat nicht mal so, als hätte ich eine Wahl. Ich las die Zeitung, wartete auf Mama. Nichts von irgendwelchen Geisterbus-Morden. Ich überflog die Schlußseiten. Die Rennergebnisse. Mystery Mary hatte die Spitze gemacht. Führte das Feld an, trabte die Meile in 2:00.3. Eingangs der Geraden lag sie drei Längen vorn und blieb es um eine Nase. Zahlte 14.20 Dollar aus. Ich lag fast anderthalb Riesen in Front. Ich konnte mich nicht erinnern, wann ich das letzte Mal ein Rennen so gut vorausgesagt hatte. Ich wartete auf die Wirkung. Sie kam nicht.

Mama schob sich in die Nische. Begrüßte mich, ließ den Blick zur Zeitung wandern.

»Du gewinn?«

»Yeah.«

»Ich sag Max, soll Geld abhol?«

»Yeah. Und sag ihm, er soll sich ein paar Tage bedeckt halten. Von der Straße wegbleiben, okay? Ich arbeite an etwas – 'ner hübschen, süßen Sache. Die Leute solln denken, er wäre 'ne Weile weg.«

Mama schaute mich an, wartete.

»Ich muß los«, erklärte ich ihr.

Sie sagte gar nichts.

58

Ich ging zum Postamt. Sagte Melvin, wo der Prof war, gab ihm die Nummer des Privatzimmers. Kam irgendeiner vorbei und fragte nach dem Prof, sollte er mich bei Mama anrufen und die Kunde hinterlassen.

Das Stadtplanungsamt hatte die detaillierten Generalstabskarten, die ich brauchte. Ich zahlte für sie in bar.

Ich verbrachte ein paar weitere Stunden in der Bibliothek, wühlte herum, nicht sicher, wonach ich suchte.

Ich fuhr zum Schrottplatz. Machte kehrt, bevor ich hinkam. Noch war nicht die Zeit für den Maulwurf.

Ich ging zum Büro zurück. Ich pinnte die Generalstabskarten der Stadt an die Wand. Breitete die Ausschnitte aus, die Morelli mir besorgt hatte. Sie brachten mich nicht in die Gänge.

Ich kehrte in mich, so tief ich konnte. Ich kam mit leeren Händen zurück.

Pansy und ich teilten uns etwas Roastbeef.

Als ich auf die Uhr schaute, war es Zeit zu gehen.

59

Die Tür ging auf, bevor ich anklopfen konnte. »Schließ die Augen«, sagte Belle. »Laß sie zu.«

Sie führte mich zur Couch, stieß mich drauf. »Setz dich doch 'ne Minute, Liebster – ich bin noch nicht soweit.«

Ich zündete mir eine Kippe an, schaute mich um. Die Bude war ein einziges Durcheinander – der ganze Boden voller Schachteln und Papier, Bett nicht gemacht, überquellende Aschenbecher.

Belle kam auf einem Paar glänzender schwarzer Hochhackiger aus dem Badezimmer. Das Haar war zur Seite gekämmt, wurde von einem schwarzen Clip zusammengehalten. Ihr Gesicht war so anders, daß ich zweimal hinschauen mußte: dunkler Eye-liner zog die Augen auseinander, scharfe Striche über den Wangenknochen. Ihr Mund war ein breiter, dunkler Schlitz. Sie trug ein schwarzes Seiden-Top über einer hautengen Hose mit breiten, schwarz-weißen Streifen. Zwei dicke weiße Schärpen lose um die Taille gebunden. Sie kreiselte vor mir, aufgekratzt wie ein kleines Mädchen im ersten Festkleid.

»Siehst du. Genau wie Michelle gesagt hat.«

Ich starrte sie an.

»Burke. Sag etwas!«

»Verdammt!«

»Was soll das heißen?« forderte sie näherkommend.

»Ich glaube, mir ist das Herz stehngeblieben. Willst du's mal mit Mund-zu-Mund probieren?«

Ein Lächeln erhellte ihr Gesicht. »Ist es nicht toll? Michelle ist so clever.« Wieder kreiselte sie. Streckte, den Rücken zu mir, die Hüfte raus. »Längsstreifen«, verkündete sie und tätschelte sich die Hüfte.

Die schwarz-weißen Streifen gingen das ganze Bein hoch. Doch sobald sie zum Hintern kamen, hörten sie auf, parallel zu verlaufen, und suchten ihr Heil in der Flucht in entgegengesetzten Richtungen. Das Fleisch ist jedesmal stärker als modischer Wille.

»Du bist das zauberhafteste Ding, das ich je im Leben gesehn habe«, sagte ich und wollte mit der Hand hinlangen.

Sie schlug sie weg. »Nein, das läßt du.« Sie lachte. »Ich hab das nicht alles angezogen, damit du es runterreißt.«

Ich erhob mich, langte zu den Autoschlüsseln in der Tasche. Belle rückte dichter an mich, hielt mich mit einer Hand am Revers meiner Jacke fest. Dunkelroter Lack auf den Nägeln.

»Burke, ich wollte dich nur reizen. Wenn du hierbleiben willst, ist das okay.«

Ich tätschelte ihr Hinterteil. »Ich wünschte, wir könnten hierbleiben. Wir haben zu arbeiten, erinnerst du dich?«

»Warum sagst du dann ...?«

»Ich habe den Kopf verloren.«

Sie gab mir einen raschen Kuß. »Wart auf später«, versprach sie.

60

Ich kutschierte auf dem Belt Parkway bis hinter den Zubringer zum Flughafen, steuerte dann Richtung Whitestone Bridge. Als ich eine Lücke im Verkehr fand, lenkte ich rüber aufs Bankett. Stellte den Motor ab. Belle saß schweigend da, die schwarz-weiß gestreiften Beine gekreuzt, geduldig wartend.

»Warst du wirklich mal Fahrer?« fragte ich sie.

»Oh, ja«, sagte sie, die Augen weit aufgerissen, musterte mich genau.

»Willst du's mir zeigen?«

Sie war im Nu am Steuer, drückte mich fast aus der Tür. Ich ging außen rum zur anderen Seite, machte die Tür auf. Zündete mir eine Kippe an, beobachtete sie.

Belle kickte die Hochhackigen weg, wackelte mit dem Hintern auf dem Sitz hin und her. Sie spielte nicht herum, wollte bloß ein Gespür für die Maschine kriegen. »Kann ich den Sitz ein bißchen zurückschieben?«

Ich zeigte ihr, wo der Hebel war. Sie schob ihn drei, vier Zentimeter zurück, streckte dann die Arme zum Lenkrad aus, warf mir noch einen fragenden Blick zu. Ich drückte einen Kippschalter, und das Lenkrad fiel ihr in den Schoß. »Schieb's hin, wo du willst, und ich stell's dann so fest.«

Sie spielte eine Minute mit dem Lenkrad, bis sie es genau so hatte, wie sie wollte, wuselte auf dem Sitz herum, checkte die Spiegel, rollte mit den Schultern, um die Steifheit rauszukriegen. »Irgendwas, das ich wissen muß?« fragte sie.

»Zum Beispiel?«

»Wie fassen die Bremsen? Zieht er nach einer Seite?«

»Nein. Er läuft wie auf Schienen. Hält schnurgrade. Aber paß beim Gas auf – er ist 'nen Zacken stärker, als er aussieht.«

Sie nickte. Drehte den Schlüssel um. Tippte ein paarmal das Gas an. »Kein Anzug?« fragte sie.

»Er ist auf Drehmoment gebaut, nicht auf Beschleunigung. Willst du ihn 'nen Gang runterhaben, tret' bloß das Pedal durch. Oder du kannst den Hebel von F einen runterschalten.«

Belle ließ sich viel Platz, wartete, bis auf der rechten Spur kein Verkehr war. Sie stieg heftig aufs Gas, steuerte gegen, als das Heck auszubrechen begann, und rauschte hart und glatt auf den Highway. Sie fädelte sich in den Verkehr ein, glitt dahin, bekam das Gespür dafür.

»Wo ist die Lichthupe?«

»Zieh den Blinkerschalter zu dir ran. Aber sei vorsichtig – das Aufblendlicht ist ein echtes Monsterteil.«

»Hupe?«

»Es gibt zwei. In der Lenkradnabe ist die reguläre; der kleine Knopf am Rand – siehst du ihn? –, der ist dazu da, Laster aus dem Weg zu scheuchen.«

Sie warf mir einen Blick über die rechte Schulter zu. »Okay, wenn ich ein bißchen rumspiele?«

»Nur zu«, sagte ich ihr.

Sie entdeckte eine Lücke, latschte aufs Gas, schoß quer rüber auf die äußerste Spur, kachelte an zig Autos vorbei, nahm das Gas zurück und rollte auf die Mittelspur. Sie setzte sich mit dem Plymouth so dicht hinter ein Auto vor uns, daß es aussah, als wollten wir es rammen. Blieb genau so, bis der Kerl vor uns rüberscherte.

»Halt dich an die Schilder zur Whitestone Bridge«, sagte ich ihr.

Belle behandelte das große Auto, als wär's ein Teil von ihr, pflügte durch den Verkehr, schob sich von einer Autoschlange zur anderen, blieb jedesmal kurz im Schwarm. Als wir zur Brücke kamen, bog sie, ohne mir ein Wort zu sagen, auf die Spur für die genau abgezählte Maut. Ich reichte ihr einen Jeton. Sie schmiß ihn ohne hinzuschauen in den Korb. Belle probierte immer noch das Verhalten des Plymouth durch, während wir über den Hutchinson River Parkway düsten, redete nicht mit mir. Wir kamen zur letzten Mautstelle vor dem Abzweig zum County. Ein Kerl in einer weißen Corvette auf der Spur neben uns kam gleichzeitig durch die Schranke. Belle jagte den Plymouth hoch, wollte auf die linke Spur. Die 'Vette zog vor uns ab. Belle gab volles Rohr – beide Autos jagten auf dieselbe Spur zu, die 'Vette eine halbe Länge in Front. Belle holte auf. Die Lücke wurde eng. Ich hörte Gummi kreischen – der Fahrer der 'Vette stand auf den Bremsen, als wir reinschossen.

Eine Minute später heizte die 'Vette auf der rechten Spur daher und schnitt uns haarscharf, sobald sie vorbei war. Belle blendete auf, drückte gleichzeitig auf den Hupenknopf. Der Himmel strahlte auf. Die preßluftbetriebenen Doppelhörner unter der Hupe tröteten wie der Warnruf eines ausbrechenden Sattelzuges. Die 'Vette verzog sich aus unserer Bahn, während wir vorbeizischten. Belle rauschte auf die andere Spur. Wieder hörte ich Bremsen kreischen.

Belle ging bis auf zirka siebzig runter. Wir waren auf der rechten Spur und steuerten zum Abzweig bei Ausfahrt 13. Helles Scheinwerferlicht hämmerte aufs Rückfenster. Belle langte hoch. Drehte den Rückspiegel zur Seite. Die 'Vette kachelte dicht hinter uns her, als sie auf den Abzweig stieß.

»Na komm, du Pfeife«, murmelte sie, als die 'Vette hinter uns auf die Außenspur zog. Die Innenspur haltend, zwängte Belle den Plymouth durch die langgestreckte Kurve. Die 'Vette röhrte hinter uns her, holte rasch auf. Belles Mund war ein grader Strich. Sie ließ den Plymouth ein Stück weit auf die Außenspur driften, doch diesmal war die 'Vette drauf vorbereitet – sie stieß jäh nach innen. Belle riß den Lenker wieder nach rechts, bugsierte die 'Vette prompt von der Straße auf den Rasen. Sie brachte den Plymouth wieder auf Gradeauskurs, rauschte unter der Überführung durch und glitt glatt wie ein Taschendieb durch eine Menschenmenge in den neuerlichen Verkehrsfluß.

Sie tätschelte fest das Lenkrad – wie man's bei einem Pferd macht, das ein starkes Rennen gelaufen ist. »Braves Mädchen«, sagte sie.

»Du hast mir das Wort aus dem Mund genommen.«

Sie warf mir ein Lächeln zu.

Wir verließen den Cross County und kurvten zurück zur Rennbahn. Ich zeigte ihr, wo sie reinfahren konnte: hinten herum, neben den Stallungen. Niemand außer den Pferdetransportern parkte dort – bis zum Eingang ist es ein langer Weg. Ich gab Belle anderthalb Kröten für den Kerl, der das Eintrittsgeld kassierte, und wir brummten langsam durch, ab und zu aufgehalten von Stallburschen, die ihre Pferde über den Fahrweg führten.

»Park da drüben«, sagte ich ihr und deutete auf einen asphaltierten Weg hinter dem Sattelplatz. »Stell ihn mit der Schnauze nach vorn ab.«

Hinter dem Weg sind etliche hundert Meter Kiesboden. Stockschwarz. Belle bog vom Weg ab, stieg aufs Gas und donnerte gradewegs in die Dunkelheit. Sie nagelte die Bremse nieder, kitzelte gleichzeitig das Gas und schlitterte mit dem Plymouth in einer perfekten Gaunerkehrtwende exakt auf die Stelle, auf die ich gedeutet hatte. Sie stellte den Motor ab. Ein Wirbelsturm aus Dreck uns Staub stieg außerhalb der Fenster auf und setzte sich auf dem Auto ab.

»Was hältst du davon, Liebster?«

»Du bist 'n Naturtalent«, sagte ich ihr.

Ihr Gesicht wurde traurig. »Nein. Nein, bin ich nicht.«

Ich nahm ihre Hand, drückte sie. »Nicht so respektlos zu deiner Mutter«, sagte ich ihr.

Sie verschluckte sich. Holte Luft. »Du weißt immer, was du sagen mußt, Burke.«

»Ich weiß auch, was ich tun muß«, versprach ich ihr.

Händchenhaltend marschierte ich mit ihr am Sattelplatz vorbei. Die schwarzweißen Streifen scharwenzelten durch die Nacht. Ich wette, einige Pferde waren eifersüchtig.

61

Am Drehkreuz bezahlte ich den Eintritt. Blieb auf dem offenen Areal stehen und schmiß dem Kerl, der an einem kleinen Tresen Programme verkaufte, einen Dollar zu. Neben den Programmstapeln war eine Schachtel mit winzigen Stiften. Belle langte an mir vorbei und nahm sich einen.

»Das macht 'nen Vierteldollar für den Stift, Gnädigste«, rief der Kerl. Belle schaute ihn an, als wäre er geistesgestört. »Für das kleine Ding?« Sie schmiß ihn wieder in die Schachtel.

»Benimm dich«, sagte ich ihr, nahm ihre Hand und führte sie nach draußen. Ein Stand, in etwa so groß wie ein Ein-Zimmer-Apartment, war draußen aufgebaut, an den Seiten offen, Segeltuch oben drüber. Ein Wurstgrill drinnen. »Willst du was?« fragte ich sie.

Cleverer Zug. Sie orderte vier Hamburger mit allem, zwei Bier. Der Kerl hinter der Theke hörte schließlich auf zu starren und bellte die Bestellung über die Schulter nach hinten, ohne den Blick von ihrer Brust zu nehmen.

»Was kriegst du, Mann?« fragte mich der Verrenkungskünstler.

»Er kriegt später was«, versicherte ihm Belle.

Der Unterkiefer war dem Kerl schon vorher runtergeklappt; jetzt hing er aus den Angeln.

Ich zahlte, nahm in jede Hand ein Bier, bedeutete Belle, sie sollte vor mir die Treppen hochsteigen, und bewunderte den Anblick. An der äußeren Haupttribüne, genau eingangs der Geraden, bekamen wir Sitzplätze.

Belle legte ihre Hamburger auf einen Sitz, nahm einige Servietten und wischte penibel zwei weitere ab. Sie nahm einen Schluck Bier, ließ es mich dann wieder für sie halten, während sie sich mit den Hamburgern beschäftigte.

»Hast du das Gesicht von dem Fetten gesehen?« fragte sie unschuldig. »Michelle hatte recht mit dem Make-up.«

Als sie mit dem Essen fertig war, verstaute ich die Überbleibsel unter den Sitzen, zündete mir eine Kippe an und schlug das Programm auf. Belle fläzte sich an mich, den Kopf an meiner Schulter, das letzte Bier in einer Hand.

»Was bedeuten all die kleinen Zahlen?«

»Sie bedeuten alle was andres. Willst du's wirklich wissen?«

»Ja«, sagte sie, verletzt klingend.

Ich ging es rasch durch, bloß einmal oberflächlich. Zeigte ihr, wie man Alter, Geschlecht, Farbe, Abstammung des Pferdes, all das Zeug, feststellen konnte. Ich war schon bei den vergleichenden Tempoeinstufungen auf den unterschiedlichen Bahnen, und sie merkte noch immer auf.

»Was ist das Wichtigste?« wollte sie wissen.

»Was meinst du?«

»Also, all das Zeug. Es kann nicht alles dasselbe bedeuten.«

»Belle, das ist der Trick dabei. Es hat unterschiedliche Bedeutung für unterschiedliche Leute. Einige Leute legen Wert auf Tempo, andere Leute legen Wert auf die Abstammung, einige Leute ...«

Sie fiel mir ins Wort. »Und du? Glaubst du, die Abstammung ist wichtig?«

Ich schaute ihr in das an meine Schulter gelehnte Gesicht. »Die Klasse, die ist für mich wichtig. Beherztheit. Durchhaltevermögen. Die Abstammung will gar nichts heißen.«

»Aber die Abstammung muß doch für was stehen, richtig? Oder sie würden's hier nicht bringen«, sagte sie, auf das Programm deutend.

»Sie bringen *alles* im Programm, Kleines. Weil's die Spieler wissen wollen, klar? Was für 'nen großen Unterschied könnte schon die Farbe eines Pferdes ausmachen? Das steht auch da.«

»Aber es muß ...«

»Es bedeutet etwas, Belle. Seit ich ein Kind war, schau ich mir Pferde an – ich sage dir, was es bedeutet: Willst du feststellen, ob ein Pferd echte Klasse hat, schau dir seine Mutter an.«

Sie reckte den Kopf zu mir, ein Lächeln auf den Lippen. »Wirklich?«

»So hat's die Natur gerichtet, Kleine. Du kannst nie mit Sicherheit wissen, wer der Vater von 'nem Kind ist, aber bei der Mutter gibt's nie einen Zweifel.«

»Nie einen Zweifel«, pflichtete sie, meinen Schenkel tätschelnd, bei.

Krächzend erwachte die Lautsprecheranlage zum Leben; die Pferde kamen zum ersten Rennen auf die Bahn. Belle sah hin, als sie vor der Haupttribüne aufmarschierten. Sie zündete sich eine Zigarette an, achtete auf alles, lehnte sich, die Hand auf meinem Knie, nach vorn.

Laut Anzeigentafel waren es noch zwei Minuten bis zur Startaufstellung. »Hast du vor zu wetten, Liebster?«

»Nicht bei dem Rennen«, sagte ich ihr, während ich zusah.

Belle süffelte genießerisch ihr zweites Bier. Das absolute Ebenbild einer Dame, zirka zehn Prozent über Lebensgröße.

Das Rennen machte nicht viel her. Wenn ich ein Fernglas gehabt hätte, hätte ich Ausschau nach Lupe gehalten.

Belle trank ihr Bier aus. »Wer wird das nächste Rennen gewinnen?« wollte sie wissen.

Ich studierte das Programm. Dieselbe Klasse, dasselbe Kroppzeug. Zumeist im Abstieg begriffene ältere Pferde. Doch da war eine Vierjährige, eine Tochter von Warm Breeze; Hurricane hieß sie. Ich deutete auf ihren Namen im Programm.

»Die hier wird ständig besser – vielleicht ist sie ein Spätzünder.«

Belle steckte sich eine Kippe an. »Mir gefällt das«, sagte sie und beobachtete, wie die Pferde zur Startparade antraten. »Welches ist unsers?«

»Das Fünferpferd«, sagte ich ihr. »Das mit der weißen Decke.«

»Sie ist hübsch. Wenn auch ein bißchen klein.«

Fünf Minuten vor dem Start war Hurricane auf fünfzehn zu eins hoch.

»Wollen wir auf sie wetten?« fragte Belle.

»Okay, ich bin gleich zurück«, sagte ich und stand auf.

»Kann ich nicht mitkommen?«

»Komm schon«, sagte ich, riß die Vorder- und Rückseite vom Programm ab und steckte sie zwischen die Sprossen der Sitze, um sie als die unseren kenntlich zu machen.

Als wir zu den Schaltern marschierten, hielt sie meine Hand. Eine Gruppe Latinos stand an einem Pfeiler und stritt auf spanisch über das Rennen. Einer nuschelte: *»Mira, mira!«*, als wir vorbeigingen. Belle wurde steif.

»Es heißt bloß, ›Schau dir das an!‹« sagte ich und drückte ihre Hand. »Müssen die Streifen sein.«

Ich stieg mit einem Pfund auf den Gaul ein.

Wieder auf unseren Sitzen, rutschte Belle hin und her, wackelte mit dem Kopf, damit sie ja nichts verpaßte. Ich zündete mir eine Kippe an, als sie die Pferde zum Tor riefen. Kaum fuhr der Wagen los, gingen die Pferde, in Positionskämpfe verwickelt, in die erste Kurve. Hurricane kam nicht glücklich raus – sie wurde nach außen abgedrängt, steckte tief im Feld.

»Oh, sie verliert.«

An der Sattelplatzkehre holte Hurricane weit aus, gewann ein bißchen Boden. Das Dreierpferd lag in Front, das Sechser neben ihm, Hurricane rannte hinter dem Sechser.

Belle hämmerte mir die Faust aufs Knie, hüpfte leicht auf ihrem Sitz herum. »Komm *schon*!«

Hurricane legte auf der Gegengerade einen Zacken zu, ging mit weitem Abstand an dem Pferd vor ihr vorbei, holte das führende ein. Doch sie konnte nicht nach vorn ziehen, und das Dreierpferd wirkte frisch. Die beiden rannten der Meute davon, hinein in die letzte Kurve und donnerten, ohne sich einen Zentimeter zu schenken, gen Einlauf.

»Nicht aufstecken, Schätzchen!« brüllte Belle.

Das Dreierpferd schob wieder die Nase nach vorn, doch die Stute wollte nicht aufgeben. Sie holte aus, faßte Tritt, schoß wieder vorwärts. Die Menge brüllte auf – das Dreierpferd war der Wettfavorit. Sie überquerten die Ziellinie gemeinsam – viel zu weit unten auf der Bahn, als daß ich hätte erkennen können, wer an der Spitze lag. »Foto« leuchtete auf der Tafel auf.

»Hat sie gewonnen?«

»Weiß ich nicht, Belle. Es war eng – wir müssen aufs Foto warten.«

»Aber sie hat nicht aufgesteckt, nicht wahr?«

»Hat sie todsicher nicht.«

Die Menge summte. Das »Foto« kam raus, und die Zahlen leuchteten auf: 5-3-4.

Belle stand auf, die Hände auf dem Geländer, und lehnte sich in die Nacht raus. »Braves Mädchen!« schrie sie der Stute zu. Köpfe drehten sich zu dem Geräusch um; die männlichen blieben umgedreht. Ich packte ihre Hände, zog sie auf den Sitz zurück.

Hurricane trabte an uns vorbei, Richtung Stall. Belle stand wieder auf, klatschte in die Hände. »Oh, sie ist wunderschön!« sagte sie, glücklich wie ein Balg zu Weihnachten. Weihnachten bei Cosbys.

Ich zündete mir eine Kippe an. Fast 350 Dollar gutgemacht. Samt Mystery Mary letzte Nacht steckte ich in der längsten Gewinnsträhne meines Lebens.

»Burke, es ist genau, wie du gesagt hast. Sie war beherzt – sie hat durchgehalten.«

62

»Irgendwas, das du im nächsten Rennen setzen willst?« fragte ich sie mit so neutraler Stimme, wie dies den Umständen nach möglich war.

»Nein, Liebster. Ich will nichts mehr setzen. Laß uns bloß zuschauen, okay?«

»Ich bin gleich zurück«, sagte ich.

Ich löste den Schein ein. »Netter Treffer«, gratulierte mir der Kassierer. Das Geld ergab einen fetten Stapel.

Ich setzte mich neben Belle hin. »Jetzt hör zu – ich muß gehn und jemand treffen. Auf der andern Seite der Bahn. Du bleibst hier. Beweg dich nicht von deinem Sitz. Okay?«

»Ja.«

»Das nächste Rennen wird bald anfangen. Ich steh auf, als würde ich 'ne Wette machen. Ich bin zurück, so schnell ich kann.«

»Okay.«

»Jetzt paß auf. Belle. Und sag mir gar nichts. Falls ich bei Ende des siebten Rennens nicht zurück bin, stehst du auf und haust ab.« Ich drückte ihr die Autoschlüssel in die Hand. »Fahr zu deinem Haus. Ruf die Nummer an, unter der du mich beim ersten Mal angerufen hast. Frag nach

Mama. Sag ihr, ich habe mich mit einem Mann namens Lupe getroffen. Sag ihr alles, was du weißt.«

»Wann kommst du zurück?«

»Weiß ich nicht. Ich geh den Tunnel runter. Falls du in ein paar Tagen nichts von mir gehört hast, rufst du Mama wieder an. Sie wird dir sagen, was du tun sollst.«

»Burke...«

Ich hielt ihr Gesicht in der Hand, ging auf Blickkontakt. »Willst du meine Frau sein?«

Sie nickte.

»Das ist ein Teil dessen, was es kostet«, erklärte ich ihr.

Ich schaute nicht zurück.

63

Ich ging zu den Wettschaltern, legte zehn auf Sieg fürs Sechserpferd hin, schob den Schein in die Tasche. Ich hatte nicht ins Programm geschaut. Ich bahnte mir einen Weg durch die Menschen, bis ich hinter der Ziellinie war. Dann ging ich runter, zahlte eine Kröte extra und ging aufs Clubhausgelände. Ich blieb draußen, stieg in die dunkle Haupttribüne am Ende und arbeitete mich bis zur obersten Reihe vor.

Nach etlichen Minuten machte ich Lupe aus, der allein in der entfernten Ecke saß, angetan mit einer neongrünen Jacke mit irgendeinem Schriftzug auf dem Rücken. Ich marschierte runter, bis ich gegenüber von ihm war, ging auf Nummer Sicher. Profs Beschreibung stimmte haargenau.

Ich zündete mir eine Kippe an, klemmte sie mir in den Mund und ging, beide Hände von mir, zu ihm hin.

»Lupe?«

»Wer will das wissen, Mann?«

»Burke ist der Name«, sagte ich und setzte mich.

Er grinste, zeigte mir seine miesen Zähne. »Ich kenn dich,

Mann. Ich hab von dir gehört. Du hast den Monsterhund, richtig? Willste ihn in Ring schicken?«

»Nur, wenn Sie mit reingehn«, sagte ich, ohne den Ton zu ändern.

»Ich hab kein Zoff mit dir«, sagte er rasch.

»Ich habe auch mit Ihnen keinen Zoff. Ich habe gehört, Sie wären der richtige Mann, den man wegen 'nem Kampf ansprechen muß, das ist alles.«

»Was hast du?«

»Ich habe nichts. Ich will bloß 'n bißchen Action erleben.«

»Kennst du den Van Cortlandt Park?«

»Hunde meine ich nicht, Junge. Und Hähne auch nicht.«

»Sondern?«

»Ich habe gehört, dieser Kerl, dieser Mortay – er hat ein paar Duelle gemacht. Mächtige Action.«

»*Mucha* Action, Mann. Aber dieser Scheißkerl von Mortay – er hatte bloß diesen einen Kampf.«

»Mit dem Japsen?«

»Yeah! Hast du ihn gesehen?«

»Nein, bloß davon gehört.«

Seine Augen glitzerten, närrisch-kalte Augen. »Haste jemand, der Mortay treffen will, Mann?«

»Yeah. Mich.«

Lupe lachte. »Mit was, Mann? 'nem Maschinengewehr?«

»Ich will nicht gegen ihn kämpfen – bloß mit ihm reden. Ich dachte mir. Sie könnten das einrichten.«

»Nein, Mann«, sagte er, Trauer in der Stimme. »Ich treib ihn nicht auf – er treibt mich auf. Er hat diesen Kerl, Ramón. Er ist derjenige, der die Treffen abmacht.«

»Wie hat er den Japsen aufgetrieben?«

»Der Japs hat *ihn* aufgetrieben, Mann. Der Kerl marschiert frisch von der Küste an, gibt die Kunde aus. Ich hab gehört, Mortay hat da draußen seinen Bruder allegemacht. Er hat's ihm heimzahlen wollen.«

»Hatte nicht viel Glück, nicht wahr?«

»Mann, Mortay macht keine Gefangenen. Er hat sich seinen Namen *verdient*. Mortay. Kapierst du? *Muerte*. Tod. Er handelt mit dem Tod, Mann. Vernascht sie bei lebendigem Leib.«

»Sie wissen, wo man ihn finden kann?«

»Mann, ich *will* nicht wissen, wo man ihn finden kann.«

»Yeah. Okay. Kommt dieser Ramón vorbei, dann sagen Sie ihm, ich möchte Mortay treffen. Öffentlicher Ort, keine Probleme. Möchte bloß 'ne Minute mit ihm reden.«

Lupe zuckte die Achseln. »Kommt er, frag ich ihn, Mann. Wo steckst du?«

»Gib ihm bloß meinen Namen. Ich steh im Telefonbuch«, sagte ich und ging weg.

64

Vor dem Start des fünften Rennens war ich wieder bei Belle.

»Nicht schlecht, hä?« fragte ich sie.

»Ich hab hier gewartet, genau wie du gesagt hast.«

»Braves Mädchen.«

»Aber wenn du nicht zurückgekommen wärst, wär ich dich suchen gegangen.«

»Das hab ich dir aber nicht gesagt.«

»Ich hatte nicht vor, Ärger zu machen. Bloß ein bißchen rumschnüffeln.«

»Yeah, du hast 'ne großartige Verkleidung, na klar. Niemand würde sich erinnern, dich gesehn zu haben.«

»Burke, ich liebe dich. Ich mußte doch ...«

»Du mußtest *zuhörn*. Wie ich's dir gesagt habe. Wie du's versprochen hast. Dumme Zicke.«

»Liebster!«

»Willst du nicht hörn, kannst du gehn. Wir haben einen Deal.«

»Tut mir leid, Liebster. Ich bin ... ich wollte bloß ...«
»Bloß. Scheiß. Gar nix. Ich sag's dir nicht noch mal.«
Sie kroch an mich, die Hand innen an meinem Schenkel, flüsterte. »Möchtest du mich heimbringen, mir den Arsch versohlen, mir eine Lektion erteilen?«
»Ich dachte, du hättest gesagt, kein Mann hat dich jemals geschlagen.«
»Es wär's wert«, flüsterte sie. »Weißt du, warum?«
»Warum, Dummchen?«
»Du mußt dazu da sein«, sagte sie.
Ich stand auf, hielt ihr die Hand hin. Sie nahm sie, fromm wie ein Lamm, ein schwaches Lächeln auf dem Gesicht.

65

Auf dem Rückweg fuhr ich den Plymouth. Belle war leise. »Bös auf mich?«
»Ich bin nicht böse auf dich – ich werde *nie* böse auf dich sein. So geh ich nicht ran. Möchtest du bei mir sein, muß ich dir vertraun. Was andres gibt's nicht.«
Ich wandte mich ihr zu. Eine Träne rollte ihr über die Backe und hinterließ eine Spur auf dem Make-up.
»Okay?« fragte ich sie.
»Ich schwör's«, versprach sie, legte sich auf dem Vordersitz flach und rollte sich neben meinem Bein ein. Den ganzen Weg zurück zu ihrem Haus sagte sie kein weiteres Wort.

66

Als ich hinter dem roten Camaro hielt, hing Belle immer noch quer über dem Vordersitz, den Kopf an meinem Bein. Sie legte mir die Hand auf den Schenkel, packte so fest zu, daß es schmerzte.
»Du mußt mit mir reinkommen.«

»Ganz schön herrisch, nicht wahr?«

Sie schaute zu mir hoch, das Gesicht naß, das zauberhafte Make-up ruiniert.

»Komm bloß mit rein, Liebster. Komm rein – du kannst der Herr sein, soviel du willst, aber geh jetzt nicht weg.«

Ich öffnete meine Tür, stieg aus. Ging zu anderen Seite des Autos und half ihr raus. Ich hielt ihr die Hände hin.

»Komm schon«, sagte ich.

Sie war schneller aus dem Plymouth draußen, als ich ihr je zugetraut hätte.

67

»Schalt das Licht an«, sagte sie, während sie mich zur Couch schubste. Sie klopfte meine Taschen ab, stieß auf Zigaretten und Streichhölzer. Zündete jedem von uns eine an. Die kleine Flamme sprenkelte ihr Haar mit Lichttupfern.

»Ich weiß nicht, was ich machen soll«, sagte sie – sie klang verloren.

»Bezüglich was?«

»Ich möchte mir das Gesicht waschen. Diese Tränen wegmachen. Aber wenn ich's mache, hält's Make-up nicht.«

»Wasch dir das Gesicht.«

»Aber du hast mein Aussehen doch gemocht. Hast du *gesagt.*«

»Ich mag auch die Art, wie du in diesen Hosen aussiehst – heißt das, daß du sie nie ausziehn sollst, solange ich in der Nähe bin?«

»Das ist nicht dasselbe«, schniefte sie.

»Yeah, ist es«, sagte ich ihr. »Genau dasselbe. Was immer du anziehst, drunter bist immer noch du.«

»Aber ...«

»Aber was?«

»So ist das eben nicht, Liebster. Mein ganzes Leben lang... war's immer dasselbe. Ich muß meine Klamotten ausziehen, damit die Männer mein Gesicht vergessen.«

Ich hielt sie fest, ihr Gesicht an meine Brust gedrückt, und redete ihr leise ins Ohr.

»Hör mir zu, Belle. Du hast gesagt, du hörst auf mich, ja?«

Sie nickte.

»*Du* bist diejenige, der dein Gesicht nicht gefällt. Weil du nicht begreifst, daß es *dein* Gesicht ist. Ich weiß, wessen Gesicht es ist, okay?«

Wieder nickte sie an meiner Brust.

»Geh das Make-up wegmachen«, sagte ich und tätschelte sie sachte.

Während sie im Badezimmer war, rief ich den Prof an. Seine Stimme klang viel kräftiger.

»Ich steh bereit mit massenhaft Zeit.«

»Ich bin's.«

»Zurück vom großen Glück?«

»Yeah. Ich habe den Mann gesprochen.«

»Wir haben also 'nen Plan?«

»Nein. Noch nicht. Ich möchte den Kerl treffen, mit dem du geredet hast. Die Kiste regeln. Den Fall beilegen. Weggehn.«

»Wir holen die Beute, aber nicht heute!«

»Richtig. Und wir wollen niemand andern im Spiel haben – bloß du und ich.«

»Der hält nicht still, weil er an die Spitze will.«

»Ich bin nicht sicher, ob das stimmt, Prof. Ich glaube, dieser Duell-Scheiß ist nicht die echte Geschichte – bei diesem andern Ding war er bloß der Trittbrettfahrer, und du bist ins Schußfeld gestolpert.«

»Könnte sein, Mann. Aber...«

»Keine Namen, wir reden später. Ich komm dich besuchen. Auf der ersten Schicht, okay?«

»Ich kann nicht davon, Sohn.«

Ich legte auf.

68 Belle kam in einem schwarzen BH über den gestreiften Hosen aus dem Badezimmer, einen zweifelnden Ausdruck auf dem frisch abgeschrubbten Gesicht. Sie zündete eine weitere schwarze Kerze an, plazierte sie auf der Spüle.

»Ich bin wieder häßlich«, sagte sie.

Ich verpaßte ihr einen bösen Blick, doch sie zuckte nicht mit der Wimper. »Ich hab mich angeschaut«, sagte sie, die Stimme traurig.

Ich zog an meiner Zigarette. »Willst du, daß ich's richte?«

»Wie? Mir 'ne Tüte über den Kopf ziehen?«

»Komm her«, sagte ich, um einen unveränderten Tonfall bemüht.

Sie lief zur Couch.

»Zieh diese Hosen aus.«

Sie langte nach hinten, um den BH aufzuhaken. »Bloß die Hosen«, sagte ich ihr.

Sie trat aus den Hochhackigen raus. Selbst als der Reißverschluß ganz unten war, mußte sie sich aus den Hosen quälen. Sie stand in BH und Höschen da, die Hände in den Hüften. »Willst du die auch runterhaben?« fragte sie, die Daumen in den Gummizug gehakt.

»Yeah.«

Sie tat's, ohne mich eine Sekunde aus den Augen zu lassen.

»Was nun?«

»Komm mit mir«, sagte ich und nahm sie an der Hand. Ich führte sie ins Badezimmer zurück, stellte sie vor dem Waschbecken auf. Der flackernde Schein der Kerze drang durch die offene Tür.

»Beug dich nach vorn«, hieß ich ihr, meine Hand auf ihrer Schulter. »Schau in den Spiegel.«

»Ich glaube immer noch …«

»Schnauze. Mach bloß, was ich dir sage, okay?«

»Okay.«

»Ich werde dir ein paar Fragen stellen«, sagte ich, während ich meine Hand runter zu ihrer Taille gleiten ließ. »Sobald du die richtige Antwort hast, hör ich auf. Kapiert?«

»Ja.«

»Schau in den Spiegel – sag mir, was du siehst.«

»Ein häßliches altes Mädchen.«

Meine Hand glitt zu ihrem Hintern, ich nahm eine komplette Backe in die Rechte, verpaßte ihr einen festen, scharfen Kniff. »Au!« jaulte sie.

»Falsche Antwort«, erklärte ich ihr. »Was siehst du nun?«

»Dasselbe«, versetzte sie, die Stimme traurig und stur.

Ich kniff sie fester.

Sie jaulte wieder. »Schau noch mal hin«, befahl ich ihr. Sie versuchte sich zu reiben – ich schlug ihr die Hand weg.

»Ist mir egal, wenn du sie abzwickst, ich bin nicht … Burke!« kreischte sie, als ich sie wieder kniff. Allmählich wurde meine Hand müde.

»Ich sehe ein wunderschönes junges Mädchen«, flüsterte ich ihr zu. »Bist du *sicher*, daß ich mich irre?«

Tränen rollten ihr übers Gesicht. »Meinst du das? Schwörst du, daß du das meinst?«

Ich quetschte ihren Hintern, diesmal sacht. »Ich habe die ganze Nacht dazu«, versprach ich ihr.

»Das ist nicht fair«, sagte sie, ein verstohlenes Lächeln um die Schnute.

»Sag mir, was du siehst«, forderte ich, hielt sie immer noch an derselben Stelle, verstärkte den Griff. »Letzte Chance.«

»Ich seh ein wunderschönes junges Mädchen«, sagte sie. Wie ein Roboter.

Ich kniff fest ins weiche Fleisch. Sie versuchte sich an mir vorbeizuzwängen, doch ich versperrte ihr den Weg.

»Okay!«

Ich streichelte ihr sachte den Hintern. »Sag's mir.«

»Ich seh ein wunderschönes junges Mädchen.«

»Ich auch«, sagte ich und küßte sie.

Sie kam in meine Arme, sanft wie ein Baby. Ich küßte sie lange Zeit. »Ich werde grün und blau sein«, sagte sie an meiner Brust.

»Tut mir leid.«

»Mir nicht«, sagte sie und zog mich in Richtung Bett. »Ist doch viel besser, als nur grün zu sein.«

69

Kurz bevor ich wegdämmerte, schoß mir etwas durchs Hirn. Etwas über einen Brief. Ich versuchte es zu fassen zu kriegen, doch es entglitt mir, bevor ich es näher ranziehen konnte.

Als ich wieder zu mir kam, war es immer noch dunkel. Belle lag quer auf dem Bett, die Möpse an meiner Brust plattgedrückt, das Gesicht ins Kissen neben meinem vergraben. Auch sie war wach – ich konnte es ihrem Atem nach sagen.

»Was, Baby?« fragte ich sie.

Sie wandte den Kopf, stützte sich auf den Ellbogen. »Baby ... ich werd nie ein Baby kriegen.«

»Sicher wirst du. Eines Tages.«

»Nein, werd ich nicht. Ich hab's machen lassen. Ich hatte eine echt häßliche Hasenscharte – weißt du, was das ist?«

»Yeah.«

»Tja, ich hatte eine ganz schlimme. So schlimm hochgezogen, daß man ständig meine Zähne sehen konnte. Ich hab ein bißchen Geld gespart – bin zu einem Schönheitschirurgen.

Weißt du was, Burke? Er hat mir gesagt, er könnte das ganze Ding richten, mir ein anderes Gesicht machen. Eine echte Nase statt dieser kleinen Schweineschnauze, Wangenknochen, alles, was ich wollte.«

»Und was ist passiert?«

»Er hat damit angefangen. Die Hasenscharte zuerst. Er hat es echt gut gemacht. Aber dann bin ich mit ein paar Jungs zu 'nem Job. Mittendrin wurde es scheußlich – es ging in den Eimer, und wir mußten abhauen. Wir kamen weg, aber einer der Jungs wurde ziemlich übel angeschossen. Da war dieser alte Doktor, hinten in den Bergen. Wir gingen zu seiner Bude, blieben fast einen verdammten Monat lang dort. Hat uns jeden Groschen gekostet, den wir zusammen hatten, aber er hat Rodney durchgebracht.«

Sie fummelte auf dem Nachttisch herum, suchte eine Zigarette. Ihr Körper schimmerte im Licht der Streichholzflamme.

»Dieser alte Doktor – er war ein Outlaw. Wie wir. Ich weiß nicht mal, ob er ein echter Doktor war und so, aber er hatte geschickte Hände. Ich war schwanger – vielleicht im zweiten, dritten Monat. Ich kam drauf, während wir uns verkrochen hatten. Ich war bloß ein großes, dummes Mädchen – wär nie drauf gekommen, daß ich schwanger werden könnte. Als es mir der Doktor sagte, hab ich ihm gesagt, er soll machen und es holen. Es wegmachen. Er wollte wissen, ob ich mir sicher wär. Also hab ich's ihm erzählt. Ich hab ihm die Wahrheit gesagt. Er sagte, ich hätte recht – ich würde das einzig Richtige machen. Er sagte, er hätte 'ne Menge Babys wie das gesehen, das bei mir unterwegs war – sagte, da würde nie was Gescheites draus. Versuchte es mir schonend beizubringen, aber ich hab gewußt, was er meinte.«

Sie nahm einen tiefen Zug von ihrer Zigarette.

»Er hat gesagt, er könnte das bei mir drin regeln, wenn er

das Baby holen geht. Die Eileiter verknoten. Ich mußte nicht mal 'ne Minute nachdenken.«

Ihre Stimme klang sanft in der Nacht. »Ich könnte ein Baby liebhaben – ich weiß, daß ich's könnte. Aber ich hab mir gedacht, wenn ich ein Baby liebhaben würde, würde ich nie eins haben. Verstehst du?«

»Yeah.«

»Wie kommt's, daß du dich nie drum geschert hast?«

»Worum?«

»Mich zu schwängern.«

Ich lachte. »Ich kann keine Kinder zeugen, Belle.«

»Hast du's probiert? Mit dieser Frau ...«

»Nein. Ich habe es nie versucht. Nie dran gedacht, als ich jung war. Habe die meiste Zeit an Orten verbracht, wo man sowieso kein Kind machen konnte. Ich wurde mal zusammengeschlagen. Vor langer Zeit. Es war nichts Persönliches – ich war am falschen Ort. Oder vielleicht hatte ich bloß die falsche Farbe. Ist ziemlich egal. Jedenfalls haben sie 'ne echte Nummer mit mir abgezogen. Als mich die Sanitäter im Krankenhaus abluden, war der Schmerz so schlimm – es gibt nichts, womit ich ihn dir beschreiben könnte.«

»Was ham die gemacht?«

»Ein paar Rippen zerknackst. Den Kiefer gebrochen. Aber die eigentliche Verletzung – sie haben mir so oft in die Eier getreten, daß ich dachte, sie würden mir abfallen. Der Doktor sagte, es wäre eine Hodentorsion.«

»Eine was?«

»Eine Torsion ... wie eine Verdrehung.« Ich hielt die Fäuste vor ihrem Gesicht aneinander, verdrehte eine zur Seite. »Wie das.«

»Urgh!«

»Yeah. Ich habe an mir runtergeschaut – der ganze Sack war schwarz. Bevor sie mich rausließen, sagte der Doktor, die Blutzufuhr wäre abgeklemmt gewesen – sie mußten mich aufschneiden und innen eine neue Wand einnähen, damit die Eier an Ort und Stelle blieben.«

»Gott!«

»Ich erinnere mich, daß ich ihnen gesagt habe, sie könnten eine Vasektomie machen, während sie dran wären ... Der Doktor hielt das für lustig – von wegen, wenn sie schon mal zur Hand waren und so. Aber sie haben's gemacht. Von mir ebenfalls keine Babys.«

»Tut dir das weh?«

»Nein. Um mich geht's nicht. Ich denke nicht drüber nach. Aber ich hab's noch nie irgendwem erzählt.«

Belle küßte mich. »Mit kannst du alles erzählen«, sagte sie.

Ich langte an ihr vorbei. Zündete mir meinerseits eine Zigarette an. Laut meiner Uhr war es nach vier Uhr morgens.

»Geh wieder schlafen«, sagte ich, rieb ihr den Rücken und stieß ihr an die Schulter.

»Ich muß auf dem Bauch schlafen«, sagte sie, und ein Lächeln umspielte ihre Lippen.

»Du brichst mir das Herz – so hart hab ich dich nicht gekniffen.«

»*Hast* du!«

»Mach halblang, Belle. Ich bräuchte 'nen Schraubstock, um bei all dem was auszurichten«, sagte ich und tätschelte ihr den Hintern.

»Ich hab in den Spiegel geschaut. Während du geschlafen hast. Du hast ein großes Mal gemacht.«

»Es ist bald wieder weg.«

»Ich weiß«, flüsterte sie. »Deshalb schlaf ich ja auf dem Bauch. Ich will's noch mal sehen, bevor es vergeht.«

Sie legte mir das Gesicht an die Brust. Ich spürte die Tränen.

»Was ist?«

»Es wird verschwinden. Und du auch.«

»Ich bin hier.«

»Jetzt noch.«

Ich nahm einen letzten langen Zug von der Zigarette, flocht die Hand in das Haar in ihrem Nacken.

»Es ist so, wie du vorhin gesagt hast, Belle. Wir sind Outlaws. Morgen ist was für Bürger. Für uns gilt immer das Jetzt.«

»Ich liebe dich«, murmelte sie an meine Brust.

»Geh schlafen, mein kleines Mädchen«, sagte ich ihr, hielt sie, küßte ihr Haar.

Wartete auf das Tageslicht.

70

Einige Stunden später war ich wieder auf. Ich zündete mir eine Zigarette an, lief raus auf den Steg. Eine große Möwe saß auf dem Geländer. Sie flog nicht weg, als ich näher ranging, verdrehte bloß den Kopf, damit sie mich genau beobachten konnte. Sie wußte, daß sie den ganzen Himmel zum Ausreißen hatte.

Ich spürte Belle hinter mir. »Geh du lieber wieder schlafen«, sagte ich.

»Warum? Ich bin jetzt wach.«

»Du hast schon ein paarmal abends bei der Arbeit gefehlt. Du wirst dich ausgelaugt fühlen, wenn du nicht ein bißchen zur Ruhe kommst.«

»Ich geh da nicht zurück. In dem Geschäft kommen die Mädchen, und sie gehen. Es passiert ständig.«

»Yeah, aber ...«

»Ich bin in dem hier mit dir drin, Burke. Ich weiß, daß du sowieso von mir weggehen könntest. Wenn's vorbei ist. Aber ich muß die Chance nutzen. Dir zeigen, was ich kann ... damit du bei mir sein willst.«

»Schau, Belle ...«

»Du hast's versprochen. Vielleicht hast du nicht genau die Worte gesagt, aber du hast's versprochen. Ein Outlaw-Versprechen – ich bin bei dem hier dabei. Ich hab ein bißchen Geld beiseite gelegt. Du brauchst mich nicht auszuhalten.«

»Hölle und Teufel, ich müßte 'ne Bank ausrauben, bloß um dich zu ernähren.«

Sie knallte mir eine auf den Arm. »Ich *meine* das. Alber nicht herum.«

Sie schlang mir von hinten die Arme um den Hals, drückte mich an sich, redete mir genau ins Ohr. »Ich will bei dir sein. Ich möchte nicht mehr, daß mich die Männer so anschaun, wie sie's normalerweise machen. Das geht nicht mehr – wegen dir.« Ihr Griff wurde fester. »Ich möchte einen Mann, der mir ins Gesicht schaut.«

Ich ließ Luft ab. »Zieh dich an«, sagte ich ihr.

71

Bis halb acht waren wir im Büro zurück. Ich ließ Pansy raus aufs Dach, rief Mama an. Für mich waren keine Nachrichten gekommen, aber sie hatte meine an Max ausgegeben. Noch ein rascher Anruf. Der Prof war am Telefon leicht benebelt – ich schätze, sie dröhnten ihn immer noch zu.

»Wie ist das werte Befinden, Bruder?« fragte ich ihn.

»Kannst du dem Ausschuß nicht trauen, wird's Zeit für die Mauern.«

Einer seiner alten Sprüche – wenn du den Bewährungsausschuß nicht leimen kannst, wird's Zeit, an einem Fluchtplan zu tüfteln. Ich schätze, er hatte das Krankenhaus ziemlich satt.

Ich breitete die Straßenkarten wieder auf dem Schreibtisch aus, starrte sie an.

Belles Hand auf meiner Schulter. »Was suchst du denn, Liebster?«

»Weiß ich noch nicht.«

Pansy kam wieder runter. Mit einem Blick erfaßte sie die Lage. Ich arbeitete – keine Chance, mir Futter abzupressen. Dann stieß sie in ihrem Viehhirn auf etwas, das einem Einfall so nahkam wie irgend möglich. Sie rammte den massigen Kopf an Belles Bein und stieß sie ein paar Schritte zurück. Belle steuerte die Couch an, doch Pansy schnitt ihr den Weg ab, stupste sie wieder an.

»Was möchte sie denn?«

»Futter«, sagte ich, ohne aufzuschaun.

Ich hörte, wie der Kühlschrank aufging. »Nun, was darf's denn sein?« fragte Belle. Pansy knurrte. »Kann ich ihr ein bißchen von dem braunen Reis geben?«

»Wärm ihn erst auf«, sagte ich ihr, nahm den Blick nicht von den Karten.

Belle kam wieder rein. »Liebster, gibt's hier irgendwo 'nen Laden?«

»Was für einen Laden?«

»Zum Beispiel einen Supermarkt oder einen Lebensmittelladen.«

»Nicht weit weg. Warum?«

»Ich brauch ein bißchen Zeug.«

»Später, okay?«

»Aber ich möchte...«

»Belle, ich versuche was rauszufinden. Sei einfach 'ne Weile leise, okay?«

Sie lehnte sich über den Schreibtisch, die Brüste vor meinem Gesicht, ließ eine Hand in meinen Schoß gleiten. »Vielleicht solltest du mir was in den Mund stecken ... mir richtig das Maul stopfen.«

Ich schaute zu ihr auf, ging auf Blickkontakt. »Wenn du mich hier nicht arbeiten läßt ...«

Ihre Augen wurden tief und traurig. »Ich hab bloß gespielt.«

»Dafür ist jetzt keine Zeit.«

Sie lehnte sich dichter ran, musterte meine Augen. »Ich weiß. Ich dachte, du würdest mir einen Klaps geben. Wo du mich letzte Nacht gezwickt hast.«

»Wozu sollte das nutze sein.«

»Ich muß dich spüren. Du willst dir nicht helfen lassen ... Ich wollte bloß ...«

»Ich *werde* mir helfen lassen. Aber wenn du das Maul nicht hältst, finde ich nie raus, wie.«

Ich tätschelte ihr Sitzfleisch. Sachte. »Okay?«

»Okay.«

72

Als ich von der Karte aufschaute, schlief sie eingerollt auf der Couch. Pansy lag parallel zu ihr auf dem Boden.

Ich schnippte mit den Fingern. Pansys Kopf fuhr herum. Ich deutete auf die entfernte Ecke des Büros. Sie bewegte sich mit der Geschwindigkeit eines ausreißenden Feuerhydranten. Sobald sie auf ihrem Posten war, ging ich zur Couch. Ich küßte Belle auf die Backe. Sie wurde wach. »Was ist los, Liebster?«

»Du kannst was für mich machen – biste wach?«

Sie rieb sich die Augen. »Sicher.«

»Als du mit Marques gesprochen hast, hat er dich angerufen oder du ihn?«

»Sowohl als auch.«

»Du hast also seine Telefonnummer?«

»Sicher.«

»Ich möchte, daß du ihn anrufst. Ihm sagst, ich wäre im Club vorbeigekommen und hätte dich getroffen. Dich gebeten, mit ihm Verbindung aufzunehmen – ein Treffen zu arrangieren. Bestell ihm, ich hätte gesagt, zu jeder Zeit, an jedem Ort. Wegen dem, worüber wir das letzte Mal geredet haben.«

»Was ist, wenn er zurückrufen muß – wo soll ich ihm sagen, daß ich bin?«

»Sag ihm gar nichts. Wenn er dir nicht gleich eine Zeit und einen Ort nennt, sagst du ihm, er soll unter meiner Nummer anrufen. Derjenigen, die ich dir beim ersten Mal gegeben habe.«

»Bei der Chinesin.«

»Yeah.«

»Burke, ist sie diejenige? Die, die du ...?«

Ich zerzauste ihr das Haar, küßte sie auf den Nacken. »Komm schon, Belle. Wir haben heute 'ne Masse zu tun.«

73

Auf dem Weg zum Krankenhaus fragte ich sie über Marques aus.

»Weißt du, zu welcher Zeit du am besten anrufst?«

»Ist das nicht egal?«

»Er ist ein Zuhälter. Marschiert er vor vier, fünf morgens von der Straße, denken die andern Spieler, ihm geht die Puste aus. Früher Nachmittag ist die beste Zeit, ihn in der Heia zu erwischen.«

»Manchmal, wenn ich von der Schicht komme, kann ich nicht schlafen. Vielleicht sollte ich es jetzt probieren.«

»Yeah, okay. Wenn ich rauf zum Prof gehe, nimmst du das Auto. Such dir ein Münztelefon, probier dein Glück.« Ich schaute auf die Uhr. Beinahe halb elf. »Wir treffen uns gegen Mittag auf dem Parkplatz. So du ihn bis dahin nicht erreicht hast, versuchen wir's wieder.«

Ich hielt vor dem Saint Vincent. »Die Zulassungspapiere sind im Handschuhfach. Wirst du von der Polizei angehalten, sagst du ihnen, das Auto ist geborgt. Es steht auf keiner Liste.«

Ich zeigte ihr die Papiere.

»Juan Rodriguez?«

»Das bin ich. Ich kenne dich vom Club her. Habe dir gesagt, du könntest dir das Auto ausborgen, wann immer du möchtest. Du warst nie bei mir zu Hause. Ich habe dir gesagt, ich würde das Auto ein paar Wochen lang nicht brauchen, weil ich in Urlaub wäre.«

Ich gab ihr einen Papierfetzen mit einer Telefonnummer. Das Telefon würde auf dem Schrottplatz in der Bronx läuten, von dem ich ein Stück besitze. Der alte Mann, der meinen Lohnzettel ausstellte, würde jedem Anrufer sagen, ich wäre in Urlaub. Irgendwo in Puerto Rico. Juan Rodriguez war der ideale Arbeitnehmer – er kreuzte nie zur Arbeit auf, aber er hob seinen Lohn ab und gab dem Boß das Geld zurück. Scheiß aufs Finanzamt.

»Fahr das Auto, als wär's heiß. Lenke keine Aufmerksamkeit auf dich. Wenn du aber rausgezogen wirst, reiß nicht aus. Falls du einen Strafzettel kriegst, nimm ihn einfach. Sag gar nichts.«

»In Ordnung, Liebster.«

Der Plymouth zog davon und verschwand im Verkehr. Geschmeidiger, als ich ihn je gefahren hatte.

74

Der Prof wirkte schon kräftiger. Ich zog mir einen Stuhl ans Kopfende des Bettes, und wir redeten, wie wir's immer auf dem Hof gemacht hatten. Leise, jeder in eine andere Richtung blickend. Die karibische Schwester kam rein.

»Ich riech Rauch hier drin«, sagte sie, als hätte sie uns beim Klauen erwischt.

»Rauch hat nicht den Hauch einer Chance gegen Euren süßen Duft, Mama«, stimmte der Prof an.

»In Krankenzimmern ist Rauchen verboten. Na, das wissen Sie *ganz* genau. Ich hab's Ihnen schon mal gesagt.« Der Prof breitete die Hände gen Himmel aus, suchte göttlichen Beistand. »Herr, erbarme dich, bei dieser Frau mach ich keinen Stich.«

Das breite Gesicht der Schwester legte sich in Falten, als sie sich das Lächeln verkniff.

»Wortgewandter kleiner Mann – ich brech dir den Rest von deinen Knochen.«

»Das glauben Sie doch selber nicht, eine Göttin wie Sie.«

Die Schwester hatte eine Pille und eine Plastiktasse mit einer dunklen Flüssigkeit. »Wollen Sie die Medizin ohne die übliche Rede nehmen?«

Der Prof betrachtete sie, den Kopf zur Seite geneigt. »Wissen Sie, warum ein Mann auf einen Berg steigt?«

Sie seufzte, inzwischen dran gewöhnt.

»Also dann. Warum steigt ein Mann auf einen Berg?«

»Weil die Luft so süß is, wenn man auf den Gipfel kommt«, sagte der Prof und stopfte sich die Pille in den Mund, während er das Glas wie zum Toast hielt. »Wollen Sie einem armen Mann einen Grund zu leben geben?«

»Legen Sie sich weiter an mit mir, *haben* Sie keinen Grund zu leben«, warnte sie ihn, wartete dann geduldig, bis der Prof seine Medizin ausgetrunken hatte. Schnappte sich das Glas aus seiner Hand und stolzierte raus.

»Noch ein Weilchen hier, und sie gehört mir«, sagte der Prof. Er hatte recht – alles, was Mortay gebrochen hatte, waren die Beine.

Ich zündete mir eine weitere Zigarette an, zog das halbvolle Wasserglas, das wir als Ascher benutzten, unter dem Bett vor.

»Ich war auf der Bahn. Habe den Mann getroffen. Wie ich's dir sagte.«

»Und?«

»Er kann mich nicht in Kontakt bringen. Sagt, dieser

Mortay handelt wirklich mit dem Tod. Dieses Duell mit dem Japs – es ist tatsächlich gelaufen.«

Der Prof zog heftig an der Zigarette. »Yeah. Aber er is kein Krieger. Nicht wie Max. Er is süchtig danach.«

»Es paßt alles, Prof.«

Seine Augen funkelten. »Erklär's mir, Bruder.«

»Du hast nicht Ausschau nach diesem Freak gehalten, richtig? Bloß ein bißchen rumgestochert ... nach dem Bus gefragt.«

»Richtig.«

»Und dieser Kerl ist kein Leibwächter. Du mußt ihm zufällig in die Quere gekommen sein.«

»Das reicht nicht. Wir brauchen mehr, sonst tun wir uns schwer.«

»Ich arbeite dran. Ich habe diesem Lupe gesagt ... dem Kerl, der die Kämpfe macht ... ich möchte mich mit ihm treffen.«

»Du hast nicht vor, Max mitzunehmen?«

»Max ist bei dem hier außen vor, Prof.«

Er langte mit der Hand über das Bett. Ich quetschte sie.

»Das besiegelt den Deal«, sagte er.

»Richtig. Hast du irgendwas läuten gehört?«

»Noch nicht. Wird aber noch kommen. Ich hab 'ne Masse Haken ausgelegt.«

Ich stand auf. »Brauchst du irgendwas?« fragte ich.

»Ich brauche eine Schwester«, sagte er.

75

Belle saß am Steuer des Plymouth, als ich über den Parkplatz kam, und las eine über dem Lenkrad ausgebreitete Zeitung. Sie hatte das Auto in Fahrt, bevor ich die Tür geschlossen hatte.

»Sehr schön«, sagte ich ihr.

»Das ist ein wunderschönes Auto.«

»Du bist eine wunderschöne Frau. Marques angerufen?«

»Ging keiner ran. Können wir's nicht von deinem Büro aus probieren?«

»Das Telefon nutzt nach acht Uhr morgens nichts. Länger als 'ne Minute kannst du sowieso nicht in der Leitung bleiben. Ich sag's dir, wenn du anhalten sollst.«

Am Fluß entdeckten wir ein freies Münztelefon. Ich reichte Belle einen Vierteldollar. Sie zog eines dieser angefeuchteten Tücher aus ihrer Tasche, riß die Verpackung auf, wischte die Sprechmuschel ab.

Sie wählte die Nummer. Wartete. Jemand nahm ab. Ich hörte nur ihre Seite des Gesprächs.

»Könnte ich bitte Marques sprechen?«

. . .

»Belle.«

Wir warteten etliche Minuten. Ich öffnete die Hand, zeigte ihr, daß ich einen weiteren Vierteldollar bereit hatte.

»Hi, erinnern Sie sich an den Mann, den ich für Sie anrufen sollte? Burke! Er ist im Club vorbeigekommen. Hat gesagt, er möchte sich mit Ihnen treffen. Wegen dem, worüber Sie beim letzten Mal geredet haben.«

. . .

»Er hat gesagt, das läge bei Ihnen. Zu jeder Zeit. An jedem Ort.«

. . .

»Nein, er schien überhaupt nicht sauer. Er hat bloß gesagt, er bräuchte Informationen über die Szene, und Sie wären dafür der Beste ... Er wollte nicht rumstochern, ohne es bei Ihnen gegenzuchecken, hat er gesagt.«

. . .

»Okay. Warten Sie, ich schreib mir das auf«, sagte sie und gab mir Zeichen. Ich nickte. »Schießen Sie los«, sagte sie ins Telefon.

. . .

»Juniors? Wo is'n das? Oh, er wird's wissen.«

Wieder nickte ich ihr zu.

»Welche Zeit?«

. . .

»Elf. Okay. Und ich bestell ihm, er soll keine Freunde mitbringen? Sicher. Okay, danke. Ich werd's ihm bestellen – er hat gesagt, er ruft mich an, bevor ich heut abend zur Arbeit geh.«

Sie hängte den Hörer ein.

»Braves Mädchen«, sagte ich ihr.

Sie schmiß den Kopf zurück, und ein Lächeln leuchtete in der Sonne auf. »Warte bloß, dann wirst du sehen«, versprach sie.

76

Ich übernahm das Steuer. Beim Losfahren bemerkte ich, daß der Rücksitz voller Kartons war. »Was ist das alles für Zeug?« fragte ich sie.

»Zeug, das ich gebraucht habe«, sagte sie. Fall abgeschlossen.

»Hungrig?«

Sie machte ein Geräusch wie Pansy, wenn man ihr dieselbe Frage stellte.

Ich hielt hinter Mamas Laden, nahm Belle bei der Hand, als wir durch die Küche gingen. Mamas versammelte Schlagetots beobachteten uns teilnahmslos – sie hatten seltsamere Dinge durch den Hinterraum kommen sehen.

Der Schuppen hatte ein paar Kunden – keine Chance, sie zur Mittagszeit allesamt außen vor zu halten –, doch meine Ecke war frei, wie immer.

Der Kellner kam zu uns her, verstellte Belles Seite der Nische, warf mir einen fragenden Blick zu. Ich schüttelte den

Kopf, gab ihm zu verstehen, daß Belle keinen Ärger bedeutete. Er verdrehte die Augen in Richtung Vorderraum. Ich nickte – schick Mama vorbei. Mamas Kleid war tiefrot. Die Opalohrringe paßten zu dem Reif an ihrer Hand. Sie erwiderte meine Verbeugung mit maskenhaftem Gesicht.

»Mama, das ist Belle«, sagte ich. »Belle, das ist Mama.« Ich sagte es vorsichtig. Hübsch gleichmäßig, im selben Tonfall. Mama war total zuverlässig, wenn es drauf ankam, aber bei Frauen war sie komisch.

Sie verbeugte sich. »Freund von Burke, Freund von Mama.«

Belle wollte ihr die Hand hinstrecken, überlegte es sich anders. Verbeugte sich leicht. »Vielen Dank, Madam.« Höflich wie ein kleines Mädchen in der Schule.

Mama rutschte neben mich in die Nische und bellte etwas auf kantonesisch über ihre Schulter. Der Kellner brachte die Suppe. Mama bediente mich, dann Belle, dann sich. Sah genau zu, lächelte beifällig, als sich die Schüssel leerte. »Du will mehr Suppe?«

»Ja, bitte. Sie ist *köstlich.*«

Mama verbeugte sich erneut. »Sehr gut Suppe – gut für Kraft. Spezial für mein Leute. Immer hier.«

Belle schaute fragend.

»Burke mein Leute«, sagte Mama. Das Gesicht ausdruckslos, nichts in ihrem Ton. Aber jeder unterbelichtete Trottel hätte die Warnung kapiert.

Belle schaufelte sich leise durch das Rind in Austernsoße, die Frühlingserbsenschoten, die Wasserkastanien, den Bratreis, die Glasnudeln, ohne uns Beachtung zu schenken.

Mama warf einen Blick auf die leeren Teller, hob die Augenbrauen, rief den Kellner wieder herbei. Belle orderte sich eine Portion Hühnchen in Zitrone, die sie ordentlich mit chinesischem Bier runterspülte. Sie tupfte sich das Gesicht mit ihrer Serviette ab. »Oh, das war *gut*!«

»Sie will mehr?« fragte Mama.

Belle lächelte. »Nein, vielen Dank.«

»Sie komm irgendwann zurück. Wenn kein Ärger mehr, okay? Schau meine Enkelin, ja?«

»Sie haben eine Enkelin?«

»Warum nich?« fragte Mama, und ihre Miene verhärtete sich.

»Sie sehen nicht alt genug dafür aus.«

Ein Lächeln erstrahlte. Verschwand. »Viel alt genug. Burke erklär irgendwann.«

»Haben Sie Bilder von ihr?«

Mama studierte Belles Gesicht, ließ sich Zeit. »Viele Bilder«, sagte sie, tippte sich an den Kopf. »Alle hier drin.«

Belle überging die Warnung, als hätte sie sie nicht gehört. »Wie heißt das Baby?«

»Flower, wie klein Blume.«

Belle süffelte ihren Tee ganz etepetete. Ihre Augen waren sanft. »Wenn ich eine Blume wäre, wüßte ich, welche ich sein möchte«, sagte sie halb zu sich selber. »Eine Glockenblume, die blaue, die man Bluebelle nennt.«

Mama verbeugte sich, als ob sie verstünde. So wie sie immer wirkt.

77

»Ich muß 'ne Weile auf die Straße«, sagte ich Belle, als wir in den Plymouth stiegen. »Ich ruf dich an, wenn ich mit Marques durch bin. Später, okay?«

»Kann ich nicht in deinem Büro warten?«

»Es ist jetzt erst kurz nach zwei – ich komme dort gegen acht wieder vorbei und zieh mich um. Du sitzt da lange Zeit fest.«

»Ich werde nicht festsitzen.«

»Doch, tust du. Du könntest dort bei Pansy bleiben, aber sie würde dich nicht rauslassen.«

»Das ist okay.«

Ich fuhr zum Büro zurück, half Belle ihre Schachteln die Hintertreppe hochtragen.

»Ich spiele nicht, mein Mädchen. Pansy läßt Leute rein, aber sie sind immer da, wenn ich zurückkomme, verstehst du?«

»Sicher. Mach hinne. Ich mach bloß ein Nickerchen.«

»Benutz das Telefon nicht. Und mach die Aktenschränke nicht auf.«

»*O-kay*! Ich hab's kapiert.«

Ich gab ihr einen Kuß.

78

Ich entdeckte Michelle im The Very Idea, einer Transsexuellen-Bar auf der East Side. Ich marschierte durch einen Dschungel aus bösen Blicken, bis ich zu ihrem Tisch kam, spürte, wie sie nachließen, als sie mich auf die Backe küßte.

»Hi, Hübscher.« Sie lächelte. »Suchste mich?«

Ich setzte mich neben ihr hin, zündete mir eine Zigarette an, wartete geduldig, daß ihre beiden Freundinnen gingen. Michelle stellte mich nicht vor.

»Der Prof ist im Krankenhaus«, sagte ich ihr.

»Und wie lautet der Rest?«

»Seine Beine sind gebrochen. Jemand hat ihm das angetan. Weil er rumgestochert hat, Fragen gestellt.«

»Weißt du, wer?«

»Ein Kerl namens Mortay.«

Ihr Blick wurde ruhig, zwei lange, dunkle Fingernägel spielten am Wangenknochen – sollte heißen, sie dachte nach. »Ich kenn ihn nicht ... aber mir scheint, ich habe den Namen schon gehört ...«

»Es ist Spanisch für ›Tod‹.«

»Süßer, du weißt doch, daß meine Sprache Französisch ist.«

Ich sagte gar nichts, schaute gradeaus. Michelles Hand packte mich am Gelenk. »Süßer, tut mir leid. Aber das ist geschäftlich, richtig? Der Prof hat rumgeschnüffelt, wie gesagt. Es ist nicht das erste Mal, daß er auf 'nen Nagel getreten ist.«

»Der Kerl mußte das nicht machen, Michelle. Es war eine Botschaft. Er ist 'ne Art Freak – möchte mit Max kämpfen. Deswegen hat er sich den Prof vorgeknöpft.«

»Er möchte mit *Max* kämpfen?«

»Hat er jedenfalls gesagt.«

»Er sollte seinen Namen in ›Todes*sehnsucht*‹ abändern.«

»Yeah, toll. Danke für die Hilfe.« Ich wollte aufstehen.

»Burke!«

»Was ist? Glaubst du, ich bin hergekommen, um mir deine spitzen Sprüche anzuhören? Der Prof ist mein Bruder. Deiner auch. Ich weiß, daß du von der Straße runter bist – ich hätte nicht gedacht, daß wir von deiner Liste runter sind.«

Michelle packte meinen Arm, schlug die Krallen rein. »Sag das nie wieder!« zischte sie und zog mich näher. Sie erhob sich, hakte ihren Arm bei mir unter. »Laß uns hier raus – zu viele Ohren.«

Wir gingen raus ans Tageslicht. Ich ließ mich von ihr die Straße runter zu einem anderen Laden führen – eine Singles-Bar, in der noch etliche Stunden tote Hose war. Wir schnappten uns ein Paar Stühle in einer Ecke. Glas klirrte; ein spröder Kontrast zu dem saftlosen, blutleeren Gelächter der Kunden. Der Barkeeper brachte Michelle ihren Weißwein und mir mein Ginger-Ale.

»Erzähl«, sagte sie, und diesmal spielte sie nicht.

»Kennst du den Geisterbus?«

»Bloß die Gerüchte. Den Klatsch von der Straße. Aber ich weiß, daß er echt ist – jemand schießt auf die arbeitenden Mädchen.«

»Es gibt ein Kopfgeld auf ihn, ich habe mit ein paar Leuten geredet, 'nen Deal gemacht, daß ich ihn aufspüre. Der Prof war mit dabei. Er hat danach Ausschau gehalten, als er auf diesen Mortay gestoßen ist.«

»Da besteht also ein Zusammenhang?«

»Weiß ich nicht. Als Mortay ihm grob gekommen ist, hat der Prof Max' Namen rausgerückt. Dachte, das gäbe ihm ein bißchen Schutz. Es ging nach hinten los. Mortay *will* Max – hat er jedenfalls gesagt. Wollte wissen, wo sein Dojo wäre. Der Prof hat's nicht gewußt. Mortay hat ihm die Beine zerknackst.«

»Wie hast du ihn gefunden?«

»Sie haben ihn selber zum Krankenhaus gebracht. Wie ich sagte – eine Botschaft.«

»Wie weit bist du schon?«

»Ich hab ein bißchen rumgewühlt. Es gibt da diesen Kerl, Lupe. Arbeitet von der Bronx aus. Arrangiert Kämpfe. Weißt du: Hahnenkämpfe, Pitbulls, derlei Dreck?«

»Ja?«

»Er sagte, dieser Mortay hat ein Duell bestritten. Ein Haufen Spieler hat sich zusammengetan, eine Börse zusammengekratzt. Zwanzig Riesen. Mortay hat den andern Kerl vor aller Augen umgebracht.«

»Ich verstehe. Reguläre Preiskämpfe sind den Freaks zu zahm. Zuviel Kokain, zuviel Siff... Nach 'ner Weile haben die überhaupt keine Nervenenden mehr. Du brauchst 'nen Superkick, damit deren Batterien noch anspringen. Die wollen die echten Sachen.«

»Ich habe diesem Lupe gesagt, ich möchte Mortay treffen.«

»Burke, das sieht dir nicht ähnlich, dieser Macho-Blödsinn.«

»Nicht gegen ihn kämpfen, Michelle. Ihn treffen, ihm bloß sagen, ich steige da aus. Keinerlei böse Gedanken.«

»Baby, ich kenne dich seit Ewigkeiten. *Alle* deine Gedanken sind böse Gedanken.«

»Ich muß ihn von Max ablenken.«

»Das klingt ja wie...«

»Ich weiß nicht, wie es klingt. Falls er ein Selbständiger ist, isses egal. Er kann Max nicht auftreiben.«

»Und?«

»Und falls er mit diesem Geisterbus zusammenhängt, hängt er vielleicht mit Leuten zusammen, die es *könnten.*«

Der Barkeeper brachte uns eine weitere Runde. Ich spürte, wie mir eine gutgepolsterte Hüfte an den Arm stieß. Ein Mädchen in einem rosa Lederrock, das sich, auf seine Freundin einredend, auf den Stuhl neben mir schob. Sekretärinnen, die ihre Mittagspause überzogen, um sich mal umzuschaun.

Michelle nippte an ihrem Wein. »Was soll ich für dich tun?«

»Frage rum. Nach dem Bus. Ich checke diesen Mortay aus, so gut ich kann. Sehe, wie alles zusammenpaßt.«

»Ich dachte, du wolltest da aussteigen.«

»Wenn ich kann, tu ich's. Ich mag das alles überhaupt nicht. Falls dieser Kerl wirklich Duelle austrägt, macht er's nicht ewig. Alte Pistoleros gibt's nicht.«

Sie nagelte mich aus großen Augen über den Glasrand weg fest. »Ich mag ein süßes junges Ding sein, Schätzchen, aber ich habe schon ein paar Jährchen auf dem Buckel, falls du dich erinnern kannst?«

»Ex-Pistolero«, sagte ich leise.

»Yeah, wir sind alle ausge-xt, nicht wahr, Baby? Ich bin 'ne Ex-Asphaltschwalbe, und du willst, daß ich wieder ausschwärme und mir anhöre, was getrommelt wird. Und du bist soweit, daß du wieder zur Knarre greifst – ich kann's deinem Ton anhören.«

»Es wird alles in Ordnung gehn. Ich rede mit ihm, bügel es aus.«

Das Mädchen in dem rosa Lederrock lehnte sich mitten in unser Gespräch, spitze Brüste streiften mir über den Arm. »Entschuldige bitte, Schätzchen«, sagte sie zu Michelle, »dürfte ich deinem Freund 'ne Frage stellen?«

Michelle schenkte ihr ein eisiges Lächeln. »Er ist nicht mein Freund – er ist mein Anwalt.«

»Oh, phantastisch«, sagte das Mädchen, während es seine Freundin ins Geschehen einbezog. Sie schaute mich an, bezüngelte ihre Unterlippe. »Glauben Sie, daß ein Ehevertrag der Hochzeit die Romantik nimmt?«

Ich blies einen Strahl Rauch über die Bar. »Gummis nehmen dem Sex die gewisse Romantik«, sagte ich, »aber sie machen AIDS die Hölle heiß.«

Ich schmiß einige Scheine auf die Bar. Michelle folgte mir nach draußen.

79

Ich fuhr Michelle zu ihrem Hotel. Während der Fahrt war sie leise, hielt die Augen auf der Straße. Ich stoppte einen Block unterhalb ihrer Bude.

»Ich kann's dir nicht erklären«, sagte ich ihr. »Ich wünsche, ich könnte es – es ist irgendwo in meinem Kopf, ich muß mich damit beschäftigen, bevor es Sinn macht.«

»Nicht alles macht Sinn.«

Ich zündete mir eine Kippe an, schüttelte den Kopf. »Es ist bloß ein Gefühl... aber ich weiß, daß dieses ganze Ding schlimm für uns ist. Für uns alle. Ich bin nicht auf Ärger aus.«

»Okay, Süßer. Ich bin dabei.«

»Danke Michelle.«

Sie zündete sich eine ihrer langen, schwarzen Zigaretten an, wie sie alles andere macht. Elegant.

»Bist du noch mit dem großen Mädchen zusammen?«

»Yeah.«

»Das ist 'ne prima Frau, Burke. Glaube mir, wenn ich's dir sage, zu der ist noch keiner nett gewesen.«

»Ich bin nett zu ihr.«

Sie lächelte. »Tatsächlich?«

»Yeah, tatsächlich. Sie hat deinen Rat angenommen.«

»Längsstreifen?«

Ich lachte. »Du hättest sie an ihr sehn sollen.«

Mit unfehlbarem Instinkt patschte mir Michelle auf dieselbe Stelle am Arm, die Belle immer benutzte. »Man arbeitet mit dem, was man hat, Baby. Du hast 'ne Expertin vor dir.«

»Weiß ich.«

»Okay. Haste ein bißchen Asche dabei?«

»Yeah.«

»Dann wollen wir einkaufen gehen.«

»Einkaufen? Für was?«

»Für ein *Geschenk*, du Idiot. Für dein Mädchen.«

»Ich muß ...«

»Fahr ins Village runter«, befahl sie mir, nicht gewillt, weiter drüber zu diskutieren.

In einer keinen Kellerbude an der Sullivan Street fand Michelle, was sie wollte. Eine Kette mit kleinen, dunkelblauen Steinen. Der alte Türke, der den Laden schmiß, war Chemiker gewesen, bevor er vor hundert Jahren vor irgendeinem Grenzkrieg geflohen war. Er war einer der ersten Lehrer des Maulwurfs gewesen.

»Wieviel willste für das olle Ding, Mahmud?« fragte Michelle, während sie die Kette ans Licht hielt.

»Das ist reiner Lapislazuli, junge Frau. Sehr edel. Sehr speziell.«

»Sicher, sicher. Zirka hundert Kröten im Großhandel, richtig?«

»Hundert Dollar? Für Handwerkskunst aus der Alten Welt? Allein die Steine sind ein Vielfaches wert.«

»Seit wann zählt Taiwan zur Alten Welt, Mahmud?«

Die Augen des alten Mannes glänzten. »Lapislazuli. Das Gestein wird Lazulit genannt. Sehr selten. Im Fernen Osten findet man das nicht. Dieses vollkommene Kristall kommt nur aus Madagaskar.«

»Kostet der Erdkundeunterricht extra?«

Mahmud und ich wechselten ein Schulterzucken. »Am Ende ist sogar ein Hurrikan vorbei, und die Ruhe kehrt ein«, sagte er.

Michelle war nicht gerührt. »Nimmst du American Express?«

Mahmud lachte so heftig, daß ihm die Tränen übers Gesicht liefen. »Von ihm?« sagte er, auf mich deutend.

Michelle setzte zum tödlichen Stoß an. »Okay, wieviel Rabatt bei Barzahlung?«

Mahmud schritt zur Ringmitte, die Deckung hoch. »Diese Kette ist eintausendzweihundert Dollar wert.«

»Hau ab von hier! Sehe ich aus, als wär ich in Behandlung?«

»Du siehst so zauberhaft aus wie immer, Michelle. Eintausendzweihundert Dollar.«

»Vierhundert. Und du brauchst sie nicht in Geschenkpapier einwickeln.«

»Für dich, weil du so bezaubernd bist, weil so eine bezaubernde Kette ein bezauberndes Zuhause haben sollte ... eintausend.«

»Sie ist nicht für mich, du alter Bandit, sie ist für Burke. Für seine Freundin.«

»Stimmt das?«

Ich nickte.

»Er hat mich bloß zum Schutz mitgenommen«, sagte Michelle mit einem süßen Lächeln.

»Äh, ich verstehe. Dann achthundert.«

»Hast du fünf gesagt?«

»Siebenhundert Dollar, und das nur, weil ich deinen guten Geschmack respektiere.«

»Können wir die Differenz splitten?«

»Siebenhundert Dollar«, sagte der alte Mann. Er meinte es.

»Gib ihm das Geld«, befahl mir Michelle.

Ich reichte es ihm. Mahmud steckte die Kette in einen weichen Lederbeutel, reichte ihn mir. »Nimm das dazu«, sagte er und kramte unter dem Tresen rum. Er brachte ein winziges rundes Holzkästchen zum Vorschein. Er schraubte es auf, hielt es mir hin. Es war mit einer duftenden Paste, farblos auf dem dunklen Holz, gefüllt.

»Jasmin«, sagte er. »Bloß ein Hauch auf den Finger der Dame, dann... hier« – faßte sich an die Brust. »Der Lapis bezieht sein Feuer aus der Erde; er wird noch viel heller strahlen, wenn Feuer im Herzen ist.«

Ich verbeugte mich vor Mahmud. Michelle gab ihm einen Kuß. Als wir auf die Straße traten, war es sechs vorbei.

80

»Wohin?« fragte ich Michelle.

»Bring mich ins Hotel zurück. Ich muß mich umziehen, bevor ich arbeiten gehe.«

»Michelle... schaust du dich um?«

»Ich mache mehr als das, Baby. Da draußen gibt's 'ne Menge kleiner Mädchen, die mir bekannt sind. Wie der Prof sagen würde: Sind sie bekannt, sind sie im Rückstand.«

»Mit Schulden?«

»An Schulden führt kein Weg vorbei. Du weißt, ich liebe dich. Und selbst wenn du immer noch nichts weiter wärst als der Aufmischkünstler, der du mal warst, würde ich dich noch lieben.« Sie zündete sich eine Kippe an, das Gesicht todernst. »Ich liebe dich, weil du recht hast... manchmal muß man in den Tunnel runter, auch wenn man nicht weiß, was am anderen Ende ist.«

Sie blies den Rauch an die Windschutzscheibe. Langte rüber und quetschte mir die Hand. »Ich weiß bloß die Hälfte von dem, was du machst. Ich glaube nicht, daß es dir anders geht. Du bist ein harter Mann, der ein Abstauber zu sein versucht, und du schaffst es nicht immer. Ich weiß nicht, warum du letztes Jahr in dieses Haus reingegangen bist – ich habe nichts weiter gemacht als den Telefonanruf, um den du gebeten hast. Ich weiß nicht, warum du all den Mist angefangen hast.«

»Ist jetzt auch egal«, sagte ich. Dachte an die Hexenfrau, Strega. »Das ist jetzt alles vorbei.«

»Es ist egal, warum du's gemacht hast... aber eins weiß ich. Du hast mir meinen Sohn gebracht. Und das werde ich nie vergessen.«

Sie lehnte sich rüber und küßte mich, während ich den Plymouth an den Randstein lenkte. »Wenn's da draußen ist, finde ich's«, sagte sie.

»Michelle...«

»Was?«

»Benutz ein Teleskop.«

Sie winkte mir bloß zum Abschied und zog die Straße runter. Köpfe flogen herum. Anders als bei Belle, brachte ihr Gang die Männer nicht dazu, sich in die Hände zu beißen. Er rührte ein anderes Teil an, aber er rührte es genauso heftig an.

81

Bis ich ins Büro zurückkam, war es fast halb acht.

Ich hatte den Schlüssel im Schloß, als mir der Geruch entgegenschlug. Ein durchdringender, scharfer Geruch. Ich trat ein. Pansy war auf ihrem Posten, wackelte mit dem

Schwanz, noch glücklicher, mich zu sehen, als gewöhnlich. Sämtliche Möbel standen an einer Wand. Die falsche Perserbrücke war von der Wand weg. Drinnen war der Geruch stärker.

Belle kam vom Hinterzimmer rein. Barfüßig, nur in BH und Höschen, das Haar oben auf dem Kopf zusammengebunden, einen Lumpen in der Hand.

»Du kommst früh heim.«

»Was, zum Teufel, ist das?«

»Dies ist ein *beinah* sauberes Büro, Liebster. Herrgott, war es hier dreckig – ich hätte um ein Haar einen Meißel für den Fußboden dahinten benutzen müssen.«

»Belle ...«

»Ich hab den Teppich nicht hochgekriegt. Und du hast keinen Sauger – hätt ich wissen müssen. Es ist 'ne Art Plastik, stimmt's? Ich mußte ihn abschrubben ... Er ist noch feucht – paß auf, wo du hintrittst.«

Ich marschierte zur Couch. Setzte mich. Langsam. Pansy hüpfte aufs Polster, drückte sich an mich. Ich tätschelte ihr den Kopf.

Belle kam zu mir. »Dieses alte Viech – sie ist mir überall hin gefolgt. Große Gschaftlhuberin, steckt die Nase überall rein. Sie hat mich kaum arbeiten lassen.«

»Ich ...«

»Liebster, gefällt es dir nicht?«

»Yeah. Ich meine, es ist toll. Bloß ...«

»Schau dich um«, sagte sie und hielt mir die Hand hin. »Komm schon.«

Das Badezimmer blitzte. Das hintere Fenster glitzerte. Der Fußboden glänzte. Die Wände hatten eine Farbe, die ich vorher nie gesehen hatte. Sogar der Kocher sah wie neu aus.

»Verdammt!«

»Es ist *gut*, hä?«

»Es ist unglaublich.«

»Ich hab gedacht, da wär noch ein Zimmer. Hinter dem Teppich an der Wand.«

»Genau das solln die Leute denken«, sagte ich halb zu mir selber. Die Oberflächen der Aktenschränke sahen aus, als hätte sie jemand mit einem Sandstrahlgebläse bearbeitet. Mein alter Schreibtisch war eingeölt – man konnte jede Faser im Holz sehen.

»Wie hast du das alles geschafft?«

»Ich bin ein Arbeitstier – bin ich immer gewesen. Ich bin mit Arbeit aufgewachsen.«

»Ich weiß nicht, was ich sagen soll.« Es war die Wahrheit.

Das große Mädchen schob sich dicht an mich. Scharfer Schweißgeruch vermischte sich mit ihren natürlichen Körpersäften zu etwas jenseits von süß. »Sag, was ich hören möchte«, flüsterte sie.

Ich ließ beide Hände in ihr Höschen gleiten, zog sie eng an mich. »Geh dich duschen«, sagte ich.

Sie rieb die Hüften an mir. »Das isses nicht«, sagte sie.

»Vertrau mir.«

»Tu ich.«

»Tja …?«

Sie machte sich von mir los, marschierte Richtung Hinterzimmer und wackelte dabei mit dem Hintern, als wäre sie auf dem Laufsteg. Pansy schüttelte vor Staunen den Kopf. »Willst du raus?« fragte ich sie und öffnete die Hintertür. Das Biest wandte sich angewidert ab – ich schätze, seit ich gegangen war, war sie ein paarmal auf dem Dach gewesen.

In wenigen Minuten hatte ich die meisten Möbel wieder an Ort und Stelle. Ich hängte grade die Brücke an die Wand, als Belle rauskam. Nackt, Wassertropfen auf meterweise rosigem Fleisch. Sie hatte ein Handtuch um den Kopf, das sie mit beiden Händen festhielt.

»Ich bin sauber.«

»Komm her«, sagte ich und langte in meine Jackentasche.

Sie kam zum Schreibtisch rüber, rubbelte sich ein letztes Mal mit dem Handtuch die Haare, schmiß es dann auf die Couch.

»Bleib bloß 'ne Minute lang dort«, sagte ich und winkte Pansy, mit mir zu kommen. Ich stopfte alles aus dem Kühlschrank in ihre riesige Schüssel. Fügte einige Schokoladenplätzchen und einen halben Liter Vanilleeis dazu. »Sprich!« sagte ich. Es würde sie gute fünf Minuten lang beschäftigt halten.

Ich ging wieder rein. Belle stand am Schreibtisch, der Inbegriff der Geduld. Ich trat dicht zu ihr, hielt ihr Gesicht mit den Händen und schaute ihr in die dunklen Augen.

»Dreh dich um«, sagte ich.

Sie wandte mir den Rücken zu, beugte sich vor, so daß ihre Ellbogen auf dem Schreibtisch waren, der Hintern in der Luft.

Ich ging dazwischen, packte sie an der Schulter, zog sie zurück, so daß sie wieder aufrecht stand. »Mach bloß, was ich dir sage«, erklärte ich ihr.

»Ich hab gedacht ...«

»Sssch. Schließ die Augen.«

»Okay, ich ...«

»Und sei still.«

Sie stand mit dem Rücken zu mir, die Hände an der Seite. So still, daß ich sie atmen hören konnte.

Ich nahm die Kette aus dem Lederbeutel, hakte den Verschluß auf und legte sie ihr um den Hals. Ich hakte sie zu. »Dreh dich um«, befahl ich ihr.

Ihre Augen waren immer noch geschlossen, doch ihr Mund bebte. Der Lapis, der ihr bis auf den Brustansatz runterhing, hob sich wie blaues Feuer von ihr ab. Ich küßte sie auf die Lippen. »Schau sie dir an«, flüsterte ich ihr zu.

Belle hielt die Augen geschlossen, machte sich mit den Fingern über die Kette her, spürte die Hitze. Ihre Augen gingen auf; sie hob sie in den Händen, senkte den Kopf.

»Das ist das rein Allerschönste, was ich in meinem ganzen Leben je gesehen habe«, sagte sie feierlich, Tränen im Gesicht.

»Was weinste denn – gefällt's dir nicht?«

»Sei kein so harter Kerl«, sagte sie, die Tränen ignorierend. »Du *weißt*, warum.«

Ich küßte sie. »Okay. Sei ein Baby, wenn du willst.«

»*Dein* Baby möchte ich sein« sagte sie und stieß mich zur Couch. Sie ließ sich auf meinen Schoß plumpsen, fläzte sich über mich, deckte mich zu, wußte, daß sie nicht drüber paßte und gab einen Dreck drauf. Meine Hand schlängelte sich um ihre Hüfte und zog das Jasmindöschen raus. Reichte es ihr.

»Was ist das?«

»Öffne es.«

»Oh, es ist Parfüm!«

»Paste, kein Spray. Hier«, sagte ich, steckte den Finger rein, rieb sie ihr zwischen die Brüste.

Sie zog meinen Kopf zu sich runter. »Wie riech ich?« fragte sie.

»Wie saftige Blumen«, sagte ich ihr.

Sie rollte sich von meinem Schoß, zerrte an meinem Gürtel. »Ich hab ein bißchen Saft für dich, Baby. Komm schon, komm schon.«

82

Als ich auf die Uhr schaute, war es nach neun. Belle lag halb über mir auf der Couch. Pansy hatte sich auf dem Boden breitgemacht; sie wirkte bekümmert. Ich rollte mich weg und rutschte unter Belle vor.

Ich brachte Pansy zur Hintertür, sprang unter die Dusche, zog mich schnell an. Junior's um elf, hatte Marques gesagt.

Auf dem Weg nach draußen lehnte ich mich über Belle und küßte sie. »Ist mit dir alles okay?«

»Ich liebe dich«, war alles, was sie sagte.

Der Plymouth schnurrte, ein schnelles Pferd am kurzen Zügel. Vielleicht vermißte er die Art, wie Belle fuhr. Junior's war über der Grenze. In Uptown. Als Spielerladen würde er vor Mitternacht nicht mal annähernd in Schwung kommen. Die Bar war im Schatten, Billie Holiday auf der Jukebox. »God Bless the Child.«

Ich hatte nicht vor, eine Hausdurchsuchung von Nische zu Nische vorzunehmen. Der Barkeeper kam her. Ein Schmiß aus weißer Haut wie eine Narbe quer über dem Gesicht.

»Kann ich Ihnen helfen, Officer?«

»Ich bin nicht das Gesetz. Ich suche Marques. Marques Dupree.«

»Hier gibt's niemand mit diesem Namen, Freundchen.«

»Yeah, gibt es. Er erwartet mich. Fragen Sie ihn.«

»Welchen Namen soll ich nennen?«

»Wie viele gut aussehende weiße Männer sehn Sie in dieser Bar?« fragte ich ihn.

Er schaute mir voll ins Gesicht. »Keinen«, sagte er und zog davon.

Ich zündete mir eine Zigarette an. Spürte einen Klaps auf der Schulter. Eine schlanke, blonde Frau in einem flaschengrünen Futteralkleid. »Burke?«

»Yeah.«

»Marques ist da drüben«, sagte sie und zog ab.

Ich folgte ihr zu einer hufeisenförmigen roten Ledersitzecke. Marques hockte in der Mitte, eine weitere Blondine zu seiner Linken. Diejenige, der ich gefolgt war, ging zu seiner Rechten. Ich setzte mich ihm gegenüber.

»Mein Mann!« sagte Marques, ohne mir die Hand anzubieten. »Wie läuft das Abgreifgeschäft?«

Ich nickte ihm zu, antwortete nicht.

»Sind Sie allein gekommen?« fragte er, ohne sich umzuschaun, auf heimischem Boden seiner sicher.

»Genauso wie ich auf diese Welt gekommen bin«, versicherte ich ihm.

»Was eingesteckt?«

Ich ließ Luft ab, angewidert von seinen mistigen Spielchen. »Yeah, ich hab ein Maschinengewehr in der Hosentasche.«

»Was dagegen, wenn Christina mal nachschaut?«

»Hauptsache, es bringt uns weiter.«

Die Blondine, die zu mir an die Bar gekommen war, trat neben mich, fuhr mir mit den Händen über den Körper. Sie langte mir in den Schritt, drückte zu. »Niemand daheim, hä?«

Ich antwortete ihr nicht, den Blick auf Marques.

Sie rutschte wieder neben ihn. »Er hat drei Schachteln Kippen, zwei Feuerzeuge, 'nen Haufen Schüssel, ein bißchen Papiergeld ... Er ist sauber.«

Ich sah Marques' Zähne blitzen. »Kann mit euch Revolverhelden kein Risiko eingehn.«

»Jetzt bereit zu reden?«

»Schieß los.«

Ich schaute betont auf die Blondine zu seiner Linken. Drehte den Kopf, schaute die auf seiner Rechten ebenso an.

»Meine Ladys sind cool – Sie können vor ihnen reden.«

Ich zuckte die Achseln, legte eine Schachtel Zigaretten und ein Butanfeuerzeug vor mir auf den Tisch. Ich riß ein Streichholz an, zündete mir eine weitere Kippe an. Er achtete nicht drauf. Deswegen war er ein Louis, und ich war, was ich war.

»Kennen Sie einen Mann namens Mortay?«

»Den Kämpfer?«

»Yeah.«

»Ich kenn ihn nicht, Mann. Ich *möchte* ihn nicht kennen. Der ist nicht auf meiner Liste – ich laß meine Frauen nicht mit Freaks rumsauen.«

»Was soll das heißen?«

»Ich hab ihn sein Ding machen sehen, Mann. Es war unwirklich. Er hat mit diesem andern Typ gekämpft...«

»Dem Japaner? Im Keller unter Sin City?«

»Ganz genau. Ich hab nicht mal gewußt, was für ein Entertainment angesagt war, aber es hat geheißen, es wäre was Großes, wissen Sie? Ich mußte mich blicken lassen. Hingehen, laß dich sehen. Wenn de 'nen Stil angibst, mußte ihn auch vorführen.«

»Yeah, richtig. Haben Sie das ganze Ding gesehn?«

»Das ganze Ding. Dieser Mortay, Mann, der macht dir Schiß. Bewegt sich wie ein scheiß Geist.«

»Das könnte die Verbindung sein, Marques.«

»Ich kann keine Gedanken lesen, Mann.«

»Lies das: Einer von meinen Leuten hat sich umgeschaut. In der Sache, über die Sie und ich geredet haben.«

»Yeah?«

»Und er ist Mortay begegnet. Ich weiß nicht, ob es ein Territorialding war, der falsche Kerl am falschen Ort... kann sein. Es passiert allen mal.«

»Und?«

»Und Mortay hat ihn gewarnt. Vielleicht hält er das Ding dicht. Schirmt den Bus ab.«

Marques schnippte mit den Fingern. Die Blondine zur Linken zog eine Phiole aus ihrem Täschchen, klopfte etwas weißes Pulver auf einen Spiegel. Sie säbelte es mit einer goldenen Rasierklinge in vier Lines, legte es vor Marques hin. Er rollte einen Schein zu einem festen Halm, zog durch jedes Nasenloch eine Line hoch. Jede der Blondinen nahm sich eine der verbliebenen Lines. Der Louis schaute rüber zu mir, während er sich das Koks im Kopf rumrauschen ließ.

»Ich seh das nicht so. Sie liegen daneben.«

»Könnte sein. Was, wenn ich's nicht tu?«

»Schau, Mann. Wir haben 'nen Deal. Sie arbeiten für *mich*. Ich zahle, Sie tanzen nach meiner Pfeife.«

»Behalten Sie Ihren Rücken im Auge, Marques«, sagte ich und wollte aufstehen.

»He! Halt mal, ich wollte Sie nicht runtermachen. Es bloß klarstellen, okay? Warum biste hier?«

»Ich bin hier, weil Sie Dinge kennen, die ich nicht kenne. Und Sie Dinge rausfinden können, die ich nicht kann. Ich will mit diesem Mortay nicht mehr zu tun haben als Sie. Aber wenn ich den Job mit dem Bus machen will, muß ich wissen, ob er im Spiel ist.«

»Woher sollte ich das wissen?«

»Den Teil finde ich selber raus. Was ich brauche, ist alles, was Sie über Mortay rausfinden können. Jedes bißchen könnte was nützen – ich weiß es erst, wenn ich's kriege. Er ist da draußen – er muß irgendwo wohnen, irgendwo rumhängen. Ich bitte Sie nicht, jedem Tratsch hinterherzulaufen, horchen Sie bloß auf das, was sie hören, okay?«

»Ich weiß nicht, Mann.«

Mir war danach, ihm die Fresse zu polieren. Ich zündete mir eine weitere Zigarette an, zentrierte mich – und stieß auf das, was funktionieren würde. Ich hielt die Stimme leise, ließ einen anderen Ton durchklingen, nahm die Schärfe raus. »Marques, es gibt in dieser Stadt keinen andern Spieler mit Ihrem Gewicht. Sie möchten den Geisterbus von der Straße holen, Ihre Frauen beschützen – das respektiere ich. Sie kennen Ihr Spiel – ich kenne meins. Deshalb haben wir uns zusammengetan, richtig? Wir sind in dieser Sache Partner. Nun brauch ich Ihre Hilfe. Deshalb bin ich hergekommen. Dieser Mortay, der hatte Leute bei sich. Einen Kerl namens Ramón zum Beispiel. Wenn die sich irgendwo auf der Szene zeigen, werden sie jemand auffallen. Ich will nichts weiter, als daß Sie Ihre Drähte gebrauchen – Sie brauchen nicht aus Ihrem Rolls-Royce zu steigen, lassen Sie es bloß auf sich zukommen. Und geben Sie's weiter.«

Der Louis saß da, als dächte er nach, aalte sich in meinem

Lob. »Ich bin derjenige, der hört, was Sache ist, keine Frage.«

»Überhaupt keine«, stimmte ich zu.

»In Ordnung, Abgreifer. Ich verspreche gar nichts, aber ich komme auf Sie zurück, wenn irgendwas rausspringt.«

»Danke«, sagte ich und erhob mich wieder. Steckte das Butanfeuerzeug in die Tasche zurück. Ich benutze es nicht zum Zigarettenanzünden.

Die Blondinen hatten kein Wort gesagt. Gute Fotzen. Huren von ganzem Herzen. Gingen mit etwas hausieren, was sie nie besaßen.

83

Auf dem Rückweg schlich ich mit dem Plymouth über den Times Square. Sin City war ein Monsterbau in der Mitte eines langen Häuserblocks. Drei neonbestückte Stockwerke hoch, überragte er die kleinen Schmutzläden auf beiden Seiten. Ich hielt an der Ecke. Ein zaundürrer Schwarzer mit einem flachen roten Hütchen lümmelte über einem mit Goldkettchen übersäten Klapptisch. Pißgrubenspezialitäten: Die Kettchen waren zerrissen, damit die Pisser dachten, sie wären in der U-Bahn geklaut. Der Gauner zerreißt die Ketten selber – niemand klaut vergoldeten Schrott. »Schaun Sie's sich an!« rief er der vorbeigehenden Passantenmeute zu. Morgen würde er nicht mehr da sein.

Ich brummte langsam um den Block – konnte von der anderen Seite aus die Rückfront von Sin City nicht sehen. Die Gebäude waren dichter zusammengedrängt als eine Menschenmenge beim Lynchen.

Der Prof hatte den Schmerz gespürt, noch bevor Mortay ihn angerührt hatte. Eine solche Kraft hinterläßt eine Duftspur.

Aber nur bei denen, die er zeichnete.

Die Tenth Avenue war ruhig. Die Eleventh belebt von arbeitenden Mädchen. Der Fluß war nur einen Block entfernt. Eine Schwarze mit einer blonden Perücke schlenderte zum Plymouth. Rote Elastexhosen, ein passendes, rückenfreies Top, rote Stöckelschuhe. Lauter Zeug von gestern, genau wie sie.

»Willste 'n bißchen Action, Baby?«

Ich ließ sie dicht rankommen, beobachtete die anderen Mädchen durch die Windschutzscheibe, versuchte ein Gefühl für die Straße zu kriegen. Sie fühlte sich ruhig an – machte keinen Sinn. Der Plymouth saß die Grünphase aus; die Prossie nahm es als Zeichen. Sie lehnte sich ins Fenster, verschränkte die Arme unter der Brust, um sie rauszuquetschen.

»Was meinst du, Süßer. Für'n Fuffi kommste rund um die Welt.«

Ich schaute ihr ins Gesicht, hielt die Stimme gesenkt.

»Hast du ein Zimmer?«

»Wir fahren einfach um den Block, Süßer. Nette, dunkle Plätze zum Parken – lassen uns alle Zeit der Welt.«

»Hier in der Gegend? Hast du noch nichts vom Geisterbus gehört?«

Sie lachte. Hart und Bitter. »Der Geisterbus frißt kein schwarzes Fleisch, Baby.«

Da kam es mir langsam. Ich tippte aufs Gaspedal, und der Plymouth zog los, ließ die Hure allein auf der Straße.

84

Mitternacht vorbei. Ich trieb ein Telefon auf, wählte, ließ es bei Mama klingeln.

»Ich bin's.«

»Niemand ruf an.«

»Okay.«

»Max hat dein Geld.«

»Behältst du ihn um dich?«

»Ja. Behalt um mich. Wart auf dich.«

»Ich rufe dich morgen an.«

»Burke?«

»Was?«

»Hübsch Mädchen bring du her. Hübsch, groß Mädchen.«

»Yeah.«

Ich hängte den Hörer ein. Wählte den Maulwurf an. Ich hörte, wie das Telefon abgenommen wurde, nichts am andern Ende. So wie er immer rangeht.

»Ich bin's. Ich muß dich morgen abend sehen – etwas bereden. Ich bringe jemand mit – jemand, den du kennenlernen mußt. Okay?«

»Acht Uhr«, sagte der Maulwurf und legte auf.

85

Es erwischte mich, sobald ich von der Hintertreppe in den Vorderraum trat. Die Elektrizität ging vom Ansatz des Rückgrats aus. Sie schoß in kleinen Stößen hoch, bildete im Nacken einen T-Träger und jagte raus zu den Schultern. Meine Hände zitterten. Ich wußte, was es war – ein alter Freund. Furcht.

Ich öffnete die Tür. Das Büro war stockdunkel. Pansy stand auf ihrem Posten, gespannt wie ein Flitzbogen, die Augen glühten. Das Nackenhaar stand kerzengerade hoch. Ich schloß die Tür hinter mir, drückte auf den Lichtschalter.

Belle war auf der Couch – auf den Knien, ein Schlachtermesser in der Hand.

»Was ist passiert?« fragte ich sie.

»Jemand hat an der Glocke unten geläutet. Es hat hier oben gesummt. Vielleicht vor zwanzig Minuten. Ich hab mich nicht gemeldet. Hab alle Lichter ausgemacht, das Radio abgedreht. Dann die Lichter, die über der Tür, die haben zu blitzen angefangen.«

»Jemand ist die Treppe hochgekommen.«

»Genau das war's. Pansy, die ist sofort rübergelaufen, wo sie jetzt ist, und hat diese häßlichen, tiefen Geräusche gemacht. Wie ein Gator, der ein Schwein frißt. Ich hab Schiß gekriegt.«

»Hat jemand reinzukommen versucht?«

»Nein. Sie haben bloß an die Tür gehämmert. Richtig laut. Ich dachte, die Hündin würde bellen, aber sie ist bloß stehengeblieben, wo sie war. Wie wenn sie wartet.«

»Hat sie.«

»Sie haben am Türknauf gerüttelt – weißt du, bloß hin und her, wie wenn sie wütend wären. Sie waren mindestens zu zweit; ich konnte sie reden hören.«

»Hast du gehört, was sie sagten?«

»Nein. Ich hatte Schiß, mich von hier wegzurühren – ich hab der Hündin nicht in die Quere kommen wollen, sie hat wie närrisch ausgeschaut. Aber einer hatte wie 'ne Art mexikanischen Akzent.«

»Wie lange sind sie geblieben?«

»Bloß 'ne Minute, vielleicht – aber mir schien's länger. Die Blitzlichter sind wieder ausgegangen. Vor etwa einer halben Stunde. Ich bin seitdem leise gewesen.«

»Und du bist immer noch auf der Couch?« fragte ich, während ich zu ihr hinging, ihr die Hände auf die Schultern legte.

Sie schaute zu mir hoch. »Burke, ich weiß nicht viel, aber über Männer weiß ich Bescheid. Man lernt sie einschätzen. Durch kleine Sachen. Der Kerl, der geredet hat – der Mexikaner –, er war einer von diesen scheußlichen Männern, die man manchmal im Club sieht. Die haben 'ne Art, die Mädchen anzuschauen – als würden Schreie sie zum Lächeln bringen.«

»Ich weiß. Du hast es richtig gemacht.« Den Daumen unter ihrem Kinn, schenkte ich ihr ein Lächeln. »Was hattest du mit dem Messer vor?«

»Ich hab nicht gewußt, was ich machen soll... aber ich konnte sehen, daß es die Hündin gewußt hat. Da, wo sie gestanden hat, wären sie direkt an ihr vorbeigekommen. Ich hab mir gedacht, sie kommen auf mich zu, und Pansy greift sie aus dem toten Winkel an.«

»Klar hätte sie das gemacht. Aber sie hätte dasselbe gemacht, wenn du dich im Hinterzimmer versteckt hättest.«

»Ich hab ihr zur Hand gehen wollen«, sagte Belle mit immer noch zitternden Händen, aber ohne Beben in der Stimme.

Ich umschloß die eine Brust. Sie überforderte meine Hand. »Unter diesem großen Ding ist ein großes Herz«, sagte ich.

»Es ist dein.«

»Welches?« fragte ich und drückte ihr die Brust.

»Beide. Aber nur eins ist zum Rumspielen«, sagte das große Mädchen und ging auf Blickkontakt.

Ich küßte sie auf den Nasenrücken, zwischen die Augen. Sie legte mir das Gesicht an die Brust. Ich hielt sie eine Minute, während ich mir etwas überlegte.

Ich ließ von Belle ab, gab Pansy das Zeichen, das sie von ihrem Posten abzog. Öffnete die Hintertür, um sie raus aufs Dach zu lassen.

»Mach dich marschbereit«, sagte ich Belle, öffnete Schubladen, füllte meine Taschen.

86

In der Garage sah sie leise zu, als ich die Gummimatte hob, die Flügelschrauben aufdrehte und die Pistole in den ausgehöhlten Raum beim Kardantunnel legte.

»Weißt du noch, wie du von hier zu deinem Haus kommst?«

»Sicher. Ich könnte dir nicht den Weg beschreiben, aber ich find mit dem Auto hin.«

Ich checkte die Rückseite der Garage ab. Die Straße war still. Belle stieß mit dem Plymouth rückwärts raus. Ich drückte den Schalter, und die Tür schloß sich hinter uns.

Der Plymouth dampfte durch die leeren Straßen. Belle handhabte ihn, als wäre er ein Kinderwagen. Ich zündete mir eine Zigarette an, setzte die Geschichte zusammen. Jeder Blöde konnte von vorn in mein Haus kommen – man drückt einfach mitten in der Nacht auf die Klingel der Hippies, und sie summen dich rein. Es war kein Klient – die waren sogar reingekommen, als sich aufs Klingeln keiner gemeldet hatte. Spanischer Akzent. Klopften an die Tür, aber sie hatten nicht einzubrechen versucht. Lupe könnte ihnen von meinem Hund erzählt haben.

»Irgendwer hinter uns?« fragte ich Belle, ohne mich umzublicken.

»Nein«, sagte sie, während ihr Blick zum Spiegel zuckte. »Nicht seit wir losgefahren sind.«

87

Sobald wir durch die Tür marschierten, schnappte ich mir das Telefon. Mama meldete sich, als wäre es Mittag.

»Sie haben angerufen, richtig?«

»Ja. Mann sag Spielplatz, hinter den Chelsea Projects. Morgen um Mitternacht.«

»Spanischer Akzent?«

»Ja. Scheußlicher Mann. Flüster an Telefon, wie die Männer, die Frauen anruf, du weiß?«

»Yeah, ich weiß. Hast du irgendwas zu ihm gesagt?«

»Nich zu sagen. Will du jetz Max?«

»Nein! Mama, das ist ein schlimmes Spiel. Behalte ihn um dich, wie abgemacht.«

»Wenn ...«

»Mama, hör zu. Hör mir zu. Wenn Max jetzt reingerät, könnte das dem Baby Kummer machen, okay?«

Sie sagte etwas auf chinesisch. Ich brauchte keinen Dolmetscher. »Später, Mama«, sagte ich ihr und legte auf.

Belle kam zum Telefon, während ich mir eine Kippe anzündete. »Ich auch«, sagte sie, hielt meine Hand und schirmte das Streichholz ab. Sie trug ein weißes T-Shirt, das ihr halbwegs bis zu den Schenkeln reichte, die blaue Kette um den Hals.

»Ich bin gleich zurück«, sagte ich ihr und langte nach den Autoschlüsseln.

»Laß mich ...«

»Bleib hier«, sagte ich ihr.

Sie sank auf die Knie, hielt die Hände vor sich, knickte sie am Gelenk wie Hundepfoten.

»Jetzt tu nicht so«, sagte ich. »Ich bin in ein paar Minuten zurück – ich brauch ein Münztelefon.«

88

Ich warf einen Vierteldollar ein, hörte die Frau etwas auf spanisch sagen.

»Dr. Pablo Cintrone«, sagte ich. Wartete geduldig die lange Leier drüber ab, daß der Doktor zu dieser nächtlichen Stunde nicht da wäre, aber wenn's ein Notfall wäre ...

»Attention!« bellte ich in den Hörer. »Dr. Cintrone. Burke. *Teléfono cuatro*. Morgen früh, zehn Uhr, *por favor*. Okay?«

Die Stimme änderte den Ton nicht. »Burke. *Teléfono cuatro*. Morgen früh, zehn Uhr.«

»Gracias.«

Sie legte auf.

Wenn ein Bürger Schiß hat, ruft er die Cops an. Wo ich lebe, ruft man einen Terroristen an.

89

Die Vordertür war unverschlossen. Ich machte sie hinter mir zu, lief durch die Hütte. Belle war draußen auf dem Steg. Ich lehnte mich aufs Geländer und schaute über das schwarze Wasser. Belle trat, die Kette befingernd, neben mich.

»Weißt du, warum ich vor Männern getanzt habe?«

»Ja.«

»Ich weiß, daß du's weißt. Du bist der erste Mann, der je auf mein Gesicht geguckt hat, nachdem ich die Kleider ausgezogen habe.« Sie mopste mir die Zigarette aus dem Mund. Nahm einen Zug, reichte sie mir wieder.

»Nichts auf dieser Erde bedeutet für sich allein irgendwas. Kennst du diese Orchideen, die sie in schicken Blumenläden verkaufen? Sie wachsen dort, wo ich großgeworden bin, wild im Sumpf. Und Alligatorhäute ... Es kostet so viel, ein kleines Täschchen draus zu machen, aber die großen, alten Dinger gibt's da draußen so massenhaft wie Moskitos, Kennst du dich mit Alligatoren aus?«

»Nicht besonders.«

»Alligatorenbabys, die haben keine sonderlich große Chance. Die Eier kannst du leicht finden – Mama Gator vergräbt sie bloß und marschiert weg. Selbst wenn die Eier ausgebrütet werden, schaffen's die meisten nicht. Wenn sie ausschlüpfen, sind sie nur ein paar Zentimeter lang. Die großen Vögel schnappen sie sich. Luchse, Pumas, Stinktiere, beinah alles im Sumpf tut sich an ihnen gütlich. Babyalligatoren, die sind nicht wie Welpen oder Zicklein. Kennst du den Unterschied zwischen einem fünfzehn Zentimeter langen Babygator und 'nem einen Meter fünfzig hohen Bullen?«

»Nein«, sagte ich. Ihr Gesicht war mir im Profil zugewandt, die winzige, flache Nase nur ein Hubbel.

»Einen Meter fünfunddreißig. Sie wachsen nicht, sie werden bloß größer, verstehst du?«

»Yeah.«

»Was sie über Alligatoren sagen ... Die meisten kleinen, da werden nie große draus, weil alles, was da draußen ist, sie zu fressen probiert. Diejenigen, die die volle Größe erreichen – bringen ihr ganzes Leben damit zu, es den anderen heimzuzahlen.«

»Ich kenne Menschen, die so sind.«

»Ich dachte mal, ich wäre auch so. Aber ich muß nicht mit der ganzen Welt ins reine kommen.«

»Weiß ich.«

Sie schmiegte sich an mich, stupste mich sacht mit der Hüfte an. »Es gibt Dinge in mir. Schlimme Dinge. In meinem Blut und meinen Knochen. Ich werde nie Kinder haben, und ich werde nie alt werden. Du kannst gut mit Worten umgehen, aber es gibt Dinge, die du nicht gern sagst.«

»Versteh ich nicht.«

»Yeah, tust du. Weißt du noch, als du mich nicht kosten wolltest? Als wir das erste Mal zusammen waren? Ich hab 'ne Menge Männer kennengelernt, die gut für 'ne Romanze sind, aber ich hab nie 'nen Mann kennengelernt, der in der Liebe taugt. Du bist das, was ich will, und du kannst alles nur auf eine Weise machen. Deine Weise.«

»Belle, ich ...«

Sie drückte mir die Finger auf den Mund. »Sag gar nichts. Du hast schon alles gesagt, was ich von dir hören muß. Ich bleib bis zum Ende bei dir. Versprich mir bloß eins.«

»Was?«

Tränen rollten ihr übers Gesicht, doch ihre Stimme war fest. »Ich weiß, du hast Leute. Ich hab gar keinen. Wenn meine Zeit kommt, regelst du meine Schulden. Zahlst sie zurück.«

»Werde ich.«

»Noch eins. Bloß noch ein Ding, und ich schenk dir mein Leben, Burke. Ich werd nie wieder die Kleider für andere

Männer ausziehen. Und auch diese Kette werd ich nie abnehmen. Du kümmerst dich drum, daß ich damit begraben werde.«

»Schluß damit«, sagte ich, klatschte ihr aufs Hinterteil und versuchte ein Lächeln.

Sie wandte mir das Gesicht zu, hielt mich mit beiden Händen am Hemd. »Jetzt ist nicht die Zeit dazu. Du kannst das, was passieren wird, nicht ändern. Versprich es mir. Versprich es mir gleich jetzt. Ich bin mit dem Outlaw-Leben verheiratet – ich hab ein Recht, in meinem Hochzeitskleid begraben zu werden.«

»Ich versprech es, Belle.«

Sie zog mich dicht an sich, den Mund schmetterlingszart an meinem. »Meine Mutter hat mir mein Herz gerettet. Sie starb dabei. Ich hab lange Zeit gewartet. Jetzt geb ich's dir. Und auch ich werde dabei sterben.«

Ich hielt sie im Dunkeln an mich gedrückt. Während dieser kleinen Spanne Zeit brauchte ich den Eisgott des Hasses nicht anzurufen, damit er meine Furcht vertrieb.

90

Belle schlief mit mir im Mund ein. Laut Wecker war es vier. Ich stellte ihn auf sechs, drückte die letzte Zigarette aus und döste weg.

Als der Alarm losging, schlief ich auf der Seite. Belle hielt meinen Rücken umschlungen. Ich knallte auf den Wecker, um das Klingeln abzustellen. Das Morgenlicht drang grade durch. Belle langte nach mir runter, hielt mich in der Hand, flüsterte mir ins Ohr.

»Als ich einkaufen gegangen bin ... all das Zeug besorgt habe, um dein Büro zu putzen ... hab ich noch was anderes gekauft. Eine Überraschung für dich. Etwas für dich, was noch niemand anders je gehabt hat. Ich hatte vor, es dir letzten Abend zu geben, als du zurückgekommen bist. Aber du bist mit meiner Kette zurückgekommen. Und all das andere Zeug ist passiert. Es ist immer noch für dich da. Speziell. Aber nicht jetzt«, sagte sie, während sie mich streichelte, »nicht jetzt. Wenn dein Blut soweit ist.«

Ich spürte, wie ich in ihrer Hand wuchs. »Scheint mir, als wär's schon soweit«, sagte ich.

Sie lachte, ein volles Lachen aus dem Bauch, und machte sich an mich ran. »Wenn dein *Blut* soweit ist. Ich werd's wissen. Aber soweit dieses andere Ding ...« Das große Mädchen stieß mir an die Schulter, drückte mich flach auf den Rücken, schwang ihr mächtiges Bein über mich, während sie mich mit der Hand in sich dirigierte. »Komm jetzt schon«, flüsterte sie, die Zähne in meiner Schulter.

91

Eine Stunde später waren wir in die Stadt unterwegs. Ich mußte vor zehn am Münztelefon in der Lobby des Kriminalgerichts sein. Das letzte Telefon in einer langen Reihe an der hinteren Wand. *Teléfono cuatro*.

Es gab nur zwei Orte in der Stadt, wo ich kriegen konnte, was ich brauchte. Dieser Freak, den ich treffen mußte, konnte sich »Tod« nennen, wenn ihm dafür einer abging, doch ich kannte einen Typ, der den Titel verdiente. Ein Typ, mit dem wir vor Jahren gesessen hatten. Ein Typ, der den Eisgott in seine Seele ließ, so wie ich's gewollt hatte. Ein Typ namens Wesley. Mir zitterten schon die Hände, wenn ich bloß an seinen Namen dachte. Die andere Möglichkeit war die UGL.

Una Gente Libre – Ein Freies Volk. Puertoricanische Terroristen für die *federales*, knallharte *independentistas* für ihre Leute. Das FBI hatte jahrelang versucht, einen Mann einzuschleusen – sie hätten mehr Glück damit gehabt, Jimmy

Hoffa zum Aussagen zu bringen. Die UGL jagte keine Häuser in die Luft. Sie schrieben keine Briefe an die Zeitungen. Einige von ihnen kämpften in den Bergen ihrer Heimat, einige in den Straßenschluchten Amerikas. Ihr New Yorker Territorium reichte vom Osten Harlems bis zur Bronx. Sie machten reinen Tisch. Versuchst du heißen Stoff auf der Straße zu verkaufen, heizen sie dir ein. Kommst du wieder zurück, wirst du kaltgemacht. Die Kolumbianer mochten das nicht besonders. Einer von ihren Obermackern schickte einen Trupp auf UGL-Grund. Rotzten mit Maschinengewehren in die Straßen. Nieteten fünf Menschen um, darunter eine schwangere Frau. Am nächsten Tag waren die Crack-Verkäufer zurück, um die BMWs und Mercedes voller mobilem Schleim auf ihrem Weg in die Vorstädte zu stoppen. Lächelnd. Drei Tage später kämpfte sich der erste Verkäufer, der aufkreuzte, einen Weg durch eine um einen Feuerhydranten gedrängte Menschenmenge. Der Kopf des Obermackers hockte auf dem Schlauchanschluß wie eine Trophäe in einem Museumsschaukasten. Wer immer ihn abgehackt hatte, ein Chirurg war er nicht gewesen. Das letzte, was der Verkäufer auf der Straße ließ, war seine Kotze.

Dr. Pablo Cintrone war Psychiater. Das *New-York*-Magazin brachte mal ein Porträt von ihm. Ein Absolvent der medizinischen Fakultät von Harvard, der in die finstren Straßen zurückgekehrt war, um seinen Leuten beizustehen. Es machte ihn in den gehobenen Schichten etliche Wochen lang zum Helden. Nicht allzu viele Leute in Spanish Harlem oder der South Bronx lesen das Magazin, aber sie kennen El Jefe von der UGL.

92

Wieder im Büro, ließ ich Pansy raus auf Dach, während ich die Sicherheitssysteme checkte. Niemand hatte sich letzte Nacht der Bude genähert.

Ich zog einen dunklen Nadelstreifenanzug an, schnappte mir einen ledernen Attachékoffer. Er würde keinerlei Aufmerksamkeit erregen, wenn ich im Kriminalgericht beim Münztelefon stand und wartete, daß es klingelte.

Als Pansy die Leine sah, drehte sie sich vor Freude tanzend im Kreis. Ich hängte sie an, und wir gingen alle die Hintertreppe runter. Der erste Halt galt dem Krankenhaus. Ich ließ Pansy auf dem Rücksitz, nahm Belle an der Hand.

»Geht das in Ordnung, wenn sie hierbleibt?«

»Was sollte ihr passieren?« fragte ich – einigermaßen vernünftig.

Der Prof saß aufrecht im Bett, gestützt von diversen Kissen. Seine Beine waren noch immer in Gips, lagen aber flach auf dem Bett. Ein Metallstab verband die beiden Gipsteile. Ich blickte fragend.

»Um sicherzustellen, daß sie gradebleiben, bis der Gips runterkommt«, sagte er.

»Wie geht's dir?«

»Nicht süß genug zum Flittern, nicht so schlecht wie hinter Gittern.«

»Wir haben etwas«, sagte ich und trat dicht ans Bett.

Der Blick des kleinen Mannes wanderte zu Belle, die an der Wand lehnte. Ich hielt die Hand hinter mir auf, ohne den Kopf zu wenden. Sie kam her und nahm sie. »Sie gehört zu uns«, sagte ich. »Sie ist hier mit drin.«

Er warf ihr ein Lächeln zu. »Is das dein Mann, kleines Mädchen?«

Ihr Lächeln strahlte zurück. »Sicher isser das.«

»Dann bin ich dein Schwager, Schätzchen. Ist der Kampf erledigt, zeig ich dir die Gegend.«

Sie beugte sich vor und küßte ihn. »Ich warte drauf.«

Belle setzte sich aufs Bett. Es sackte höchstens fünfzehn Zentimeter durch. Ich zog mir den Stuhl ran, hielt die Stimme gesenkt.

»Mortay hat angerufen. Wir treffen uns heut nacht.«

»Wo?«

»Spielplatz hinter den Chelsea Projects.«

»Schweinigelparadies.«

»Weiß ich.«

»Gefällt mir nicht. Wie willste denn weg, wenn ihm das Spiel nicht schmeckt?«

»Ich brauche einen Scharfschützen. Mit Nachtsichtgerät. Auf dem Dach.«

»Der einzige, den ich kenne, ist ...«

»Nicht Wesley. Ich kriege 'nen andern – ich hab's angeleiert.« Der Prof wußte nichts von meinem Kontakt zur UGL.

Seine Stimme war noch leiser. »Willst du ihn allemachen?«

»Keineswegs. Bloß sichergehn, daß er Bescheid kriegt – ich will ihm sagen, daß wir keinen Zoff haben. Aussteigen. Der Scharfschütze ist für den Fall da, daß er mir noch eine seiner freakigen Botschaften mitgeben will.«

»Burke, ich sage dir, dieser Mortay ...«

»Ich hab's angeleiert«, sagte ich ihm erneut. »Irgendwas gehört?«

»Ein paar Garantien, aber nichts Greifbares.«

»Wir sehn uns morgen.«

Er legte seine Hand auf meine. »Burke, hör mir zu, wie du's früher auf dem Hof getan hast. Um die Würfel zu rollen, mußt du gewinnen wollen.«

»Ich hab's kapiert«, sagte ich und empfahl mich.

93

Ich hielt Belle beim Einsteigen die Tür auf. »Ihm geht's wirklich sehr viel besser, nicht wahr?«

»Es geht ihm besser, aber er ist noch nicht wieder der Alte.«

»Hast du erwartet, daß er schon tanzen geht?«

»Nicht das Körperliche. Der Prof, er ist wie zwei Menschen. Die eine Hälfte ist dieses Reime zimmernde, aufgekratzte Ding, das du mitkriegst, okay? Die andere Hälfte ist die, wegen der er seinen Namen gekriegt hat. Eine Art religiöses Ding – ich habe keinen Namen dafür. Er hat seinen Namen, weil er Dinge *sehen* kann.«

»Zum Beispiel, was passieren wird?«

»In etwa. Wie gesagt, ich kann's wirklich nicht erklären. Aber er kann predigen, klare Sachen. Über Religion reden, wie er sie begreift. So stark, daß du ihm irgendwann 'ne Scheibe davon abkaufst, wenn er richtig in Schwung kommt. Genau das fehlt jetzt.«

Belle trommelte mit den Fingernägeln aufs Knie, paßte auf, hörte genau zu. Sie wandte sich an mich. »Vielleicht gefällt ihm das, was er kommen sieht, nicht«, sagte sie mit schwerem, sumpfigem Südstaatenzungenschlag.

94

Ich lenkte den Plymouth auf den Parkplatz gegenüber dem Kriminalgericht. Den Parkplatz, wo ich Strega zum ersten Mal begegnet war. Dem Gericht, wo ich Wolfe erstmals in Aktion gesehen hatte. Es war Viertel vor zehn – sämtliche Plätze waren belegt.

»Kutschier um den Platz, als ob du 'ne Parklücke suchst«, hieß ich Belle. »Findest du eine, fahr rein. Achte auf mich – ich komme die Stufen runter«, sagte ich und deutete über die Centre Street. »Siehst du mich kommen, geh auf Blickkontakt. Kann sein, daß wir sofort los müssen.«

Ich gab Pansy das Zeichen. Sie plumpste auf den Rücksitz, den sie restlos einnahm.

Ich überquerte die Straße, schnappte mir das Telefon und wartete. Ich hob den Hörer ab, drückte die Gabel runter und tat, während ich auf die Uhr blickte, als lauschte ich jemandem am anderen Ende.

Ich wußte, daß meine Uhr genau ging, weil sie just auf die Zehn sprang, als das Telefon klingelte. Ich ließ die Gabel los.

»Kann ich dich sehn? Heute?«

»Muy importante?«

»Si.«

»Handballplatz neben der Metropolitan. Ein Uhr.«

»Danke.«

Ich redete mit einer toten Leitung.

95

Ich kam die Stufen runter, entdeckte den Plymouth, der langsam die Runde machte. Ich erwischte ihn beim zweiten Anlauf, öffnete die Tür. Belle rollte raus auf die Lafayette Street, wandte sich gen Süden, in Richtung Büro.

»Vor Mittag muß ich nicht durch die Gegend«, sagte ich ihr. »Aber dann brauch ich das Auto.«

»Ich komm mit dir.«

»Nein, tust du nicht. Und hör auf, diese Schnute zu ziehn.«

Tat sie nicht. »Nach rechts«, sagte ich ihr, als wir zur Worth Street kamen. »Fahr runter zum Fluß.«

Pansy steckte den Kopf über die Vordersitzlehne. »Möchtest du laufen, mein Mädchen?« fragte ich sie. Sie knurrte.

Ich zeigte Belle, wo sie halten sollte. Nur ein paar Autos waren auf der breiten Betonfläche, die übliche Ansammlung menschlicher Wesen, die sich in andrer Leute Angelegenheiten mischen. Ich öffnete die Hintertür, nahm Pansy an die

Leine, und wir spazierten am Fluß entlang. Sie verzog die Schnauze angesichts der Gerüche, doch sie blieb in Position. Auf meiner linken Seite, etwas vor mir. Jedesmal wenn ich stehenblieb, hockte sie sich. Als wir zu dem verlassenen Pier kamen, ließ ich sie von der Leine, machte mit der Hand einen Kreis und erklärte ihr so, sie sollte nicht weit wegstreunen. Von der lästigen Leine befreit, tat sie, was für sie natürlich ist. Hinlegen.

»Du faules, altes Ding«, sagte Belle. Sie schaute sich um, ließ die Blicke über das Jersey-Ufer auf der anderen Seite schweifen. »Das riecht mit Sicherheit anders als jedes Gewässer, das ich je gesehen habe.«

»Es ist kein Wasser – bloß flüssige Giftmüllpampe.«

»Kann man nicht drin schwimmen?«

»Nein. Aber an 'nem guten Tag kannste drauf laufen.«

»Urgh!«

Ein Segelboot voller Yuppies in Jachtkluft kam vorbei. Hier unten machen Segelboote in etwa soviel Sinn wie die Nichtraucherabteile in den Restaurants von Los Angeles, deshalb sieht man so viele davon.

Belle deutete auf einen der runden Balken, die den Pier stützten. »Heb mich hoch«, sagte sie, einen Fuß in der Luft. Ich verschränkte die Hände, sie trat drauf und langte zum Ende des Balkens. Ich half nach, und oben war sie. Es war nicht so schlimm, wie Laster beladen, und der Anblick war eine Klasse besser. Ich zündete eine Kippe an, reichte sie ihr hoch. Der Wind zauste an ihren Haaren, blies sie ihr aus dem Gesicht. Sie drehte sich zur Seite, nahm einen tiefen Zug. Ich steckte mir selber eine an – kein Wikingerschiff hatte je eine stolzere Gallionsfigur.

Zwei Teenager auf diesen kleinen Motorrollern, die man überall sieht, kreuzten auf. Sie blieben in anständiger Entfernung stehen und beobachteten Pansy.

»Was für ein Hund is'n das«, fragte der Größere.

»Einer, der beißt«, sagte ich.

»Er sieht aus wie 'n riesiger Pitbull.«

»Kommt fast hin.«

»Wo kann ich einen kriegen?«

»Kannste nicht.«

Der Kleinere meldete sich zu Wort. »Für mich sieht er aus wie'n großer Fettkloß. Das ist kein Pitbull.«

»Pansy, schau!« befahl ich ihr.

Sie stand langsam auf und trottete, ihre Geräusche machend, auf die Kids zu. Ich habe nie einen Alligator ein Schwein fressen gehört, wußte aber, was Belle meinte. Pansy löcherte die Jungs mit ihren Eiswasseraugen, während sie mit einem dieser Pfoten genannten Schädelknacker auf dem Beton scharrte.

»Spring!« brüllte ich ihr zu. Die Kids zischten ab, bevor sie auf den Planken aufschlug. Zu Tode gelangweilt schaute sie rüber zu mir. Wieder machte ich ein Kreiszeichen. Diesmal trollte sie sich, jagte die Bretter der Länge nach ab und stierte über den Rand ins Wasser. Sie tollte zurück, blieb an dem Balken stehen, wo Belle thronte. Das Biest hüpfte hoch und schlug die Klauen knapp unterhalb von Belle ins Holz. Sie langte runter und tätschelte sie. »Möchte sie, daß ich runterkomme?«

»Ich glaube, sie will raufkommen.«

»Da ist kein Platz.«

»Vielleicht ist das 'ne Botschaft.«

Belle sprang von ihrem Thron, landete neben mir. »Was für eine Botschaft?« sagte sie, die kleine Faust geballt.

»Daß sie diese Balken breiter machen sollten.«

»Oder das hier schmäler?« fragte sie und klatschte sich aufs Sitzfleisch.

»Nicht, wenn's nach mir geht«, versicherte ich ihr.

Sie nahm mich am Arm, und wir liefen, Pansy dicht auf unseren Fersen, noch ein bißchen rum.

»Sie ist so wunderschön. Sie ist wirklich wie ein Panther, so wie sie sich bewegt. So geschmeidig.«

Ich zündete mir eine Kippe an, glaubte, daß es die Wahrheit war.

»Burke, wie kommt's, daß du ein Hundeweibchen hast?«

Ich zuckte die Achseln.

»Tja, sie ist zum Schutz, richtig. Ein Wachhund? Ich dachte, das wären immer Männchen. Ich dachte, die wärn taffer, weißt du? Ein Mann, den ich mal kannte, der hatte einen Deutschen Schäferhund. Würde kein Hundeweibchen um sich dulden – hat gesagt, 'ne Hündin würde den Arsch umdrehen und vor 'nem Kampf davonlaufen.«

»Er ist 'n Trottel. Männliche Hunde, wenn die 'ne heiße Hündin riechen, weißt du, was die tun möchten?«

»Sicher.«

»Nein, weißt du nicht. Die wollen nichts weiter, als mit jedem andern männlichen Hund in der Nähe kämpfen. Sind sie wild, laufen sie im Rudel. Das Rudel überlebt solange, wie es nur die stärksten Rüden mit den Fähen vereinigen läßt. Damit auch die Würfe stark werden. Wer der stärkste Hund ist, stellen sie fest, indem sie es auskämpfen.«

Sie legte den Kopf an meine Schulter. »Vielleicht haben sie recht.«

»Als Hunde haben sie recht. Für Menschen gilt das nicht. Ich bin so aufgewachsen. Es hat mich etliche Jahre und etliche Narben gekostet, bevor ich schnallte, daß dich eine gute Frau nicht ihretwegen kämpfen läßt.«

»Ich hab mit solchen Mädels gearbeitet. Feuerteufel. Blut läßt sie kommen.«

Sie wackelte mich an, brachte mich mitten auf dem Pier zum Stehen. »Hast du deshalb ein Hundemädchen? Damit sie nicht mit anderen Hunden kämpft und so?«

»Männchen taugen bloß nichts. Jede Art Männchen. Ein Mann fickt 'nen Maschendrahtzaun.«

Sie klopfte mir die Taschen ab, nahm eine Zigarette raus. Ich schirmte für sie ein Streichholz gegen den Wind ab. Sie setzte sich auf eine Bank. Pansy sprang neben sie. Ich setzte mich auf die andere Seite.

Belle schaute aufs Wasser. »Der Mann, der gesagt hat, 'ne Hündin würde den Arsch umdrehen. Genau das wollte er von mir. Ich hatte nie viel, das mir gehört hat. Sachen die du dir kaufst ... das sind nicht wirklich deine. Aber mir gehört, was ich mache. Er ist auch draufgekommen.«

»Was ist passiert?«

»Ich hab ihn geschnitten. Tüchtig geschnitten.«

Wir liefen zurück zum Plymouth. »Möchtest du im Büro auf mich warten?«

»Ich und Pansy«, sagte sie.

96

Im Büro zurück, schaute Belle zu den in der Ecke aufgerollten Straßenkarten. »Kann ich sie an die Wand heften?«

»Sicher. Ich hatte es sowieso vor. Warum?«

»Ich möchte die Stadt kennenlernen.«

»Okay. Ich bin in ein paar Stunden zurück, vielleicht später.«

Ich marschierte zur Tür.

»Liebster?«

»Was?«

»Komm 'ne Minute her. Setz dich zu mir.«

Ich setzte mich auf die Couch. Sie legte mir den Kopf in den Schoß, schaute zu mir hoch. »Kann ich dich etwas fragen?«

»Sicher.«

»Was ich dir erzählt habe, über meine Mutter und meinen Vater und alles? Ist das das Schlimmste, was du je gehört hast?«

Ich dachte an Baby-Porno. An Kinderhandel am Times

Square. Vergewaltiger. Kinderschänder. Snuff-Filme. Das Band verhedderte sich in meinem Kopf. Ich drückte die Stop-Taste. »Nicht annähernd«, sagte ich ihr. »Jedermanns Schmerz ist für ihn das Schlimmste auf der Welt. Deine Mutter hat dich wirklich geliebt. *Starb* für dich – das bleibt dir immer.«

»Glaubst du, ich bin ... krank?«

»Nein. Ich glaube, du bist verletzt. Und eines Tages richten wir das.«

»Ich liebe dich.«

Ich beugte mich vor und küßte sie. »Ich muß gehn«, sagte ich.

Sie drückte ihren Kopf an meinen. »Erzähl mir was Schlimmeres. Erzähl mir Schlimmeres als das, was er getan hat.«

»Für jemand andern würde es schlimmer sein, Baby. Wie ich dir sagte. Jeder hat sein Teil. Gut und schlecht.«

Sie kniete sich neben mich. »Erzähl mir das Schlimmste. Das Allerschlimmste, das du weißt.«

Ich schaute ihr ins Gesicht, redete leise. Ich hatte genug von diesem närrischen Spiel. »Menschen stehlen Babys. Winzig kleine Babys – sie stehlen sie ihren Eltern. Und sie bringen sie nie zurück.«

»Was machen sie mit ihnen?«

»Die meisten verkaufen sie. Einige von den hübschen, weißen Kids verkaufen sie netten, reichen Leuten, die selber ein Baby möchten, Schwarzmarktadoption.«

»Was ist mit den anderen?«

»Weißt du, was eine Ausschlachterei ist?«

»Wo sie Autos klauen, sie in ihre Einzelteile zerlegen?«

»Yeah. Die gibt's auch für Babys. Die weißen Babys verkaufen sie. Die andern, die sind für 'ne Adoption nicht wertvoll genug, also zersäbeln sie sie in ihre Einzelteile.«

»Burke!«

»Braucht ein reiches Baby ein Herztransplantat, eine neue Niere, woher, glaubst du, kommen die Organe?«

»Das glaub ich dir nicht!«

»Die Welt, in der ich lebe, ist um einiges tiefer im Untergrund als jede U-Bahn. Es ist 'ne Welt, in der du ein Babyherz kaufen kannst.«

Ich drückte sie an mich. »Stell nicht so viele Fragen, mein kleines Mädchen. Ich habe nur eklige Antworten.«

Sie machte sich von mir los, trockenen Auges. »Hast du das gesehen! Hast du das selber gesehen?«

»Yeah. Das Balg von 'nem Kerl war im Krankenhaus. Am Sterben. Brauchte ein Transplantat. Es war in der Zeitung, im Fernsehn. Suchten einen Spender. Das Baby hatte nur noch ein paar Tage zu leben. Er kriegt 'nen Anruf. Sie versprachen ihm ein Babyherz. Frisch. Schon verpackt und bereit zum Transport ins Krankenhaus. Fünfundzwanzigtausend wollten sie. Er macht ein paar Anrufe – 'ne Masse Anrufe. Ein Cop, den ich kenne, hat ihn zu mir geschickt. Ich bin den Tunnel runter.«

»Was ist passiert? Haben sie das Herz gehabt?«

»Genau wie versprochen.«

»Hast du's genommen? Wurde das Baby gerettet?«

»Yeah.«

Sie nickte. »Der Teufel verdamme ihre Seelen.«

»Mit Seelen hab ich nichts zu schaffen«, sagte ich ihr. »Bloß mit Körpern.«

97

Der Handballplatz war im Schatten des Metropolitan Hospital, gleich bei der 96th Street am East River. Einst ein Zipfel von Spanish Harlem, war es nun befreites Territorium – die Landraubmaschinerie der Yuppies würde nicht eher zufriedengestellt sein, bis die sogenannte Sanierung die ganze South Bronx gefressen hätte. Ich mochte die alte Tour lieber, als die Menschen in den Mietskasernen wohnten und die Investmentbanker am Stadtrand. Heute haben wir massenhaft Luxusapartments für die Führer von morgen. Und mehr Menschen, die auf der Straße leben, als in Kalkutta.

Ich parkte unter der Überführung des East Side Drive und lief rüber zum Platz. Zehn Minuten vor eins. Ich sah den Leuten beim Spielen zu: Handball, Softball, Basketball. Kein Schlagball. Leuten bei der Arbeit ebenfalls. Arbeit an Autos. Blumen verkaufen, Zeitungen, Windschutzscheiben putzen. Als ich aufwuchs, war die 96th Street entmilitarisierte Zone gewesen. Der Norden gehörte ihnen, der Süden uns. Jetzt gehört alles jemand anderem – sie lassen uns bloß da spielen, während sie downtown auf Arbeit sind.

»Diese Fettsäcke können nicht Basketball spielen.« Eine Stimme hinter mir. Pablo. Es macht ihn närrisch, daß in der NBA-Liga kein einziger Puertoricaner spielt.

Er trug seinen weißen Doktorkittel über einem schwarzen Rollkragenpulli, und sein rundes Gesicht sah genauso aus wie damals, als er vor fünfzehn Jahren von Harvard abgegangen war.

»*Gracias, compadre*«, sagte ich, dankte ihm fürs Kommen.

Er schüttelte mir die Hände, wie er's immer macht: mit allen beiden.

»Etwas faul?« fragte er, dicht neben mir stehend.

»Ich muß einen Mann treffen. Heut nacht. Er hat einen meiner Brüder verletzt. Sagte, es war eine Botschaft. Ich weiß nicht, was in seinem Kopf vorgeht. Ich möchte aussteigen – ihm sagen, ich habe keinen Zoff mit ihm. Aber er könnte sich nicht drauf einlassen.«

»Du hast Max.«

»Kann ihn für das hier nicht brauchen, Pablo. Kann sein, es ist Max, den er will. Er ist ein Karateka. Hat die ganze Stadt abgegrast, Senseis in ihren eigenen Dojos gefordert. Max, ich glaube, sein Name geht wegen dem schon auf der Straße rum. Kennst du Lupe? Den Kerl, der die Hahnenkämpfe organisiert?«

Pablo spie auf den Boden. »Ich kenne ihn. *Mamao*. Ein Dreckfink. Taffe Zunge – keine *cojones*.«

»Er hat einen Kampf organisiert. Zwischen dem Kerl, den ich treffen muß, und einem Japsen. Duell bis zum Tod.«

»Ich habe davon gehört. Am Times Square?«

»Yeah. Genau das mein ich. Scheint, daß jeder davon gehört hat. Kämpft Max mit dem Kerl, hat er nichts zu gewinnen. Wahrscheinlich sind Cops im Publikum.«

Pablo schaute mich an. »Max würde keiner Herausforderung aus dem Wege gehen.«

»Also kriegt er keine zu hörn.«

»Ich verstehe. Du möchtest Rückendeckung, wenn du dich mit diesem Kerl ...«

»Mortay.«

»Muerte?«

»Yeah. Ich weiß nicht, wie er's buchstabiert, aber es bedeutet dasselbe.«

»Für uns ist er kein Problem.«

»Nicht für euch. Nicht jetzt. Ich arbeite an etwas, und ich bin bloß zufällig mit ihm aneinandergeraten. Wie er damit zusammenhängt – *falls* er zusammenhängt –, weiß ich nicht mit Sicherheit.«

»Jagst du hinter einem vermißten Kind her?«

»Toten Kids. Dem Geisterbus.«

Pablos rundes Gesicht wurde hart. Seine Augen waren dunkle, eisige Knöpfe hinter der runden Brille. »Babymörder. Kommt dieser Bus in unser *barrio, machen* wir ihn zum Geist.«

»Er arbeitet bloß beim Fluß, am Times Square. Ich habe 'ne Menge Fusseln, aber noch keinen Faden.«

»Dieser Mortay ... weiß Bescheid?«

»Weiß ich nicht. Hab nicht vor, ihn zu fragen. Läßt er mich gehn, will ich ihm versprechen, ihm nie wieder in die Quere zu kommen. Möchte er mich vom Bus weg haben, bin ich vom Bus weg.«

»Das wirst du ihm jedenfalls *sagen.*«

»Yeah«, sagte ich und zündete mir eine Kippe an.

»Um welche Zeit ist dein Treffen?«

»Heute um Mitternacht. Der Spielplatz hinter den Chelsea Projects.«

»Wie viele Leute brauchst du?«

»Bloß einen«, sagte ich ihm. »El Cañonero.«

Pablo bewegte die Lippen. Bloß einen Tick. Sonst war nichts auf seinem Gesicht zu sehen. »Er macht nur unsere Arbeit.«

»Ich will nicht, daß er jemand aus dem Verkehr zieht. Soll bloß in der Nähe sein, ein paarmal in die Luft schießen, falls er muß. Er kann's aus der Distanz machen. Ich denke mir, vielleicht vom Dach ...«

»Er macht nur unsere Arbeit. Er ist nicht zu vergeben. Meine Leute sind Soldaten, keine Gangster.«

»Sie tun, was du sagst.«

»Sie folgen mir, weil sie der Wahrheit folgen. Dir gehört meine persönliche Freundschaft, *hermano*. Ich kann nur mich selbst aufbieten.«

Ich legte ihm die Hand auf die Schulter. »Ich verstehe, was du sagst. Ich respektiere, was du sagst. Aber es gibt zwei Gründe, warum er es machen sollte.«

»Ja?«»

»Er macht nur eure Arbeit. Mehr als einmal habe auch ich eure Arbeit gemacht, stimmt das?«

»Stimmt.«

»Macht El Cañonere heut nacht diese Arbeit für die UGL, schulde ich der UGL was. *Comprende*?«

Er nickte. Rieb sich den Nacken, als wäre er steif. Eine

junge Latina in blauer Jogging-Aufmachung unterbrach ihre langsamen Runden um die Plätze und trottete rüber. Er nahm sie beiseite, sprach in Schnellfeuerspanisch. Sie zog ab, rannte nun volles Rohr in Richtung Straße.

Wir verfolgten das Basketballspiel. Es hatte nicht dieselbe Klasse wie die halbprofessionelle Veranstaltung auf dem Platz an der Sixth Avenue im Village, aber es ging zur Sache. Ich fragte ihn nach seinen Kindern. Pablo hat 'ne Menge Kids – der Älteste ist auf dem College, sein kleinstes Mädchen noch in den Windeln. Er war nie verheiratet. Kümmert sich um alle seine Kinder. Nie scheint er jemanden mit seiner Katertour böse zu machen, nicht mal die Frauen, die die Kinder kriegen. Die meisten kennen einander.

Ich begegnete Pablo im Gefängnis. Er saß damals nicht – er machte seine Assistenz in der Psychiatrie. Sein Vorgesetzter war ein Weichschädel, der mit den Knackis fünfminütige Befragungen machte, bevor sie den Bewährungsausschuß sahen. Und jedesmal schwergewichtige Tranquilizer ausgab, wenn sie ihm den Rezeptblock unter die Nase hielten. Ich war der Schreiber des Weichschädels – ein Traumjob für einen Abstaubkünstler. Fünf Stangen Zigaretten, und du hast die Verschreibung deiner Wahl gekriegt, zwanzig Stangen verschafften dir den »Vollkommen rehabilitiert«-Schrieb für den Ausschuß. Pablo brauchte nur einen Monat, bis er meine Masche durchschaute, doch er sagte nie ein Wort. Ich kam ihm noch schneller auf die Schliche. Er studierte keine Geisteskrankheiten unter Strafgefangenen – er rekrutierte.

Die Frau im blauen Jogging-Anzug rannte zu uns zurück, zog Pablo beiseite. Pablo wandte sich an mich. »Parkst du in der Nähe?«

»Unter der Überführung«, sagte ich und deutete hin.

»Setz dich auf die Haube. Rauche eine von deinen Zigaretten. Ich treffe dich in zehn Minuten.«

Er ging mit der Frau weg.

98

Drei Kippen später hielt eine schwarze Lincoln-Limousine. Dunkle Fenster, Arzt-Schilder. Die Vordertür klappte auf, und ich stieg ein. Die Frau fuhr. Ich blickte auf den Rücksitz. Pablo. Und El Cañonero.

»Vete«, sagte Pablo. Der Lincoln zog los. Pablos Stimme kam vom Rücksitz. »Dreh dich um, *compadre.* Mein *hermano* muß sich dein Gesicht einprägen.«

Ich wandte das ganze Gesicht nach hinten. El Cañonero war ein kleiner, stämmiger Latino, nicht so dunkel wie Pablo. Er hatte glatte, kohlschwarze Haare. Pablo hatte mir mal gesagt, die Puertoricaner wären eine Mischung aus sämtlichen Rassen der Welt. Wenn ich mir die beiden Männer auf dem Rücksitz anschaute, konnte ich in Pablo den Afrikaner sehen, in El Cañonero den Inka. Mit Ausnahme der starken Backenknochen war das Gesicht des Scharfschützen unausgeprägt. Aber die Augen hatte ich schon mal gesehen. Bei einem langen, schlaksigen Mann aus West Virginia. Scharfschützenaugen – die Entfernung abschätzend.

Der Lincoln rollte bis nach Downtown. Gegenüber dem Spielplatz kamen wir zum Stehen.

Überall rannten Kids. Kleine Kids, die schrien, einander jagten, größere Kids beim Schlagballspiel. Teenager am Zaun, die Dope rauchten und einem riesigen, tragbaren Stereogerät zuhörten. Pablo reckte den Daumen hoch. Wir stiegen aus, lehnten uns ans Auto.

Das Tor zum Park würde um Mitternacht geschlossen sein. Maschendraht – der hielt niemanden außen vor.

El Cañoneros Blick schweifte über den Schauplatz. Er sagte auf spanisch etwas zu Pablo, der bloß nickte.

Ich sah einen Mann am Maschendraht. Ein mittelgroßer Weißer mit einer Baseballkappe auf dem Kopf. Beobachtete die spielenden Kinder. Er trug einen gelben Pullover, die Ärmel fast bis zu den Ellbogen hochgeschoben. Ich konzentrierte mich auf ihn, zündete mir eine Zigarette an. Er hatte ein dickes Gummiband um das eine Handgelenk. Immer wieder zog er mit der anderen Hand dran, ließ es an die Gelenkinnenseite schnellen. Ich stupste Pablo an, deutete mit einem Kopfnicken auf den Mann.

»Aversionstherapie«, höhnte ich.

Sein Gesicht wurde hart. »Sie hätten ihm das Gummiband um die Kehle schlingen sollen.«

El Cañonero grunzte eine Frage. Pablo erklärte es ihm. Ich konnte den Worten nicht folgen, doch ich wußte, was er sagte. Sie haben Programme, wo sie es bei Kinderschändern mit »Konditionierung« versuchen. Dahinter steckt die Idee, ihnen massenhaft Bilder von Kids zu zeigen – ihnen dann einen Stromstoß zu verpassen, wenn die Freaks erregt werden. Niemand glaubt, daß es funktioniert. Wenn sie einen der Freaks entlassen, sagen sie ihm, er soll ein Gummiband ums Handgelenk tragen. Wenn er spürt, daß er wegen einem Kind erregt wird, soll er das Band schnellen lassen – seine Konditionierung reaktivieren.

Die Blicke des Scharfschützen bohrten sich in den Mann im gelben Pulli. »Maricón«, knurrte er. Pablo hob zu einer weiteren Ansprache an. Ein Kinderschänder ist nicht homosexuell; auch die meisten Schwulen hassen sie. El Cañonero hörte mit eisiger Miene zu. Ich bekam meinen Namen mit. Der Schütze nickte. Dann streckte er die Hand aus. Ich schüttelte sie. Pablo mußte ihm gesagt haben, was ich machte.

Pablo beugte sich zu mir rüber. »Wir gehen hinten herum, verschaffen uns einen Eindruck. Du bleibst mit Elena hier.«

»Ich will mit dem Freak reden. Bloß ’ne Minute.«

»*Si.*« Er winkte der Frau, nahezutreten. »Elena, dieser Mann da drüben, er ist ein Schänder von Kindern. Er ist der Wolf, der die kleinen Küken beschleicht. Mein *compadre* möchte ihm nahetreten, sich sein Gesicht gut anschauen, damit *el gusano* weiß, daß er uns bekannt ist. Ihm vielleicht mit Gewalt drohen, okay?«

Sie nickte. Pablo und El Cañonero gingen weg.

»Sprechen Sie etwas Englisch?« fragte ich die Frau.

»Ich *unterrichte* Englisch«, sagte sie – verzog keine Miene.

»Ich wollte Sie nicht beleidigen.«

»Sie können mich nicht beleidigen. Sagen Sie mir bloß, was Sie von mir möchten.«

Ich sagte es ihr. Ich streckte die Hand aus. Sie nahm sie, drückte sich geschmeidig an mich, während wir die Straße überquerten.

Elena verließ mich und ging weg, hinter den Freak. Er blieb wie am Zaun festgeleimt. Ich schloß die Hand um die Rolle Vierteldollarstücke in meiner Tasche, schob die Schulter an den Freak und ließ die linke Hand hinter seinen Rücken gleiten.

»Kids sind niedlich, hä?«

Er sprang wie angestochen. »Was?«

Ich schnappte mir eine Handvoll Pullover, zog ihm von hinten den Gürtel stramm und hielt ihm mein Gesicht unter die Nase, die Stimme zellenblockhart. »Wann haben sie dich rausgelassen, Freak?«

»He! Ich hab nicht ...«

Ich schubste ihn an den Zaun, rammte mein Gesicht in seines. »Komm nicht wieder auf diesen Spielplatz, Drecksack. Wir haben dich beobachtet. Wir kennen dich. Wir wissen, was du machst. Machst du's wieder, biste Hundefutter. Kapiert?«

Der Freak verdrehte den Kopf, weg von mir. Ich schaute, wo er hinschaute. Auf Elena. Sie stand, die Hände in den Taschen ihres Sweatshirts vergraben, drei Schritte von uns weg. Sie nahm die linke Hand raus, zog den Hüftbund hoch. Eine kleine, schwarze Pistole war in ihrer anderen Hand. Der Freak zuckte mit dem Kopf wieder zu mir. Ich zerrte ihn vom

Zaun weg, führte die rechte Hand um ihn herum und verpaßte ihm einen kurzen Haken in die Leiste. Er gab ein Würgen von sich, fiel zu Boden. Ich ging neben ihm auf ein Knie. Er hatte das Gesicht am Pflaster, übergab sich.

»Wir kennen dein Gesicht, Freak«, sagte ich leise. »Wenn wir dich das nächste Mal sehn, bist du erledigt.«

Ich stieß ihm mit dem Absatz seitlich ins Gesicht; es gab ein saugendes Geräusch. Niemand verschwendete einen Blick auf uns. Als wir wieder in den Lincoln stiegen, waren Pablo und El Cañonero bereits auf dem Rücksitz. Elena übernahm das Steuer, und wir zogen ab.

Der Gewehrschütze tippte mir auf die Schulter. Ich drehte mich um. Er nickte einmal mit dem Kopf, eine zackige, präzise Bewegung.

Der Lincoln setzte mich bei meinem Auto ab. Pablo stieg mit mir aus. Er reichte mir einen Stoffstreifen, leuchtend orange.

»Binde das um deinen Kopf, wenn du heute nacht auf den Spielplatz gehst. Bringe mehrere Flaschen Bier mit. Fahre mit dem Auto auf den Spielplatz, stelle die Flaschen auf die Haube. Hebst du die Hand, zerplatzt eine der Bierflaschen. Damit Mortay weiß, daß du Deckung hast.«

»Danke, Pablo. Ich steh in deiner Schuld.«

»El Cañonero sagte, ich soll dir bestellen, er wird ab elf auf dem Dach sein.«

»Okay.«

»Er sagte, ich soll dich etwas fragen ... Falls es schlimm wird ... falls sich dieser Kerl nicht warnen läßt ... wenn er auf dich losgeht ... möchtest du, daß El Cañonero ihn umlegt oder sich raushält?«

»Ihn umlegt.«

»Bueno.«

99

Ich steuerte nach Downtown zurück, hielt bei Mama. Sie ließ sich lange Zeit, bis sie zu meiner Nische kam. Als sie es tat, war Immaculata bei ihr. Sie rutschten mir gegenüber rein. Mac verschwendete keine Zeit.

»Burke, gibt es Ärger für Max?«

»Weiß ich nicht. Ich werd's bald wissen«, sagte ich ihr und erdolchte Mama förmlich mit Blicken. Sie starrte glattweg zurück. Ich hätte das Baby nicht erwähnen sollen.

»Sagst du's mir, sobald du es weißt?«

»Gibst du mir vielleicht eine scheiß *Chance*, es erst abzubiegen?«

Sie langte über den Tisch, nahm meine Hand. »Mach ich. Und ich behalte Max ein paar Tage um mich. Gib Mama keine Schuld. Sie hat ihm gesagt, du würdest an etwas arbeiten, und er hat sie ständig gedrängt. Er glaubt, du bist es, der in Schwierigkeiten steckt. Sie brauchte meine Hilfe.«

»Ich bin nicht böse«, sagte ich und erinnerte mich an Michelles Worte. »Wo ist Max jetzt?«

»Zu Hause, mit Flower.« Sie stand auf, wollte gehen. Küßte mich. »Sei vorsichtig«, war alles, was sie sagte.

Mama gab mir zirka dreißig Pfund chinesisches Essen mit. Ich verbeugte mich vor ihr, als ich ging. Ihre Augen fragten, ob ich verstünde.

»Es ist okay«, sagte ich.

100

»Wollte irgendwer anrufen?« fragte ich Belle, während ich über Pansy trat.

»Ist echt ruhig gewesen«, sagte sie, nahm mir die Kartons mit dem Essen ab. Pansy folgte ihr ins Hinterzimmer, ignorierte mich. Das Biest.

Belle räumte den Schreibtisch ab, damit wir essen konnten. »Was ist das alles?« fragte ich sie und deutete auf den mit Gekrakel übersäten gelben Notizblock.

»Bloß ein paar Aufstellungen, die ich gemacht hab. Ich muß mir die Straßen selber anschauen – die Karten reichen nicht für alles. Aber ich hab mir ein paar Ideen aufgeschrieben.«

»Ist es für dich leichter, dir Richtungen zu merken, wenn du Fahrer bist, oder als Beifahrer?«

»Fahren ist am besten.«

»Okay«, sagte ich und machte mich über die Sauerscharfsuppe her, »heut nacht fährst du.«

»Wo gehen wir hin?

»An einen Ort, an den du vielleicht zurückfinden mußt. Einen sicheren Ort.«

Sie nickte, den Mund voller Essen. Ich schmiß eine Frühlingsrolle über meine Schulter, sagte dabei: »Sprich!« Sie erreichte nicht mal den Boden.

Ich rauchte eine Zigarette, während Belle das Geschirr abtrug, und spielte mit den paar Einzelteilen, die ich hatte. Ich brachte die Gedanken zu Papier – nach heute nacht würde ich mehr Teile haben.

Sechs Uhr. Ich ließ Pansy aufs Dach, ging zurück, um ein paar Sachen zusammenzutragen. Stahlkappenstiefel mit weichen Gummisohlen, schwarze Baumwollhose. Ein schwarzes Sweatshirt. Ich nahm eine weiße Jacke aus dem Kleiderschrank, checkte die abreißbaren Velcro-Schultern. Steckte das orange Stirnband in die Tasche. Ich stellte einen Satz sauberer Papiere zusammen: Führerschein, Zulassung. Sozialversicherungskarte, lauter solchen Krempel. Sechshundert Kröten in gebrauchten Scheinen, keiner größer als ein Fünfziger. Eine billige schwarze Digitalarmbanduhr aus Plastik.

Ich ließ Pansy rein. Nahm eine Dusche. Zog einen Frotteebademantel an. Als ich rauskam, lag Belle auf der Couch, die

Hände hinter dem Kopf verschränkt, die langen Beine auf der Rückenlehne. Trug eines meiner Hemden über einem kleinen, roten Höschen. Sie konnte das Hemd nicht zuknöpfen.

Ich setzte mich hin. Sie ließ mir die Beine auf den Schoß fallen.

»Burke, das ist es, nicht wahr?«

»Wovon redest du?«

»Dieser Ort. Dieses Büro. Es ist alles, was es gibt, richtig. Hier wohnst du.«

»Jawoll.«

Sie rollte sich auf den Bauch, stieß sich mit den Händen von der Couch ab, bis ihre Hüften quer über meinem Schoß waren. Sie bauen da eine neue Sorte Ofen. Induktionsschleife nennen sie das Prinzip. Man muß ihn nicht anschalten – der Brenner bleibt kalt, bis man ihn mit einem Topf mit Kupferboden in Berührung bringt. Ich wußte, wie sich der Ofen fühlte.

Belle lehnte den Kopf auf die gefalteten Arme, redete über die Schulter mit mir. »Ich hab gedacht, du hast ein Haus. Ich hab gedacht, du willst mich nicht mit hinnehmen...willst mich nicht in deinem Bett schlafen lassen. Weil du dort eine Frau hast. Die Frau, von der du geredet hast.«

Ich zündete mir eine Zigarette an, beobachtete, wie mein Hemd jedesmal, wenn Belle sich zurechträkelte, über ihr Hinterteil rutschte.

»Aber sie ist weg, nicht wahr? Wie du gesagt hast. Du hast mir die Wahrheit gesagt.«

»Yeah. Ich habe dir die Wahrheit gesagt.«

»Ich bin ein Biest. Ich weiß, daß es nicht nur schlecht ist – ich bin halt so. Aber ich hätte dir glauben sollen, da gibt's keine Entschuldigung.«

»Outlaws lügen nur Bürger an.«

»Nein, ich bin 'ner Menge Outlaws begegnet, die lügen. Aber ich weiß, du nicht. Nicht mich.«

Sie wackelte mit den Hüften, kuschelte sich eng an mich, spürte die Hitze.

»Ist sie tot?«

»Weiß ich nicht, Belle«, sagte ich, und meine Stimme wurde härter. »Ich habe dir das alles schon gesagt. Es gibt nicht mehr zu sagen.«

»Bist du böse auf mich?«

»Nein.«

»Tut mir leid, Liebster.«

»Vergiß es.«

Sie zog sich das Hemd von den Hüften. »Warum gibst du mir keinen Klaps? Dann geht's dir besser.«

»Mir geht's bestens«, sagte ich.

Belle wackelte wieder. »Komm schon, bitte.«

Ich legte ihr meine Hand aufs Hinterteil, tätschelte sie sachte.

»Komm schon. Mach es, bloß ein paarmal. Ich schwöre, dir geht's dann besser.«

Meine Hand kam heftig runter. Ein scharfer Knall. »Mach's noch mal«, flüsterte sie, »komm schon.«

Ich verpaßte ihr zwei weitere auf dieselbe Stelle. Sie rutschte von meinem Schoß auf die Knie, schaute zu mir hoch. »Geht's beser?« fragte sie.

»Nein.«

»Aber gleich«, versprach sie und nahm mich in den Mund.

101

Wir waren auf dem East Side Drive und steuerten gen Triboro Bridge. Belle nahm einen Zug von ihrer Zigarette, achtete auf die Fahrbahn.

»Wie schalt ich die Armaturenbeleuchtung ein?«

Ich sagte es ihr. Sie schielte auf den Tacho. »Ich kann ohne ihn sagen, wie schnell wir sind, aber ich muß die Meilenzahl wissen.«

»Es gibt einen Tageskilometerzähler.«

»Ist okay, ich zähl lieber mit.«

Wir brummten über die Brücke. Ich zeigte ihr die Abkürzung, geleitete sie durch die verwinkelten Straßen der South Bronx, vorbei an den Lagerhäusern, vorbei an den ausgebrannten Gebäuden, ins flache Land. »Nächste Ecke links«, sagte ich ihr. »Das ist die Stelle.«

Sie lenkte zum Fahrbahnrand. Keinerlei Straßenlaternen – wir waren im Dunkeln.

Belle wandte sich mir zu. »Glaubst du, ich bin ein Freak?« fragte sie, und ihre Stimme zitterte ein bißchen.

»Warum sollte ich das glauben?«

»Spiel nicht mit mir – du weißt, warum ich dich gefragt habe. Ich hab's gemocht, als du mich so stark gezwickt hast – als du mich hast sagen lassen, was ich im Spiegel sah. Ich hab's gemocht, als du mich vorhin versohlt hast. Ich mag es, wenn du das machst. Gibt mir das Gefühl, daß du mich liebst. Speziell.« Sie nahm einen weiteren Zug. »Glaubst du, das macht mich zum Freak?«

Ich zündete mir selber eine Zigarette an. »Willst du die Wahrheit hören?«

»Sag's mir.«

»Ich glaube, du *glaubst*, du bist ein Freak. Ich glaube, du hältst dein Leben für ein verdammtes Würfelspiel. Genetische Würfel, die den Tisch runterrollen, und alles, was du tun kannst, ist zuschaun.«

»Mein Blut...«

»Dein Blut mag was mit deinem Gesicht zu tun haben. Dein Blut sagt dir, du sollst keine Kinder kriegen. Aber es sagt dir nicht, wie du dich aufführn sollst. Du hast immer noch die Wahl.«

»Du verstehst es nicht.«

»Kleine, du bist diejenige, die es nicht versteht. Du siehst es, aber du kapierst es nicht. Erinnerst du dich, was du mir über die Alligatoren gesagt hast – den Unterschied zwischen einem fünfzehn Zentimeter langen und einem ein Meter fünfzig langen Gator?«

»Ich erinner mich.«

»Was ist der Unterschied zwischen einem Welpen und einem Hund? Dasselbe? Bloß die Größe?«

»Ist es nicht so?«

»Wie du einen Welpen aufziehst, wie du ihn behandelst, was du ihm fütterst – das ergibt jedesmal einen andern Hund, wenn er groß wird. Zwei Welpen vom selben Wurf, das können ganz unterschiedliche Hunde sein, wenn sie groß werden.«

»Okay.«

»Komm mir nicht mit diesem ›Okay‹-Bockmist. Kapierst du's nicht, bleiben wir hier sitzen, bis du's tust.«

»Ich kapier es.«

»Dann erklär's mir.«

Sie fing an zu weinen, das Gesicht in den Händen. »Ich *kann* nicht«, flennte sie.

»Komm hier rüber«, befahl ich ihr. »Komm schon.«

Sie löste den Sitzgurt, rutschte, immer noch weinend, rüber zu mir. »Tut mir leid ...«

»Halt's Maul. Sei bloß still und hör zu, okay?«

»Okay«, flunschte sie.

»Das mit den Hunden und Welpen war nicht der richtige Weg. Du glaubst, das Blut kommt durch, stimmt's?«

Sie nickte. »Ja.« Weinte immer noch.

»Weißt du über Dobermänner Bescheid ... daß sie ihre Besitzer anfallen sollen?«

»Ja, ich hab davon gehört.«

»Es ist 'ne Lüge, Belle. Kriegen Leute Dobermänner, haben sie Angst vor ihnen. Sie haben die Geschichten gehört. Also prügeln sie ihnen die Scheiße aus dem Leib, wenn sie noch Welpen sind. Zeigen ihnen, wer der Herr ist, klar? Eines Tages, der Hund ist ausgewachsen, und der Besitzer will ihn verprügeln, sagt sich der Hund: ›Äh – äh. Heute nicht, Freundchen‹, und er nimmt sich den Kerl vor. Also sagt sich dieser Blödmann, diese Kröte, der seinen eigenen Hund vermöbelt, ihn die ganze Zeit mißhandelt hat, er sagt sich: ›Tja, der Mistbolzen hat mich *angefallen*.‹«

Belle kicherte. »Er hat die Ernte selber gesät.«

»Mit Sicherheit. Da ist nichts *Genetisches* an Dobermännern, die ihre Herrchen anfallen. Genetisch ist an ihnen bloß, daß sie sich nicht mehr jeden Scheiß bieten lassen, sobald sie großgeworden sind. Das ist die Wahrheit.«

»Ich hab gedacht…«

»Wir sind Menschen, Belle. Keine Alligatoren. Ich kenne Menschen, die sind so kalt, so böse, daß du schwören würdest, die sind so aus dem Mutterleib gekommen. Aber so läuft das eben nicht. Alle menschlichen Monster müssen gemacht werden – sie werden nicht so geboren. Du kannst nicht schlecht geboren werden, ganz egal, was die scheiß Regierung denkt.«

»Aber wenn er…«

Scharf schnitt ich ihr das Wort ab – ich wußte, wer »er« war. »Es war seine Wahl, Belle. Egal, wie er aufgezogen wurde, egal, was ihm angetan wurde. Es gibt kein Gesetz, das sagt, er muß das Muster wiederholen. Er ist nicht aus dem Schneider. Ich bin mit Jungs aufgewachsen, die von Monstern aufgezogen wurden. Habe mit ihnen gesessen, als ich ein Bengel war. Sie hatten immer noch die Wahl.«

Ich zündete mir eine Zigarette an. »Eine schwere Wahl. Die einzige, die Leute wie wir kriegen. Aber immer noch die Wahl… Verstehst du?«

»Tu ich. Diesmal tu ich's.« Sie kuschelte sich an mich. »Ich wußte, du würdest mich erretten.«

Sie küßte mich voll auf den Mund, stieß mir die Zunge rein. Ich rückte von ihr ab, sah die Lichter in ihren dunklen Augen tanzen. »Der Mann, den wir treffen werden – Millionen von seinem Volk starben, weil ein schleimiger kleiner Psychopath beschloß, ihr Blut wäre schlecht. Der Psychopath, der ist unter der Erde. Die Maden fressen seinen Körper, und wenn es einen Gott gibt, schmort seine Seele. Und es gibt ein Land namens Israel, wo früher nur Wüste war.«

Ich drückte sie sachte. »Okay?«

Diesmal ließ sie das Lächeln durch. »Okay.«

102

Ich zeigte Belle, wo sie reinfahren sollte. »Blinke dreimal mit der Lichthupe, dann stell die Lichter ab.«

»Da kommt etwas«, sagte sie in die Dunkelheit spähend.

»Hunde«, sagte ich ihr. »Sei nur still.«

Sie kamen im Rudel. Simba wartete nicht wie üblich, um seinen Auftritt zu machen. Da war ein goldbrauner Blitz, und es gab einen leichten Bums, als er auf der Haube des Plymouth landete, wo er mit entblößten Fängen durch die Windschutzscheibe schaute. Belle schaute zurück. »Ist das ein Wolf?«

»Ein Stadtwolf«, sagte ich ihr. »Und das ist sein Rudel.« Ich deutete auf die Flut von Biestern, die um das Auto strömte.

»Was machen wir?«

»Warten.«

Der Bengel kam durch die Meute, schubste die Hunde aus dem Weg, wie es der Maulwurf macht. Er rief Simba. Der Hund sprang von der Haube, folgte dem Jungen zur Fahrerseite. »Tauschen wir die Plätze«, sagte ich zu Belle. Ich drückte auf den Schalter. Das Fenster kam runter. Simbas Wolfsgesicht schob sich durch die Öffnung.

»Simba-witz!« begrüßte ich ihn.

Simba schnüffelte, stieß die Nase vorbei an mir und schaute Belle an. Ein tiefes Grollen kam aus seiner Kehle. Das Rudel wurde leise. »Es ist okay, Terry«, sagte ich dem Jungen. »Das ist Belle – sie gehört zu mir.«

Der Bengel trug eine dreckige Montur, einen Werkzeuggürtel um die Taille. Ein waschechter Mini-Maulwurf. Michelle wäre außer sich.

»Ich mach das Tor auf«, sagte er.

Ich fuhr den Plymouth ein paar Meter auf den Hof, sah das Tor hinter uns zugehen. »Ich werde jetzt aussteigen«, sagte ich Belle. »Ich komme rum und laß dich raus. Die Hunde werden um uns sein, aber sie sind okay. Hab keinen Schiß.«

»Dazu isses zu spät«, murmelte sie.

Als ich sie rausließ und sie festen Boden betrat, schoben sich die Hunde dicht ran. »Soll ich sie streicheln?« fragte sie.

Terry lachte. »Mir nach«, sagte er.

Ich nahm Belles Hand, als wir über den Schrottplatz marschierten. Simba, den Boden abgrasend, sprang in Z-förmigem Muster vor uns her. Die Hunde kamen näher, bellten einander an, ohne uns groß Aufmerksamkeit zu schenken.

Der Maulwurf hockte auf einem abgeschnittenen Ölfaß ein paar Schritte vor seinem unterirdischen Bunker. Er stand auf, als er uns kommen sah, und zog einen weißlichen Brocken von irgendwas aus seinem Overall. Er warf ihn in hohem Bogen, als wär's eine Granate. Die Hunde jagten davon.

Bevor ich den Mund aufmachen konnte, übernahm Terry. »Maulwurf, das ist Belle. Belle, das ist Burkes Freund. Sie ist mit ihm gekommen. Ich bin Terry«, sagte er und streckte die Hand aus. Belle schüttelte sie feierlich.

Der Maulwurf bot ihr nicht die Hand, sondern deutete auf ein paar weitere abgeschnittene Ölfässer, als wären es Liegestühle auf seiner Jacht.

»Soll ich bleiben?« fragte Terry.

Der Maulwurf schaute mich an. Ich nickte. Der Bengel langte in seinen Werkzeuggürtel, zog eine Zigarette raus, zündete sie mit einem Streichholz an. Er kriegt von jedem in seiner Familie etwas mit.

»Maulwurf, ich habe Belle hierher gebracht, weil sie einen Zufluchtsort brauchen könnte. Bald. Sie gehört zu unsern Leuten. Sie gehört zu mir, okay?«

»Okay.«

»Ich wollte, daß du einen Eindruck von ihr kriegst. Muß sie schleunigst herkommen, kennst du sie.«

Er nickte.

»Kann Terry sie rumführen – ihr die andern Eingänge zeigen?«

Er nickte dem Jungen zu. Terry ging mit ausgestreckter Hand zu Belle. »Na komm«, sagte er. Sie ging, den Bengel überragend, lammfromm wie ein Kind mit.

Ich schob mein Ölfaß näher zum Maulwurf. »Ich arbeite an etwas. Dem Geisterbus. Der Prof hat rumgeschnüffelt. Ein Kerl namens Mortay hat ihn erwischt. Ihm beide Beine gebrochen. Ihm gesagt, er soll wegbleiben.«

Der Maulwurf nickte, wartete.

»Ich weiß nicht, ob dieser Mortay diesen Bus abschirmt, oder ob er seine eigene Liste hat. Er sagte dem Prof, er möchte Max. Zu einem Duell. Er hat sich überall in der Stadt andre Karatekas vorgenommen. Ich kann Max hier nicht zuziehn, bis ich weiß, was Sache ist.«

Der Maulwurf musterte mich, als wäre ich eins seiner Experimente. Wartete, daß etwas passierte.

»Ich treffe ihn. Heut nacht. Mitternacht. Ich habe Rückendeckung. Ich rufe dich an, wenn ich zurück bin. Hörst du nichts von mir, rufst du Davidson an. Den Anwalt. Du kennst ihn, richtig?«

»Ja.«

»Wenn ich dich nicht anrufe, bin ich wahrscheinlich eingesperrt. Sag Davidson, ich bin gut bei Kasse. Sag ihm, er soll Mama anrufen, falls er Geld für die Kaution braucht.«

»Okay.«

»Danke, Maulwurf.«

»Is noch was?« fragte er. Durch die Cola-Flaschen-Gläser konnte ich seine Augen nicht sehen.

»Vielleicht. Vielleicht noch 'ne Masse. Ich habe Einzelteile, aber die können von zwei verschiedenen Puzzles sein. Nach heut nacht sollte ich genug wissen, um herzukommen und dich zu fragen.«

Er nickte. Terry, der Belle an der Hand führte, kam zurück. »Sie kennt den Weg«, sagte er und stellte sich neben den Maulwurf.

»Bring sie wieder zum Auto«, sagte ihm der Maulwurf. Nickte mir und Belle zum Abschied zu.

103

Als wir die Triboro überquerten, sagte ich Belle, sie solle sich links halten.

»Das ist Richtung Queens.«

»Weiß ich. Du gehst jetzt heim. Ich brauche das Auto. Ich komme zurück, wenn's vorbei ist.«

»Ich möchte ...«

»Ist mir gleich, was du möchtest. Es ist neun vorbei, und ich treffe um Mitternacht einen Mann. Du kommst nicht mit. Und ich sag's dir nicht noch mal.«

Sie fuhr ein paar Minuten lang schweigend. »Burke, was ist das für ein orangenes Tuch, das du dir in die Tasche gesteckt hast?«

Ich zündete mir eine Kippe an. »Ein Zeichen. Damit ich erkannt werde.«

»Was bedeutet es?«

»Zeichen bedeuten für verschiedene Leute was Verschiedenes, richtig? Ein Mittelklassebengel, der ist auf dem Weg zur Schule. Da ist dieser Streithammel, der auf ihn wartet. Der Mittelklassebengel, der will nicht kämpfen, aber er will auch nicht als Drückeberger dastehn. Also wickelt er sich Bandagen um die Hände, sagt, er hat sich geschnitten. Verstehst du?«

»Ja.«

»Trägst du dieselben Bandagen an den Orten, wo ich aufgewachsen bin, bist du bloß ein leichteres Opfer. Andre Regeln, okay?«

»Okay.«

Wir hielten vor ihrer Hütte. Zehn Uhr. Ich folgte ihr rein. Sie schaltete kein Licht an.

»Burke, haß mich nicht, wenn ich dich frage...«

»Was?«

»Hast du Schiß?«

»Mörderisch.«

»Dann...«

»Ich hab mehr Schiß davor, nicht zu gehn. Ich muß es rausfinden. Ein paar Antworten kriegen.«

»Haun wir ab«, sagte sie, in der Dunkelheit dicht neben mir stehend. »Gehn wir einfach. Bis morgen können wir in Chicago sein. Oder überall, wo du hinwillst. Ich hab Geld zurückgelegt. Gleich hier im Haus. Wir können...«

»Nein.«

Sie wandte sich von mir ab. »Vor was hast du Schiß?«

»Diesem Kerl, den ich treffen muß – er ist'n Psychopath. Hinter Gittern ein Psychopath zu sein ist wie auf dem Hochseil gehn. Die Jungs haben Schiß vor 'nem Mann mit Augen wie ein Alligator. Das ist gut – hält die Leute auf Distanz.

Aber du möchtest nicht, daß die Leute zuviel Schiß kriegen. Bloß die Möglichkeit, daß du was abkriegen könntest, das hält dich zurück. Aber wenn alles klar ist, wenn du weißt, der Kerl hat's auf dich abgesehn, greifst du ihn dir zuerst. So du kannst.«

»Und das mußt du nun rausfinden?«

»Genau.«

Sie kam dichter zu mir, flüsterte in dem dunklen Raum. »Warum das Risiko eingehen?«

»So einfach ist das nicht. Ich kann gar nichts tun, bis ich's rausfinde. Ich weiß nicht, was sonst noch da draußen ist.«

»Burke, du kommst hierher zurück. Du kommst zu mir zurück.«

»Werde ich. So gut ich kann.«

Ich zündete mir eine letzte Zigarette an, zog sie an mich. »Siehst du mich bis morgen früh nicht, fahr zum Schrottplatz zurück. Der Maulwurf weiß, wen er kontaktieren muß, was zu tun ist.«

»Du kommst zurück. Ich hab etwas für dich.«

»Das weiß ich«, sagte ich und gab ihr einen Kuß.

104

Viertel nach elf. Ich parkte auf der Straße weiter unten vom Spielplatz. Atmete tief durch die Nase, sog die Luft in den Bauch, dehnte meine Brust jedesmal, wenn ich ausatmete. Furcht nagte innen an mir herum. Ich trieb sie an einer Stelle in meiner Brust zusammen. Setzte den Verstand ein, und ich gab die Furcht in einen Flüssigkeitsbehälter. Überprüfte den Behälter, stieß ihn in verschiedene Richtungen. Ich konzentrierte mich auf den Behälter und schoß klare, kalte Strahlen drauf ab. Zerbrach ihn in kleine Stücke. Kleiner und immer kleiner. Sah, wie der Furchttropfen in lauter kleine, flüssige Teile in mir zersplitterte. Wie Tränen.

Ich streckte die Hände nach vorn aus, wollte die kleinen Einzelteile der Furcht aus den Fingerspitzen dringen lassen. Spürte, wie sie kamen. Einige kamen mir aus den Augen.

Ich fühlte mich so müde. Schloß eine Sekunde die Augen. Laut meiner Uhr war es halb zwölf. Zeit. Ich lenkte den Plymouth auf den Gehsteig, die Schnauze zum Spielplatztor. Ich sprang raus, mit beiden Händen den schweren Bolzenschneider haltend. Die Kette um den Zaun gab beim ersten Drücken nach. Ich stieß mit dem Plymouth auf den dunklen Spielplatz. Stieg aus und schloß das Tor hinter mir. Ich drehte langsam eine Runde um den Platz, stoppte, als der Plymouth wieder in Richtung Straße stand.

Ich stieg aus, nahm einen Sechserpack Bier mit. Glasflaschen. Stellte sie auf den Kofferraumdeckel des Autos, alle in einer Reihe. Parallel zu dem Gebäude, wo der Scharfschütze warten mußte. Ich köpfte eine, setzte sie an den Mund. Zündete mir eine Zigarette an. Lehnte mich abwartend ans Auto.

Die Spitze meiner Zigarette glühte. Die Straßenlampen reichten nicht bis zu den Ecken der den Spielplatz umgebenden Gebäude, aber wo ich stand, war es hell genug.

»Du bist früh dran, Mistkerl.« Eine Stimme aus dem Schatten. Ich zog an meiner Zigarette, hielt beide Hände in Sichtweite. Zwei Männer kamen von links auf mich zu. Von rechts noch einer. Ich beobachtete sie, rührte mich nicht. Ein gut gebauter Latino in einem kurzärmligen, weißen *guyabera*-Hemd. Ein dunkelhaariger Weißer mit einer Lederjacke. Und ein großer Mann mit weißem T-Shirt und weißer Hose. Er sah aus wie ein Streichholzmännchen, während er auf mich zukam. Mortay.

»Tritt vom Auto weg«, sagte er. Seine Stimme war ein zischendes Flüstern, schlangenglatt.

Der Latino kam mir entgegen. Ich streckte die Arme ab, als er mich absuchte. Ein Diamant glitzerte an seinem Ohr. Ein fetter Diamant, kein Brilli.

»Sauber«, sagte er im Zurücktreten.

Mortay blieb vier Schritte vor mir stehen. Sein Gesicht am Ende eines langen, dünnen Halses war so klein, daß ich es mit einer Hand hätte umfassen können. Die Haare kurz geschoren – ich konnte den Skalp durchscheinen sehen. Ein starker Knochenwulst verband seine Augenbrauen, nach vorn gewölbt, wie eine Blende über den Augen.

»Ich erkenn die Schule nicht«, sagte er. Bezog sich auf das orange Stirnband. »Kämpfst du?«

»Ich bin bloß Schüler.«

»Du wolltest mich treffen?«

»Danke fürs Kommen«, sagte ich, die Stimme gedämpft und tief. »Sie hatten eine Meinungsverschiedenheit mit einem Freund von mir. Einem kleinen Schwarzen. Auf einer Karre.«

Er stand totenstill da, wartete.

»Die Meinungsverschiedenheit war unser Fehler, und wir entschuldigen uns. Er hat nicht nach Ihnen Ausschau gehalten. Wir wissen gar nichts über Sie. Wir wollen es auch nicht wissen.«

»Wonach hat er Ausschau gehalten?«

»Dem Geisterbus.«

»Haltet keine Ausschau nach dem Geisterbus«, zischte Mortay. »Was ihr entdeckt, würde euch nicht schmecken.«

»Ich halte keine Ausschau danach. Ich bin aus dem Fall raus. Ich wollte es Ihnen bloß ins Gesicht sagen. Wir haben keinen Streit mit Ihnen – was immer Sie gemacht haben, es war rein geschäftlich, okay?«

Ich wandte mich zum Gehen.

»Bleib, wo du bist.«

Ich blieb, ihm gegenüber. Er hatte sich nicht gerührt.

»Ich hab dem kleinen Nigger 'ne Botschaft mitgegeben. Hast du sie nicht gekriegt?«

»Ich sagte gerade, wir haben.«

»Wegen *Max*. Max dem Stillen. Max dem *Krieger*. Ich hab ihn rufen lassen. Ich will ihn treffen.«

»Wenn ich ihn sehe, sag ich's ihm.«

»Kennst du meinen Namen? Spielst du mit mir, spielst du mit dem Tod.«

»Ich spiele nicht.«

»Ich kenn dich, Burke. Der bist du doch, richtig?«

»Yeah.«

»Max is unser Mann. Jeder weiß es – es is überall auf der Straße rum. Jeder sagt, er is der Beste. Isser nicht. Ich bin's. Ich. Will er das zugeben, kniet er vor mir nieder, kann er leben. Ansonsten kämpfen wir.«

»Sie können ihn nicht zum Kampf zwingen.«

»Ich kann jeden zum Kampf zwingen. Ich spuck in den Dojos auf den Boden. Ich hab 'nen Kendo-Meister mit seinem eigenen Schwert getötet. Jeder hat 'nen Schalter.« Er öffnete die Hand, ein Zocker, der eine Handvoll Asse hinblättert. »Ich drück die Schalter.«

»Lassen Sie's sein«, sagte ich.

Er baute sich über mir auf. Spuckte mir mitten ins Gesicht. Ich rührte mich nicht, achtete auf seine Augen.

»Du bist besser, als ich dachte«, flüsterte er. »Du bist zu alt, um hochzugehen, wenn ich über deine Mutter herziehe. Aber spuckt man 'nem Ex-Knacki ins Gesicht, muß er kämpfen.«

»Ich werde nicht kämpfen.«

»Du *könntest* nicht mit mir kämpfen. Würstchen.« Ich spürte, wie mein Gesicht zur Seite geschleudert wurde, Blut im Mundwinkel. »Das haste nicht mal gesehen, oder?«

»Nein«, antwortete ich ihm, während ich mir auf der Lippe kaute, im Geist wieder in einer Gasse, wo ich vor

Jahren einem anderen Mann gegenübergestanden hatte. Mir wünschte, ich hätte eine Knarre, doch froh war, daß nicht.

»Ich bin der schnellste Mann, den's gibt. Max, der is nichts als 'n taffer Typ. Ich töte ihn im Handumdrehn – der sieht nicht mal, was es war.«

»Sie können ihn nicht zum Kampf zwingen – er kämpft nicht bloß, weil sie seinen Namen ausrufen lassen.«

»Und wenn ich dir das Rückgrat zerknackse, dich für dein restliches Leben in den Rollstuhl bringe? Glaubst du, das bringt ihn dazu, daß er mich trifft?«

»Das können Sie auch nicht«, sagte ich mit mildem Ton. »Ich bin nicht alleine hier.«

Der Latino lachte. »Ich seh niemand«, sagte er und zog eine Automatik aus dem Gürtel.

Ich hob die Hände, als ob ich auf die Pistole reagierte. Eine Bierflasche explodierte. Ich trat einen weiteren Schritt von Mortay weg.

»Da steckt 'n Schützenverein auf dem Dach. Nachtsichtgeräte und Schalldämpfer.«

Mortay war eiskalt, beobachtete mich.

»Wollen Sie's noch mal sehn?« Ich hob die Hand. Eine weitere Flasche explodierte. El Cañonero war eine Offenbarung.

»Ich will keinen Zoff mit Ihnen. Sie haben mich ordentlich erschreckt. Ich möchte nichts mit Ihnen zu tun haben. Wir gehn hier unserer Wege. Sie können mich nicht verletzen, und Sie kriegen Max nicht dazu, mit Ihnen zu kämpfen. Es ist *vorbei*, kapiert?«

Mortays Stimme war so leise, daß ich mich vorbeugen mußte, um was zu verstehen. »Sag das Max. Sag ihm, ich weiß über das Baby Bescheid. Sag ihm, ich weiß über Flower Bescheid. Sag ihm, er soll mich treffen kommen. Kommen und mich treffen, sonst stirbt das Baby.«

Ich warf mich auf ihn, schrie. Ich spürte einen Hieb in den

Rippen, und schon war ich am Boden. Ein weißer Blitz, und Mortay war weg. Kugeln pfiffen quer über den Spielplatz. Der dunkelhaarige Weiße ging zu Boden. Sein Körper hüpfte, als ihn weitere Kugeln trafen. Stücke von dem Gebäude flogen weg.

Ich kroch zum Auto, zog mich rein. Ich drehte den Schlüssel, latschte aufs Gas und kachelte durch das Tor.

105

Ohne die Lichter einzuschalten, donnerte ich mit dem Plymouth in Richtung Fluß. Ich klemmte mich auf den Highway, mischte mich unter den Spätnachtverkehr, wollte es langsamer angehen lassen. Meine Schultern waren verkrampft, der Hals eingezogen, gespannt auf den Schuß, der niemals kam. Keine Sirenen.

Eine rasche Wahl – mein Büro oder zu Belle? Mein Büro war näher, aber Mortay wußte, wo es war. Die Nummernschilder des Plymouth waren mit Dreck und Vaseline verschmiert – niemand konnte eine Identifizierung durchgeben.

Ich glitt durch den Battery Tunnel, blieb im Verkehr, behielt den Rückspiegel mit einem Auge im Blick. Sauber. Ich montierte die Ärmel meiner Jacke ab. Das Velcro machte ein Reißgeräusch. Ein Ärmel flog auf dem Belt Parkway aus dem Fenster, der andere ein paar Meilen die Straße runter. Ich schlüpfte aus dem Jackentorso, schmiß ihn ebenfalls weg. Das orange Stirnband war zuletzt dran; es flatterte im Wind davon.

Zwei Blocks vor Belle. Ich stoppte an einem Münztelefon, zog die Pistole unter der Bodenmatte vor. Sie meldete sich beim ersten Läuten.

»Hallo?«

»Ich bin's. Bist du okay?«

»Mir geht's prima, Liebster.«

»Was ist dein Lieblingstier?«

Sie schnallte es. »Ein Alligator. Alles klar, Baby.«

Ich hängte ein, stieg wieder in den Plymouth. Ihre Tür ging auf, als ich den Weg hochkam. Ich schlüpfte in die Dunkelheit, die Pistole in der Hand.

106

Ich ging zur Couch, legte die Pistole neben mich, langte nach dem Telefon. Belle, die Hand nach mir ausgestreckt, saß daneben.

»Liebster...«

»Laß mich in Ruhe, Belle. Ich habe zu arbeiten, und mir bleibt nicht viel Zeit.«

Ich hämmerte die Nummern ein, verfluchte Mütterchen Post wegen der unterschiedlichen Vorwahlen für Queens und Manhattan. Mama hob ab.

»Ich bin's. Keine Zeit zu reden. Schnapp dir Immaculata. Hol sie rüber zu dir, okay?«

»Okay.«

»Sie muß 'ne Weile aus der Stadt weg. Mit dem Baby, Mama. Das ist das Wichtigste. Mit dem Baby. Sie soll Max erzählen, was immer sie will – Freunde besuchen, was auch immer. Aber schaff sie von hier weg.«

»Max auch?«

»Kriegst du das hin?«

»Groß Problem für mich. Geschäftsproblem. In Boston, okay?«

»Okay. Aber halte ihn bedeckt. Arbeite leise.«

»Morgen früh geh er.«

»Mit dem Baby.«

»Mit dem Baby. Wie du sag. Komm her, sag mir bald.«

»Bald.«

»Viel Hilfe hier, okay? Niemand tu Baby weh.«

»Schaff sie von hier fort, Mama.«

»Schon geschehn«, sagte sie.

Ich holte tief Luft. Belle saß bewegungslos neben mir. Ich hämmerte eine weitere Nummer ein, nahm die brennende Zigarette, die sie mir hinhielt. Der Maulwurf nahm das Telefon ab.

»Ich bin's. Ich bin okay.«

Er legte auf.

Dann fing ich an zu zittern. Brachte die Zigarette nicht in den Mund. Belle legte die Arme um mich, drückte meinen Kopf an ihre Brüste.

»Laß es sein«, sagte ich und schob sie weg. »Laß es rauskommen – ich weiß, was ich tun muß.«

Ich ließ die Furcht durch mich durchschlängeln, meinen Körper schütteln, ein Terrier mit einer Ratte. Ich spielte das Band noch einmal ab – zurück auf dem Spielplatz, unten auf dem Boden, ein Schwarm Mörderbienen beim Todestanz zwischen mir und Mortay, El Cañonero, der vom Ansitz aus über meine Sicherheit wachte.

Der Furchtanfall beutelte meinen Körper. Malariaschauer. Ich war zurück in dem ausgebrannten Dschungel in Biafra, wo die Angst dichter wucherte als die Ranken.

Ich brachte es nicht zum Stillstand – versuchte es nicht mal. Ich blieb still und leise. Vorsichtig wie ein Mann mit gebrochenen Rippen – der Sorte, die die Lungen durchlöchern, wenn man atmet.

Die Furcht lief ihr Rennen.

Als sie aufhörte, war ich klatschnaß, klamm. Ausgelaugt. Ich schloß dann die Augen und ließ das Gesicht in Belles Schoß sinken.

107

Als ich wieder zu mir kam, war es noch dunkel. Ich wandte den Kopf. Mein Gesicht rutschte über Belles Schoß – ihre Schenkel waren glitschig vor Schweiß. Oder Tränen. Ich zog mich hoch, neben sie.

»Kannst du mir den Matchbeutel aus dem Kofferraum von meinem Auto holen? Ich muß unter die Dusche – ich mag meinen Geruch nicht.«

»Für mich riechst du prima.«

»Mach's einfach, okay?«

Sie stand ohne ein weiteres Wort auf. Ich zog meine Klamotten aus. Sie lagen schwer in meiner Hand. Ich ließ sie zu Boden fallen und stieg unter die Dusche.

Als ich wieder rauskam, hatte Belle den Matchbeutel auf der Couch. Ich rubbelte mich ab, zog mir frische Klamotten an. Laut Belles Uhr war es Viertel nach zwei. Ich holte einen Kissenbezug aus dem Matchbeutel, stopfte alles, was ich getragen hatte, rein, sogar die billige Uhr.

»Ich hab keine Waschmaschine hier«, sagte sie, mein Gesicht betrachtend.

»Das Zeug gehört in die Müllverbrennung«, sagte ich und schmiß es neben die Vordertür.

»Möchtest du einen Drink?«

»Eiswasser.«

Sie warf einige Würfel in ein Glas, ließ den Hahn laufen, brachte es mir. Ich zündete mir eine Zigarette an, betrachtete meine Hände mit den Streichhölzern. Sie zitterten nicht.

Ich fläzte mich an die Armlehne der Couch, nippte am Wasser, rauchte meine Zigarette. Beobachtete, wie der Rauch zur Decke stieg. Belle stand ein paar Schritte weg, beobachtete mich, sagte kein Wort.

»Komm her, Baby«, sagte ich.

Sie setzte sich neben der Couch auf den Boden. Ich legte ihr die Hand auf den Nacken, hielt sie. Im Dunkeln war es ruhig und sicher. Belle nahm mir den Ascher ab, stellte ihn auf den Boden, wo ich ihn erreichen konnte. Zündete sich selber eine Zigarette an.

»Als ich ein junger Mann war, eigentlich noch ein Bengel, hatte ich einen Ort ganz für mich. Einen Keller, aber er war wie 'ne Wohnung hergerichtet. Ich bin bei fremden Leuten aufgewachsen: das Waisenhaus, Pflegeheime, Besserungsanstalt. Nichts gehörte mir. Ich war der Meinung, dieser Ort wäre wirklich wichtig.«

Ich zog heftig an der Zigarette, betrachtete die Glut.

»Ein Mann wollte meinen Keller. Ich wußte damals nicht, wie ich mich verhalten sollte – es gab niemand, der mir sagte, was ich tun sollte, niemand, dem ich zuhören konnte. Ich besorgte mir eine Knarre und traf mich mit ihm. In einer Gasse. Ich hatte Schiß. Ich glaubte, wenn ich meinen Keller nicht behalten könnte, könnte ich nie mehr irgendwas behalten. Hätte nie mehr irgendwas für mich. Ich mußte den Mann treffen. Wie heut nacht. Ich kann's immer noch sehn – wie wenn ich richtig dort wäre. Ich machte mich fertig. Rieb mir Vaseline in die Haare, damit niemand mich festhalten konnte. Wickelte mir für den Fall, daß er ein Messer hatte, lagenweise Zeitungen um den Körper. Versah den Pistolengriff mit Klebeband. Damit ich keine Fingerabdrücke hinterließ... aber eigentlich, weil ich so einen Schiß hatte, daß ich dachte, ich würde sie fallenlassen, wenn ich sie rausziehe. Ich schaute mich ein letztes Mal im Keller um. Meinem Keller. Ließ das Radio spielen, als ich aus der Tür ging. Es war Doc Pomus. Ein großer, alter Bluessänger. Hat sein Ding gemacht, kurz bevor der Rock'n'Roll kam. ›Heartlessly‹. Das war der Song. Ich hör ihn immer noch.

»Er war da, hat mit seinen Jungs auf mich gewartet. Ich wollte mit ihm reden. Er hat mich bloß ausgelacht – mich 'nen Dreckfink geheißen. Ich hab ihm die Pistole gezeigt.

Er sagte, ich würde nicht abdrücken – sagte, ich hätte Todesangst. Zur Hälfte hatte er recht. Ich habe geschossen.«

»Hast du ihn umgebracht?«

»Nein. Das wußte ich zu der Zeit nicht. Ich hab bloß 'ne Kugel in ihn gepumpt. Die Leute, die bei ihm waren – die haben gesehn, wie ich's machte. Ich bin einfach weggegangen. In meinen Keller zurück. Ich dachte, es wäre schon auf der Straße rum. Scheißt Burke nicht an. Er ist jetzt ein Mann. Kein Bengel.«

»Was ist passiert?«

»Sie kamen mich holen. Ich ging ins Gefängnis. Ich habe da drin aufgepaßt – Leute gefunden, denen ich zuhören konnte. Ich wollte nie ein Abgreifer sein. Ich bin im Grunde meiner Seele kein Pistolero, ich bin ein Dieb. Ich wollte nie ein Bürger sein – wußte, daß ich's sowieso nie könnte. Aber ich wollte keine Schnapsläden hochnehmen. Ich wollte mein Ding machen. Den Kopf gebrauchen, nicht die Hände.«

Ich drückte die Zigarette aus.

»Ich habe mein ganzes Leben lang auf die Früchte gewartet, Belle. Es hat bei mir nie funktioniert. Ich hatte 'ne Weile einige Dinger laufen, hab ein paar gute Züge gemacht. Aber es scheint, als lande ich am Ende immer wieder in dieser Gasse.«

Ich genehmigte mir einen weiteren Schluck Eiswasser, Belles Hände auf meiner Brust.

»Ich dachte, es wäre alles wegen dem verdammten Keller. Ich habe mir geschworen, ich kämpfe nie mehr wegen einem *Ding*, nie wieder. Egal, was es ist, ich geh aus dem Weg. Halte mich raus.«

Ich zündete mir eine weitere Zigarette an.

»Ich habe den Dreck aus meinem Leben verbannt. Ich trinke nicht, ich spiele nicht mit Dope rum. Ich habe gelernt, vorsichtig zu sein. Ganz, ganz vorsichtig. Ich arbeite auf Schleichwegen innerhalb von Schleichwegen. Schachteln innerhalb von Schachteln. Hintergrundgeräuschen vom Band, wenn ich Anrufe mache, getürkten Nummerschildern am Auto. Ich habe mir Pässe, Geburtsurkunden, Führerscheine besorgt. Ich linke Freaks, die nicht zurücklinken können. Ich wollte bloß das, was jeder Dreikäsehoch will – was deine Mutter für dich gewollt hat.«

»Sicher sein?«

»Yeah. Sicher sein. Das Muster, daß ich mir zurechtgelegt habe – es war wie ein Ritual. Etwas, das du anbetest. Damit du vor Dämonen sicher bist. Ich hatte vorhin, als es mich auf der Couch gebeutelt hat, solchen Schiß. Das hat mich nachdenklich gemacht. Wie wenn du dir den Arsch abbetest, und statt Gott zeigt sich der Teufel. Da hörst du auf zu beten. Das hier ist keine Welt, es ist ein Schrottplatz. Ich habe mal ein kleines Mädchen aufgegriffen, vielleicht vierzehn Jahre alt. Hat auf der Straße angeschafft. Sie hat die Nächte mit geschlossenen Augen und vollem Mund zugebracht. Das ganze Geld 'nem Drecksack in die Hand gedrückt, der sie verdroschen und zurückgeschickt hat, damit sie mehr macht. Ich habe sie zu einem Ort gebracht, wo man sie sicher unterbringen konnte, und sie gefragt, ob sie 'ne Ausreißerin wäre. Ich dachte, man reißt aus, um an einen besseren Ort zu gelangen. Sie sagte mir, sie wäre an 'nem besseren Ort.«

»Ich weiß.«

»Ich weiß, daß du's weißt. Ich habe drüber nachgedacht. Als ich da lag. Ich wollte mich schlau durchs Leben schlagen. Nicht das System besiegen, mir bloß mein kleines Stück abzwacken und beiseite schaffen. Es supersicher spielen. Aber jetzt sehe ich's. Es war ein Muster. Genau das, was man nicht machen sollte.«

»Was für ein Muster?«

»Hat im Gefängnis einer der Jungs vor, über die Mauer zu machen ... kannst du's vorhersagen. Du beobachtest ihn, er verfällt in ein Muster. Macht jeden Tag dasselbe. Bleibt möglicherweise in der Zelle, statt ins Kino auszuschwärmen. Weil er am Gitter werkelt. Immer nur ein kleines Stück, danach schmiert er dreckige Seife in die Einschnitte, um sie zu kaschieren. Wartet. Oder du siehst ihn, wie er auf dem Hof die Wachttürme abcheckt. Im Kopf Zeitpläne macht. Jedes Muster prägt dich nach 'ner Weile. Dieser südamerikanische Diktator, der ist überall hin mit 'ner Panzerlimousine gefahren. Leibwächter vor ihm, Leibwächter dahinter. Sicher wie ein Bankgewölbe. Die andere Seite, die haben das Auto mit 'ner scheiß Rakete weggeblasen. Du siehst? Das Muster hat ihnen gezeigt, was sie tun mußten. Sie haben keine Zeit mit Entführungskram verplempert. Haben das Problem einfach aus dem Weg geblasen.«

»Aber...«

»Das gilt auch für mich, Belle. Ich hab's zu lange so getrieben. Ich spiele es sicher, aber ich spiel's nicht allein. Verstehst du, was ich sagen will?«

»Nein, Liebster.«

»Ich kann aus diesem Büro weggehn und nie einen Blick zurückwerfen. Mich kriegen sie nie mehr damit dran, daß ich um mein Zuhause kämpfe. Ich habe kein Zuhause. Erinnerst du dich, wie du gesagt hast, wir sollten abhaun? Ich kann nicht abhaun. Ich habe kein Zuhause, aber ich habe Leute. Meine Leute. Das einzige, was ich habe. Das ist mein Muster.«

»Der kleine schwarze Kerl?«

»Der Prof ist einer davon. Es gibt andere. Ich weiß nicht, wie's passiert ist. Ich war nicht drauf aus, daß es passiert. Ich habe diese Träume. Ich hatte vor, ein Pistolero zu werden. Intensiv leben, bis du stirbst. Aber ich fand raus, daß ich nicht sterben wollte. Dann hatte ich vor, ein Absahnkünstler zu werden. Aber ich bin ständig über Kids gestolpert. Und sie ziehn mich weiter in was rein, was ich nicht sein wollte. Ich wollte meinen Kopf gebrauchen, Belle, und sie zwingen mich, meine Hände zu gebrauchen. Ich hatte vor, der einsame Wolf zu sein. Ich mochte sogar den *Klang* der Worte, weißt du? Aber das bin ich nicht. Mein ganzes Leben lang habe ich nie rausgefunden, was ich bin ... bloß, was nicht.«

Belle wechselte die Stellung auf dem Boden, schaute mich an. »Ich weiß, was du bist«, sagte sie.

»Nein, tust du nicht. Du weißt, was du möchtest. Das weiß ich auch. Ich glaube, wenn ich etwas möchte, mache ich das dazu, was ich habe – was immer das ist. Es funktioniert nicht.«

Sie griff sich eine Handvoll meines Hemds. »Ich hoffe, das soll kein besonders toller Abschied werden, Burke.«

»Da ist nichts Tolles dran. Es wird keine Keller mehr in meinem Leben geben. Ich bin jetzt über den Berg. Hinter der Linie. Dieser Kerl, der Kerl, den ich heut nacht traf – er will meinen Bruder. Und er weiß, wie er ihn zum Kämpfen kriegt. Ich kann es Max nicht machen lassen.«

»Wenn er so gut ist, wie du sagst ...«

»Es ist kein Duell, Belle. Max hat ein Baby. Er ist ein Outlaw. Wie wir. Aber er geht seine eigenen Wege. Kämpft er mit dem Freak, hat er nichts zu gewinnen. Es ist, wie wenn man einen Fels umdreht – du weißt nicht, was drunter ist. Dieser Mortay, der hat etwas angefangen. Wenn sie kämpfen, gewinnt Mortay vielleicht. Und mein Bruder ist tot. Gewinnt Max, wird er nicht leicht gewinnen. Und selbst wenn er's tut, ist er raus aus dem Schatten und auf der Straße. Kapierst du das nicht?«

»Nein!«

»Hör mir zu, Kleine. Hör gut zu. Es gibt keinen Outlaw-Kodex mehr. Für Freaks gibt es keine Regeln. Ich habe das gewußt, seit ich ein Kind war, aber ich habe mich nie richtig damit abgefunden. Als ich in meinen Keller zurückging, nachdem ich auf den Kerl geschossen habe?«

»Yeah...«

Die Leute, die mich holen kamen, das waren nicht seine Freunde. Es waren die Cops.«

»Ich...«

»Hör zu! Es waren die *Cops*. Ich war ein scheißblöder Bengel, der vorhatte, ein Pistolero zu werden. Ich ging in meinen Keller zurück. Ich dachte, wenn sie mich holen kommen – schießen wir's aus. Mir war's wurscht, ob ich lebte oder starb. Wenn ich meinen Keller nicht haben konnte, war's mir wurscht. Wenn sie mich holen kamen und ich gewann, hätte ich einen Ruf. Marschier ich die Straße lang, würden die Frauen mir nachschaun, die Männer meinen Namen flüstern. Ich dachte, sie würden mit Knarren kommen – sie kamen mit 'nem Wisch.«

Ich zündete mir eine Zigarette an. Meine Hände waren immer noch ruhig.

»Ich sag dir jetzt die Wahrheit. Max kann einen Kampf mit diesem Freak nicht gewinnen. Danach kommt *ihn* jemand holen. Früher oder später...«

»Burke...«

»Auch ich habe meine Schulden, Belle. Du bist nie schlampig mit deinem Körper umgegangen; tu es nicht mit deiner Selbstachtung. Aber laß mir, was auf mich zukommt. Ich habe bei dem hier keine Wahl. Ich möchte hier nicht mehr leben, wenn ich soviel dafür bezahlen muß.«

»Du mußt ihn töten«, sagte sie. Es war keine Frage.

»Ich muß ihn töten. Und ich bin nicht gut genug, daß ich's mache und davonkomme.«

»Du bist schon im Gefängnis gewesen. Ich hab gesagt, ich wart auf dich. Ich wart auf dich, selbst wenn du dir lebenslänglich einhandelst.«

»Ich habe jetzt schon lebenslänglich. Es wird Zeit, daß ich aufhöre, mit mir selber rumzuspielen. Ich hab einen

Plan. Ich weiß, wie ich ihn aus dem Verkehr ziehe. Aber ich werde nie vor Gericht landen.«

»Liebster...«

»Der Maulwurf. Der Typ, den du heut nacht kennengelernt hast? Er ist ein Genie. Wie du's nie glauben würdest. Ich laß mir von ihm 'ne Jacke machen. Mit dem richtigen Zeug füttern. Ich spüre Mortay auf. Er macht, was er immer macht. Und wenn er mich erwischt, gibt's 'nen großen Knall, und es ist vorbei.«

Sie weinte, den Kopf an meiner Brust. »Nein, nein, nein...«

»Red mir das nicht aus«, sagte ich. »Wenn ich auf 'nen andern Plan käme, würde ich's augenblicklich machen. Aber ich hab ihm in die Augen geschaut. Da ist keiner daheim. Ich kann kein Risiko eingehn. Wenn ich's versuche und nicht schaffe, gehn meine Leute unter. Und dann war's ich, der es gemacht hat.

»Ich könnte nicht mehr im Knast leben, Belle. Wenn ich bei diesem Freak versage, könnte ich nicht mehr mit mir leben. Ich hätte nichts, wohin ich zurückkommen könnte.«

»Warum kannst du nicht...?«

»Was? Die Cops anrufen? Damit sie uns alle in die Berge schaffen? Ich werd's *versuchen*, okay? Ich möchte nicht sterben. Ich bin nicht gut genug, um ihn mit den Händen allezumachen. Eine Minute lang, als ich unter der Dusche war, bloß eine Minute lang hab ich's mir durch den Kopf gehn lassen. Dachte, dort wäre die Antwort. Es gibt einen *Grund*, weshalb dieser Freak in Verbindung mit dem Geisterbus steht. Es sind lauter Muster. Wenn ich da einhaken könnte, hätte ich vielleicht einen Ansatz, an dem ich hebeln kann.«

Sie zog sich zurück, betrachtete mein Gesicht, als könnte sie durch meine Augen sehen, hatte große, runde Tränen auf den Backen. Glasperlen – sie würden zerspringen, wenn sie auf den Boden trafen.

»Probierst du's?«

»Ich werd's versuchen, sicher werd ich's versuchen. Ich habe nicht viel Zeit; ich muß es zusammenkriegen... aber vielleicht paßt es nicht. Vielleicht gibt es kein Muster.«

»Aber du wirst es *probieren*? Schwörst du's?«

»Ich schwör's. Aber ich schließe dich aus, Belle. Gleich jetzt, niemand bringt dich mit mir in Verbindung. Du kannst hier in ein paar Stunden raus sein. Ich habe ein bißchen Geld. Ich gebe dir eine Telefonnummer. Es wird in ein paar Tagen vorbei sein, so oder so.«

»Du brauchst Schlaf«, sagte sie und küßte mich auf die Lippen.

108

Ich spürte die Hitze. Meine Augen gingen auf. Mein Kopf drehte sich zur Seite. Belle stand nackt vor mir, meine Augen auf einer Höhe mit dem Dreieck ihrer Hüften, dem weichen Pelz dazwischen.

»Glaubst du, du führst dich wie ein Mann auf?« fragte sie.

»Ich bin ich. Versuche ich zu sein.«

»Ich will dich nicht aufhalten. Ich liebe dich. Aber du kannst mich auch nicht aufhalten.«

»Wovon redest du?«

»Ich bin hier mit drin. Ich bin bei dir. Wie immer das Spiel auch läuft.«

»Ich sagte dir...«

»Was willst du denn machen, großer Mann? Mir den Arsch versohlen? Ich *mag* das, erinnerst du dich?«

»Belle...«

»Weißt du, *warum* ich's mag?« flüsterte sie. »Ja, ja, du weißt es. Ich hab mich nur von zwei Menschen in meinem Leben schlagen lassen. Von Sissy. Und dir. Sie hat mich geliebt, und ich wollte, daß auch du mich liebst. Mich besitzt. Dich um mich kümmerst. Mich errettest, wie sie's getan hat. Du möchtest nicht allein auf dieser Welt leben. Ich versteh, was du gesagt hast. Ich hab dir zugehört. Ich reiß nicht aus, mach ein paar scheiß Anrufe, find raus, ob du tot bist.«

»Tu, was ich dir gesagt habe.«

»Ich nehm deine Befehle entgegen. Ich nehm, was immer du auch hast. Aber nur, wenn ich *dein* bin, verstanden? Ich bin hier drin.«

»Biste nicht.«

»Ich bin hier drin, du Mistbolzen. Du kannst mich nicht aufhalten. Läßt du mich hier drin, läßt du dir von mir helfen, gehorche ich dir wie ein Sklave. Ich mach, was immer du sagst. Aber wenn nicht, schwör ich dir, ich geh morgen abend wieder zur Arbeit. Und ich sag jedem Mann in dem Laden, daß ich deine Freundin bin. Ich sag's meinem Boß. Ich erzähl's auf der Straße rum. Ich bring 'ne Annonce in den scheiß Zeitungen, wenn ich muß! Willst du mich nicht in dem Muster, mußt du mich in dein Leben lassen.«

Ich stützte mich auf einen Ellbogen, schaute gradeaus. »Du große, blöde Fotze.« Es war alles, was ich sagen konnte.

Ich sah ihr Gesicht nicht, doch ich spürte, wie ihr Lächeln aufstrahlte. »Ich bin ein wunderschönes junges Mädchen«, flüsterte sie, »und du hast mich das gelehrt. Ich bin eine Frau. Deine Frau. Und du wirst erst noch sehn, was eine Frau mit Stehvermögen überhaupt ist.«

Ich schloß wieder die Augen.

109

Als ich wieder zu mir kam, stand Belle, Hände in den Hüften, an derselben Stelle. »Wieviel Uhr ist es?« fragte ich sie.

»Zeit aufzustehen«, sagte sie, kniete sich neben die Couch

und preßte den Mund an mich, während ihre Hände an meinem Gürtel rumfummelten. Ich streichelte ihren Rücken, glatt und feucht, als wäre sie grade aus dem Bad gekommen. Sie roch nach Jasmin.

Sie knöpfte mir das Hemd auf, das Gesicht an meiner Brust. Die Kette leuchtete auf ihrer Haut. Sie leckte mir die Brust, den Bauch. Dann nahm sie mich in den Mund.

Ich wußte, was sie machte. Ich wußte, es würde nicht funktionieren. Doch ich spürte, wie ich in ihrem Mund wuchs. Zum Bersten anschwoll. Ich schaute zur Decke. Schatten. Ich schloß die Augen.

Sie nahm den Mund von mir. »Beinah soweit«, flüsterte sie.

»Ich bin jetzt soweit.«

»Noch nicht. Warte.« Sie streichelte mich mit etwas Schlüpfrigem in ihrer Hand, verrieb es sachte von der Wurzel bis zur Spitze. Sie nahm meine Hand. »Komm schon«, sagte sie, zog mich von der Couch und führte mich zum Bett.

Sie setzte sich aufs Bett, zog mich mit sich und schubste mich wieder auf den Rücken. Sie zündete eine Zigarette an, steckte sie mir in den Mund. Sie legte sich auf den Bauch, das Gesicht Zentimeter neben meinem.

»Würdest du etwas für mich tun?«

»Was?«

»Ist doch egal – würdest du es tun?«

»Ich ...«

»Hör mir bloß zu, okay? Dann entscheide. In Ordnung?«

»Yeah.« Ich fühlte mich so müde. Wie ein alter Mann, der eine weitere lange Verurteilung antritt.

»Erinnerst du dich, wie ich dir von dem Mann erzählt hab, mit dem ich mal zusammen war? Dieser taffe Kerl? Der Kerl, der keine Hündin wollte?«

»Yeah.«

»Erinnerst du dich, wie ich dir erzählt hab, daß er gesagt

hat, alle Hündinnen würden bloß den Arsch umdrehen? Daß er genau das von mir gewollt hat?«

Ich nickte, zog an meiner Zigarette.

»Weißt du, was er gemeint hat? Er hat gemeint, ich soll den Arsch umdrehen. Er wollte mich in den Arsch ficken.»

»Ah.«

»Er hat gesagt, ein echter Mann könnte immer ein Stück Arsch finden – hat gesagt, er war im Gefängnis, und sogar dort hätt er welche gefunden.« Sie langte rüber, nahm mir die Zigarette ab, zog dran. Reichte sie mir wieder. »Hast du das je gemacht?«

»Was?«

»Einen Mann gefickt. Im Gefängnis.«

»Nein.«

»Was hast du gemacht?«

»Ich hab mich an meine Faust gehalten«, grunzte ich. Kurz davor zu lachen, aber noch nicht ganz soweit.

»Weil ein echter Mann so was nicht tut?«

»Ich weiß nicht, was ein echter Mann tut. Es ist wie bei allem, was ich kenne, Belle – ich kenne nur die dunkle Seite. Ich weiß nur, was ein Mann nicht tut.«

»Hast du mich deswegen nicht kosten wollen? Als wir uns das erste Mal geliebt haben?«

»Ich habe dir damals die Wahrheit gesagt – es ist dieselbe Wahrheit. In Haft ... machen Männer Dinge. Ich verurteile sie deswegen nicht. Will ein Mann einen andern Mann fikken, sagt das gar nichts über ihn.«

»Was ist es dann, was Männer *nicht* tun?«

»Sie ficken niemand, der nicht gefickt werden will, okay? Das ist die einzige Regel, die einzig echte. Einen andern Mann in den Arsch zu ficken macht dich nicht weniger wert. Aber es mit ...«

»Ich weiß. Es macht einen Mann zum Mädchen.«

»Das ist Quatsch. Ein Bengel, der in Haft vergewaltigt

wird, das sagt was über den Kerl, der's ihm angetan hat, das ist alles.«

»Aber wenn der Junge nicht kämpft ...«

»Er *muß* kämpfen. Er braucht nicht zu gewinnen.«

»Was passiert mit einem Jungen, der vergewaltigt wird?«

»Er kann sich wegschließen lassen, in SH gehn. Schutzhaft. Oder er kann sich aufhängen. Sich von der Liste streichen. Ich schätze, er könnte sogar flüchten. Aber er kann nicht über den Hof, solange er es nicht regelt.«

»Wie regelt er so was?«

»Den Kerl töten. Ihn abstechen, ihn erschlagen, ihn vergiften ... es ist egal. Mach es quitt. Hol's dir zurück.«

Ich setzte mich im Bett auf, zündete mir eine weitere Zigarette an. »Genau das wollte ich dir sagen. Es gibt Regeln. Für alles. Sie müssen nicht fair sein. Als ich das erste Mal in der Besserungsanstalt war, wollte mich einer der großen Jungs anmachen. Ich ließ ihn nicht erst zum Stich kommen. Wir kämpften. Er konnte mich schlagen, aber er wußte, daß er mich nie drankriegen würde. Als ich das nächste Mal eingefahren bin, war ich älter. Cleverer. Diesmal hatten sie ein andres Spiel laufen. Da drin waren lauter Gangs. Sie brachten einen der Kids dazu auszureißen. Bei Nacht abzuhaun. Dann rannten sie los und fingen ihn. Haben ihm die Scheiße aus dem Arsch geprügelt, ihn zurückgezerrt. Normalerweise haben sie dafür anschließend den Heimfahrschein gekriegt. Bloß 'ne andre Art von Vergewaltigung.

Als sie zu mir kamen, hab ich dem großen Kerl gesagt, ich würd's tun, aber nicht umsonst. Er müßte mir sein Radio geben. Ich habe sein Gesicht beobachtet – ich konnte sehen, für was für 'nen Trottel er mich gehalten hat.

Er gab mir sein Radio, und ich hab ihm gesagt, ich würde in einer Woche ausreißen. 'ne ganze Weile hab ich das Terrain sondiert. Mich umgeschaut. Bereit gemacht. Als die Nacht kam, bin ich abgehaun. Ich sagte ihm, ich würde bei dem großen Baum auf ihn warten. Er mußte mir versprechen, mir nicht weh zu tun, wenn er mich zurückbringt. Ich habe weiter sein Gesicht beobachtet – ich wußte, er würde es nicht tun.

»Ich bin abgehaun. Mit einem großen Ziegelbrocken, den ich gefunden habe, auf 'nen Baum geklettert. Er kam mich suchen. Rief meinen Namen. Ganz leise, damit er derjenige wäre, der mich beibrachte. Den ganzen Verdienst für sich kassierte.«

Ich biß auf den Zigarettenfilter, spürte, wie ich bei der Erinnerung innerlich lächelte, meine Hand auf Belles Hüfte.

»Ich ließ ihm den Ziegelbrocken mitten auf den Kopf fallen. Er ging zu Boden. Ich bin auf ihm rumgesprungen, hab ihm die Schnauze in den Boden getrampelt. Ich habe den Ziegelbrocken hochgehoben und ihm damit ein paarmal in die Rippen gedroschen. Dann bin ich zurück und habe dem Direx gesagt, daß dieser Kerl geflüchtet wäre und ich ihn aufgehalten hätte, er aber zu schwer wäre, als daß ich ihn zurückzerren könnte. Ich habe meine Bewährung gekriegt. Er ging auf Krankenstation.«

»Gut.«

»Yeah, gut. Ich weiß, wie die Dinge laufen. Ich mußte für das, was ich weiß, bezahlen, aber ich weiß es.«

»Dir fällt auch zu dem hier was ein, Liebster.«

»Weiß ich nicht ...«

»Du hast Schiß vor dem Kerl, aber ...«

»Ich hab *immer* vor etwas Schiß, Belle. Der Trick dabei ist, es dir nicht in die Quere kommen zu lassen. Ego zum Beispiel – dein Ego kommt dir in die Quere. Ich bin da heut nacht hin, um dem Kerl zu sagen, ich hätte keinen Zoff mit ihm. Hab ihn fast *angebettelt*, er soll uns aus dem Weg gehn, es sein lassen. Aber das war nicht das, was er wollte.«

Belle griff wieder nach mir. »Wie steht's mit dem, was ich möchte?«

»*Was* möchtest du?«

Sie wand sich, bis sie neben mir war, einen Arm um meine Schulter, während sie mich immer noch in der anderen Hand hielt – schlüpfrig.

»Ich hab dir gesagt, nur zwei Menschen haben mich in meinem Leben geschlagen. Du und Sissy. Ich hab dir die Wahrheit gesagt – ich hab dir gesagt, warum«, flüsterte sie, sich dichter an mich drängend, in die Nacht. »Ich hab mich ausgezogen, damit Männer mir zugucken können. Alles, was ich je mit einem Mann gemacht hab, hab ich mit dir gemacht. Aber speziell. Vom allerersten Mal an. Ich wußte es, manchmal weiß man so was einfach. Ich möchte, daß du's mit mir machst. Was er gewollt hat. Keiner hat's noch gemacht.«

Ihre Stimme wurde noch tiefer, sumpforchideenweich. »Ich wußte nicht, wofür ich's mir aufspare, aber ich wußte, ich mußte mir etwas aufsparen. Es ist für dich.«

Ich küßte sie auf die Backe. »Du hast *alles* für mich aufgespart, mein Mädchen. Krieg keine Zustände deswegen.«

»Burke, mach es! *Komm* schon. Ich brauch das von dir. Es ist was Spezielles. Für dich. Du nimmst dir nichts ... ich schenk es dir.«

»Belle ...«

Ihr Mund war an meinem Ohr, die Zunge stieß rein. »Möchtest du, daß ich auf die Knie falle und bitte?«

Ich stand vom Bett auf, stellte mich ihr gegenüber. Sie war auf den Knien, nahm mich in den Mund. »Igitt!« sagte sie und zog das Gesicht weg. »Das Zeug schmeckt widerlich.«

»Was is'n das?«

»Vaseline. Ich hab sie mitgenommen, als ich einkaufen war. Es sollte deine Überraschung sein.« Sie streichelte mich wieder, schmierte mir das Zeug drauf. »Ja?«

Ich nickte.

Sie drehte sich um, immer noch auf den Knien, den Rücken mir zugekehrt. »Wo is das Zeug?« fragte ich sie.

Sie reichte es mir. Ich rieb mich noch mal ein. Tätschelte ihr den Hintern, drückte mir einen Klacks auf den Finger, verteilte ihn in ihr. Langsam, locker. Sie wackelte mit dem Hinterteil. »Hmmmh...«

Ich nahm die beiden Seiten in die Hand, zog sie sachte auseinander. Ich spürte, wie die Spitze in sie glitt. Stieß nach vorn.

»Sachte, Liebster. Auch ein großes Haus kann 'ne kleine Tür haben.«

Ich zog zurück.

»Komm schon.«

»Ich möchte dir nicht weh tun.«

»Ich hab dich bloß reizen wollen, Baby. Komm jetzt schon, komm schon.«

Wieder glitt ich in sie, schob die Spitze vor und zurück, immer nur ein kleines Stück. Sie rammte mit dem ganzen Körper nach hinten, seufzend, vielleicht vor Schmerz. Ich schaute sie mir im Dunkeln an, von meinem Schwanz gepfählt, die Hände flach auf dem Bett, die Ellbogen zusammen. Sie blickte über die Schulter zurück. »Leicht und lokker«, sagte sie, lächelnd. Und die blauen Perlen baumelten um ihren Hals.

Ich fand den Rhythmus. Sie folgte mir, bloß ein bißchen, half mir tiefer in sich rein. »Bloß für dich«, flüsterte sie, als ich in ihr abschoß.

110

Bevor es draußen hell wurde, waren wir unterwegs. Ich lenkte den Plymouth in die Garage, führte Belle die Treppe hoch, die durchgeladene Pistole in der Hand.

Alles war so, wie ich's verlassen hatte. Ich ließ Pansy raus aufs Dach, schüttete ihr etwas Futter in den Napf. Belle stand neben mir.

»Machst du dir keine Sorgen, daß er's noch mal hier probieren könnte?«

»Ich glaube nicht, daß er nach letzte Nacht noch was mit Hausdächern zu tun haben will.«

»Was ist passiert?«

»Ist doch egal«, sagte ich, während ich Aktenschränke aufriß und ihr Papiere reichte, die sie auf den Schreibtisch legte.

Pansy trotte ins Zimmer. Belle tätschelte ihr den Kopf. Das Biest ignorierte sie, vertilgte lieber sein Futter. Ich nahm ein Bodenbrett in einer Ecke des hinteren Kleiderschranks raus. Belle kniete sich neben mich. »Bring das Zeug da rüber«, sagte ich ihr, während ich ihr die Arme mit Tod belud.

Sie schmiß alles auf die Couch, als wär's Schmutzwäsche. Eine 12-kalibrige Abgesägte mit Dreizoll-Magnumpatronen. 12er Schrot, grobes Korn im einen Lauf, eine Rotwild-Patrone im anderen. Eine 45er Sig Sauer – wenn etwas einer vor Ladehemmungen sicheren Automatik nahekommt, dann ist es die. Sechs Splittergranaten, kleine, graue, baseballgroße Bomben. Vier Stangen Dynamit, mit Klebeband zusammengewickelt. Ein schwerer Ruger Single Action 357 Magnumrevolver.

Ich ging zum Schreibtisch, schob die Papiere zur Seite, langte nach dem Telefon. Belle stand neben der Couch, beobachtete mich.

»Komm her«, sagte ich, ihr Gesicht betrachtend. Als sie bei mir war, machte ich einen letzten Versuch.

»Ich glaube nicht, daß er herkommt. Aber wenn er's macht, braucht er 'ne Weile, bis er durch die Tür ist. Macht er's, dann geht dieser ganze Bau hoch. Verstehst du?«

»Ja.«

»Biste *sicher*? Ich kann die Knarren nicht benutzen. Keinerlei Chance, durch die Tür zu schießen, und wenn er reinkommt, ist kein Platz. Keine Zeit. Er ist zu schnell. Schafft's Mortay hier rein, gibt's keine Schießerei. Bloß einen großen Bäng.«

»Ich weiß.«

»Du kannst mit mir arbeiten. Ich halte mein Versprechen. Aber ich will nicht, daß du hierbleibst. Nimm das Auto, geh wieder zu deinem Haus. Ich rufe ...«

»Vergiß es.«

»Ich rufe dich an, wenn ich dich *brauche*, okay? Nicht wenn's vorbei ist. Schon vorher. Wenn ich einen Fahrer brauche«, sagte ich, probierte es mit meiner letzten Hoffnung.

Sie stemmte die Hände in die Hüften, die Beine weit gespreizt. »Möchtest du, daß ich Pansy mitnehme?«

»Nein.«

Ihre dunklen Augen funkelten. »Eine Fotze ist gut genug dazu, mit dir zu sterben, die andere nicht, hä?«

»Belle ... Pansy würde nicht mit dir gehn.«

»Das ist Quark. Du könntest sie hier rauskriegen. Du denkst bloß, sie würde dir was nützen.«

Ich warf die Hände hoch. »Ich geb's auf«, sagte ich ihr.

»Burke, geb nicht auf. Ich bitte dich nicht drum aufzugeben. Spielen wir's aus, okay?«

»Okay«, sagte ich und griff nach ihrer Hand.

Sie saß auf der Schreibtischecke und schaute auf mich runter. »Wohin, glaubst du, daß du kommst, wenn du stirbst? Glaubst du, wir kommen alle an denselben Ort?«

»Weiß ich nicht.«

»Kommt dieser Kerl hierher, werden wir's gemeinsam rausfinden«, sagte sie und hielt meine Hand fest.

111

Ich machte mich über die auf meinem Schreibtisch aufgehäuften Papiere her. Rauchte und dachte nach. Belle legte mir die Hand auf die Schulter. »Möchtest du Papier, ein bißchen was aufschreiben?«

»Nein. Ich bin nicht gewohnt, so zu arbeiten. Ich muß es im Kopf machen.«

»Kann ich dir helfen?«

»Noch nicht.«

Ich wandte mich wieder den Akten zu, brütete über den Ausschnitten über den Geisterbus, sortierte, was ich hatte, im Kopf in kleine Kästen. Ordnete sie zu Reihen, baute ein Fundament. Man arbeitet sich vom Boden aus vor, Stein um Stein. Langt man hin und will einen Stein nehmen, und er ist nicht da, hat man den Zugang gefunden. Was immer auch fehlt, genau dort muß man nachschaun.

Der Mann, der mit dem Tod spielte, wollte Max. Ich wollte ihn. Er hatte sämtliche Karten, aber ich war ihm einen Zacken voraus. Ich wußte etwas, von dem er keine Ahnung hatte. Wie Angst schmeckt.

Der Zacken stach mich bis ins Mark.

Halb acht. Ich nahm den Hörer ab. Reine Luft. Wählte Mama an. Sie meldete sich noch beim ersten Läuten.

»Gardens.«

»Ich bin's. Was ist?«

»Weg.«

»Allesamt?«

»Alle weg. Vielleich drei Woche, okay?«

»Perfekt.«

»Du krieg zwei Anrufe. Mann heiß Marques, vor paar Stunde. Und der Cop. McGowan. Vielleich vor zehn Minute.«

Sie gab mir die Nummern. McGowan hatte von der Dienststelle aus angerufen; die andere kannte ich nicht.

»Ich mach Schluß, Mama.«

»Komm du bald?«

»Bald.«

Ich zündete mir eine Zigarette an. Vor zehn Minuten ... ich wählte McGowan an. Er meldete sich persönlich.

»Sie haben mich angerufen?«

»Wir müssen uns treffen, Freundchen. *Gleich.*«

»Ich bin in Druck.«

»Sagen Sie mir, wo.«

»Battery Park. Wo der Park auf die Freiheitsstatue zugeht. Die Bänke zum Wasser.«

»Dreißig Minuten?«

»Ich bin da.«

Belle war hinter mir, die Hände auf meinen Schultern. Ich nannte ihr die Nummer, die Mama mir für Marques gegeben hatte.

»Ist das dieselbe, die du hast?«

Sie ging ins Hinterzimmer, kam mit ihrer Tasche zurück, fummelte drin rum. Zog ein kleines, rotes Lederbuch raus, blätterte die Seiten durch. Sie schaute hoch. »Nein.«

Ich hämmerte die Nummer ins Telefon. Eine Frauenstimme war an der Strippe.

»Büro Mr. Dupres«, sagte sie, ein Kokainkichern in der Stimme.

»Gib mir Marques«, sagte ich.

Der Louis übernahm das Telefon. »Ja?« Ganz der Macher.

»Sie haben mich vor ein paar Stunden angerufen?«

»Wer spricht da?«

»Sie haben bei der chinesischen Botschaft angerufen, okay?«

»Oh, yeah. Ich kapiere. Schau, Mann, ich hab Dynamit. Dieser Kerl, der mit ihm zusammenhängt, der ...«

»Mach halblang«, beute ich, angestrengt lauschend. Das Telefon klang nicht richtig. »Von wo aus rufen Sie an?«

»Von meiner Karre, Mann. Schon mal ein Autotelefon gesehen?«

»Yeah. Es ist'n *Funk*telefon. Sie reden da nicht bloß mit mir, kapiert?«

»Es is cool.«

»Es ist *nicht* cool. Geben Sie mir 'ne Nummer, wo ich anrufen kann.«

»Nicht die Bohne, Ramone. Ich hab draußen was zu erledigen, ich bin die nächsten Stunden nicht im Stall. Geben Sie mir Ihre Nummer, ich ruf in 'ner Stunde an.«

Ich holte einen Schnellhefter aus der Schreibtischschublade. »East Side oder West Side?«

»Was?«

»Wo sind Sie in einer Stunde? In Ihrem Auto. Wo?«

»Oh. East Side, Mann.«

Ich fuhr mit dem Finger über die Nummernliste. »Um neun Uhr, okay? Stoßzeit, keiner paßt auf. An der Tankstelle an der Ecke Vierundneunzigste und Zweite. Fahrn Sie hin, tanken Sie Ihre Karre, ich rufe dort an.«

»Sie rufen *mich* an? An 'nem Münztelefon?«

»Yeah, machen Sie sich keine Sorgen. Abgemacht?«

»Haben die an der Tankstelle Super bleifrei, Mann?«

Ich legte den Hörer auf.

112

Pansy legte die Vorderpfoten auf den Schreibtisch und machte ihre Geräusche. Ich kratzte sie hinter den Ohren. »Nicht jetzt, mein Mädchen.« Sie leckte mir das Gesicht. Ich brauchte Desinfektionsmittel als After-Shave.

Noch ein Anruf. Der Maulwurf. Ich hörte, wie das Telefon abgenommen wurde.

»Ich bin's. Ich brauch ein anderes Auto. Kann ich den Tausch in ein paar Stunden machen, meins da lassen?«

»Okay.«

Ich holte meinen Erste-Hilfe-Kasten aus der untersten Schublade. »Belle, komm mal her.«

Sie kam her. Leise und aufmerksam. »Ich muß ein paar Leute treffen. Kannst du dir ein Taxi zum Krankenhaus nehmen? Den Prof aufsuchen? Bloß dableiben, bis ich anrufe – drei, vier Stunden?«

»Warum kann ich nicht mit dir kommen?«

»Es gibt 'nen feinen Trennstrich, zwischen einer Büx und einem Biest«, sagte ich, während ich mir eine Aluminiumschiene an den Unterarm hielt. Maß nahm. »Ein kleines Mädchen kann kein Biest sein, und eine alte Frau kann keine Büx sein.«

Ich zog eine Rolle acht Zentimeter breiter Elastikbinde aus dem Kasten, legte sie beiseite. Schnitt Stücke von einer Rolle Velcro-Band, arbeitete schnell. »Eine Frau in deinem Alter, die kann entweder oder sein. Oder beides. Groß wie du bist, kannst du dich manchmal immer noch wie 'ne Büx aufführen. Willste was, stemmst du die Hände in die Hüften. Ziehst 'ne Schnute, stampfst mit den Füßen auf. Es ist niedlich, okay? Erweckt bei mir den Wunsch, dir einen Klaps auf diesen großen Hintern von dir zu geben.«

Sie lächelte ihr Lächeln.

»Aber wenn du hergehst und dich hinterher über 'ne Abmachung hinwegsetzt, bist du über dem Strich. Erweckt bei mir den Wunsch, dich irgendwo loszuwerden. Auf Nimmerwiedersehn.«

Ihr Gesicht wurde hart. »Sag lieber ...«

»Halt's Maul, Belle. Wir haben 'nen Deal, richtig? Du bist hier drin, aber du ... Tust. Was. Ich. Dir. Sage. Du hast es gesagt – du tust es auch.«

»Tut mir leid.«

»Braucht dir nicht leid zu tun. Ich habe keine Zeit zum Leidtun.«

»Liebster...«

»Hol mir eine von den Granaten.«

»Die hier?« fragte sie, einen der metallenen Bälle haltend, als wär's eine Orange.

»Yeah.«

Sie reichte sie mir. Ich legte sie auf den Schreibtisch, rollte den Ärmel hoch, paßte die Aluminiumschiene an. »Halt mal«, sagte ich ihr und wickelte das Band herum, bis ich ein dickes Polster hatte. Ich nahm die Granate in die Hand, ballte die Faust um den blauen Auslöser. Zog die Nadel.

»Burke.«

»Yeah. Das ist richtig. Laß ich das Ding los, fliegt alles in Fetzen.«

Ich schlang mir die Velcro-Streifen um die Faust, ließ am Ende eine lose Schlaufe. Es sah aus, als hätte ich gegen die Wand gedroschen, mir die Hand gebrochen und auf der Notaufnahme eine Arzthelferin mit zehn Daumen erwischt. Ich ließ die Hand vor und zurückschwingen. testete das Band. Ich lockerte die Faust. Der Auslöser blieb fest.

Ich kam auf die Beine. »Hilf mir in die Jacke«, sagte ich zu Belle. Sie nahm die Operationsschere, schlitzte den linken Ärmel feinsäuberlich auf. Ich schlüpfte mit dem Arm rein.

»Liebster, warum...?«

»Es ist sicher. Bis ich an der Schlaufe ziehe«, sagte ich und zeigte ihr, wie das Velcro den Auslöser sicherte. Ich steckte mir die Nadel in die Tasche, reichte ihr eine weitere. »Kleb sie dir innen ans Handgelenk – vielleicht brauchen wir sie im Notfall.«

»Ich will nicht...«

Ich legte ihr den Arm um die Taille, zog sie dicht an mich. »Du gehst ins Krankenhaus, wie ich gesagt habe. Ich bin auf der Straße, ich könnte über diesen Freak stolpern. Ich *versuche* alles zusammenzuhalten. Wie ich dir letzte Nacht versprochen habe. Aber wenn er kommt, bevor ich fertig bin...«

»Das ist verrückt! Wenn dieses Ding losgeht...«

»Es ist schon alles losgegangen«, sagte ich, hielt sie. Ließ sie es in meinem Gesicht sehen.

113

In der Garage verabschiedete ich mich. »Ich geh zuerst raus. Du wartest ein paar Minuten, dann huscht du raus. Nimm dir ein Taxi zum Krankenhaus. Warte dort auf meinen Anruf. Du wirst dieses Auto nicht mehr sehn, bis es vorbei ist.«

Sie küßte mich heftig. »Sei vorsichtig.«

»Das kann ich am besten.«

Sie küßte mich wieder, rieb mir mit der Hand über den Schritt. »Am zweitbesten«, flüsterte sie.

Ich stieß rückwärts auf die Straße, sah durch die Windschutzscheibe, wie die Garagentür zuging. Belle konnte ich im Schatten nicht erkennen.

114

Ich parkte den Plymouth beim Vista Hotel und lief zu dem mit McGowan abgesprochenen Treffpunkt. Die Granate baumelte schwer am Ende meines Arms – ich mußte mir bei Gelegenheit irgendeine Art Schlinge zurechtbasteln.

Ich stieß auf die Bank, setzte mich hin. Ich fummelte einhändig ein Streichholz aus der kleinen Schachtel, klemmte sie zwischen bandagierte Hand und Knie, zündete es an.

McGowans Auto kam angekurvt. Er sprang aus der Beifahrertür und lief rasch auf mich zu. Ich hörte Reifen auf dem Straßenbelag, blickte zur Seite. Eine weitere dunkle, viertürige Limousine. Peitschenantenne, zwei Mann vorn. Etwa so unauffällig wie ein Streifenwagen mit Martinshorn.

»Hier sind Sie«, begrüßte er mich.

»Wie ich sagte. Und außerdem ganz alleine.«

Er zeigte ein hartes Lächeln. »Freiwillige. Nicht Ihr Problem. Was ist mit Ihrer Hand passiert?«

»Ich habe was angefaßt, was ich nicht hätte sollen.«

»Nicht zum ersten Mal, hä?«

»Nee. Was wollen Sie, McGowan?«

Er steckte sich eine seiner stinkenden Zigarren an. »Vertrauen Sie mir?«

»Bislang.«

»Ich bin nicht verdrahtet. Die anderen Jungs, die sind Aufpasser. Nicht für Sie. Für mich.«

»Weiter.«

Er schaute gradeaus, paffte an seiner Zigarre, hielt die Stimme gesenkt. »Letzte Nacht kam ein Mann namens Robert Morgan ums Leben.«

»Nie von ihm gehört.«

»Der Funkspruch ging um Mitternacht ein. Uniformierte fanden einen Toten. Auf dem Spielplatz bei den Chelsea Projects.«

»Und?«

»Er hatte sieben Kugeln im Leib, nicht weiter als vier Zoll auseinander, alle in der Brust. High-tech-Zeug. Wer immer ihn weggeputzt hat, es war ein Profi.«

»Und?«

»Niemand hörte einen Schuß. Das war kein Drecksbengel, der mit 'nem 22er auf dem Dach rumgelaufen ist – das war ein Hit.«

»Und?«

»Der Boden war total zerpflügt. Betonstücke förmlich rausgerissen. Der Schütze hatte mehr als ein Ziel.«

»Das ist wirklich interessant, McGowan. Geben Sie mir Feuer, ja?« Ich beugte mich dicht übers Feuerzeug. Seine Hände waren ruhig.

»Wo waren Sie letzte Nacht, Burke?«

»Bei jemand. Weit weg.«

»Sind Sie sicher?«

»Was ist da groß dabei?«

McGowans Zigarre dampfte in der Morgenluft. Sie roch so schlecht wie seine Geschichte.

»Dieser Kerl hatte einen Ausweis dabei. Und da haben wir den Hebel zu Robert Morgan gefunden. Weil es wie ein Hit aussah, sind sie die Fingerabdrücke durchgegangen. Nichts. Der Labortyp ist ein guter Mann – er war auf Draht. Vor einer Stunde hab ich von ihm gehört.«

»Was gehört?«

»Dieser Robert Morgan, seine Abdrücke paßten zu denen, die wir im Zweitwagen gefunden haben. Demjenigen, der die Babynutte weggeschnappt hat.«

»Warum sagen Sie mir das?«

Er schaute gradeaus. »Sie sind gut, Burke. Ich glaube, die könnten Sie an einen Lügendetektor anschließen, und die Nadeln würden nicht einmal ausschlagen.« Er legte den Kopf zurück, schaute zum Himmel hoch. »Dieser tote Typ, der war im Geisterbus. Es ist die erste Spur, die wir haben. Ich denke mir, Sie haben sie uns hinterlassen, haben es aber nicht gewußt.«

Ich zog an meiner Zigarette, wartete.

»Ich glaube, Sie sind bereits im Tunnel. Wir kommen vom anderen Ende. Ich möchte Ihnen nicht in der Mitte begegnen – jemand könnte zu Schaden kommen.«

Ich schnippte meine Zigarette auf die Straße. »Bleiben Sie aus dem Tunnel weg«, sagte ich ihm und stand auf. »Ich ruf Sie an.«

Ich schaute nicht zurück.

115

Niemand folgte mir zum Plymouth. Ich nahm den East Side Drive zur 61st, klemmte mich auf die York Avenue und fuhr weiter gen Uptown. Ich steuerte auf die 92nd rüber, checkte die Uhr im Schaufenster einer Boutique, die noch nicht offenhatte. Acht Uhr fünfunddreißig. Jede Menge Zeit.

Ich machte mir aus einem Stück Elastikbinde eine Schlinge, hielt ein Ende zwischen den Zähnen und zog den Knoten fest. Rauchte etliche Zigaretten. Mortay hing nun mit Sicherheit mit dem Geisterbus zusammen. Mit tödlicher Sicherheit. Und möglicherweise war das, was er machte, nicht bloß ein Leibwächterjob. Ich war in der Kiste – ich mußte ihn zu mir reinbringen. Und wissen, wo die Hintertür war.

Ich sah zu, wie der Zigarettenrauch an die Windschutzscheibe quoll, sie umspielte. Ich war mal im Familiengericht, hörte mir Davidsons Resümee zu einem Fall an, weil ich ihn für die UGL beobachtete – sie wollten wissen, aus welchem Holz er geschnitzt war, bevor sie ihn für einen Mordfall heuerten. Sie hatten da dieses Baby, das seit Jahren in Fürsorge war. Behielten es dort, während die Sozialarbeiter aus dem Gesocks, das den Bengel gequält hatte, Eltern zu machen versuchten. Beißt in dieser Stadt ein Pitbull zwei Leute, vergasen sie ihn. Zum Schutz der Öffentlichkeit. Verkrüppelt ein Mensch sein eigenes Kind, darf er noch mal zubeißen.

Davidson vertrat das Kind. Man nennt das einen »Rechtspfleger«. Die Eltern hatten ihre eigenen Anwälte; die städtischen Anwälte vertreten die Sozialarbeiter. Ich erinnere mich noch, was er sagte:

»Hohes Gericht, dieses Baby wird nur eine Weile ein Kind sein. Dann ist es ein Erwachsener. Uns bleiben nur ein paar Jahre, um ihm zu helfen. Die Eltern hatten ihre Chance bereits. Mehr als eine. Aber dieses Kind ist nicht in Fürsorgepflege, es ist zwischen Baum und Borke. Was ist mit *ihm*?

Steht es ihm nicht zu, daß dies hier mal endet? Jeder Schmetterling, egal, wie schön, muß einmal landen. Oder er stirbt. Die Eltern haben mit dieser Schweinerei angefangen. Die Sozialarbeiter machten weiter. An Ihnen liegt es jetzt, dem ein Ende zu setzen. Setzen Sie ihm jetzt ein Ende. Ermöglichen Sie es diesem Kind, eine *echte* Familie zu haben.«

Der Richter hielt sich dran. Er ließ den Schmetterling landen. Das Baby wurde zur Adoption freigegeben. Die Mutter weinte. Um sich. Davidson lebt davon, daß er Kriminelle vor dem Knast bewahrt, doch an diesem Tag bewahrte er jemanden davor, Jahre später in den Knast zu gehn. Ich weiß es.

Meine Gedanken flatterten wie ein Schmetterling auf der Suche nach einem sicheren Landeplatz, als ich aus dem Plymouth stieg. Laut Uhr war es fünf Minuten vor neun.

Ich schnippte die Zigarette weg und machte mich zu dem Münztelefon an der Ecke auf.

116

Marques meldete sich beim ersten Läuten.

»Sind Sie das, Burke?«

»Yeah. Ich wollte bloß sichergehn, daß das Telefon bei Ihnen funktioniert. Ich rufe in fünf Minuten wieder an.«

»Mann, glauben Sie, ich hab nichts Besseres zu tun, als hier rumzusitzen und ...«

»Fünf Minuten, Marques. Nicht mehr. Dann reden wir. Ganz cool.«

Ich hängte ein, setzte mich wieder in Marsch.

Ich bog um die Ecke, entdeckte den neben dem Münztelefon geparkten Rolls. Ich kam von hinten ans Fenster auf der Fahrerseite. Es war offen, ein Männerellbogen ruhte auf dem Rahmen. Diamanten am Handgelenk.

»Reden wir«, sagte ich.

Marques fuhr zusammen. »Was? Wie bist . . .?«

»Alles cool. Ganz locker. Ich wollte nicht am Telefon reden. Wie wär's mit 'ner Spritztour?«

»Mit Ihnen geh ich *nirgendwo* hin, Mann«, sagte er, während seine Blicke umherzuckten.

»In *Ihrem* Auto, okay? Wo immer sie hin wollen.«

Er kriegte sich in den Griff. »Auf den Rücksitz«, schnauzte er die Blondine neben sich an.

Ich hielt ihr die Tür auf. Eine der Huren, die im Junior's bei ihm gewesen waren. Ich stieg vorne rein. Marques stieß rückwärts aus der Lücke, steuerte Richtung Uptown, nach Harlem. »Was ist mit deiner Hand passiert, Mann?«

»Nichts Besonderes.«

»Yeah. Okay, schau her, ich . . .«

»Wollen Sie vor Christina reden?« fragte ich ihn und nickte mit dem Kopf zum Rücksitz.

»Ich hab's schon mal gesagt, Mann. Das ist mein Busenweib. Außerdem is sie diejenige mit der Ware.«

Ich zündete mir eine Kippe an. Die Fenster säuselten hoch, schlossen uns von der Außenwelt ab. Wir hielten an einer Ampel. Zwei Kids kreuzten auf der Fahrerseite auf. Marques drückte auf den Schalter. Ein schwarzer Bengel beugte sich runter. »Möchten Sie die Fenster geputzt, Mr. Dupree?«

»Später, Baby«, sagte der Louis und klatschte dem Bengel einen Schein in die Hand.

Wir fuhren los, kutschierten herum. Ich wartete. Falls Christina Marques zuhören wollte, okay, aber ich würde nichts zum Gespräch beitragen.

»Erinnern Sie sich, daß Sie mich nach dem Kerl von Mortay gefragt haben? Ramón?«

Ich nickte.

»Der ist zweifach gestrickt. Kriegt's von Mortay ins Loch und gibt's andersrum weiter.«

»An Jungs.«

»An Mädels, Mann. Dieser Mortay, der holt sich harte Jungs ran. Mitten am Times Square, von der Straße. Nimmt die größten Macho-Jungs, die er kriegen kann: Jungs zum Aufmischen, Schläger... wissen Sie, was ich meine?«

Ich nickte wieder.

»Er hat 'nen Sprung. So 'nen Sprung in der Schüssel, daß du's nicht glauben willst. Er nimmt die harten Jungs, läßt sich von ihnen den Schwanz lutschen. Legt sie aufs Kreuz. Dann zeichnet er sie. Mit diesem Diamant im Ohr. Dieser Ramón, der ist nicht der erste. Er hatte 'nen andern Jungen. 'nen Kerl, den sie Butcher genannt haben. Mortay legt ihn aufs Kreuz. Den einen Tag vermöbelt dieser Butcher noch die Leute auf der Straße, sein übliches Ding – am nächsten Tag geht er mit diesem Mortay, einen Diamant im Ohr.«

Ich öffnete die Hand zu einer »Was ist passiert«-Geste.

»Er verschwindet einfach, Mann. Puff! Weg isser von der Straße. Und Ramón – der trägt den Diamant.«

»Und ein bösartiger Freak isser auch!« knurrte Christina und lehnte sich nach vorn zwischen mich und Marques.

»Erzähl's ihm, Baby«, sagte Marques.

Die Blondine hatte eine ekelhafte Stimme. »Er war vorher schon bekannt. Er war kein Spieler, aber er hat sich irgend 'ne Kleine gegriffen, sie verkloppt, ihr das Geld abgenommen. Wie Marques gesagt hat, ein Aufmischkünstler. Hatte immer 'ne Knarre dabei, hat sie sehn lassen. Times-Square-Schrott.«

»Erzähl ihm den Rest.«

»Jetzt macht er auf Massagesalons. Alle Mädels kennen ihn. Er löhnt dicke, damit er erst jede Menge Spielchen abkriegt. Aber er is'n Schmerzfreak, Mann. Er muß 'nem Mädchen weh tun, damit ihm einer abgeht. Kennen Sie Sabrina? Die große, fette Sabrina?«

Ich schüttelte verneinend den Kopf.

»Sie macht Schmerz gegen Kohle. Peitschen und Ketten.

Hat immer in Sadie's Sexational gearbeitet? Gleich bei der Achten?«

Ich nickte.

»Dieser Ramón hat 'n Date mit ihr. Geht nach hinten. Bleibt lange dort. Als der Geschäftsführer hinter geht und schaut, was so lange dauert, kommt dieser Ramón grade raus. Hält dem Geschäftsführer 'ne Wumme vors Gesicht und geht einfach weiter. Sabrina war 'n einziger Matsch, Mann. Er hat sie gefesselt, ihr 'nen Ball als Knebel in den Mund gesteckt, hat se ausgepeitscht, bis sie nichts als Blut war. Hat ihr 'ne Whiskeyflasche im Arsch steckenlassen.«

Ich biß auf die Zigarette. Ich hatte das schon mal gesehen. Gemein fangen sie an, böse hören sie auf.

Christina setzte sich wieder hin. Marques schnupfte eine fette Line Koks vom Handgelenk. »Das is 'ne Story, Mann. Keiner weiß, wo Mortay wohnt. Dieser Ramón, der ist fast jede Nacht auf der Straße. Trifft Mortay an verschiedenen Orten, und sie ziehn gemeinsam los.«

»Haben Sie gut gemacht«, sagte ich, an meiner Kippe ziehend.

»Ich bin da jetzt draußen, Mann. Diese Leute sind mir zu dolle. Ich bin 'n Lover, kein Killer. Deshalb bin ich zu Ihnen gegangen.«

Ich sagte gar nichts.

»Kann ich dich wo absetzen, Mann?«

»Neununddreißigste, irgendwo beim Fluß.«

»Mann, das is bloß 'nen Block weg.«

»Downtown. Nicht an der Hundertneununddreißigsten.«

»Oh, yeah. Klar«, sagte Marques und ließ sein Loddellächeln funkeln. »Ich hab vergessen, daß de weiß bist.«

Marques schwafelte auf der ganzen Fahrt nach Downtown. Wie teuer es war, gute Weiber bei der Stange zu halten. Das Finanzamt holte einen Oberspieler wegen Steuerschulden einfach von der Straße. Kautionen und Anwälte fraßen ihn bei lebendigem Leib. Konnte keinen anständigen Mechaniker für seinen Rolls kriegen.

Ich murmelte grade so viel, daß er weiterredete, und ließ die Gedanken woandershin schweben. Wie ein Schmetterling.

Auch ein Habicht muß landen.

117

Marques setzte mich ab wie verlangt. »Ich bin da draußen«, sagte er wieder.

Ich lehnte mich ins Fenster, hielt die Stimme gesenkt. »Sie sind da draußen, wenn der Geisterbus von der Straße weg ist. Sie haben Ihren Teil getan. Aber wenn ich noch mal mit Ihnen reden muß, ruf ich Sie an.«

Er wollte mir nicht in die Augen schaun. »Yeah, Mann. Sie wissen, wo Sie mich finden.«

Ich sah zu, wie Christina sich wieder auf dem Vordersitz plazierte.

»Werde ich immer«, versprach ich ihm.

Ich sah zu, wie der Rolls sich in den Verkehr einfädelte.

118

Er meldete sich am Telefon wie immer.

»Morelli.«

»Burke hier.«

»Reden Sie.«

»Nicht am Telefon.«

Ich hörte ihn aufstöhnen. »Und Sie möchten nicht ins Büro kommen, richtig?«

»Steigen Sie mal die Treppe runter. Ich treffe Sie bei den Bänken vor dem UN-Gebäude. Genau gegenüber der Einundvierzigsten.«

»Jetzt?«

»Jetzt.«

119

Während ich auf Morelli wartete, hatte ich gute zwanzig Minuten für mich. Mein Verstand war wie eine Ratte, die die Ecken eines Lagerhauses voller Körner beknabberte.

Die UN ragte hinter mir auf. Nutzloses Stück Schrott. Ich fragte mich, wie lang es dauern würde, bis es jemand in einen Supermarkt ummodelte.

Ich entdeckte Morelli über der Straße. Großer Kerl, sieht zehn Jahre jünger aus, als er ist. Trägt nie einen Hut, nicht mal im Winter. Zieht sich jetzt, da er verheiratet ist, besser an, aber nicht viel. Er sieht nicht aus wie ein Enthüllungsjournalist. Teufel, er sieht nicht aus wie ein Italiener. Aber er ist in beidem der Beste.

Er war zwanzig Schritte weg, als es mir kam. Geld. Wo ist das Geld? Ich vermerkte den Gedanken wie eine Wölfin, die ihre Jungen versteckt.

Ich schüttelte Morelli die Hand. »Gehn wir«, sagte ich.

Beim Geländer fanden wir einen Platz. Touristen flanierten vorbei. Wachschutzleute. Menschen, die zu spät zur Arbeit kamen. Morelli verschwendete keine Zeit, mich wegen meiner Hand zu fragen – es war nicht sein Stil.

»Was haben Sie?«

»Ich habe vielleicht diesen scheiß Geisterbus«, sagte ich ihm und sah seine Augen aufleuchten. Ein Hund, der Witterung genommen hat.

»Sagen Sie's mir.«

»Es gibt ein Muster. Ein Karate-Freak bestreitet überall in der Stadt Duelle. Fordert die Leiter von jedem Dojo. Hat zwei getötet, mindestens. War bei 'nem Kampf auf Leben und Tod. Im Keller von Sin City. Jeder Spieler war vor Ort.

Große Börse, Nebenwetten, das ganze Ding. Wie bei 'nem Hahnenkampf, nur mit Menschen. Ich dachte, er würde den

Bus absichern. Leibwächterarbeit. Er hat einen meiner Leute abgewarnt. Ihm die Beine gebrochen. Ein paar andere Dinger sind passiert, und jetzt bin ich derjenige, hinter dem er her ist.«

Morelli schielte auf meine linke Hand.

»Yeah«, sagte ich. »In etwa. Wir sind jetzt inoffiziell. Absolut, okay?«

»Okay.«

»Letzte Nacht wurde ein Mann getötet. Die Cops fanden seine Fingerabdrücke im Zweitwagen zu dem Geisterbus.«

»Yeah...?«

»Der Kerl, der getötet wurde, dieser Karate-Freak war bei ihm, als er sich's eingehandelt hat. Das dringt nicht zu den Zeitungen durch.«

»Wo komme ich dazu?«

»Wir haben zwei Teile übrig. Warum der Geisterbus, zum ersten? Was macht er da draußen? Das ist mein Teil. Hier ist Ihrer: Wo ist das Geld?«

»Welches Geld?«

»Da ist immer Geld drin. Irgendwo geht's immer um Geld. Diese ganze Unternehmung kostet 'ne Stange – jemand kassiert.«

»Ich habe die Ausschnitte selbst gelesen. Für mich klingt das wie 'ne Irrennummer.«

»Sie ham's falsch gelesen. Ich weiß es. Überlassen Sie mir den Teil, er ist nichts für Sie.«

»Was ist meiner?«

»Sin City. Wem gehört es? Wer kümmert sich drum? An dem Ding ist irgendwas dran, das einen Zusammenhang ergibt. Dieser Karate-Freak. Mortay. Niemand weiß, wo er wohnt. Aber genau dort hat er das Duell bestritten. Ich arbeite mich durch. Ich bin dicht dran. Ich weiß es.«

»Muß ich auf der Fingerabdruck-Story sitzenbleiben?«

»Yeah. Aber Sie sind beim großen Knall dabei, wenn alles

ins Rollen kommt. Mein Wort drauf. Egal, was passiert, Sie kriegen die ganze Story.«

»Zuerst.«

»Aus zuverlässiger Quelle.«

»Wieviel Zeit habe ich?«

»Weniger als ich. Und ich habe keine.«

Er schüttelte mir wieder die Hand, schob ab.

Ich beobachtete eine Minute lang die Straße. Dann stieg ich in den Bus nach Uptown.

120

Der Plymouth stand, wo ich ihn geparkt hatte. In manchen Gegenden mache ich mir Sorgen, daß ihn Amateure in seine Einzelteile zu zerlegen versuchen – in Yuppieville laufe ich nur Gefahr, daß ihn manche Bürger als Beleidigung fürs Auge abschleppen lassen.

Ich fuhr auf Autopilot in die Bronx, tüftelte noch immer an dem Puzzle in meinem Kopf. Verdichtete den Schmerz zu einem Laserpunkt, der sich durch den Dunst brennen sollte.

Der Schrottplatz sieht immer gleich aus, ob bei Tag oder bei Nacht. Terry lief an den Hunden vorbei und bedeutete mir rüberzurutschen. Er hockte sich ans Lenkrad. »Ich kenn den Weg«, sagte er und steuerte vorsichtig durch das Minenfeld, bis wir vor einer Reihe Wellblechschuppen anhielten. Der Bengel fuhr rein. Ich stand daneben und sah zu, wie er etliche Wracks vor und zurück bugsierte, bis der Platz vollstand. In fünf Minuten war der Plymouth verschwunden.

Wir gingen über den Hof in Richtung Maulwurfsbunker. Terry schnorrte sich eine Zigarette. »Solltest du nicht zur Schule gehn?« fragte ich ihn, während ich ihm eine gab.

»Tu ich doch«, sagte der Bengel.

Der Maulwurf erwartete uns. »Was für ein Auto brauchst du?«

»Eins, bei dem die Leute nicht zweimal hinschaun.«

»Großes Auto? Schnell?«

»Ist egal.«

Er wandte sich an Terry. »Hol den braunen Pontiac.«

Der Bengel zog ab.

Ich setzte mich neben den Maulwurf. Falls ich drauf warten wollte, daß der Maulwurf eine Frage stellte, konnte ich lebenslänglich auf dem Schrottplatz abbrummen.

»Danke fürs Auto, Maulwurf.«

Er grunzte desinteressiert.

Der Bengel fuhr vor. Der Pontiac war ein paar Jahre alt. Eine schokoladenbraune, viertürige Limousine. Ein nettes, sauberes, langweiliges Pendlerauto. Es hatte New Yorker Nummernschilder, einen frischen Inspektionsaufkleber.

»Zulassung ist im Handschuhfach. Versicherungskarte auch«, sagte Terry.

»Gute Arbeit.« Falls ich hopsgenommen wurde, konnte ich den Cops sagen, ich hätte das Auto von einem Kerl geborgt, den ich in einer Bar getroffen hatte. Nie und nimmer würde der Besitzer aufkreuzen und es beanspruchen, und der Pontiac stand auf keiner Liste mit heißen Autos.

Ich zündete mir eine Kippe an. »Maulwurf, ich muß 'ne Minute mit dir reden.«

»Rede.«

»Der Bengel...«

»Er muß lernen«, sagte der Maulwurf.

»Ich arbeite an etwas. Letzte Nacht hat sich alles in seine Bestandteile aufgelöst. Dieser Kerl sucht mich – und ich suche ihn.«

Der Maulwurf tippte mir auf die linke Hand. »Was ist das?«

»Handgranate.«

»Ich hab besseres Zeug.«

»Für jetzt isses okay. Es ist nicht das, was ich brauche.«

Der Maulwurf wartete. Terry machte den Mund auf, um eine Frage zu stellen, schnappte den Blick des Maulwurfs auf, verkniff sie sich.

»Es gibt einen Zusammenhang mit diesem ganzen Mist, von dem ich dir vorher erzählt habe. Ich glaube, es ist in dem Gebäude. Am Times Square, an der Achten. Möglicherweise im Keller. Ich krieg jetzt ein paar Dinge ausgecheckt.« Ich nahm einen tiefen Zug von der Kippe. Der Maulwurf und der Bengel saßen da wie Zwillingskröten.

»Kannst du für mich in das Gebäude rein?«

Terry lachte. Es war, als frage man Sonny Liston, ob er boxen könnte.

»Ich bin in Druck. Dieser Freak, Mortay, der hat die Gegend unter Kontrolle. Sieht er mich, bin ich weg. Ich bin noch nicht für ihn bereit. Ich kann nicht mit dir rein.«

Der Maulwurf zuckte die Achseln.

»Und du kannst Max nicht zur Unterstützung einsetzen. Der ist hier außen vor, bis es vorbei ist.«

»Warum?«

»Ich habe mich mit diesem Freak getroffen. Er will Max, sagt, er macht das Baby alle, um Max zum Kämpfen zu kriegen. Mama hat ihn für ein paar Wochen aus der Stadt geschickt.«

»Weiß er's?«

»Nein.«

Der Maulwurf wischte sich die Hände an seinem schmierigen Overall ab. »Willst du was von drin?«

»Bloß einen Eindruck. Einen guten.«

»Wann?«

»Ich melde mich wieder. Aber bald, okay?«

»Okay.«

Ich trat die Zigarette aus. »Du kannst den Strom nicht

abknipsen. Es ist mitten in der Pißgrube. Das ganze Neonzeug braucht 'ne Masse Saft.«

Der Maulwurf wandte sich an Terry. »Hol den Master-Blaster«, sagte er.

Ich folgte dem Maulwurf zum Eingang seines Bunkers. Unter dem Schrottplatz befindet sich ein mit I-Trägern abgestütztes Tunnelnetz. Er führte mich einige Stufen runter. Vor uns helle Lichter. Terry kam hinter uns.

Der Maulwurf deutete nach vorn. »Straßenlampen«, sagte er. »Wie sie draußen rumstehen. Schaltet sich nachts ein – geht tagsüber aus. Weißt du, wie's funktioniert?«

»E-Werk?«

»Nein. Infrarot-Sensor. Wenn's draußen hell wird, stellt's der Sensor fest. Schaltet sich ab.«

»Und?«

Wir bogen um die Ecke. Terry reichte dem Maulwurf einen tragbaren Strahler. Die Sorte, die man am Zigarettenanzünder im Auto anschließen kann. Der Maulwurf zielte mit dem Strahler, drückte den Knopf. Ein grellweißer Lichtblitz. Die Straßenlampen gingen aus. Wir standen im Stockdunkeln. Ich zählte im Kopf bis neunzig. Die Straßenlampen gingen wieder an. Ich folgte dem Maulwurf nach draußen.

»Autoscheinwerfer bei Fernlicht etwa fünfundsiebzigtausend Lux. Die Strahler der Cops, vielleicht hundertfünfzigtausend. Das hier wirft eine Million. Trickst die Straßenlampen aus – trickst Fotozellen aus, alles.«

»Verdammt? Was passiert, wenn du's jemand ins Gesicht hältst?«

»Er wird ein paar Minuten blind. Zu dicht, verbrennst du ihm die Augäpfel.«

»Maulwurf, du erstaunst mich.«

»Laß Terry das Auto vom Hof fahren«, sagte er.

121

Belle lag, das Kinn auf die Hände gestützt, bäuchlings quer über dem Krankenhausbett. Ihre Beine waren am Knie angewinkelt, die Füße über dem Rücken verdreht. Wie ein Teenager beim Telefonieren. Der Prof war in einem Lehnsessel, die immer noch durch einen Eisenstab getrennten Gipsbeine auf einen Fußschemel gestützt. Er sah proper aus – sauber rasiert, hellroter Bademantel.

»Isses ruhig?« fragte ich, als ich in das Zimmer trat.

»Dies ist ein Krankenhaus, Blödmann.«

»Ich meine...«

»Wir alle wissen, was du meinst. Alles ist cool. Zu dumm, daß du zu früh aufgekreuzt bist, ich habe deiner Lady grade deine Kinderbilder zeigen wollen.«

Ich zog mir einen anderen Stuhl ran. »Etwas gekriegt?«

Belle stieg aus dem Bett, setzte sich zwischen uns auf den Boden, eine Hand auf meinem Knie.

Der kleine Mann war wieder der Alte. Voll geschäftig, aber im Kreis vorgehend. »Erinnerst du dich an J. T.?«

»Yeah.«

Er wandte sich an Belle. »Dieser J. T. war ein echtes Landei, als er hier raufkam. Ein totaler Grünling. Konnte nicht trennen zwischen 'ner Attacke und 'ner Schabracke. Konnte sich nicht entscheiden, was er sein wollte, ein Schnösel oder ein Dösel. Kannste mir folgen?«

Belle reckte das Kinn hoch und schaute mich an. »Was ist ein Schabracke?«

»Eine Provokation. Oder ein Kampf.«

»Und was ist der Unterschied?«

»Eins machst du mit dem Mund, das andre mit deinen Händen. Schnauze jetzt – laß den Alten ausreden.«

Ihre Lippen verzogen sich zu einer vollendeten Schnute, als hätte sie's ihr Leben lang geübt.

Der Prof tätschelte ihr den Arm. »Achte nicht auf diesen

Schlagetot, mein Mädchen. Du kannst 'nen Blödmann lehren, aber du kannst ihn nicht bekehren. J. T., der is nicht das, was man eine Geistesleuchte nennt, aber er is'n guter Kerl. Vor ein paar Jahren hatte er diesen Zoff wegen 'nem Mädchen. 'nem arbeitenden Mädchen. Er dachte, er wäre verliebt. Hat mitten auf der Vierundvierzigsten Straße auf den Louis geschossen. Das Mädchen kreischt los, J. T. haut ab. Ich bin auf meiner Karre, seh ihn abschwirren. Ich sag ihm, er soll die Wumme wegschmeißen. Hab sie im Mantel verbuddelt. Ein paar Straßen weiter schnappen ihn die Cops, finden aber keine Knarre. Der Louis is nicht gestorben. Wir haben für J. T. zusammengelegt, Michelle hat mit dem Mädchen geredet, Burke mit dem Louis. Hat ihn gleich im Krankenhaus besucht. J. T. haben sie ein paar Monate dabehalten, haben gewartet, daß jemand aussagt. Schließlich mußten sie ihn laufenlassen. Er is immer noch ein arschdummer Cowboy. Zu dumm zum Abstauben, und er is nicht kalt genug fürs Hochnehmen. Er is immer da draußen und liest Kleingeld auf. Verstehst du?«

Belle nickte mit ernster Miene. Als gäb's später eine Prüfung.

»Jedenfalls hört der alte J. T., was passiert ist. Da draußen. Er kommt mich besuchen. Wie gesagt, er is'n guter Kerl, aber er is nicht wief. Will den Zoff für mich ausbügeln – sich um die Leute kümmern, die mir eine verpaßt haben. Ich sag ihm, er soll sich verdrücken, es wird schon geregelt. Er kriegt 'nen Gesichtsausdruck, als würd ich's ihm nicht zutraun, weißt du? Als wäre er 'nen Scheiß wert. Also geb ich ihm diesen *Auftrag*, okay? Bloß machen, was er immer macht, aber die Augen offenhalten. Frag keinen was. Schau bloß hin. Letzte Nacht spaziert er hier rein. Brachte mir dieses Radio«, sagte der Prof und deutete auf eine reisekoffergroße Krawallkiste in der Ecke. »Und das hat er mir ebenfalls gebracht.«

Er legte es mir in die Hand. Ein achteckiges, goldenes Metallstück. Auf der einen Seite war eine nackte Frau eingeprägt, eine Hand hinter dem Kopf, Stöckelschuhe an den Füßen. Auf der anderen Seite stand »Sin City«.

»Sieht aus wie ein U-Bahnjeton«, sagte Belle.

»Damit laufen die Peep-show-Maschinen. Kosten 'nen Vierteldollar.«

»Und was ist...«

Die Münze zwischen den Fingern, hieb ich mit einer Hand durch die Luft, um sie zum Schweigen zu bringen. »Hat er sonst noch was gesagt?« fragte ich den Prof.

»Er sagt, er ist dem Kerl – nicht Mortay, dem Latino – bis zum Bahnbetriebshof gefolgt. An der Dreiundvierzigsten, bei der Zehnten. Der Latino verschwindet. J. T. denkt sich, zum Deibel damit, er geht sich 'nen Film angucken. Er geht direkt nach Sin City, geht durch die Vordertür. Nun ist das die einzige Tür. Und wen sieht er, als er an die Bar kommt? Den Latino. J. T. sagt, durch nichts auf der Welt hätte der Latino vor ihm da sein können.«

»Es muß also einen andern Weg da rein geben?«

»Muß es.«

»Welche Zeit war das?«

»Gegen elfe morgens, Mann. Hellichter Tag.«

Ich zündete mir eine Kippe an. »Hat er gut gemacht, Prof.«

»Wenn du Brot aufs Wasser bröselst...«

»Yeah. Hast du sonst noch was?«

»Bloß noch ein kleines Teil. Ich habe Tabitha an Land gezogen, sie gebeten, in die Gänge zu kommen und Hortense aufzusuchen, ihr zu erklären, daß ich auf der Schnauze liege. Nun kennst du ja Tabitha; sie schuldet auch Hortense was. Also hat sie's gemacht. Jedenfalls kommt sie wieder und besucht mich. Sagt, Hortense hätte gesagt, sie würde ihr den Arsch versohlen, wenn sie rauskriegt, daß Tabitha jetzt nichts für mich tut. Und Tabitha, die is vom Fach, aber sie is offen, die erzählt mir, sie hat das Duell gesehen.«

»Mortay und den Japs?«

»Genau. In dem Keller. Also raff ich mich auf, frage sie, wie sie *in* den Keller gelangt ist, haste? Sie sagt, sie und ihr Mann, sie gehen vom Erdgeschoß runter. Große Metallwendeltreppe. Jeder geht so runter, jeder geht so raus. Kapierste?«

»Yeah.«

»Noch etwas, sagt sie. Dieser Latino, den kennt sie auch. Ihr Mann, Earl, der läßt keine von seinen Frauen auch bloß in die Nähe von dem Latino. Es heißt, er benutzt Blut genauso wie manche Freaks Vaseline.«

»Das hab ich auch gehört. Erst heute.«

Der Prof fuhr fort, als hätte er mich nicht gehört. »Aber Tabitha, Mann, die dachte, das wäre komisch. Dieser Latino, der will mit nichts was zu tun haben, was nicht weiß ist. Keine Puertoricanerinnen, keine Chinesinnen ... nichts von dem, was da draußen ist, außer weißem Fleisch.«

Ich zog an meiner Kippe, betrachtete Belles halb unter der Matte aus honigkremfarbenem Haar verborgenes Gesicht. Sammelte mich.

»Ich bin hier weg, Prof. Es geht langsam los. Kann sein, daß ich 'ne Weile nicht wiederkomme.«

»*Was* geht los, das Finale?«

»Ein kräftiger Wind, Bruder. Halte dein Alibi gut fest.«

»Hast du vor, solo zu arbeiten? Das haut nicht hin.«

Ich beugte mich dicht zu ihm runter, senkte die Stimme noch mehr. »Soll ich etwa warten, bis du aus dem Krankenhaus bist! Max ist hier außen vor – muß er sein. Ich arbeite an etwas ... aber ich habe es noch nicht.«

Er tippte auf das Ende meiner Bandage. »Das is kein sonderlicher Plan, Mann.«

»Das ist der Behelf, nicht der Plan. Alles paßt zusammen.

Jedes Ding. Aber ich kann für nichts einstehn. Das hier ist bloß für den Fall, daß er sich zuerst rührt.«

Die Augen des kleinen Mannes waren hart, der gelbliche Ton weg. Er war wieder der Prophet, der Mann, der in die Zukunft sehen konnte. »Fühlt sich dieser Freak flippig, legt er los – ich weiß, du kannst nicht warten. Aber gebrauche deinen Kopf, Schuljunge. Pearl Harbor. Wenn's um Nazis geht, hält der Maulwurf nicht viel von dem Spiel.»

Ich drückte ihm die Hand – sein Griff war so hart wie die Augen. Nichts mehr zu sagen.

Belle beugte sich runter und küßte ihn zum Abschied. »Denk dran, was ich dir gesagt habe, gnä Frau. Außer beim Jüngsten Gericht, zählt Blut nicht.«

»Ich werd dran denken.«

Als ich zurückschaute, bearbeitete er den Klingelknopf, um seine Schwester zu rufen.

122

Ich führte Belle zum Pontiac, hielt ihr die Beifahrertür auf.

»Was ist mit dem Plymouth passiert?«

»Auf Urlaub.«

»Ich bin froh, daß du ihn nicht hast abstoßen müssen. Das ist 'ne prima Maschine.«

»Yeah.«

»Was machen wir jetzt?«

»Warten. Da draußen ist was Handfestes – ich muß warten, bis ich's zu fassen kriege.«

Ich fuhr nach Queens zurück. Hielt bei einem Lebensmittelladen in Forest Hill, wartete im Auto, während Belle etwas zu essen besorgte. Zum ersten Mal war ich mitten am Tag bei ihr zu Hause. Die Straße ruhig. Die arbeitenden Leute auf Arbeit, die Kids zur Schule. Belle sah, wie ich den Blick über die Straße schweifen ließ.

»Hier ist es echt ruhig, bis zum Sommer. Wenn sie erst mal anfangen, mit ihren Booten und so zum Wasser rauszukommen, wird's voll.«

»Vorher wird alles vorbei sein.«

»Bist du sicher?«

Ich antwortete ihr nicht. Ich parkte den Pontiac hinter ihrem Camaro. »Das Auto ist seit dem letzten Mal bewegt worden.«

»Ich hab ihn zur Tankstelle runtergebracht. Öl gewechselt, vorsorgliche Mobilmachung.«

Ich warf ihr einen fragenden Blick zu. »Bloß für den Fall«, sagte sie.

»Ich brauche hierzu keinen Fahrer, Belle.«

Diesmal antwortete sie mir nicht.

Wir brachten das Essen rein. Ich rief Mama an. Nichts. Niemand suchte mich. Am Telefon jedenfalls.

Belle machte ein paar Sandwiches. Roastbeef, gekochter Schinken, Salat und Senf. Öffnete eine Flasche Bier für sich, Ginger-Ale für mich. Ich schlug die *Daily News* auf, überflog sie rasch nach Neuigkeiten über den Geisterbus. Nichts. Aus Gewohnheit blätterte ich zu den Rennergebnissen um, doch ich konnte mich nicht konzentrieren.

»Ist es gut!« fragte sie.

»Was?«

»Das *Essen*.«

»Oh. Yeah. Großartig.«

Sie zog ein trauriges Gesicht. »Ich bin keine gute Köchin. Sissy war eine *prima* Köchin. Sie wollte mir beibringen ...«

»Wen kümmert's.«

»Ich dachte, dich. Erinnerst du dich, wie ich deine Bude geputzt habe? Das war gute Arbeit, nicht?«

»Perfekt.«

»Tja ...«

»Laß es sein, Belle. Wär's für mich so wichtig, hätte ich gelernt, es selber zu machen.«

Sie zog ihren Stuhl zu mir ran. »Du kannst nicht alles selber machen.«

»Worauf willst du raus!«

Sie stand auf, lief in kleinen Kreisen rum. Als hätte sie sich verlaufen. »Du rennst mit diesem ekelhaften Ding in deiner Hand herum ... Vielleicht kriegen wir ja kein kleines Haus mit einem weißen Staketenzaun und so ... aber ich hab nicht vor, rumzusitzen und Pläne für die Beerdigung zu machen.«

Ich schlang ihr die Hand um die Taille, zog sie an mich. »Weiß ich. Aber du liegst falsch. Ich bin jetzt wieder in der Bahn, ich kann's spüren. Das da ist bloß für den Fall, wie ich dir gesagt habe. Es regelt sich alles. Es gibt eine Möglichkeit, ihn auszuschalten und auch davonzukommen. Ich brauche noch etliche Trümmer und Teilchen ...«

»Und du weißt, wo du danach suchen mußt?«

»Yeah. In meinem Kopf. Ich muß weiter Zeug reinfüttern, es durcharbeiten. Ich kann nicht auf die Straße gehn und ihn suchen – ich muß erst draufkommen. Wo er ist. Das Ding in meiner Hand ist nur da, falls er mich zuerst findet.«

»Was ist, wenn du keine Informationen mehr kriegst?«

»Ich *muß*. Was ich habe, reicht nicht aus. Da fehlen Stücke. Vielleicht nur ein Stück. Ich weiß es noch nicht. Aber wenn ich das Feuer nicht füttere, geht es aus. Du gerätst in die Klemme.«

Sie setzte sich wieder neben mich, die Hand auf meinem Arm, musterte mich.

»Klemme?«

»Muster. Wie schon gesagt. Ich halte Ausschau nach einem Kerl, richtig? Ich glaube, er hat sich in einer gewissen Gegend verkrochen. Also lauf ich rum, stelle Fragen, hinterlasse Notizen. Früher oder später hält er Ausschau nach *mir*.«

123

Später Nachmittag. Ich rief Morelli an.

»Gibt's was?«

»Yeah. Ich bin nicht fertig. Kann jetzt nicht reden – ich muß herumtelefonieren, bevor die Grundbuchämter Feierabend machen.«

»Kann ich Sie später anrufen?«

»Ich bin bis neun hier.«

»Halb neun«, sagte ich und legte auf.

Mama sagte, alles wäre ruhig. Fragte mich, wann ich vorbeikäme. Ich sagte ihr, bald.

Ich stellte das Telefon hin, »Ich muß von hier weg.«

»Warum, Baby?«

»Das mit der Trägheit war kein Spaß, Belle. Wenn's eine Antwort gibt, ist sie in meinem Kopf. Egal, wie viele Stücke ich da rauskriege, ich muß es zusammenkriegen. Ich kann hier nicht arbeiten. Ich brauche mein Zeug?«

»Zeug?«

»In meinen Akten. Es ist nicht so, daß ich hier nicht denken kann. Ich kann in 'ner Zelle denken. Aber dieses Zeug, das ich gesammelt habe – es ist wie eine Unterhaltung . . . Ich stell ihm Fragen, manchmal rückt es was raus. Okay?«

»Okay«, sagte sie, ihre Schubfächer öffnend, »solange ich dabei bin, wenn du diese Unterredung hast.«

124

Belle saß auf dem vorderen Schalensitz des Pontiac und studierte die Straße. Sie kicherte vor sich hin.

»Was gibt's zu lachen?«

»Der Prof. Ich hab's ihm erzählt. Nicht das ganze Ding, aber genug. Das hat er doch gemeint mit dem Blut, das erst beim Jüngsten Gericht zählt.«

»Was gibt's dabei zu lachen?«

»Er sagt, als Gott die Menschen gemacht hat, hat er sie für den Anfang alle gleich gemacht. Aber das Leben zeichnet die Menschen. Wenn man weiß, wie's geht, kann man sie wie Landkarten lesen. Er sagt, der Herr hat dich wegen einem Test so häßlich gemacht.«

»Was?«

»Genau das hat er gesagt. Ich hab ihm erklärt, du würdest echt gut aussehen. Er hat gesagt, das wär der Test – wär ich nicht so stark in dich verliebt, könnte ich keine so himmelschreiende Lüge erzählen.«

»Der hat's scheiß nötig.«

»Burke! Er *ist* ein hübscher, kleiner Mann. Ich dachte, diese Schwester kratzt mir die Augen aus, als sie mich bei ihm gesehen hat.« Wieder kicherte sie. »Er hat mir erklärt, Gott hätte nur einen Fehler gemacht. Er sagte: Siehst du einen rothaarigen, blauäugigen Nigger, hast du einen Erzkiller vor dir.«

»Sicher, das weiß jeder.«

»Spinn nicht rum. Er hat bloß geblödelt.«

»Den Deibel hat er. Jeder, von denen, die ich je gesehn habe, war ein Lebenszerstörer.«

»Das ist lachhaft.«

Ich zuckte die Achseln.

Der Highway rauschte vorbei. Der Battery Tunnel kam in Sicht. »Burke?«

»Was?«

»Warum nennt der Prof jemand einen Nigger?«

»Es ist bloß ein Wort. Jeder kann ein Wort benutzen. Ich kann's wirklich nicht erklären ... Sagt man bestimmte Wörter – sagt man sie richtig –, tun sie niemand mehr weh. Der Prof, sagt der: ›Das is mein Nigger‹, meint er, das ist sein wichtigster Mann. Sagt jemand *anders* das Wort, riskiert er Radau.«

»Aber warum ...«

»Ich habe dir die Wahrheit gesagt. Ich kann's wirklich nicht erklären. Vielleicht kann's der Prof, ich hab ihn nie gefragt, nicht richtig.«

»Vielleicht mach ich's irgendwann.«

125

Das Büro war ruhig. Pansy war wie üblich die Schlaffheit in Person. Sie lebte ein bißchen auf, als ich das restliche Roastbeef samt Schinken zu einem fetten Ball zusammenrollte und ihr durch die Luft zuschmiß.

Belle pflanzte sich mit der Zeitung auf die Couch. Pansy sprang ebenfalls rauf, knurrte. »Was möchte sie?«

»Fernsehn.«

»Sie möchte fernsehschauen?«

»Yeah. Schau, ob sie Catchen bringen; das ist ihre Lieblingssendung. Aber stell den Ton leise, okay?«

Belle bedachte mich mit einem ihrer Blicke, schleppte den Portable zum Couchende. Pansy hockte sich schwanzwedelnd auf. Ich ging wieder an die Arbeit.

»Liebster«, drang Belles Stimme zu mir durch.

»Was?«

»Es ist halb neun. Mußt du nicht einen Anruf erledigen?«

Ich schaute auf meine Uhr – ich hatte drei Stunden lang nichts mitgekriegt. Ich schnappte mir das Telefon, hoffte, die Hippies diskutierten nicht ihren letzten Dope-Deal. Die Leitung war frei.

»Morelli.«

»Ich bin's.«

»Kommen Sie heute abend zu Paulo's. Um elf. Wir gehen was essen.«

Ich legte auf. Schaute zur Couch. Sowohl Belle als auch Pansy sahen her zu mir.

»Braves Mädchen«, sagte ich. Pansy kam von der Couch, trottete zu mir rüber. »Ich habe sie gemeint«, sagte ich zu dem Biest und deutete auf Belle. Pansy knallte eine Pfote auf den Schreibtisch. »Du auch«, sagte ich zu ihr. Ich ließ Pansy raus auf ihr Dach. Ging zur Couch, schaltete den Fernseher aus.

»Das ist ein komischer Hund, Liebster. Sie mag Catchen wirklich. Ich dachte, Hunde könnten im Fernsehen nichts erkennen. Irgendwas mit ihren Augen.«

»Ich weiß nicht, ob das stimmt oder nicht. Vielleicht mag sie bloß das Geräusch.«

Ich zündete mir eine Kippe an. »Hab ich geschlafen?«

»Ich glaube nicht – ich glaube, du warst irgendwo anders. Deine Augen waren manches Mal geschlossen. Aber du hast 'ne Masse Zigaretten geraucht.«

Ich rieb mir das Gesicht, versuchte zurückzufinden. Ich gab es auf – es würde kommen, wenn es soweit war.

»Burke, dürfte ich dich etwas fragen?«

»Sicher.«

»Weißt du drüber Bescheid?« sagte sie und deutete auf eine Überschrift in dem Blatt. Ich kannte die Geschichte – sie lief schon seit Wochen. Ein High-School-Mädchen, sechzehn Jahre alt. Der Vater fing an, sie zu vergewaltigen, als sie elf Jahre alt war. Während ihre Mutter im Kankenhaus an Krebs starb. Schließlich sagte sie es ihrem Freund, er sagte es jemand anderem. Endete damit, daß sie einen andern Bengel heuerte, um ihren Vater umzubringen. Für fünfhundert Kröten. Nietete den alten Herrn mitten in der Einfahrt um. Jeder bekannte sich schuldig. Der Bengel, der das Schießen übernommen hatte, zog beim Urteil das große Los: sieben bis einundzwanzig Jahre. Bei den Radiosendern gingen Anrufe von Freaks ein, die sagten, das Mädchen hätte den Sozialarbeitern was sagen sollen – das heißt, falls es »wirklich« passiert sein sollte. Einige Leute meinten, der Vater hätte gekriegt, was er verdiente. Nicht viele. Der Richter verurteilte sie zu einem Jahr Knast.

»Yeah. Ich weiß drüber Bescheid.«

Ihre Augen loderten. Ein kleines Mädchen, das einen Priester fragt, ob es wirklich einen Gott gibt. »Burke, glaubst du, das kleine Mädchen hat irgendwas falsch gemacht?«

»Yeah.«

Belle verzog das Gesicht. »Was?«

»Sie hat 'nen Amateur geheuert.«

»Den Anwalt... denjenigen, der für sie auf schuldig plädiert hat?«

»Nicht der Anwalt. Der Schütze.«

Ihr Gesicht beruhigte sich, doch sie kaute noch dran. »Aber er hat den Kerl umgebracht...«

»Er war kein Profi, Belle. Hat 'ne Spur hinterlassen, der Ray Charles folgen könnte. Hat mit jedem drüber geredet, der zuhörte. Die Knarre aufgehoben. Und er hat nicht dichtgehalten, als er hopsging. Heuerst du dir 'nen Killer, kaufst du dir auch Stillschweigen.«

Sie nahm mir die Zigarette aus dem Mund, zog dran. »Ich würde sie gern aus dem Knast rausholen.«

»Vergiß es, Belle. Sie würde nicht gehn. Die Kleine ist kein Outlaw. Sie ist ein nettes Mittelklassemädchen. Es war für sie nicht leicht – sie hat's nicht verdaut. Sie fühlt sich immer noch wegen dem Kerl schuldig, der ums Leben kam. Bei Inzest, da kommst du nicht so einfach davon, wie wenn dich ein Fremder vergewaltigt hat. Das war ihr Vater. Er ist tot. Ihre Mutter ist tot. Die braucht noch 'ne Masse Hilfe – sie kann nicht fliehn.«

Tränen rollten ihr übers Gesicht. »Meine Mutter hat mich davor bewahrt.«

»Weiß ich«, sagte ich und hielt sie.

126

Halb elf. Ich zog einen dunkelgrauen Anzug an, schwarzen Filzhut dazu. Ich schlitzte den Ärmel gar nicht gern auf, aber ich mußte das Opfer bringen. Belle leistete feinsäuberliche Arbeit. »Ich näh ihn später wieder zusammen«, sagte sie, während sie vor Konzentration die Zungenspitze aus dem Mundwinkel streckte.

»Ich bin in ein paar Stunden zurück.«

»Ich bin hier.«

Ich küßte sie. Ihre Lippen waren sanft. Ich ließ ihr die Finger um den Hals gleiten, zog an der Kette, ließ sie an der Brust pendeln, entlockte ihr ein Lächeln.

»Ich und Pansy, wir genehmigen uns ein Bier und schauen ein bißchen fern.«

127

Paulo's ist keins dieser neuen Restaurants in Little Italy. Es wurde gebaut, als sie grade am dritten Kapitel der Bibel bastelten. Als Morelli anfing, als Polizeireporter zu arbeiten, aß er dort jeden Tag. Seine Mutter kam vorbei, stellte sicher, daß ihr Sohn was Anständiges zu essen bekam. Marschierte kurzerhand in die Küche, sagte ihnen, was Sache war. Sie haben immer noch etliche nach ihr genannte Gerichte auf der Speisekarte.

Er war da, als ich um elf reinkam, saß in der hinteren Ecke. Ich machte mich zu ihm auf. Zwei Kerle mit Zementmischeraugen kamen mir in die Quere. Ich nickte zu Morellis Ecke. Einer der Kerle blieb vor mir aufgepflanzt; der andere drehte sich um, kriegte das Zeichen mit. Sie traten beiseite.

Morelli hatte einen dicken Stapel Papier neben sich, ein halbleeres Glas Rotwein. Ich setzte mich. Der Kellner kam vorbei, schaute mich an, als wär ich sein Bewährungshelfer.

»Was darf's sein?«

»Kalbfleisch milanese. Dazu Spaghetti. Fleischsoße. Keinen Käse.«

»Keinen Käse?«

»Keinen Käse.«

»Keinen Wein?«

»Nein.«

Er schob ab, murmelte etwas auf italienisch. Als er zurückkam, hatte ich mein Essen. Morelli aß Linguini mit weißer Muschelsoße. Der Kellner sagte etwas zu Morelli, schob wieder ab.

Ich schnitt das Kalbfleisch an. Es war perfekt, leicht und lecker. Wir aßen ruhig, redeten über das Magazin, für das er arbeitete, seine Kids, die Wohngegend.

Der Kellner räumte die Teller ab. »Möchten Sie einen Eisbecher mit heißem Kremüberzug?« fragte er mich.

»Tortoni«, sagte ich.

Er verbeugte sich. Ich habe nie zuvor einen Kerl gesehen, der dabei gleichzeitig höhnisch grinsen konnte.

Als wir fertig waren, zündete ich mir eine Kippe an, wartete. Morelli lehnte sich vor. »Haben wir einen Deal?«

Ich nickte.

Er sprach ruhig, eine Hand schützend auf die Papiere gelegt. »Möchten Sie den ganzen Packen oder bloß die Grundzüge?«

»Grundzüge.«

Seine Finger bahnten sich einen Weg durch die Brotkrumen, die der Kellner auf dem Tisch hatte liegenlassen. »Sally Lou«, sagte er.

»Yeah.«

»Paßt es?«

»Ich glaube schon.«

Morelli nippte an seinem Espresso. »Burke, erklären Sie mir etwas. Ich bin mit diesen Jungs aufgewachsen, ich mache mir keine Illusionen. Dieser Hund, den Sie haben... der

Neapolitaner? Ich kenne einen von den alten Jungs, hat einen genau wie Ihrer. Hält ihn bei sich hinter dem Haus. Jeden Tag schickt er eins der Kinder zur Zoohandlung. Kommt mit etlichen lebenden weißen Karnickeln zurück. Der alte Mann, der wirft die Karnickel über den Zaun. Der Hund fängt sie in der Luft, zermalmt sie wie eine Schrottpresse. Der alte Mann, der hält das für das Lustigste, was er je gesehen hat.« Er nippte ein weiteres Mal an seinem Espresso. »Ich weiß, daß die mit Sally gemeinsame Sache machen, weil er gut verdient. Was ich nicht verstehe ... wo ist der Markt?«

»Sie wissen, wo er ist.«

»Nein. Wirklich nicht. Dieses ganze Porno-Geschäft, das meiste davon ist Quatsch. Sie machen einen dreifach indizierten Film, sagen aller Welt, er hätte fünfzig Millionen Dollar eingespielt – es ist bloß eine Waschanlage für Drogengeld.«

»Also?«

»Warum also der Mist mit dem schwergewichtigen Zeug? Baby-Porno, solchem Zeug? Die Strafen sind schärfer, sie gehen alle möglichen Risiken ein. Da draußen kann's nicht *so* viele Freaks geben?«

Morelli verzog keine Miene. Vielleicht hängt die Latte höher, wenn man selber Kinder hat.

»Es müssen gar nicht so viele sein«, sagte ich ihm. »Jeder einzelne ist ein Faß ohne Boden. Es ist nicht wie Dope – zuviel Dope, und du stirbst, richtig! Aber diese Freaks, die können nie genug kriegen. Ein kleines Stück Videoband, und sie können's immer wieder verkaufen.«

»Hat Sally Lou in der Beziehung einen Sprung?«

»Glaub ich nicht. Das ist doch die Hölle dabei – der Markt ist so gut, daß die Mafiosi reinstoßen. Früher waren's bloß die Freaks, und die haben ihr Zeug selber gemacht. Meistens mit den eignen Kindern. Heute ist's ein Geschäft. Die Postinspekteure, die kriegen die Endverbraucher dran. Das is alles.

Das ist, wie wenn die Rauschgiftfahndung 'nen Haufen Mulis hopsnimmt – die Aufbereitungsfabriken stellen weiter das Koks her.«

Ich drückte meine Zigarette aus. »Ich geb Ihnen Bescheid«, sagte ich.

Sein Blick hielt mich fest. »Wo kriegen die die Kinder her? Für die Videos?«

»Genauso wie sie alles andre kriegen. Einige kaufen sie, einige klaun sie.«

»Sind Sie hinter Sally Lou her?«

»Nein. Er steht nicht auf meiner Liste.«

»Er steht auf meiner«, sagte Morelli.

128

Der Pontiac fuhr nicht so von selber wie der Plymouth. Ich lotste ihn vorsichtig durch Little Italy, Richtung Heimat. Salvatore Lucastro. Sally Lou. Ein etablierter Mann in einer der Familien von Manhattan, aber kein Schwergewicht. Fing vor Jahren an, sich die Porno-Läden am Times Square vorzuknöpfen. Niemand schenkte dem viel Beachtung – er handelte im Einvernehmen. War's der eine Mobster nicht, würde es ein anderer sein. Die Schmutzverkäufer drückten ab, genau wie sie sollten. Dann stieg er selber ins Geschäft ein, produzierte eigentlich Streifen für Peep-Shows, wandte sich dann langen Spielfilmen zu, Videos. Niemand hatte einen Schimmer, wo sein Studio war. Er kassierte so viel Geld, daß ihn die Bosse machen ließen. Das Baby-Porno-Zeug war das Neueste, vielleicht seit letztem Jahr. Nach dem, was ich so gehört habe, war es sein allergrößter Knüller.

Sally Lou besaß Sin City.

129

Ich kutschierte zu Mama, parkte dahinter. Ich ging in die Küche, wartete dort, während sie sie nach hinten holten. Wir gingen in den Flur, standen neben der Reihe Münztelefone beim Zugang zum Keller.

»Ich kann mich nicht aufhalten, Mama.«

»Was is mit Flower?«

»Gib mir bloß 'ne Minute, okay? Ein Anruf?«

Ich wählte den Maulwurf an. Hörte, wie er abhob. »Los«, sagte ich. Hängte ein.

Ich wandte mich an Mama. »Es ist kompliziert. Da ist ein Mann, der mit Max kämpfen will. Eine Art Duell, verstehst du?«

Sie musterte mein Gesicht, wartete.

»Er hat ihn gewissermaßen *öffentlich* herausgefordert, okay? Es ist also überall auf der Straße rum. Kämpft Max mit ihm, muß er ihn töten. Und jeder weiß Bescheid. Viel Ärger.«

Mama machte sich keine Sorgen, daß Max jemanden töten könnte. »Flower.« Es war alles, was sie zu sagen hatte.

»Dieser Kerl, der wollte *sicher*gehn, daß Max mit ihm kämpfen würde. Er sagte, wenn Max nicht mit ihm kämpft, würde er das Baby töten.«

Mamas Augen waren schwarzer Marmor. Ein Feuer flammte auf; dann war es weg. »Sag ihm, Max hier. Komm jede Zeit.«

»Das funktioniert nicht, Mama. So leicht läuft das nicht. Ich habe jetzt alles zusammengepuzzelt. Bloß noch ein paar Tage, vielleicht ein bißchen länger. Könnte er Max in Boston finden?«

Sie schüttelte den Kopf.

»Ich kümmer mich drum.«

Mama verbeugte sich, bezeigte mir ihre Achtung. Daß

ich es aus der Welt schaffen konnte. Ich wandte mich zum Gehen, spürte ihre Hand auf meinem Arm.

»Was für Name?«

»Mortay«, sagte ich. »Mor-tay.«

»Was heiß das?«

»Auf spanisch heißt es ›Tod‹.«

Mama verbeugte sich erneut. »Auf chinesisch heiß ›tote Mann‹.«

Ich verbeugte mich meinerseits. Auf Wiedersehn.

130

Die hintere Treppe war ruhig. Ich checkte die Klebebandschnipsel, die ich hinterlassen hatte. Die Stolperdrähte im Flur waren noch intakt. Ich sperrte auf. Pansy war auf ihrem Posten. »Wo ist Belle?« fragte ich sie. Das Biest ließ ein halbherziges Grollen raus. Ich bückte mich und gab ihr einen Klaps. Ihr Atem stank nach Formaldehyd.

Belle war im Zimmer nebenan. Rücklings auf der Turnmatte, die ich dort aufbewahre. Nackt, glänzend vor Schweiß. »Noch zwanzig«, sagte sie, die Hände hinter dem Kopf verschränkt. Sie machte diese Killerbeugen. Schnell aufsetzen, langsam runter. Muskeln spielten unter der weichen Haut.

»Wie viele machst du?«

»Zweihundert am Tag, sechs Tage die Woche. Der einzige Unterschied zwischen mir und einer fetten Sau ist eine schmale Taille. Ich hab mich um ein Haar umgebracht, um *so* leicht zu werden, ich hab nicht vor, rückfällig zu werden.«

Ich zündete mir eine Kippe an, ging zurück in den Büroraum. Pansy wollte nicht rausgehen.

Belle kam ebenfalls rein, frottierte sich ab. »Pansy hat mir 'ne Weile beim Training zugesehen – ich schätze, sie hat sich gelangweilt.«

»Sie hat die Tür gehört.«

»Oh.« Sie klatschte sich auf die Schenkelaußenseite. »Die einzige Chance, die ein bißchen schlanker zu kriegen, ist plastische Chirurgie.«

»So wie sie sind, sind sie grade richtig.«

Sie trat zu mir. »Ich bin froh, daß du das gesagt hast.«

»Weil du dich nicht plastisch operieren lassen wolltest, komme, was da wolle, richtig?«

»Nein, weil ich's wollte, wenn du's gemocht hättest.«

Ich gab ihr einen Kuß. »Hilf mir dabei«, sagte ich und holte die Nadel aus der Jackentasche. Belle pulte die Bandage weg, arbeitete sich zu der Velcro-Schlaufe vor. »Wenn ich an der Schlaufe ziehe, legst du deine Hand um meine, während ich die Nadel reinstecke; kann sein, daß meine Hand verkrampft ist.«

Sie furchte vor Konzentration die Stirn – ihre Hände waren ruhig. Ich riß an der Schlaufe, drückte den Auslöser so fest ich konnte. Meine Hand fühlte sich tot an. Belle schlang beide Hände um meine. Ihre Knöchel waren weiß. Ich setzte die Nadel ein. »Laß los«, sagte ich.

Ihr Gesicht war verschwitzt. »Ich kann nicht.«

»Komm schon, Belle. Es ist okay. Komm schon ...«

Ich sah, wie sich ihre Hände langsam lösten. Die Augen geschlossen, zog sie sie plötzlich weg. Ich griff mir die Granate mit der rechten Hand, steckte sie in die Schreibtischschublade. Meine linke Hand war zur Klaue verkrümmt.

»Geh ins Badezimmer. Hol mir das Döschen mit dem Tigerbalm, okay?«

Sie öffnete die Augen. Ging ohne ein Wort. Kam mit der Dose roter Salbe zurück. »Reib's mir in die Hand. Überall, so fest du kannst.«

Sie bearbeitete meine Hand, als riebe sie Öl in Leder ein. Ich hatte keinerlei Gefühl. »Brennt es?« fragte sie.

»Warm wird's werden, das ist alles. Sobald du fertig bist, muß ich sie einwickeln.«

Ich setzte mich auf die Couch. Belle kam mit einem Handtuch zurück. Setzte sich links neben mich, schmiegte sich an mich, so daß mein rechter Arm um sie war. Sie drehte sich zur Seite, nahm meine linke Hand und legte sie zwischen ihre Brüste. Sie drückte sie zusammen. »Zieh die Decke über mich«, sagte sie. Ich tat es. Nach ein paar Minuten konnte ich die Hitze spüren. Ich wackelte mit den Fingern, lockerte die Verkrampfung. »Dieses Zeug wird dich nicht verbrennen«, versprach ich. »Ist wurscht, falls doch«, sagte sie, während sie süße kleine Geräusche im Hals erzeugte.

»Wieviel Bier hast du Pansy gegeben?«

»Bloß drei.«

»Verdammt. Das ist mehr, als sie je hatte. Kein Wunder, daß sie glasig schaut.«

»Ich wollte, daß sie mich mag.«

»So was kannst du dir nicht erkaufen.«

»Ich wollte es nicht *erkaufen*. Ich wollte ihr bloß etwas Gutes tun.«

»Okay.«

»Bist du schläfrig?«

»Ein bißchen.«

»Geh schlafen, Baby«, sagte sie.

Ich schloß die Augen, die Hände zwischen ihren Brüsten, warm.

131

Pansys Knurren weckte mich, ihre Schnauze Zentimeter vor meinem Gesicht. Es war kein Notfall; sie wollte bloß ihr Dach benutzen.

»Die vielen Biere, hä?« fragte ich sie, während ich mich von Belle entwirrte.

Als ich wieder reinkam, war Belle auf der Couch, die Decke bis unters Kinn gezogen.

»Wo wollen wir schlafen?«

»Du schläfst genau dort. Mach schon, ich habe zu arbeiten.«

»Gehst du aus?«

»Nein. Ich hab ein paar Dinge zusammenzutragen«, sagte ich, während ich meine linke Hand betätigte. Sie funktionierte bestens. Ich stapelte die neuen Ausschnitte zu einem Haufen, fing an, das, was ich bislang hatte, durchzusortieren. Die Straßenkarten waren noch an der Wand, wo Belle sie angeheftet hatte. Ich machte mich ans Werk. Der Maulwurf wollte in den Keller unter Sin City – es mußte das letzte Stückchen sein.

Pansy kam die Treppe runter, trottete in die Ecke und schloß die Augen. Belle schüttelte die Decke ab, kam zu meinem Arbeitsplatz am Schreibtisch.

»Ich möchte helfen.«

»Wenn du helfen willst, zieh dir ein paar Klamotten an.«

»Warum?«

»Weil du mich ablenkst. Und weil ich's dir gesagt habe.«

Sie lehnte sich über den Schreibtisch, die Brüste an meinem Gesicht. »Riechen sie nach diesem Tiger-Zeug?«

»Nein.«

»Atme tief ein«, sagte sie und stieß mich mit dem Hinterkopf an sich.

»Sie riechen nach dir.«

»Möchtest du immer noch, daß ich meine Sachen anziehe?«

»Yeah.«

Sie bedachte mich mit einer Schnute, kehrte mir abrupt den Hintern zu und ging weg. Ich hörte die Dusche laufen, wandte mich wieder der Arbeit zu.

Ich kritzelte einen gelben Notizblock voll, doch die Liste

war in meinem Kopf. Geisterbus. Babynutten. Mortay. Ramón. Der Tote, den El Cañonero auf dem Chelsea-Spielplatz hinterlassen hatte. Schmerz gegen Kohle. Der Geisterbus mag kein dunkles Fleisch. Eine eisige Gefahr, wie ein Nebel dicht über den Boden kriechend. Der Peep-Show-Jeton. Sin City. Eine Kirche, wo man den Eisgott verehrt. Kellerduell. Und Sally Lou.

Jemand tippte mir auf die Schulter. Belle, in einem bis auf die Schenkel reichenden gelben Sweatshirt. »Du hast gesagt, ich könnte helfen.«

»Setz dich«, sagte ich und tippte auf den Schreibtisch. »Hör zu, ich spiel's durch.«

Sie pflanzte sich auf den Schreibtisch, die Hände im Schoß. Aufmerksam.

»Alles fing mit dem Geisterbus an, weißt du noch? Kommt vom Fluß her, erschießt ein paar kleine Mädchen. Marques isses egal, warum; er will ihn bloß von der Straße weg. Also nimmt er mit mir Kontakt auf. Ich will mich grade umschaun, da kreuzt dieser Mortay auf. Bringt den Prof ins Krankenhaus. Also ist er auf irgendeine Art an den Bus angeklinkt.«

Sie zündete sich eine Zigarette an, nickte, um mir zu zeigen, daß sie mitkam.

»Abgesehen davon, daß er nicht bloß ein Leibwächter ist – er ist'n Freak. Sucht Dojos auf, fordert die Leiter raus. Wir wissen, daß er ein Duell mit einem japanischen Karateka ausgetragen hat. Im Sin-City-Keller. Hast du je dort gearbeitet?«

»Nein. Man muß sich mit den Kunden einlassen.«

»Okay. Der Geisterbus, der erledigt bloß junge Mädchen. Und nur weiße Mädchen. Diese Nacht, als ich wegging und mich mit Mortay traf, als ich mit diesem Schiß zurückgekommen bin? Ein Kerl wurde getötet. Die Cops stellten seine Abdrücke sicher. Einer davon paßte zu einem, den sie aus dem Zweitwagen zu dem Geisterbus hatten. Dieser Mortay also, der ist nicht nur angeklinkt, der steckt auch drin.«

Ich zündete mir ebenfalls eine Zigarette an. Es war gut, zwei Hände gebrauchen zu können. Belle hörte so gespannt zu, daß ihre Schultern zuckten.

»Mortays Handlanger, dieser Ramón. Mit dem Diamanten im Ohr. Er ist'n Schmerzjunkie. Tut Frauen gern weh, es geht ihm einer ab. Er ist der mit der Knarre – Mortay benutzt nur die Hände. Und nun finde ich raus, daß Sin City diesem Mobster gehört. Er ist ein Schmutz-Dealer. Hardcore-Zeug. Baby-Porno, Snuff – was du willst, er macht's dir.«

»Glaubst du, dieser Mortay arbeitet für den Mob?«

»Nein. Ich hab ihm in die Augen geschaut. Der arbeitet für gar keinen. Aber das heißt nicht, daß er kein Zeug...«

»Warum sollte er...?«

»Ich bin nicht sicher. Aber es paßt alles zusammen. Schau auf die Karten. Der Geisterbus muß einen Landeplatz haben. Irgendwo hart an seinem Jagdgebiet. Times Square. Sin City – der Keller ist derart groß, daß Hunderte von Leuten ein Duell anschaun können. Und dort muß er sein.«

»Ich kapier's nicht.«

»Mortay muß irgendwas für Sally Lou machen. Wenn der Geisterbus da unten ist, dann hängen sie alle drin. Der Grund, warum die Cops keine Freaks erwischen können: Sie kennen sie nicht. Und sie fragen niemand, der's tut. Wärn die Informanten nicht, würden die *federales* in ganz Kolumbien kein Koks finden. Sex- und Todesfreaks, die lieben Kombibusse. Ich weiß nicht, warum, aber es ist so. Und sie schaukeln sich gegenseitig hoch – bring zwei davon zusammen, und du hast doppelt soviel Böses, wie zwei Menschen für sich allein zustandebringen. Ramón liebt den Schmerz, Mortay dealt mit dem Tod. Ich weiß nicht, auf was der dritte Kerl lief. Ist auch egal. Der Hillside-Strangler – es waren *zwei* Freaks. Dieser Green-River-Killer? Derjenige, der jahrelang all die Straßenmädchen drüben im Staat Washington ermordet hat?«

Sie nickte.

»Ich glaube, die Cops machen einen Fehler. Halten Ausschau nach einem Kerl. Für mich klingt es nach 'nem Team. Dem *Gefühl* nach.«

Belle schauderte. Ich legte ihr meine Hand auf den bloßen Schenkel. Er war kalt.

»Die Leute glauben immer, sie wissen, was sie tun müssen«, sagte ich ihr. »Je was von chemischer Kastration gehört?«

»Urggh! Es klingt abscheulich.«

»Sie besorgen sich den Lebenslauf eines Sexualtäters. Einem der Kerle, die nie aufhören werden, okay? Dann bringen sie ihn dazu, daß er sich diese Spritzen geben läßt. Depo-Provera. Dämpft den Sexualtrieb, damit er nicht ständig dran denkt, irgendwelche kleinen Kids zu bespringen.«

»Funktioniert es?«

»Wer weiß? Kommt's drauf an? Dieser eine alte Freak, der noch kleine Kids vergewaltigt hat, als er siebzig Jahre alt war. Hat vor Jahren die ersten Schüsse verpaßt gekriegt. Er hat rausgefunden, wie er sie bei dem Deal linken kann – besorgte sich irgendeinen Kurpfuscher, der ihn mit Hormonen vollgepumpt hat. Und erinnerst du dich an den Babyvergewaltiger an der Küste? Statt ihn ins Gefängnis zu stecken, hat ihn der Richter ein Schild vor seinem Haus anbringen lassen. Achtung Kinderschänder – Kinder, bleibt fern. So was Ähnliches.«

»Yeah. Wie eine Brandmarke.«

»Tolle Brandmarke. Der Kerl braucht nichts weiter zu tun, als in 'ne Gegend zu ziehn, wo keiner Englisch lesen kann. Gibt's jede Menge davon.«

»Es ist so *krank*.«

Ich suchte ihren Blick. »Glaubst du, dein Vater war krank?«

»Er war ein dreckiger, böser Mann.«

»Sind sie alle. Es ist ihre Wahl, Belle. Das Blut hat sie nicht zu dem gemacht. *Du* bist nicht so.«

»Woher weißt du so viel?«

»Ich hab nie rausgefunden, was ich war, aber ich habe rausgefunden, daß ich auf Abstand spielen wollte. Überleben. Wissen ist der Schlüssel dazu.« Ich zündete mir eine weitere Kippe an. »Mortay, der wird nicht da unten wohnen. Zu riskant. Aber Ramón, der wird mich direkt zu ihm führen.«

»Wie willst du das rausfinden?«

»Der Maulwurf geht rein. Heut nacht, morgen früh.« Ich zog heftig an meiner Zigarette, dachte an die Briefe von Freaks in meinen Akten. Immer scharf aufs echte Ding. »Ich weiß, was er finden wird.«

»Was?«

»Ich habe mal diesen Kerl getroffen. Einen Senator. Brachte soviel Zeit mit Arschkriechen zu, daß sein Gesicht aussah, wie in der Mitte gescheitelt. Aber er hat mir etwas gesagt, das stimmte. Wo ist das Geld? Das ist immer die Frage. Wo ist das Geld? Für die kleinen Huren auf der Straße ist der Geisterbus ein Killerhai. Aber für Sally ist er eine Geldmaschine.«

»Wie kann er beim Hurenabschießen Geld machen?«

»Ich muß auf den Maulwurf warten, um sicher zu sein, aber ich glaube, ich seh's. Und wenn ich recht habe, weiß ich, wie ich's machen muß.«

Meine Stimme verlor sich, verheddert in Gedanken. Belle ruckelte mit dem Hintern, rutschte dann den Schreibtisch entlang, bis sie genau vor mir war. »Du bist jetzt anders.«

»Wie?«

»Als du zu mir nach Hause gekommen bist – zitternd und

so –, bist du drüber weggekommen. Was immer es auch war. Und dann hast du dir diese Granate in die Hand gepicht. Wie wenn du sterben willst. Dich einfach hochgehen lassen und an 'nen bessern Ort gehen. Aber jetzt ... es ist, wie wenn du innerlich kalt wirst. Wie wenn du keinen Schiß mehr hast.«

»Ich habe noch Schiß. Aber ich bin wieder bei mir. Was immer das ist, genau das bin ich. Es stimmt, ich fühle mich innerlich ruhig. Aber nicht tot. Bloß ... zentriert, weißt du?«

»Yeah. Es fühlt sich toll an.«

»Es gibt 'ne Masse Sachen, die ich nicht machen kann. Ich habe vor langer Zeit aufgehört, mich deswegen schlecht zu fühlen.«

»Aber das hier kannst du machen?«

»Das hier kann ich machen.«

132

Belle kam wieder rein, ein Glas Eiswasser in der Hand. »Möchtest du was?«

Ich nahm ihr das Glas ab, schluckte langsam. »Es ist spät, Belle. Geh schlafen.«

Sie stupste mir mit dem Hintern an die Schulter. »Komm mit.«

»Ich bastel es noch zusammen.«

»Aber du hast mir gesagt ...«

»Ich *glaube,* ich weiß, was es ist. Ich muß noch etwas damit spielen. Es auf die Reihe kriegen. Wir gehn jetzt aufs Ganze.«

»Leg dich bloß mit mir hin. Laß mich dich halten. Im Mund. Wie ich's vorher gemacht hab. Bis ich einschlafe.« Trauer in den Augen. »Mir ist so kalt, Liebster.«

Ich nahm ihre Hand, führte sie ins Hinterzimmer.

133 Als ich wieder zu mir kam, war ein blasses Glühen im Zimmer – das Äußerste, was diese Bude an Sonnenlicht abkriegt. Belles Kopf war an meiner Brust, die Turnmatte drückte mir hart an den Rücken.

»Ich bin wach«, sagte sie, bevor ich fragen konnte.

»Seit wann?«

»Weiß ich nicht. Ich bin bloß dagelegen. Hab nachgedacht. Läuft Pansy nachts immer herum?«

»Yeah.«

»Ist sie rastlos?«

»Pansy? Wenn sie die ganze Zeit nichts als schlafen und fressen will, isses ihre Sache. Sie hat bloß patrouilliert. Auf mich aufgepaßt.«

»Ich bin eifersüchtig auf sie.«

»Du bist'n Knallkopp.«

Sie kuschelte sich an mich, warm, nach Seife riechend. »Burke, kann ich dich etwas fragen?«

»Sicher.«

»Kannst du zwei Menschen lieben? Zur selben Zeit? Sie beide lieben?«

Flood kam mir in den Sinn. Momentaufnahmen. Flood, die in einer Gasse am Times Square stand, drei Strolchen gegenüber, ihre Tasche auf dem Boden. Sie ranwinkte, in Reichweite lockte. Fliegendes blondes Haar. Fleischige kleine Hände, die sowohl losdreschen als auch liebkosen konnten. Die Zickzacknarbe auf ihrem Gesicht. Brandnarbe auf ihrem Hintern. Das Duell, in dem sie das Baby ihrer Schwester rächte. Flower. Derselbe Name, den Max seinem Kind zu Ehren der Kriegerfrau gegeben hatte, die er nie wieder sehen würde. Ich spürte ihren Geist in mir, wie ihr sonnenhelles Lächeln meine Seele umfing.

»Weiß ich nicht«, sagte ich. »Von Liebe weiß ich nicht genug. Sie kam so spät zu mir.«

»Sie ist wiedergekommen. Liebling. Ich hab den Prof gefragt.«

»Nach was?«

»Liebe. Er kennt sich mit Liebe aus. Blutsliebe. Ich erinner mich, was er gesagt hat: Das Leben ist kein Würfelspiel – wenn sie nicht richtig fallen wollen, kannst du sie noch mal rollen.«

»Was soll das heißen?«

»Niemand steckt fest. Ich und Sissy sind eines Tages hinters Haus gegangen. Als ich noch ein kleines Mädchen war. Unten am Wasser war dieses alte Stinktier. Hat gejagt. Ich sah, daß es nur eine Vorderpfote hatte. Sissy hat mir erklärt, es muß in eine Falle geraten sein. Hat sich die eigene Pfote abgebissen, um loszukommen. Frei sein kostet etwas.« Eine Träne trat ihr in die Augen, rollte über die Backe. »Damals hab ich nicht gewußt, was sie meinte.«

Ich küßte die Tränenspur. Sie rutschte auf mich, langte runter, half mir rein. »So wie die Leute reden, das ist nicht die Wahrheit«, flüsterte sie. »Man kann keine Liebe *machen*. Sie ist entweder da oder nicht.«

Ihr Hintern drückte sich an mich, langsam gleitend, ein Arm um meinen Hals, das Gesicht an mir vergraben. »Ich weiß, sie ist da. Du weißt, daß sie da ist. Nimm sie.«

»Belle ...«

»Nimm sie!« Heftig reibend, die Zähne an meinem Hals.

134

Belle zog sich an. Ich sah mit Pansy fern. Die Spätmorgennachrichten. Einige Leute hatten versucht, die Dominikanische Republik mit einem überladenen Boot in Richtung Puerto Rico zu verlassen. Das Boot ging in haiverseuchtem Wasser unter. Ein anderes Boot kam längsseits. Jemand hatte eine Videokamera. Das Fernsehen zeigte die Ausbeute.

Hautnah und in Farbe. Blutschlieren im Wasser, wie Eiter aus einer Wunde. Schreie. Brocken, aus Menschen gerissen. Haie, die wieder und immer wieder zustießen. Schußgeräusche. Belle stand hinter mir, die Hand auf meiner Schulter.

»Gott! Wie können sich Menschen so was anschauen?«

Und da wußte ich es. Warum der Geisterbus jagte.

135

Wir warteten fast bis Mittag. »Marschbereit?« fragte ich Belle. Als sie nickte, holte ich die Granate aus der Schublade, rollte den Ärmel hoch. »Komm hierher; geh mir zur Hand.«

Sie nahm die Granate vom Schreibtisch, ließ sie in der Hand auf und ab hüpfen. »Laß mich sie halten.«

»Vergiß es.«

»Hör mir zu ... bloß 'ne Minute?«

Ich sagte nichts, spürte, wie mein Gesicht versteinerte.

»Ich trag sie in meinem Schoß. Deck sie mit einem Schal ab. Du kannst deine Knarre mitnehmen. Wenn es passiert ... wenn er zu früh kommt ... hast du zwei Chancen.«

»Er ist zu schnell, Belle. Wahrscheinlich komm ich nicht mal zum Schuß. Willst du 'ne Waffe, geb ich dir eine.«

»Mit Knarren bin ich nicht gut. Hab nie damit geschossen. Ich könnt ihn abstechen, aber wenn er für dich zu schnell ist ...«

»Nein.«

»Hör mir zu! Ich halt mich raus. Kann er die Knarre überwinden, legt er Hand an dich, schmeiß ich sie.«

»Schmeißt sie genau auf mich? Läßt mich auch hochgehn?«

»Kriegt er dich, stirbst du sowieso. Ich würde dich nicht allein gehenlassen.«

Ich musterte ihr Gesicht. »Dazu hast du nicht das Herz – du würdest nie die Nadel ziehn.«

»Ich *würde.*«

Ich zündete mir eine Kippe an. »Bleib hier, Belle. Ich fahre zum Schrottplatz.«

»Ich dachte, ich komme mit.«

»Du *bist* mitgekommen. Jetzt nicht. Bleib hier.«

»Du kannst mich nicht zwingen.«

»Zwing mich nicht zum Lachen.«

»Ich sag die Wahrheit. Du kannst mich nicht zwingen. Dazu müßtest du mir weh tun. Richtig weh tun. Und das kannst du nicht.«

Ich ging vom Schreibtisch weg. Belle blieb stehen, die Arme über den Brüsten verschränkt. Ich schnippte mit den Fingern. Pansys Kopf kam hoch. »Schau!« sagte ich, deutete mit zwei Fingern vor mich. Ich wandte mich zur Tür. Belle trat vor. Pansy plumpste zwischen uns, ein häßliches Grollen im Hals, die Zähne gefletscht. »Pansy!« sagte Belle, als wären ihre Gefühle verletzt. »Reize sie nicht«, warnte ich.

Die Muskeln auf Pansys Schultern standen vor, ihr Nakkenhaar gesträubt. Belle schnappte sich die Granate vom Schreibtisch, löste den blauen Griff, zog die Nadel. Sie schmiß die Nadel in sanften Bogen über Pansys Kopf. Ich fing sie mit der Hand. Das Biest rührte sich nicht mal.

»Ich halt sie einfach, bis du zurückkommst«, sagte sie, die Stimme ruhig und fest.

Ich ließ Luft ab, die Nadel in der Hand.

»Pansy, spring!« Sie schmiß sich zu Boden. Ich schnippte wieder mit den Fingern, rief sie zu mir. Gab ihr das Kommando, daß alles okay war. Sie setzte sich in Marsch auf Belle. Ich hielt die Hand hoch, hieß sie bleiben.

Ich schritt durchs Zimmer, schnell. »Halt sie fest«, sagte ich ihr und setzte die Nadel wieder ein. Sie legte sie auf den Schreibtisch, ging ins Hinterzimmer, kam mit einem blauen Chiffonschal raus. Wickelte ihn um die kleine Metallbombe. »Gehn wir«, sagte sie.

Ich stieß sie rückwärts an den Schreibtisch, zwang sie, sich draufzusetzen. Rückte ihr so nahe, daß ihre Augen unscharf wurden. »Schwöre bei deiner Mutter«, sagte ich. »Schwöre bei Sissy, daß du sie wirfst, wenn er auf mich losgeht.«

»Ich schwöre.«

Ich vergrub die Hände in ihr dichtes Haar, schnappte mir auf jeder Seite eine Handvoll, zog ihre Nase an mich. »Wenn wir hierher zurückkommen ...«

Sie leckte mir über den Mund, drängte die Lippen an mich. Ich kriegte nicht raus, was sie sagte.

136

Belle folgte mir die Treppe runter in die Garage. Ich klinkte den Sitzgurt für sie ein, arrangierte den Schal über ihrem Schoß. Ich bahnte mir den Weg durch Lower Manhattan, klemmte mich bei der Pearl Street auf den East Side Drive. Belle war brav wie ein Baby, ruhig und friedlich in dem Schalensitz, die Hände im Schoß, ein leichtes Lächeln auf dem Gesicht. Wie ein Balg, das mit Erfolg den Aufstand geprobt hat – ihren Willen hatte sie durchgesetzt und wollte nicht damit angeben.

»Gib mir die Richtung an«, forderte ich sie auf.

Sie war voll auf Draht, hatte die Strecke bestens parat. Ich zündete mir eine Zigarette an. »Ich auch«, sagte sie. Ich hielt ihr den Filter an den Mund.

»Bilde dir nichts drauf ein. Es funktioniert nicht immer.«

»Weiß ich.« Das Zerknirschte in ihrem Ton wirkte aufgesetzt, der südliche Zungenschlag dämpfte es nicht sonderlich.

»Ich mache keinen Spaß.«

»Ich *weiß*. Bieg vorne rechts ab.«

Ich bog nach Hunts Point ein, steuerte Richtung Schrottplatz.

»Weißt du was, Burke – du bist nicht unbedingt das, was man eine rundum umgängliche Persönlichkeit nennt.«

»Rundum umgänglich ist nett, solang du dir nicht was verkneifen mußt.«

Sie streckte die Zunge raus. Eine Büx in Großformat. Mit 'ner Bombe im Schoß.

Ich ließ den Pontiac am Tor vorrollen. »Wissen die Hunde, daß es ein anderes Auto ist?« fragte sie.

»Das ist ihnen egal.«

Simba meldete sich zuerst. Hockte geduldig da, als ich das Fenster runterkurbelte. Ich redete mit ihm, während ich wartete, daß jemand kam und uns durchließ.

Es war Terry; er pflügte sich einen Weg quer durch das Rudel, just wie der Maulwurf. Er sah, wer es war, steckte den Kopf durchs Fenster. »Hi, Belle!«

»Hi, Hübscher. Kannst du diesem Penner mal zeigen, wie man ein Auto fährt?«

Der Bengel schaute mich an. Ich öffnete die Tür, stieg nach hinten. Er steuerte den Pontiac absichtlich in Schlangenlinien, um Belle zu zeigen, was er konnte.

»Bist du Burkes Freundin?«

»He! Bringt dir der Maulwurf bei, wie man dumme Fragen stellt?«

»Ich wollte bloß ...«

»Halt's Maul, Burke. Sicher bin ich das, Süßer. Aber wenn du ein paar Jahre älter wärst ...«

»Ich *werde* älter«, sagte der Bengel mit piepsiger Stimme und schaute rüber zu ihr.

Sie sah, wohin er schaute. »Das weiß ich doch, Hübscher«, sagte sie mit strahlendem Lächeln.

Er brachte das Auto auf sicheren Boden. Sprang raus, hielt Belle die Tür auf. Ich zündete mir eine Zigarette an. Der Bengel war so verzückt, daß er vergaß, sich eine von mir zu schnorren.

»Wir brauchen sie hier nicht«, sagte ich Belle. »Reich sie rüber.«

Sie zog den Schal von der Granate, drückte sie mir in die Hand. Terry achtete überhaupt nicht drauf; er plapperte weiter, erklärte Belle sämtliche markanten Punkte des Schrottplatzes. Ich hielt mich hinter ihnen.

Der Maulwurf war vor seinem Bunker. Er reckte den Kopf. Wir folgten ihm alle nach unten, Belles Hand auf meiner Schulter, während Terry die Nachhut bildete. Ich hoffte, der Anblick würde sein Wachstum nicht hemmen.

Der Tunnel führte in leichten Serpentinen abwärts. Jedesmal wenn wir uns einer Kurve näherten, gingen Lichter an. Das Wohnzimmer des Maulwurfs sah immer gleich aus. Eine dünne Schicht Beton über festgebackenem Dreck, alte Auslegteppiche auf dem Boden. Die Wände bestehen aus Bücherregalen. Die Tische voller Elektromotoren, Laborgläser und anderem Zeug, das ich nicht kannte. Mitten im Zimmer eine abgehalfterte alte Couch, Lehnsessel von derselben Müllkippe. Alles mit weißer Ölfarbe gestrichen. Ich bekam das leise Sirren der in die Decke eingebauten Ventilatoren mit, die für die Belüftung sorgen. Es sah aus wie immer, aber das Gefühl war anders. Der Maulwurf hatte es für ein Leben im Untergrund gebaut – bevor Terry daherkam.

Ich setzte mich auf die Couch, Belle neben mir. Der Maulwurf zog sich einen Sessel ran. Terry hockte sich auf die Armlehne. Ließ Belle nur solange aus den Augen, um mich um eine Zigarette zu bitten.

Der Maulwurf nahm die Brille ab, putzte sie mit einem Lumpen, den er aus dem Gürtel zog. Kam nicht in die Tüte, ihn zu fragen, ob er in Sin City gewesen war – wäre er nicht, hätte er's von vorneherein gesagt.

»Ich hab ihn gefunden«, sagte er.

»Bist du sicher?«

Seine Augen waren hinter den starken Gläsern trübe, der

Kopf wuchtig auf dem stämmigen Hals. »Hinten drin Löcher zum Verankern. Für einen Dreifuß. Videokamera. Professionell. Qualitativ stark. Bogenlampen oben drüber. Mit rausziehbarem Bolzen befestigte Strebe. Gepolsterte Auflage.«

»Für den Schützen.«

»Für den Killer. Die Hintertüren werden hydraulisch gesteuert. Ein Knopfdruck – auf und zu.«

»Begreifst du, was es ist, Maulwurf?«

»Ich begreife es. Eine Mordmaschine. Sie fahren an den Mädchen vorbei, drücken den Knopf. Türen springen auf. Killer schießt. Tür schließt.« Er holte Luft. »Und die Kamera läuft. Schießt die Bilder.«

»Snuff-Filme«, sagte ich. »Live und von nah. Das echte Ding.«

»Wer tut so was?« fragte Belle, die Stimme zittrig. »Was für Freaks?«

Der Maulwurf heftete den Blick auf sie. »Nazis«, sagte er. »Sie nahmen Bilder von uns auf, wie wir in die Öfen gingen. Bilder ihrer Verderbtheit. Schatzkammern des Üblen.«

»Sonst noch was gefunden?«

»Noch drei Autos. Dunkle Limousinen. Ein anderer Raum. Weitere Kameras, Lichter. Abflußlöcher im Boden.«

Dorthin wanderten die Babyprossies, die sie von der Straße wegschnappten. Den Abfluß runter.

Ich biß auf die Zigarette. Ich war drauf vorbereitet, doch hinter meinen Augen tanzten rote Punkte. Ich wartete, daß die Ruhe wieder einkehrte. Auf den Haß, damit er die Furcht verjagte.

»Sie müssen um die Ecke gebracht werden, Maulwurf. Kannst du noch mal rein?«

Er hielt es nicht für nötig, mir zu antworten. Wartete.

»Kannst du es so verdrahten, daß alles hochgeht?«

Er wartete immer noch – noch hatte ich ihm keine Frage gestellt.

»Von einem Sender aus? Damit man einen Knopf drücken und ...«

»Wie weit weg?«

»Liegt bei dir.«

»Ist alles Stahl und Beton, in dem Teil der Stadt. Der Keller ist tief. Nicht weiter als vier, fünf Blocks, um sicherzugehen. Zündung verdrahten ist leichter. Sie starten den Bus ...«

»Das nützt nichts. Da bleiben zwei Freaks übrig, die vom Bus aus arbeiten. Der Schütze und den Mann, der Max will. Ich glaube, der Fahrer ist bereits tot. Der Bus könnte dort wochenlang rumstehen.«

»Okay.«

Ich stand auf, durchmaß den unterirdischen Bunker. Wie sie es ein Menschenalter zuvor bei der Resistance gemacht haben mußten. »Ich habe einen Plan. Der Schütze ist andersrum – ich glaube, ich kann ihn kriegen. Ihn dazu bringen, daß er mir sagt, wo der andre ist. Sobald ich's weiß, kannst du den Keller hochjagen.«

»Wie lange?«

»Paar Tage – paar Wochen. Ich brauche mehr Leute«, sagte ich, seinem Blick begegnend.

Er wußte, was ich meinte. Wollte vor dem Bengel nicht Michelles Namen sagen. Der Maulwurf nickte wieder.

»Ich ruf dich an, sobald ich bereit bin.«

Der Maulwurf packte Terrys Arm, zog ihn zu sich herum. »Erinnerst du dich, was ich dir gesagt habe? Über die Nazis? Über unser Volk?«

»Ja.«

»Heute nacht«, sagte der Maulwurf, den Jungen am Arm haltend, »heute nacht ist Bar Mitzvah.«

137

Ich lenkte den Pontiac über die Auffahrt zur Triboro. Belle war still, rauchte eine Zigarette nach der anderen und starrte gradeaus durch die Windschutzscheibe.

»Schieß los«, sagte ich. »Rück's raus.«

Sie drehte sich im Sitz um. »Du hast mir die Granate nicht zurückgegeben.«

»Weiß ich.«

»Vertraust du mir nicht?«

»Ich vertraue dir. Wenn ich aus dem Auto raus muß, geb ich sie dir wieder.« Ich blickte in ihre Richtung »Okay?«

»Okay.«

»Sei nicht eingeschnappt.«

»Bin ich nicht.«

»Dann biste 'ne höllen Schauspielerin.«

Sie tippte sich mit dem Finger ans Knie, beherrschte sich. Ich zündete mir meinerseits eine Zigarette an.

»Was gibt's sonst noch?«

Sie antwortete nicht. Manhattans Hochhäuser flogen links an uns vorbei, der Fluß rechts. Noch schwacher Verkehr am frühen Nachmittag.

»Burke, er hat vor, den Jungen mit reinzunehmen? Einen Haufen Bomben anzuschließen?«

»Yeah.«

»Er ist noch ein Kind.«

»Seine Zeit ist reif. Genau wie's deine mal war.«

»Ich wünschte ...«

»Wünsche nicht. Es kommt nichts Gutes raus.«

»Wünschst du dir nie etwas?«

»Nicht mehr.«

Wir waren in Midtown, steuerten zur Abkürzung am Times Square. Ich rollte drüber weg. Belle verrenkte sich fast den Hals, während sie durch das Sonnendach des Pontiac auf die Luxusapartments schaute, deren Balkone auf den Fluß blickten, hoch über allem.

»Glaubst du, es stimmt! Daß es ganz oben einsam ist?«

»Ich bin nie dagewesen. Ich weiß bloß, daß es ganz unten einsam sein kann.«

»Aber nicht immer«, sagte sie, die linke Hand auf meinem rechten Schenkel.

Ich legte meine Hand drüber. »Nicht immer.«

Wir fuhren unter der Manhattan Bridge durch. Ich ignorierte die Abfahrt, blieb bis runter nach Downtown auf Kurs.

»War der Prof wirklich ein bewaffneter Bandit?«

»Wo hast du das gehört?«

»Von ihm.«

»Ich weiß nicht, ob's wahr ist oder nicht. Solang ich ihn kenne, ist er auf Abstaubtour. Vielleicht als er jünger war, vor langer Zeit. Warum hat er's dir gesagt?«

»Ich hab ihm von mir erzählt. Daß ich Fahrerin war. Er hat gesagt, er hat immer Schnapsläden hochgenommen.«

»So alt, wie er ist, hat er wahrscheinlich Postkutschen ausgeraubt.«

Belle kicherte. »So alt ist er nicht.«

»Jeder, der älter ist als ich, ist alt.«

»Ich hab nicht das Gefühl, daß du alt bist«, sagte sie und schob mir die Hand in den Schoß.

Ich packte ihr Handgelenk, zog sie weg. »Verkneif's dir. Paß lieber auf.«

»Mach ich.«

»Wir haben größere Dinge zu bedenken.«

»Größere als das?« Packte mich wieder.

Ich knurrte sie an. Sie kicherte wieder. Ich bog an der Ausfahrt Brooklyn Bridge ab, nahm die Centre Street zur Worth, hielt mich entlang der Grenze zu Chinatown. Ich mußte einige Anrufe machen, und ich konnte den Keller unter Max' Lagerhaus nicht benutzen. Jetzt nicht.

138

Ich hielt hinter Mamas Laden. Eine schwarze Buick-Limousine rollte hinter uns quer über die Einfahrt zur Gasse, klemmte uns ein. Die Hintertüren gingen auf. Drei junge Chinesen sprangen raus. Lange, glänzende, zurückgekämmte schwarze Haare, rote Hemden unter schwarzen Lederjacken. Sie formierten sich, das Auto als Deckung benutzend, zu einem Dreieck. Zwei von ihnen winkelten den Ellbogen an, die Hände um automatische Waffen geschlossen. Der andere hockte sich an die Gassenmauer, eine Uzi aufs Knie gestützt. Kein Ausweg.

Belle bekam es im Seitenspiegel mit. »Burke!« flüsterte sie.

»Rühr dich nicht«, sagte ich ihr. Ich wußte, was es war.

Die Hintertür zur Küche sprang auf. Ein Monster marschierte raus. Er sah aus wie ein Paar Sumo-Ringer. Rasierter Kopf, Augen im Fett vergraben. Er packte unser Auto, schüttelte es wie ein Kind sein Spielzeug. Er schaute mir ins Gesicht.

»Mor-Tay?« Es klang, als hätte ihm jemand die Mandeln mit Natodraht rausgenommen.

Ich legte die Hände aufs Armaturenbrett, den Blick auf seine Augen gerichtet.

»Burke«, war alles, was ich sagte.

Wieder schüttelte er das Auto. Mama kam raus in die Gasse, sagte etwas zu dem Monster. Er ließ los, trat beiseite. Ich bedeutete Belle auszusteigen. Wir folgten Mama rein. Nahmen meine Nische im hinteren Teil. Ich zündete mir eine Kippe an. Ein Kellner kam her, eine Suppenterrine in den Händen. Als er sich rüberlehnte, konnte ich die Magnum unter seinem Arm sehen.

»Wo hast'n Zilla aufgetrieben, Mama?«

»Immer da. Gut Freund.«

»Wie ich sehe, hast du ihm ein bißchen Englisch beigebracht.«

Mama verbeugte sich. »Bring ihm alles bei.« Die meisten Asiaten sind Fatalisten – Mama war fatal.

Ich schlürfte die Suppe. Mama war gelassen. Grüßte Belle, langte rüber, hielt eine Sekunde ihre Hand. Ich ließ sie machen, ging nach hinten, um einige Anrufe zu erledigen.

»Entlaufenen-Dezernat.«

»McGowan. Ich bin's. Ich hab was. Können wir uns am Ende der Maiden Lane treffen, beim Pier?«

»Ich kann sofort los.«

»Sagen wir, in einer Stunde.«

»Klar.«

Ich schmiß einen weiteren Vierteldollar ein, klingelte den Privatanschluß des Telefonsexladens an, wo Michelle arbeitet.

»Yeah?«

»Michelle?«

»Hier gibt's keine Michelle, Freundchen.«

»Weiß ich. Sag ihr, sie soll Mama anrufen.«

Eine verschlafene Frauenstimme meldete sich beim nächsten Anruf.

»Hol Marques ran.«

»Er is nicht da.«

»Klar. Sag ihm, Burke will ihn sprechen. In zwei Stunden. Sag ihm, er soll im Auto sein. In zwei Stunden, hast du kapiert?«

»Ich bin mir nicht sicher ...«

»Du bist Christina, richtig? *Sei* dir sicher. Zwei Stunden, ich rufe an. Sag ihm, er soll im Auto sein.«

Ich hängte ein, wartete nicht drauf, was mir die Hure versprach.

Drin hatten Mama und Belle die Köpfe zusammengesteckt, redeten. Ich setzte mich ihnen gegenüber. Mama löffelte einige fleischgefüllte Klößchen auf meinen Teller, redete aber weiter mit Belle.

»Dim Sum. Burke Lieblingspeise.«

»Wie machen Sie sie?«

Mama zuckte mit den Schultern – sie war nicht der Koch.

Ich aß langsam, behielt die Uhr im Auge. Der Pier an der Maider Lane war bloß ein paar Minuten weg.

»Mama, Michelle wird hier anrufen. Falls sie's nicht macht, bevor wir gehn, stellst du sicher, daß du eine Nummer kriegst, wo ich sie erreichen kann. Heut nacht. Sehr, sehr wichtig, okay?«

»Sie hilf dir. Bei dies?«

»Wir werden sehen.«

Mama verbeugte sich. Mehr Essen kam. Belle fraß wie Pansy, nur mit besseren Tischmanieren. Nie fühlte ich mich so sicher.

Schließlich schob ich die Teller weg. Belle war immer noch am Essen. »Etwas von Mac gehört?« fragte ich Mama.

Sie lächelte. Machte mit der Hand eine Geste wie eine sich in der Sonne öffnende Blume.

»Boston ruhig?«

»Bald ruhig. Max arbeit.«

Ich verbeugte mich. Hielt Belle die Hand hin. Sie wirkte unglücklich, hatte nicht mehr Lust, die Wärme zu verlassen, als ich.

Mama begleitete uns nach hinten. »Ich melde mich später – kümmer dich um Michelle.«

Das Monster stand immer noch an der Tür. Der Buick parkte immer noch quer in der Gasseneinmündung, keine Bewaffneten in Sicht. Ich setzte den Pontiac langsam zurück, sah im Rückspiegel, wie der Buick den Weg freigab. Steuerte das Auto Richtung Pier.

139

Belle verputzte noch die letzte Frühlingsrolle. Vornehm wischte sie sich den Mund mit dem Chiffonschal ab, schmiß ihn auf den Rücksitz.

»Wie kommt's, daß du sie Mama nennst?«

»Sie nennt sich selber so.«

»Wo fahren wir hin?«

»'n paar Cops treffen.«

»Cops.«

»Die sind okay. Dafür sind sie okay. Sie wollen ihn ebenfalls.« Ich reichte ihr die Granate. »Du bleibst im Auto.«

»Aber ...«

»Schnauze. Ich laß dir deine Granate, nehme dich auf 'ne nette Spazierfahrt in die Bronx mit, spendiere dir ein nettes Essen. Noch mehr betütern is heut nicht.«

Sie langte auf den Rücksitz, legte sich den schmierigen Schal auf den Schoß, verdeckte die Granate. Ich bog auf den Pier und setzte den Pontiac rückwärts in eine freie Lücke, hielt Ausschau nach McGowan. Wir waren zu früh dran.

»Burke?«

»Was?«

»Dieser mächtige Kerl ... derjenige, der zur Hintertür rausgekommen ist?«

»Yeah?«

»Wenn er ein Chinese ist, wie kommt's dann, daß er einen italienischen Namen hat. ›Zilla‹?«

»Das ist nicht sein Name, die Leute nennen ihn bloß so. Kurzform von ›Godzilla‹.«

»Oh. Warum hat er diesen Namen gesagt? Mor-Tay?«

»Er hat mich was gefragt. Dieser Louis, Marques. Wenn er wissen will, wie man auf jemand ein Kopfgeld aussetzt, sollte er mit Mama reden.«

140

McGowans Auto fuhr vor. Ich stieg aus dem Pontiac, ging sicher, daß er mich sehen konnte, und lief auf ihn zu, beide Hände in Sichtweite. Sein Partner langte an ihm vorbei; die Hintertür sprang auf. Ich stieg ein. Sein Partner schloß die Tür hinter mir – keine Griffe auf der Innenseite.

»Sie kennen Morales?« fragte McGowan.

»Yeah.«

»Er ist mit mir hier dran. Verstanden?«

»Yeah.«

»Sie haben mich hierher zitiert.«

Ich zündete mir eine Kippe an. »Sind Sie sicher, daß Sie Ihren Partner das hier hören lassen möchten?«

Sie schauten einander an. Morales sagte: »Ich brauch 'n paar Zigaretten. Bin gleich wieder da. Brauchst du irgendwas?«

McGowan schüttelte den Kopf. Morales stieg aus.

»Ich habe den Geisterbus gefunden.«

»Wo?«

»Er ist im Untergrund. Drei Männer stecken mit drin. Einer ist der Tote, den ihr auf dem Spielplatz in Chelsea gefunden habt. Bleiben noch zwei. Ich habe vor, mir einen zu schnappen, ihn zu bearbeiten, bis er mir zeigt, wo der andere ist.«

»Haben Sie den Bus gesehen?«

»Nicht mit eigenen Augen. Ich weiß, wo er ist.«

»Das reicht für einen Durchsuchungsbefehl.«

»Der Kerl, der ihn gesehn hat, der spielt da nicht mit. Und ich auch nicht. Ich hab einen Deal anzubieten. Interessiert?«

»Los.«

»Ich brauche von Ihnen ein paar Dinge. Funktioniert alles, übernehm ich diesen Kerl, der Max will. Und der Geisterbus geht kawumm.«

»Was gehört mir?«

»Der Schütze«, sagte ich. »Und Sally Lou.«

McGowan kannte den Namen. Er paffte wie entfesselt an seiner Zigarre. Ich begriff, wie sie auf die Idee mit dem Rauchglas gekommen waren. »Was brauchen Sie?«

»Einen Massagesalon. Am Times Square. Und die Cops müssen wegbleiben. Eine Woche, vielleicht zwei.«

»Woher soll ich einen Massagesalon nehmen?«

»McGowan. Feilschen sie nicht rum. Ich habe mir noch keinen Durchhänger geleistet. Sie schon etliche. Vielleicht nicht Sie persönlich, aber die Cops. Dieser Schuppen gleich an der Sechsundvierzigsten – das war eurer, richtig?«

»Das war Fassade. Die Steuerjungs. Und er ist längst dichtgemacht.«

»Aber ihr habt mehr. Ihr seid seit Jahren hinter Sally Lou her.«

»Es gibt einen. Aber der gehört uns nicht.«

»Den *federales*?«

»Yeah.«

»Sagen Sie ihnen, Sie brauchen ihn. Ein paar Wochen. Ich staffiere ihn selber aus.«

»Mit was?«

»Marques Dupree. Er wird mir ein paar Mädchen leihn.«

»Er ist hier drin?«

»Es fing mit ihm an. Wie ich Ihnen sagte. Ich rufe ihn in einer Stunde an. Laß ihn rüberkommen. Ich will, daß Sie ihm Ihr Okay geben.«

»Jetzt wollen Sie, daß ich einen Deal mit ’nem Zuhälter mache.«

»McGowan, Sie würden ’nen Deal mit dem Teufel machen, um Sally hopszunehmen.«

»Spucken Sie’s aus – was krieg ich dafür?«

»Der Schütze kommt zu dem Massagesalon. Ich rede mit ihm. Er kommt mit dem andern Kerl rüber, den ich will. Wir laden den Schützen irgendwo ab, wo Sie's möchten. Der Geisterbus löst sich in dicke Luft auf. Und Sie finden alles, was Sie brauchen, um Sally Lou einzukassieren.«

»Dieser andere Kerl... Was ist, wenn's nicht funktioniert?«

»Ich habe noch einen Deal. Noch ein Stück. Sie und ich machen 'nen Spaziergang zu dem braunen Pontiac rüber. Demjenigen, aus dem ich rausgekommen bin. Auf dem Vordersitz ist ein Mädchen. Werfen Sie einen langen, guten Blick drauf. Was immer auch passiert, stellen Sie sicher, daß sie davonkommt. Im Tausch hinterlasse ich Ihnen einen Brief. Mit allem drin. Dem Geisterbus, dem Schützen, diesem Karate-Freak, der Schießerei auf dem Spielplatz in Chelsea, Sally Lou.«

»Und ich lasse das Mädchen gehen?«

»Sie wird diejenige sein, die den Brief einwirft. Genug für zig Fälle.«

»Werfen wir einen Blick drauf«, sagte er.

141

Wir spazierten zum Pontiac. Ich bedeutete Belle, das Fenster runterzukurbeln.

»Das ist Detective McGowan von der New Yorker Polizei«, sagte ich ihr. Sie nahm die Hände nicht aus dem Schoß. »Er ist derjenige, an den du den Brief schicken sollst, okay?«

»Okay.« Das Gesicht ausdruckslos.

Wir liefen zu McGowans Auto zurück. Morales stand in der Mitte des Parkplatzes. McGowan winkte ihn ran.

»Noch ein Ding«, sagte ich.

»Was jetzt?«

»Kennen Sie Morelli? Den Reporter?«

»Sicher.«

»Er kriegt's zuerst. Exklusiv. Er wird sich an Sie wenden.«

»Und an Ihre Leute.«

Ich nickte.

»Okay«, sagte er.

Morales schloß sich uns an. »Machen wir 'nen Spaziergang«, sagte McGowan. »Ich weih Sie ein.«

Ich ging zum Pontiac zurück, öffnete die Tür, beobachtete McGowan und Morales, die bei dem Münztelefon auf dem Pier standen.

»Braves Mädchen.«

»Was ist in dem Brief, den ich abschicken soll?«

»Ein Freibrief – ich sag's dir später.«

Ich sah, wie McGowan zum Telefon griff. Er redete etliche Minuten. Blieb stehen, wo er war. Nahm das Telefon erneut ab. Redete noch ein bißchen. Winkte.

»Bin gleich zurück«, sagte ich Belle.

Ich marschierte zu McGowan. »Rufen Sie den Zuhälter an«, sagte er.

142

Marques war am Autotelefon. Meldete sich persönlich.

»Sie wissen, wer dran ist?«

»Yeah, Mann. Was ...?«

»Der Pier an der Maiden Lane. *Jetzt.* Es geht los.«

»Ich geh doch nicht ...«

»Der Ort ist sicher, Marques. Der *einzige* scheiß sichere Ort für Sie in der Stadt, falls Sie nicht aufkreuzen.«

Ich hängte ein.

McGowan stand auf der einen Seite von mir. Morales auf der andern, hautnah.

»Kennen Sie Sadie's Sexsational?«

Ich lachte.

»Was ist daran so komisch?«

»Ein Mädchen ist dort vermöbelt worden. Wirklich schlimm, richtig? So schlimm, daß die Cops dazwischengingen, ihn dichtgemacht haben.«

Morales wandte sich an mich. »Halten Sie *das* für komisch.«

»Ich halte euch für komisch«, sagte ich zu McGowan. »Ihr schmeißt den Laden seitdem, richtig. Der Schuppen gehört nicht den *federales*. Ihr habt bei Police Plaza Nummer eins angerufen, nicht beim FBI.«

McGowan langte an die Krempe seines Huts. »Was stört Sie?«

»Nichts. Das heißt, der Schuppen ist perfekt.«

»Warum?«

»Gute Lage«, sagte ich ihm, der Blick undurchdringlich. Morales schmeckte es überhaupt nicht. Er ließ den Blick über den Pier schweifen, wartete auf den Louis.

»Ihr wißt, was ihr zu tun habt?« fragte ich McGowan.

»Wir machen's ihm klar.«

Ich zündete mir eine Zigarette an.

»Wie wollen Sie den Schützen in den Massagesalon kriegen?« fragte McGowan.

»Ich weiß, was er will.«

143

Der Rolls schnurrte auf den Parkplatz.

»Das isser«, sagte ich.

»Wissen wir. Gehen Sie ihn holen.«

Marques war am Steuer, Christina neben ihm.

»Danke fürs Kommen.«

»Sie haben mir keine große scheiß Wahl gelassen.«

»Ganz cool, Marques. Seien Sie gefaßt – zeigen Sie Klasse. Gehn Sie mit mir zum Wasser rüber.«

»Ich mag das hier nicht.«

Ich lehnte mich ins Fenster. »Wenn ich Sie von der Liste haben will, sind Sie im Leichenhaus. Sie wissen es, ich weiß es. Das ist okay. Kommen Sie.«

Er tauschte einen Blick mit Christina. Stieg aus dem Rolls. Wir gingen ans Wasser. Ich konnte weder McGowan noch seinen Partner sehen.

»Ich übernehme einen Massagesalon«, sagte ich.

»Sie?«

»Ich. Und ich brauch ein paar Mädchen. Für ein paar Wochen.«

»Spinnst du, Mann?«

»Ich habe den Bus, Marques. Festgepinnt an der Wand. Zählen Sie schon mal das Kopfgeld; bald gehört's mir.«

»Was hat das mit einem ...«

»Der Bus hat sich nicht von selber gefahren. Sie wollten ihn von der Straße weg haben, glauben Sie, ich verpaß ihm einen Plattfuß?«

»Schau, Mann ...«

»Ich brauche die Mädchen. Damit Leben in den Schuppen kommt, es muß echt wirken. Sie können alles behalten, was sie kassieren. Dieser Kerl, der das mit Sabrina gemacht hat? Der Schmerzfreak? Er ist derjenige – der Schlüssel zum Geisterbus. Ich muß ihn an Land ziehn.«

»Meine Mädchen arbeiten nicht ...«

»Weiß ich. Aber Sie kennen ein paar, die's machen, richtig? Ich brauche bloß eine. Sie übernimmt die Schmerznummern, Ihre Mädchen übernehmen den Rest. Sie behalten die Asche. Kommt der eine Kerl rein, ist die Show vorbei.«

»Meine Mädchen machen keine ... He!«

McGowan war hinter mich getreten; ich sah, wie sich Morales hinter Marques aufbaute.

»Wissen Sie, wer das ist?« fragte ich Marques.

»Yeah, Mann«, feixte er. »Jeder Spieler kennt *Detective* McGowan.«

»So Sie ihn nicht näher kennenlernen wollen, halten Sie's Maul und hören zu. Er ist hier, um Ihnen etwas zu sagen.«

McGowan lehnte sich über meine Schulter. »Ein paar Wochen lang wird sich keiner um Sadie's Sexsational kümmern, *Mister* Dupree. Niemand. Nicht die Italos, nicht das Gesetz. Kapiert?«

Morales machte Marques von hinten Druck. »Kapier *folgendes*. Ziehst du's durch, *kommst* du durch. Falls nicht, hab ich ein kleines Mädchen. Sagt, du wolltest sie an Land ziehen. Sagt, du hättest *mucho* Koks in deiner Karre. Mehr als genug für 'nen Haftbefehl. Stell ich dein Auto auf den Kopf, finde ich etliche scheiß Kilos. Zu jeder beschissenen Zeit, wo ich will.«

Marques nickte. »Ich bin dabei. Sie kriegen's.«

McGowan sprach ihn an. »Du hast zwei Tage. Freitag abend um neun Uhr bist du hier. Mit Mädchen.«

»Schon auf dem Tapet, Mann.«

Morales rückte dichter auf. »Oder du bist im Knast.«

Marques ging allein zu seinem Auto zurück. Er schaute nicht zurück.

»Wie ich sehe, geht's Ihrer Hand besser«, sagte McGowan.

»Ich habe mehr Karten drin«, beschied ich ihn.

144

Ich wartete, bis McGowan und sein Partner abgezischt waren, bevor ich zum Pontiac zurückging.

»Was ist los?« fragte Belle.

»Es bahnt sich an, meine Kleine.«

Ich fuhr ein paar Schritte bis zum Münztelefon, ließ den Motor laufen, wählte Mama an.

»Ich bin's. Michelle angerufen?«

»Ja. Komm heut abend hier. Elf.«

145

Zurück im Büro, ließ ich Pansy raus, hieß Belle bleiben, wo sie war. Ich ging in den Keller runter, kam mit einem großen Metallkasten zurück. Belle sah zu, als ich das Zeug ausbreitete. Ich zündete mir eine Zigarette an, ließ sie auf der Schreibtischkante vor sich hin glosen, während ich arbeitete. Meine Hände beschäftigten sich mit der Ausrüstung, doch ich betrachtete ein anderes Bild in meinem Kopf. Sah es passieren.

Ich griff zur Zigarette, nahm einen letzten Zug.

»Belle, Süße, würdest du dein Oberteil ausziehn?«

Sie streifte es sich über den Kopf.

»Den BH auch, okay?«

Sie hakte ihn auf, wartete. Ihre Brüste hielten die Schwerkraft zum Narren, die blaue Kette fiel just bis auf die Spalte. So würde es nicht funktionieren. »Warte hier«, sagte ich ihr.

Ich kam mit einem weißen T-Shirt von mir zurück. »Probier das.«

Sie schlüpfte rein. Ihre Brüste strapazierten das dünne Material, das Dekolleté war bedeckt. Ungeeignet.

»Hast du irgendwelche richtig dünnen Oberteile? Tüll vielleicht? Das Zeug, wo man durchschaun kann?«

»Wie ein Nachthemd?«

»Das könnte funktionieren ... wenn du ein ganz kurzes hast.«

»Ich hab etliche. Auch einige Bodys.«

»Nein. Ich brauch etwas, das in der Mitte nach unten aufgeht. Damit deine Brüste getrennt bleiben.«

»Warum, Baby? Ich kann losziehn und mir alles kaufen, was du willst.«

Ich hielt eine Pistole hoch. Von der Seite sah sie exakt wie ein Colt Python 357 Magnum aus, bis hin zu dem durchbrochenen Steg oben auf dem Lauf. »Weißt du, was das ist?«

»Eine Knarre.«

»Ist es aber nicht. Es ist eine Gaspistole. Arbeitet mit CO_2-Patronen. Sie verschießt diese Dinger«, sagte ich und zeigte ihr eine Handvoll rote Plastikkugeln.

»Was ist das?«

»Farbkugeln. Zweiundsechziger Kaliber. Die Survival-Freaks benutzen sie, wenn sie ihre kleinen Kriegsspiele machen. Erwischt dich die Kugel, hinterläßt sie einen roten Klecks, damit du weißt, wer getroffen wurde.«

»Tut das weh?«

»Sie stechen. Vor allem aus der Nähe. Und du kannst das Aufklatschen spüren.«

»Was hast du mit ihnen vor?«

»Ich hab einen Plan, Belle. Ein Teil davon ist, daß ich vortäusche, dich zu erschießen. Von nahem. Ganz nahe.«

Sie zog sich das T-Shirt über den Kopf. »Schieß los. Zeig mir, wie es sich anfühlt.«

»Nein. Wenn es passiert, mußt du es zum ersten Mal spüren. Weißt du, daß es nicht schmerzt, reagierst du nicht nervös.«

»Liebster...«

»Willst du's nicht tun, dann sag's.«

»Es gibt nichts, was ich nicht für dich tun würde.«

»Weiß ich«, sagte ich und drückte sie an mich. Ich gab ihr einen Kuß. »Laß mich jetzt arbeiten. Ich muß es sehn.«

»Was sehen?«

»Es passieren sehn. Wie beim Karate, wenn du das Zuhaun trainierst. Du haust nicht *auf* etwas ein, du haust *durch*. Du mußt sehn, wie es passiert, sehn, wie deine Faust mitten durch das Brett geht. Siehst du's nicht, passiert es nicht. Etwas läuft in deinem Kopf falsch, und es blockiert deine Hände. Okay?«

Sie nickte würdevoll.

Ich wandte mich wieder der Arbeit zu. Die Farbpistole brauchte etwas, das wie ein Schalldämpfer aussah. Ich paßte ein Stück Aluminiumrohr an, probierte es aus. Kam ihm nahe.

146 Kurz vor elf bogen wir in die Gasse hinter Mamas Laden. Szenenwiederholung: Der Buick rollte hinter uns vor, das Monster kam aus der Tür. Wenigstens rüttelte er diesmal nicht am Auto.

Michelle war bereits drin; sie saß in meiner Nische. Sie wirkte makellos und elegant mit ihrer weißen, zweireihigen Wolljacke, der schwarzen Bluse drunter. Ich ließ Belle zuerst rein. Michelle nahm Belles Gesicht in beide Hände, drehte es zum Licht.

»*Viel* besser. Ich glaube, wir müssen für ein bißchen mehr Ausdruck um die Augen sorgen. Und deine Haare...«

»Michelle, wir haben nicht ewig Zeit.«

»Du lockst mich mitten in meiner Arbeitszeit in diese gottverlassene Gegend – keine Beleidigung, Mama –, und dann *biste* in Eile.« Sie warf Belle ein Lächeln zu. »Männer sind immer in Eile, dabei haben sie nie viel zu tun. Das ist 'ne wunderschöne Kette«, gurrte sie. Belle lehnte sich nach vorn, damit Michelle sie halten konnte. »Burke hat sie mir gekauft.«

»Unglaublich. Es ist ein wunderschönes Teil, paßt perfekt zu dir. Vielleicht lernt er allmählich Klasse.«

Belle verströmte mehr Watt als die Lampen. Klamotten waren nicht das einzige, mit dem sich Michelle auskannte.

Ich quetschte mich aus der Nische. Verbeugte mich vor Mama. »Können wir den Keller benutzen? Reden?«

Sie verbeugte sich.

Die Frauen folgten mir runter. »Sehr schick«, sagte Michelle und deutete auf die Wand aus rostfreien Stahlfässern. »Ist das High-Tech?«

Ich ignorierte sie. Der Keller ist ordentlich beleuchtet. Der Keller drunter nicht. Max bewahrt da unten Sachen auf. Ich hab ihn nie gefragt, was.

Mama verbeugte sich erneut, ließ uns alleine. Michelle hockte sich auf eine Holzkiste, schlug die seidigen Beine übereinander. »Du hast mich doch nicht hier runtergebracht, um über unsere Börseninvestitionen zu reden.«

»Nein. Es geht um den Geisterbus. Wir stecken jetzt alle drin. Alles, was bleibt. Ich muß eine Fassade aufziehn. Einen Freak ausräuchern. Alles ist ausgearbeitet, aber ich brauch euch, damit's läuft.«

»Sag an.«

»Am Times Square gibt's einen Massagesalon. Sadie's Sexsational heißt er. Kennst du ihn?«

»Scheußlicher Laden.«

»Yeah, isser. Für die nächsten paar Wochen unser Laden. McGowan hat den Müll ausgeräumt – niemand wird uns behelligen.«

»Uns?«

»Marques Dupree; wir lassen seine Mädchen von dem Laden aus laufen. Zwei Jungs sind vom Geisterbus übrig. Der Schütze, der steht auf Schmerz. Andrer Leute Schmerz. Er ist derjenige, der dieses Mädchen gefoltert hat, bevor die Cops anmarschiert sind und den Laden dichtmachten. Also eröffnen wir ihn wieder. Ich möchte ihn reinlocken.«

»Ich kenne Marques. Seine Mädchen...«

»Er will sich noch eine besorgen. Eine Freiberufliche. Sie übernimmt sämtliche Peitschen-Jobs. Den Rest, den betreiben wir wie einen normalen Schuppen. Kunden kommen rein, sagen, was sie wollen, schnappen sich ein Mädchen, zahlen das Geld dafür. Kommt ein Kerl rein, der nach 'nem bißchen freakigen Spaß fragt, schicken wir ihn zu diesem andern Mädchen. Ich werde da sein – es wird uns nicht aus der Hand gleiten. Aber wenn dieser andre Kerl kommt, dieser Kerl, den wir suchen, kriegt er Belle.«

Michelles Blicke zuckten zu Belle, wieder zu mir. Sie holte eine lange, schwarze Zigarette aus ihrer Tasche, tippte sich damit auf den Fingernagel.

»Belle bringt ihn nach hinten. Wir haben einen Platz für ihn vorbereitet.«

»Was dann?«

»Dann verrät er mir, wo ich den andern Kerl finde. Ich ziehe los und schnapp ihn mir.«

»Ein anderen Weg gibt's nicht?«

»Nein. Er geht mit Belle hinter. Ich bin bereit. Bis dahin haben wir alles ausgearbeitet. Siehst du diesen Kerl mit Belle hintergehn, bist du weg. Gehst einfach raus. Die andern Mädchen auch.«

»Wer ist sonst noch mit drin?«

»Der Maulwurf. Er hat den Bus gefunden. Kann ich ihn dazu überreden, wird er den Empfang übernehmen.«

Michelles herzallerliebstes Gesicht war ernst; sie spielte jetzt nicht. »Ich wollte immer 'ne Madame sein. Natürlich hatte ich eine nettere Umgebung im Sinn, aber ... das wird reichen. Hab ich das Kommando?«

»Du hast das Kommando. Die Mädchen können behalten, was sie machen, sollen aber das Geld zum Empfang bringen, damit es korrekt aussieht.«

»Hast du Bilder?«

»Bilder?«

»Von den Mädchen. Wir brauchen ein Album mit Bildern, zeigen es den Freiern, wenn sie reinkommen. Lassen sie diejenigen rauspicken, die sie wollen.«

»Weiß ich nicht.«

»Ich mache die Bilder, sobald sie dort hinkommen. Der Maulwurf hat das Zeug. Wann soll's passieren?«

»Freitag abend fangen wir an. McGowan streut die Kunde

aus. Sadie's Sexsational ist der Laden, wenn du ein Mädchen vermöbeln willst. Es wird rumgehn. Zwei Wochen lang sind wir Spitze. Ich werde dableiben. Sobald ich reingehe, kann ich nicht mehr raus. Kann nicht riskieren, entdeckt zu werden. Du bringst mir jeden Tag Essen mit. Ich werde da sein, bis es vorbei ist.«

»Was ist, wenn der Freak nicht anbeißt?«

Ich zuckte die Achseln. »Soweit denke ich nicht.«

»Okay.«

»Wir spielen mit vollem Einsatz, um alles, was auf dem Tisch liegt, Michelle.«

»Weiß ich. Was ist, wenn wir etwas Startkapital brauchen?«

»Nimm's von meinem Anteil aus dem gemeinsamen Sahnetopf.«

Sie zog an ihrer Zigarette. »Du hast mit dem Maulwurf gearbeitet ... Hast du meinen Jungen gesehen?«

»Dem geht's prima«, versicherte ich ihr.

»Der reinste Schatz«, steuerte Belle bei.

Michelle lächelte. Gab mir einen Kuß. Küßte Belle. »Ich nehme mir 'ne Taxe«, sagte sie.

147

»Nimm alles mit, was du brauchst«, sagte ich Belle. Zwei Uhr morgens, wir waren wieder in ihrer Hütte. Sie wuselte herum, packte zwei große Koffer voll.

»Was ist mit meinem Auto?«

»Du folgst mir in die Stadt zurück, wenn wir das letzte Mal reinfahren. Übermorgen. Ich stelle den Pontiac auf der Straße ab. Dein Auto lassen wir in der Garage.«

Sie war auf allen vieren, kramte in der Ecke bei ihrem Bett herum. Sie kam mit zwei Handvoll Asche rüber. »Ich hab hier etwa fünfzehntausend«, sagte sie.

»Ich zeige dir, wo du's verstecken kannst.«

»Möchtest du ...?«

»Nein.«

Ich ging raus auf den Steg, zündete mir eine Zigarette an. Ich spürte Belle hinter mir. »Wie ist's damit?«

Ich drehte mich um. Sie hatte durchscheinende rote Wäsche an, in der Taille mit einem dünnen Band geschnürt. Ihre Brüste waren kaum verhüllt, in der Mitte ein Streifen Haut.

»Du frierst dir hier draußen den Arsch ab.«

Sie kam in meine Arme. Sie war warm. Ihre Hüften vibrierten an mir. Meine Hand glitt zu ihrem Hintern.

»Gibt's zu dem Ding kein Höschen?«

»Ich hab mir's Ausziehen sparen wollen«, sagte sie. »Komm schon.«

148

Auf der Rückfahrt fiedelte Belle auf dem Radio rum. Kehliger Spätnachtblues. »Ich bin fremd hier und voll Angst« – der Sänger ganz bei der Sache, ging auf Tuchfühlung, sah ihm ins Auge.

»Er sagt die Wahrheit«, flüsterte Belle. »Ich bin mein Leben lang beides gewesen.«

Ich fand ihre Hand in der Dunkelheit.

Der Discjockey ging dazwischen. »Das war Johnny Adams aus New Orleans. Mit einem neuen Stück von Doc Pomus, ›A World I Never Made‹. Ihr kennt doch alle noch Doc Pomus, der uns ›Save the Last Dance for Me‹, ›Little Sister‹ und so viele andere Monsterhits beschert hat. Doc ist einer der größten Blueser der Welt. Hier nun die Rückseite. Drauf und dreckig. Wie's heute keiner mehr macht.«

Aufrüttelnd softes Piano, schneidende, gewundene Gitarrenfiguren obenauf tanzend. Johnny Adams, der seine Versprechen machte, mit seiner Protzerei protzte. »Ich bin dein

Lack- und Spachtelmann, ich hämmer die Dellen raus.« Für den Fall, daß irgendein Zuhörer Rhabarbersirup in den Ohren hatte, sprach er es aus:

I don't care if your body's brand new
Or it's been knocked around . . .
I swear they 're all the same, babe,
When you turn them upside down.

»Jetzt liegt er aber daneben«, sagte Belle.

»Nein, er hat recht. So was wie 'nen goldenen Sticker gibt's nicht – der Unterschied ist hier drin«, sagte ich und tippte mir auf die Brust.

»Hier«, sagte sie, zog meine Hand an ihre Brust.

Ich zündete mir eine Zigarette an. Wieder Doc Pomus im Radio. Wie in jener Nacht, als ich meinen Keller verließ. Der Kreis schloß sich.

149

Der Pontiac glitt in die Garage. Ich zeigte Belle den Verteilerkasten hinten. »Weißt du, was das ist?«

»Sicher. So was ähnliches wie ein Sicherungskasten.«

»Paß auf.« Ich drückte auf den mit »Vorsaal« markierten Schalter. Dann auf »Foyer«. Dann auf »Zweiter Stock«. Der Kasten sprang auf, drin eine glatte Platte. Ich löste mit dem Daumennagel die Befestigungsschrauben. Dahinter war ein tiefer, bleigefaßter Kasten. Ein Revolver ruhte auf einem feinsäuberlichen Stapel Scheine. »Leg dein Geld da rein.«

»Das ist prima. Da gehen Kabel von ab und alles.«

»Die Drähte führen zum Hausstromkreis. Elektromagnetische Schalter. Wie bei einem Kombinationsschloß. Erinnerst du dich?«

»Vorsaal, Foyer, zweiter Stock.«

Ich tätschelte ihren Hintern. »Braves Mädchen.«

»Wenn ich's dir noch mal sage, tätschelst du mich dann weiter?«

»Oben.«

150

»Bereit, es noch mal durchzugehn?«

»Liebster, ich kann's aus dem Effeff.«

»Noch einmal – es muß perfekt sitzen.«

»Okay«, seufzte sie.

Ich holte die Handschellen aus der Schublade, schnappte ihr eine ums rechte Handgelenk, die andere um die Stuhllehne. Sie nahm einen Expreßschlüssel mit langem Griff vom Schreibtisch, hielt ihn in der linken Hand.

»Los!«

Sie verdrehte das Gelenk, bis das Schloß zugänglich war, rammte den Expreßschlüssel rein, drehte, kam frei.

»Wunderschön.«

Sie stand auf. »Bin ich. Ein wunderschönes junges Mädchen. Wie du's mich gelehrt hast.«

151

Dieselbe Nacht, später. Belle auf den Knien vor mir, ihr Kopf zwischen meine Beine gebeugt. Mich schlekkend wie eine Katze, die ihre Jungen säubert. Dichtes, wogendes Haar. Ich spürte, wie mir die Kettenglieder an den Schenkel schlugen.

Ihr Kopf kam hoch. Flüstern in der Dunkelheit. »Glaubst du, es ist zuviel?«

»Was?«

»Das. So wie ich bin. Ich bin bloß bei dir so. Ich schwör es.«

»Wovon redest du überhaupt?«

»Ich möchte deine Hände auf mir – ich möchte dich in mir. Immerzu. Überall in mir. Wenn du mir bloß den Hintern tätschelst, werd ich feucht.«

»Du gehst auf deine Art damit um. Jedermann außer dir und mir lügt, Belle. Gegenüber jedem. All das hat mit einer Lüge angefangen. Ein mistiger Anwalt, der mich ablinkt – hat er jedenfalls gedacht. Und Marques, mit seinen fünfzig Riesen Kopfgeld. Wahrscheinlich hat er hundert kassiert. Hat möglicherweise Nebenwetten gemacht, ob der Bus von der Straße verschwindet. Ich habe Max belogen, um ihn aus dem Weg zu schaffen. Mama hat mir geholfen. McGowan, der mir erzählen will, die *federales* hätten den Massagesalon. Ich, der ihm sagt, ich geb ihm den Bus und Sally Lou. Es gibt keinen Brief an ihn – wird nie einen geben. Der Maulwurf – er dürfte Michelle nie und nimmer verraten, daß er aus dem Jungen einen Nazijäger macht. Morelli, der glaubt, hier wäre 'ne Story für ihn drin. Mortay. Er ist der einzige, der die Wahrheit sagt.«

Sein Name hing im Dunkeln über uns. Ich konnte ihn sehen. Neonrot, triefend.

»Ich hab ihm in die Augen geschaut. Er hat nicht gelogen. Er hat sich seinen Namen verdient. Hat mich über den Tod hinaus erschreckt. Bis ich auf der andern Seite rauskam. Mein alter Freund war da. Auf der andern Seite. Haß. Ich habe meinen Keller nicht gerettet, aber ich habe mein Leben gerettet. Etliche Male. Du hast deine Art, ich habe meine.«

»Wird das aufhören? Wenn's vorbei ist?«

»Für dich vielleicht«, sagte ich ihr. »Für mich nicht.«

152 Am nächsten Morgen um sieben rief ich Mama an.

»Was los?«

»Niemand anruf.«

»Gut.«

»Komm auch keiner«, sagte sie. »Zu schade.«

Ich hinterließ Belle eine Notiz, auf der ich ihr mitteilte, ich wäre bald mit etwas zu essen zurück. Ließ mir damit Zeit. Frische Brötchen, einen großen Brocken Weichkäse, zwei Sechserpacks Bier, Ananassaft, Selters. Ich griff mir eine Ausgabe der *Daily News*. Donnerstags kam Bob Herberts Kolumne – er hatte den Cops Zunder wegen dem Geisterbus gegeben, der einzige, der drüber schrieb.

Als ich zum Büro zurückkam, ließ Pansy mich rein, einen unwilligen Ausdruck um die Schnauze. Sie witterte das Futter. »Warste draußen?« fragte ich sie.

»Sicher war sie das.« Belles Stimme aus dem Hinterzimmer. »Komm hierher zurück, du häßliches, altes Viech, wir sind nicht fertig.«

Pansy sprang davon. Belle, bloß in BH und Höschen, war auf allen vieren. Pansy rannte zu ihr hin, senkte den Kopf wie ein angreifender Stier. Nase an Nase, stießen sie einander vor und zurück. Belle war größer und schwerer, doch eine glücklich knurrende Pansy ließ keinen Zentimeter locker.

»Hast du 'ne Meise. Was ist, wenn sie nach dir schnappt?«

»Das würde sie nie tun – dies ist ein fairer Kampf.«

Die Schnauzen aneinander gedrückt, schubsten sie sich gegenseitig, während Belle ihrerseits Grunzgeräusche von sich gab. Schließlich sank sie zu Boden, das Gesicht nach unten. Pansy beschnüffelte ihr den Nacken. »Du hast gewonnen«, murmelte Belle.

Ich machte das Essen klar. »Was sollte das Ganze?«

»Ich hab ihr gesagt, es macht mir nichts aus, daß sie mich

früher bedroht hat, aber wenn sie sich wieder mit mir anlegen will, tret ich ihr in den Arsch.«

»Du hast den Verstand verloren.«

»Es war Spaß. Willst du's probieren?«

»Dieses Jahr nicht. Mit keiner von euch.«

Belle ging unter die Dusche. Ich mischte Ananassaft und Selters, gab etwas Eis zu. Dann stopfte ich ein Brötchen mit Weichkäse voll und gab es Pansy. Belle kam raus, in ein Handtuch gewickelt. Bediente sich ebenfalls.

»Bier zum Frühstück?«

»Heb's für später auf. Und geb Pansy keins.«

Belle sank auf die Knie, die Hände wie Hundepfoten vor sich. »Bloß eins!«

Pansy stand neben ihr, beobachtete mich genau.

»Yeah, in Ordnung. Ich geb auf.«

Belles Lachen war wie die Morgenfrische.

153

Pansy graste den Boden ab, schnüffelte in den Ecken rum und knurrte wegen nichts Speziellem. Unsere letzte Nacht in der Hütte. Belle stopfte eben ein weiteres Kofferpaar voll.

»Warum hast du den alten Hund überhaupt mitgebracht!«

»Ich wollte, daß sie sich dran gewöhnt, außerhalb des Büros zu schlafen – sie soll mit in den Massagesalon.«

»Für den Fall, daß jemand was Besonderes will?«

Ich antwortete ihr nicht. Ich wählte den Ausreißertrupp an. Sie sagten mir, McGowan wäre auf der Straße – sie würden ihm Nachricht geben. Ich legte auf. Mama hatte mir nichts zu sagen. Ich hatte dem Maulwurf nichts zu sagen.

»Laß es nicht so aussehn, als würdest du ausziehn«, warnte ich Belle.

»Ich nehm bloß ein paar Sachen mit. Die Miete ist bis

Monatsende bezahlt, und ich hab zwei Monate Kaution hinterlegt. Ich schick dem Vermieter die andere Überweisung mit der Post zu. Die Leute hier draußen kümmern sich um ihren eignen Kram.«

Ich ging raus auf den Steg, mich um meinen kümmern. Pansy trottete neben mir her. Sie stellte sich auf die Hinterbeine, legte die Vorderpfoten übers Geländer. Ich kratzte ihr den Nacken. »Möchtest du auf den Schrottplatz, Kleine? Ein paar neue Jungs kennenlernen?« Aus ihrer Kehle kam ein seliges Grollen. Das Geräusch rollte über das Wasser. Ich rauchte etliche Zigaretten, innerlich ruhig. Bist du erst von der Brücke gesprungen, ist alles paletti, bis du aufs Wasser triffst.

Als wir wieder reinkamen, war Mitternacht vorbei. Belle trug ein durchscheinendes blaues Nachthemd, ihr Gesicht abgeschminkt und sauber. Bettfertig. Sie holte eine Flasche Bier aus dem Kühlschrank, goß sich ein Glas ein. Pansy gab ein jämmerliches Stöhnen von sich und rieb den Kopf an Belles Schenkel.

»Oh! *Jetzt* willst du auf gut Freund machen, hä?«

Sie suchte eine Keramikschale, eine weitere Flasche Bier. Brachte beides in eine entfernte Ecke. Bückte sich und schenkte voll. Pansy kriegte etwa die Hälfte davon ab, den Rest kriegte der Boden.

Ich zündete mir eine Zigarette an.

»Du hast mich was gelehrt.«

»Was, Liebster?«

»Dieses Giftsichermachen, das ich mit ihr geübt habe ... damit sie kein Futter nimmt, bevor sie das richtige Wort hört?«

»Ja?«

»Ich bin ein Arsch. Ich hab nie an Flüssigkeit gedacht. Sie würde jedes gottverdammte Zeug saufen.«

»Kannst du nicht ...?«

»Yeah. Nimmst du dir die Zeit, die Geduld, kannst du einen Hund wie Pansy zu fast allem erziehen. Ich hab's nicht getan. Und bin grade draufgekommen, warum.«

Belle war neben mir, meinen Arm um ihre Taille, und hörte zu, als würde ich etwas Wichtiges sagen.

»Es gibt keine Möglichkeit, Flüssigkeit unter einer Tür durchzuwerfen. Sie würde es sowieso nicht nehmen – es sei denn, es ist in einer Schüssel oder einem Kübel. Ich habe nie damit gerechnet, daß jemand *drin* sein könnte, verstehst du?«

»Ich bin drin«, sagte sie sanft.

»Yeah, bist du. Gehn wir schlafen.«

Sie löste sich sachte von mir, tänzelte weg. Löschte das Licht. »Noch nicht, Liebster. Setz dich in den Sessel. Das ist unsere letzte Nacht hier. Bis es vorbei ist. Ich möchte meine Gebete aufsagen.«

Sie kniete sich vors Bett, die Hände vor der Brust gefaltet. Ihre Haut schimmerte unter dem Nachthemd. Blaue Helle.

Belle blickte über die Schulter. Sie spielte mit dem Gurt an ihrer Taille. Das Nachthemd glitt zu Boden.

»Errette mich«, flüsterte sie.

154

Es war noch dunkel, als ich zusah, wie Belle den Camaro in die Garage rangierte. Ich stellte den Pontiac ein paar Straßen weiter weg ab, an einer sicheren Stelle beim Fluß.

Ich ging gar nicht gern zu Fuß zur Garage zurück. Nadelstiche quer über den ganzen Rücken. Doch es war ruhig – meine Furcht empfing keine Impulse auf weite Distanz.

Als ich eintrat, war die Garage dunkel. Ich ging Richtung Treppe, schickte Pansy vor, Belle direkt hinter mir. Sie zog mich am Arm. »Warte!«

Sie stand vor dem Verteilerkasten. Drückte die drei

Knöpfe in der richtigen Reihenfolge, reckte die Brust raus wie ein stolzes kleines Schulmädchen, als der Kasten aufsprang. Hätten die kleinen Mädchen so ausgesehn, wenn sie eine Antwort wußten, wäre ich vielleicht in der Schule geblieben. Sie streifte die Kette ab, hielt das blaue Schimmern in der Hand. Ich beobachtete sie, einen Fuß auf der ersten Treppenstufe.

»Ich bring es nicht fertig«, sagte sie. Schlug den Kasten zu. »Ich hab das Gefühl, es ist nicht richtig, wenn ich sie in einem Bordell trage, aber ...« Sie tippte sich auf die Schenkeloberseite. Wo der Grabstein für ihre Mutter ins Fleisch gepunzt war.

155

Oben wählte ich wieder McGowan an. Diesmal war er da.

»Ich bin's. Alles okay?«

»Eben leer geworden. Es gibt eine Gasse dahinter. Platz für drei Autos, vier, wenn sie eng geparkt werden. Maschendrahtzaun, Stacheldraht auf der Krone. Die haben da draußen immer einen Deutschen Schäferhund gehalten.«

»Okay. Ich ziehe los.«

»Warten Sie. Da ist noch was. Der Schuppen daneben. Der Videoladen. Das ist auch unserer. Sie können reingehen, in den Keller steigen und durchgehen. Wir haben einen Tunnel durchgebrochen. Sie können da rein und raus.«

»Danke, McGowan.«

»Ich hätte offen zu Ihnen sein sollen.« Seine irische Honigstimme war weich um die Ecken. »Gehen Sie's jetzt regeln.«

»Für alle«, versprach ich und legte auf.

Ich rief den Maulwurf an, gab ihm das Stichwort. Wer immer am anderen Ende zugehört hatte, legte auf, als ich fertig war.

Belle packte ihre Sachen aus, legte sie über die Couch, während sie mit dem Hintern Pansy wegstupste.

Ich rief Mama an.

»Ich steige ein. Du weißt, wo alles ist. Max weiß den Rest. Ich halte alles fest. In einem Brief. An das Fach in Jersey.«

Mama sagte etwas auf kantonesisch.

»Was war das?«

»Wenn Brief komm, ich kümmer um alle.«

»Weiß ich. Wiedersehn, Mama.«

Sie hängte ein. Ein Anflug von Traurigkeit machte mich schaudern, ließ mich frösteln. Ich zündete mir eine Zigarette an und begann zu schreiben.

156

Freitag abend. Acht Uhr. Ich folgte Pansy die Hintertreppe runter, in jeder Hand einen schweren Koffer. Belle, hinter mir, trug noch zwei. Ich ließ sie mit dem ganzen Zeug in der Garage, hakte Pansy die Leine an und ging mit ihr spazieren.

Die Furcht ließ Stromstöße in mir herumtanzen. Pansy spürte es. Ihr massiger Kopf schwang hin und her; sie nahm jeden aufs Korn, den sie sah. Ihre Zähne schlugen mit leichtem Klicken aufeinander, Mördergeräusche drangen aus ihrem Maul. Ihre Augen waren wie Eiswürfel.

Ein Yuppiepärchen nahte, ihre Hand auf seinem Arm. Sie überquerten die Straße. Ein Schlucker lehnte an dem Auto direkt neben dem Pontiac. Ich raffte die Leine. Pansy prellte vor, knurrte. Er wurde schlagartig nüchtern, schob ab. Ich öffnete die Tür, ließ Pansy auf den Rücksitz.

Belle war bereit, als ich vor der Garage vorfuhr. Ich ließ den Kofferraum aufspringen; wir warfen die Koffer rein und zogen davon.

Den West Side Highway zur Tenth Avenue. Über die 30th

Street runter zur Twelfth Avenue. Und dann rechtsum kehrt und zurück zu dem, was die Reiseführer das Herz des Times Square nennen würden.

Die Furchtstöße stachen in mir. Pansy beschnüffelte den Rücksitz von der einen Seite zur andern, hob drohend die Schnauze ans Fenster.

»Spring!« bellte ich sie an. Niemand würde sich an den Pontiac erinnern, aber keiner würde Pansy vergessen. Sie ging runter, knurrte ihren Haß auf das raus, was immer mich schreckte.

Ich entdeckte die Gasse, kurvte mit dem Auto rein, tastete mich, mit der linken Hand lenkend, vor, den gespannten Revolver in der rechten. Der abgezäunte Bereich war da, wo McGowan gesagt hatte – mitsamt einem mächtigen Vorhängeschloß. Ich hielt an, drückte für Pansy die Tür auf, rief ihr zu: »Schau!«

Ich ging zum Zaun, die Knarre voraus, als könnte sie allein durch die Dunkelheit finden.

Ein Taschenlampenstrahl hinter dem Zaun. Ich schmiß mich zu Boden, hob die Waffe, als Pansy an mir vorbei vorstürmte und sich gegen die Gittermaschen warf. »Nicht schießen – ich bin's.« Die Stimme des Maulwurfs. Ich rief Pansy zurück, stieß am Zaun auf ihn. Er langte durch, öffnete das Vorhängeschloß, schwang das Tor auf. Ich stieß mit dem Pontiac rein, zwischen einen weißen Lieferwagen mit dem Namen irgendeines koscheren Schlachterladens und einem dunklen Transporter. »Alles unsre?« fragte ich den Maulwurf.

»Sicher«, sagte er.

157 Wir folgten ihm rein. Großer Raum, gedämpftes Licht, an den Wänden Kartons aufgestapelt, mit Videokassetten überladene Stahlregale.

»Keller«, sagte der Maulwurf.

»Weißt du über den Videoladen nebenan Bescheid? Was ich dir am Telefon gesagt habe?«

Nur mit Mühe verkniff sich der Maulwurf einen spöttischen Tonfall. »Ich war letzte Nacht drin.« Er hielt einen Schlüsselring hoch. Wir konnten die Cops besuchen gehen, aber sie konnten nicht zu uns kommen.

Oben angelangt, schritten wir den Laden ab. Die Vordertür befand sich zwischen zwei Fenstern, das eine ein kleines Quadrat aus Glas, das andere erstreckte sich über die ganze Länge des Ladens. Sämtliches Glas war eingeschwärzt, ein kleines Viereck bei der Tür ausgenommen. Lichter blitzten draußen.

»Einwegglas«, erklärte der Maulwurf.

Der Schuppen bestand aus einem langen, am entfernten Ende L-förmigen Flur. Vom Korridor aus ging es in die Zimmer. Im Innern winzige Türspione. Vinylmassagetische, eingerichtet für rasch zu wechselnde Spannbettlaken. In einigen Holzbänke, in anderen Ledersessel. Alle hatten Tische in einer Ecke, Flaschen mit Lotionen, Parfüms, Frischluftspray. Kleine Waschbecken an der Wand. Schwere Matten an den Wänden. Alles Klasse. Der L-förmige Bereich war viel größer. An der Seite Baderäume. Große, mitsamt gläsernen Duschkabinen. Durch Raumteiler entstand in einer Ecke ein Privatbüro. Roter Ledersessel für den Boß, heller Holzschreibtisch, rote Ledercouch, weiße Gegensprechanlage. Sogar 'ne Aussicht gab's – ein dreckverschmiertes Fenster, dicke, über die ganze Breite verlaufende Gitterstäbe.

Ich ging durch den ganzen Laden, der Maulwurf hinter

mir. Aus Massenproduktion stammende Auslegeware, einst rosa, bedeckte jeden Quadratzentimeter Boden. Versenkte Lampen über die ganze Länge des Flurs. Direkt gegenüber der Tür stand ein Schreibtisch an der Wand. Durch ein Holzgeländer entstanden zwei Eingänge – einer zum Schreibtisch, einer zum Korridor. Riesige Fotoposter zierten die Wände im Eingangsbereich. Nur zwei Stühle, beide an der Wand zur Linken. BITTE NICHT HIER WARTEN. Ein mächtiger Rundspiegel saß schräg in dem von Wand und Decke gebildeten Winkel in der oberen linken Ecke. Ich setzte mich an den Schreibtisch, schaute hoch. Man konnte den ganzen Korridor einsehen.

»Wir brauchen ein ...«

»Periskop«, nahm mir der Maulwurf das Wort aus dem Mund. »Du bleibst im Hinterzimmer, siehst jedes Gesicht, das reinkommt.«

»Okay. Was ist das?« fragte ich, auf ein Lämpchen am Schreibtisch deutend.

»Knopf in jedem Zimmer. Hat ein Mädchen Ärger, drückt es drauf.«

Das Telefon auf dem Schreibtisch klingelte. Ich hob ab. »Yeah?«

»Ich bin's.« McGowans Stimme. »Ich bin nebenan. Wie ich sehe, haben Sie sich schon Zugang verschafft.«

»Wir sind drin.« Ich schaute mich um. »Noch eins. Ich kann hier nicht den Rausschmeißer machen. Muß mich außer Sicht halten. Ich habe vor, mir ein paar Jungs vorbeischicken zu lassen.«

»Was für Jungs?«

»Chinesenjungs.«

»Kommt nicht in Frage. Das hätte mir grade noch gefehlt. Könnt ihr keine Klingel anklemmen? Zu uns? Rückt Ihr Mann an, ist in einer Minute jemand durch den Keller drüben.«

Ich schaute zum Maulwurf. Er nickte. Eine Klingel anzuklemmen würde seine Hirnzellen nicht überstrapazieren.

»Okay, wir kümmern uns sofort drum.«

»He, Burke?«

»Was?«

»Sagen Sie Ihrem Mann, er soll die Tür auflassen, okay?«

Ich legte einfach auf.

158

Michelle kreuzte wenig später auf. Man konnte sie durch das Glasquadrat sehen. Der Maulwurf drückte den Türsummer. Sie trug einen scharlachroten Hosenanzug zu einem weißen Rollkragenpullover, an den Füßen schwarze Stöckelschuhe. Der Maulwurf und ich gingen ihr aus dem Weg, während sie den Korridor der Länge nach durchmaß. Ich rauchend, die Tür im Auge, der Maulwurf brachte das Periskop an.

Michelle kam in den Vorderraum zurück, Hände in den Hüften. »Dieser Laden ist die Hölle. Maulwurf, ich will aus dem ersten Zimmer alles raus haben. Das wird mein Büro. Und lege diesen abscheulichen Werkzeuggürtel irgendwo ab – du sollst den Manager spielen, nicht den Klempner.«

»Ich muß noch Sachen richten«, sagte der Maulwurf milde.

»Tja, denn man zu und *richte* Sachen. Ich ziehe morgen los, ein paar anständige Kleider besorgen.«

»Michelle . . .«

»Komm du mir nicht mit *Michelle*. Ich arbeite mir meinen wunderschönen Hintern ab, damit mein Kind was Nettes zum Anziehen hat, und jedesmal wenn ich ihn sehe, ähnelt er dir mehr, Gott bewahre.«

»Er ist auch mein Junge.«

»Sicher. Das nächste Mal willste ihn zum Bar Mitzvah

schleppen.« Der Maulwurf sagte nichts – selbst ein Irrer kennt Grenzen. Ich ging weg, damit sie ausfechten konnten, wer jeden Morgen zum Schrottplatz gehn und nach dem Bengel checken sollte.

189

Belle und Pansy waren hinten. Pansy hatte sich auf der Couch langgemacht, Belle im Sessel. »Alles okay?« fragte ich sie.

»Mir geht's prima, Baby.«

Ich gab ihr einen Kuß. Hörte den Summer. Weibliche Töne, Michelles Stimme, die das Geschnatter durchschnitt. Ich hörte jemanden hinterkommen, trat raus in den großen Raum. Es war Michelle.

»Ich muß mich mit meinen Mädchen besprechen. Und ein paar Bilder machen. Könnte ein Weilchen dauern – bleibt ihr beide einfach hier hinten, verhaltet euch ruhig.«

Ich nickte, legte den Finger auf den Mund. Pansy schloß die Augen.

Einige Minuten später hörte ich, wie Michelle den Maulwurf rumkommandierte, ihm sagte, wo sie das Licht stehen haben wollte, und er sollte seine schmutzigen Finger vom Objektiv lassen. Eines Tages würde er ihr den Krempel vor die Füße schmeißen.

Der Raum füllte sich mit Mädchen. Pansy verzog angesichts der überwältigenden Düfte die Schnauze. Michelles Stimme:

»Okay nun, soweit ich weiß, hat noch keine der Damen Innendienst gemacht. Wer von euch ist Christina?«

»Marques sagt, Miss Zickig braucht das nicht zu machen. Bloß wir.«

Stimmengemurmel.

»Nun, die Damen, mir scheint, hier bietet uns die Gelegenheit den Schopf an. Wir handhaben das folgendermaßen: Der Freier zahlt dreißig Kröten – er kriegt fünfzehn Minuten. Reine Massage, das heißt Handbetrieb. Will er mehr, *irgendwas* mehr, ist das ein Extra, kapiert? Der Freier zahlt vorn am Schreibtisch; sämtliche Trinkgelder gehen an euch.«

»Was kosten die Extras?« fragte ein Mädchen.

»Entscheidet ihr. Macht euch persönliche Listen. Und laßt euch auf nichts ein, das ihr nicht machen wollt, kapiert? Ob ihr euer Trinkgeld Marques überlaßt oder nicht, ist nicht mein Problem.«

»Aber Marques...«

»Marques schmeißt die Show hier nicht. Das mache ich. Und ich schmeiße sie auf meine Art. Nun, wer von euch schiebt die harten Nummern?«

»Ich bin das.« Eine rauhe Frauenstimme.

»Wie heißt du, Süße?«

»Bambi.«

»Okay, Bambi. Du legst deine Preise fest, du behältst die Penunzen. Und hör mir zu, mein Mädchen. Diese Veranstaltung ist risikofrei, so du mir folgen kannst? In jedem Zimmer gibt's einen Knopf – ich zeige euch, wo er ist. Ihr drückt auf den Knopf, und wir verfügen über ein paar ekelhafte Männer, die sich um jedes Problem kümmern.«

»Der Typ mit dem Werkzeuggürtel?« kicherte eine von ihnen.

Michelles Stimme schlug übergangslos von Süßholz auf Stacheldraht um. »Dieser Mann mit dem Werkzeuggürtel, Süße, der kann Leute *verschwinden* lassen. Paß auf dein kesses Mundwerk auf, Zicke. Deine Vorstellung von 'nem harten Mann ist irgendein halbärschiger Niggerloddel mit 'nem Kleiderbügel in der Hand.«

»He!«

»Willste 'ne Abreibung, dann komm. Gleich sofort.«

Es wurde ruhig im Raum.

Michelle ließ das Schweigen wirken. Dann fuhr sie die Krallen wieder ein. »Schätzchen, ich bin länger dabei, als dieses süße junge Gesicht zeigt. Nun, ich möchte euch alle als die *Damen* behandeln, die ihr doch seid. Niemand wird euch mißhandeln, solange ihr für mich arbeitet. Niemand wird euch respektlos behandeln. Ihr macht eure Schicht, ihr kümmert euch um euren Kram, und ihr macht hübsch Kohle. Wir verlagern die Abstrampelei lediglich für ein paar Wochen nach innen, das ist alles. Aber sollte irgendeine auf die Idee kommen, sie könnte sich mit meinen Freunden anlegen, macht sie sich ohne Gesicht wieder an die Arbeit.«

Wieder wurde es ruhig im Raum.

»Okay?«

Die Mädchen wirkten betreten, als sie ihr zustimmten.

»Bestens. Nun, als nächstes müssen wir ein paar Mappen für euch zusammenstellen.«

»Wie bei Modellen?«

»*Natürlich* wie bei Modellen. Sind wir das denn nicht? Sind wir was anderes als die verrenkten Bohnenstangen in den Illustrierten? Kommt ein Freier rein, kommt er zum Schreibtisch. Wir zeigen ihm den Katalog. Jede von euch im Bild. Er sucht sich die raus, die er möchte.«

»Wir müssen nicht in Reihe aufmarschieren?«

»Dies ist kein Polizeirevier, Süße. Will ein Kunde echte Haut sehen, legt er Geld dafür hin. Nun, wir sind fünf Mädchen, und wir haben neun Zimmer. Das erste, das beim Schreibtisch, das ist meines. Die beiden letzten bleiben leer, diejenigen gegenüber von hier. Teilt euch den Rest auf, wie ihr wollt – Bambi, du nimmst das hinterste. Und keine Streiterei! Morgen ziehe ich los und besorge ein paar anständige Möbel. Okay? Nun, wir haben heute abend noch nicht eröffnet. Sobald ihr zurückkommt, jeweils einzeln, stellen wir die Mappen zusammen. Wenn wir damit fertig sind, könnt ihr hier rumhängen, oder ihr könnt in den Wind schießen. Seid morgen wieder da. Vier Uhr. Wir arbeiten in Zwölfstundenschichten; ihr geht morgens um vier. Irgendwelche Fragen?«

Niemand sagte ein Wort.

»Noch eins. Dieser Laden steht unter *starkem* Schutz. Ihr werdet hier drin nie einen Cop sehen. Stellt ihr das hier richtig an, isses der Traum eines jeden arbeitenden Mädchens.«

160

»Wie heißt du, Süße?« fragte Michelle.

»Mary Anne.«

»Laß die schwarzen Strümpfe sein, Süße. Deine Beine sind so hübsch und schlank – das Schwarz steht ihnen nicht.«

»Okay.«

»Und bloß einen Hauch mehr Rouge ... hier! Bringt die Farben besser zur Geltung. Nun setz dich gerader. Schlag die Beine übereinander. *Elegant.*«

»Michelle?«

»Ja, Süße?«

»Der Typ mit dem Werkzeuggürtel. Der da vorne? Junge, du hattest recht. Er hat 'nen Krug Wasser auf dem Schreibtisch gehabt, an irgendwelchen Schlössern rumgebastelt. Marcy hat sich auf den Schreibtisch gesetzt, ihm den Arsch hingereckt. Hat ihn gefragt, ob er die Ware schon mal getestet hat. Er läßt 'nen Schlüssel in das Wasser fallen, und er *verschwindet*!«

»Sagte ich nicht, ihr sollt nicht mit ihm rumspielen.«

»Würd ich nie tun. Hat er schon mal ...«

»Er ist unverkäuflich«, versetzte Michelle. »Nun lächle mich mal an.«

161

Bambi kam zuletzt dran. »Hast du irgendwelche Sonderwünsche?« fragte Michelle sie.

»Ich hab meine eignen Handschellen. Ich kann mich sofort rauswinden, wenn ich muß. Kann ich se um die Lehne von dem Sessel schlingen?«

»Sicher, Süße. Nur zu. Beug dich nach vorn. Weiter. Wackel ein bißchen mit dem Hintern. Wunderschön.«

Das Geräusch einrastender Handschellen. »Du schaust mich doch deswegen nich schief an?«

»Warum sollte ich?«

»Ein paar von den andern Mädels ...«

»Hast du 'nen Loddel?«

»Nein.«

»Und wer ist dann der Masochist?«

Bambi lachte.

162

Bis morgen um eins waren alle Mädchen weg. »Du bist dran«, sagte Michelle zu Belle.

Ich hakte Pansys Leine ein, nahm sie mit runter in den Keller. Der Maulwurf folgte mir mit seiner Taschenlampe. »Alles gerichtet«, sagte er.

»Okay, Maulwurf. Morgen machen wir ernst. Irgend 'ne Möglichkeit, Pansy hier unterzukriegen, ohne daß ich durch die andern Zimmer muß?«

»Nur in den Keller, nicht nach draußen.«

»Wir machen es so. Drüben in der Ecke«, sagte ich hindeutend. »Paß von nun an auf, wo du hintrittst.«

Wir gingen wieder nach oben. »Probier die Klingel«, sagte ich. Er drückte den Knopf. Ich zählte im Kopf mit. Fünfunddreißig Sekunden, dann schoß Morales durch die Tür, Knarre in der Hand. »Wohin?« bellte er.

»Bloß ein Test«, sagte ich.

»Machen Sie's das nächste Mal in echt. Ich freu mich schon drauf.«

163

Im Hinterzimmer arbeitete Michelle immer noch an Belles Gesicht. Katzenaugen-Make-up, Clownsbacken, ein roter Klecks um den Mund. Es sah nicht wie sie aus. »Dieses Fettgel – das läßt sich leicht rauswaschen«, sagte Michelle, verteilte es auf Belles Haaren und verrieb es mit den Fingern. »Schaun wir mal... Dreh dich mal zur rechten Schulter« – schminkte ihr diese Gesichtsseite. »Versuch's.«

Belle schielte über die rechte Schulter. Ihre Haare waren dunkel, das Gesicht die Maske einer Fremden.

»Okay, fangen wir an.«

Belle hakte den BH auf, kniete sich vor den Sessel, die Hände zu beiden Seiten. Michelle wickelte ihr um jede Hand einen Schal. »Rutsch ein bißchen zu mir zurück«, sagte sie. »Laß sie frei hängen. Dreh den Kopf um. Nicht so weit.«

Sie ging zu Belle hin, zog dem großen Mädchen das Höschen über das Hinterteil. Belle hob ein Bein, um ihr beim Runterziehen zu helfen.

»Laß sie so – als wären sie grade runtergezogen worden –, das wirkt besser.«

Michelle ging wieder an die Kamera. »Okay, dreh den Kopf wieder. Bloß ein bißchen. Kannst du etwas ängstlich dreinschauen? Oh, vergiß es – ich mache die Blende zu, laß dein Gesicht verschwimmen. Weiter als bis zu diesem Arsch schaut sowieso keiner.«

Belle kicherte. Zwillingsgrübchen am Ansatz ihres Hinterns, ein schwarzer Stoffstreifen um die Schenkel. Der Verschluß klickte. Wieder. Sie wackelte mit dem Hintern in die Kamera.

»Ich hab's«, sagte Michelle, knipste dann das Licht aus, trug die Kamera nach vorn.

Die Zigarette brannte mir im Mund. Ich drückte den Filter im Aschenbecher aus. Belle war immer noch auf den Knien, beobachtete mich.

»Läßt dich das nicht an was Gutes denken?« fragte sie und wackelte wieder. Dann sah sie mein Gesicht. »Was stimmt nicht, Liebster?«

Ich ging zu ihr hin, nahm ihr die Schlingen von der Hand. Sie legte mir die Arme um den Hals. Ich stand auf, hievte sie auf die Beine. Langte hinter mich, zog das Höschen wieder an Ort und Stelle.

»Geh dir den Müll vom Gesicht waschen.«

»Bist du bös auf mich?«

Ich hielt sie an mir. »Ich bin nicht böse auf dich.«

»Tut mir leid, Geliebter. Wirklich leid. Ich dachte, es würde dich anmachen.«

»Es hat mich krankgemacht.«

Ihre Tränen an meinem Gesicht. »Tut mir leid ... tut mir leid ...«

Ich quetschte ihren Hintern mit beiden Händen. »Schnauze«, sagte ich, ruhig.

164

Am nächsten Nachmittag war der Laden geöffnet und in vollem Schwung. Michelle war gegen morgens um elf da, die Arme voller Tüten. Sie und Belle putzten wie die Besessenen. Als sie fertig waren, roch die Bude regelrecht sauber.

Ich blieb im Hinterzimmer. Der Maulwurf würde mir klingeln, sobald irgendein männlicher Latino reinkam, jeder, der Ramón auf einen halben Kilometer ähnelte. Ich checkte das Periskop ein paarmal über den kleinen Bildschirm, den der Maulwurf auf den Schreibtisch gestellt hatte. Es funktionierte bestens.

Ich nutzte die Zeit und checkte mein Handwerkszeug. Eine Einkaufskarre vom Supermarkt voller leerer Einliterflaschen aus Plastik. Die Sorte, wie sie Stadtstreicher aus Mülltonnen einsammeln – für ’nen Groschen pro Stück zurückbringen. Ich ließ ein paar Ausgaben der *Daily News* durch einen Reißwolf. Stopfte ein halbes Dutzend Flaschen mit Papier voll. Ich feilte bei dem langläufigen 38er das Korn ab. Etliche winzige Schlitze mit einer Rasierklinge, und der Lauf paßte genau in den Hals einer Colaflasche. Ich mußte innerlich lächeln, ein häßliches Lächeln – das echte Ding. Ich umwickelte den Flaschenhals mit Klebeband, so daß der Lauf der Waffe drin festsaß. Zielte auf die Wand, die Flasche in der linken Hand. Drückte ab. Es klang wie ein Fingerschnipsen. Putz flog von der Wand.

Ich reihte zwölf Patronen auf. Marke Maulwurf – superschnelle Hochbrisanzladung, Quecksilberspitze. Jede einzelne erledigte, was immer sie traf. Sechs Stück wanderten in den langläufigen 38er, weitere sechs in den zweizölligen Revolver daneben.

Die Knarren waren eiskalt, nagelneu. Keine Seriennummern.

Ein Paar Splittergranaten thronten auf dem Schreibtisch, die blauen Griffe schienen mir zuzublinzeln.

Der Maulwurf stellte jeden Morgen ein neues Auto für mich ab. Den ganzen Fluß entlang, einen Häuserblock auseinander. Wir hatten jetzt vier Autos. Ich befingerte den Zündschlüssel – er paßte für alle.

Ein zerknautschter Khakiregenmantel hing an einem Haken. Er reichte mir locker bis über die Knie. Oben auf dem Haken war eine blonde Perücke. Glattes Haar. Ein blauer Golfhut mit Weinflecken. Ein Paar alte, weiße

Laufschuhe. Schwarze, bauschige Hosen. Schwarzes Sweatshirt mit Kapuze. Ein Schnurrbart zum Aufkleben.

Ich schnitt mir zwei Nägel an der linken Hand in spitzem Winkel ab. Ein Tropfen Pattex unter jeden. Ich drückte die rasiermesserscharfen Stahlplättchen an jeden Nagel, wartete, bis der Superkleber trocknete. Es dauerte nur ein paar Minuten. Ich strich mit der Hand über ein Blatt Papier. Es fiel in drei Stücke.

Ich schob den Deckel des flachen Metallkästchens zurück, schaute auf die farblose Paste. Ich würde mit den Rasierklauen durch die Paste streifen, bevor ich auf die Straße schwärmte. Mortay mußte Hand an mich legen, um mich zu töten – ein Kratzer, und ich würde nicht allein abtreten.

Belle sah mir bei der Arbeit zu, das Katzenaugen-Make-up auf dem Gesicht.

165

Das Geschäft blühte. Männer wurden eingelassen, schauten den Katalog durch. Kamen und gingen.

Morgens um fünf räumten wir die Überreste des Sonntagsbetriebs auf. Der Maulwurf trug ein schwarzes Seidenhemd, rote Hosenträger, kremfarbenen Anzug. Dunkle Brille im Gesicht. Michelle zählte ein Bündel Asche und Kreditkartendurchschläge. »Du siehst aus wie der Tod«, sagte sie zu mir.

»Gut«, sagte ich.

166

Am Montag schob Bambi die erste harte Nummer. Der Maulwurf klingelte mir – der Videoschirm zeigte einen Weißen mittleren Alters, schwammiges Gesicht, helle Sportjacke. Nicht Ramón. Durch die schalldichten Wände hörte ich das Klatschen des Gürtels.

Ein paar Stunden später geriet einer der Freier von der Rolle. Ich weiß nicht, was er machte. Ich hörte Morales' Stimme im Korridor. »Wie schmeckt dir das, Arschloch?« Metall knallte gegen ein Gesicht. Ich hörte Winseln, Morales' Stimme, die es barsch übertönte. »Was immer du hier willst, wir haben es, verstehste? Aber wir haben verschiedene Mädels für verschiedene Sachen. Willste harte Sachen, fragste nach Bambi, verstanden? *Bambi.*«

Danach wurde es ruhig.

167

Er kam Mittwoch abend. Sieben Uhr. Die Klingel schellte. Ramóns Gesicht auf der Mattscheibe. Ich drückte den Knopf. Auf dem Schreibtisch des Maulwurfs würde das Lämpchen aufglühen.

»Es ist soweit«, sagte ich zu Belle.

Sie war von Kopf bis Fuß mit Körperschminke überzogen. Netzstrümpfe, schwarze Schuhe mit Pfennigabsätzen. Sie schlüpfte in den rosa Fummel, gürtete ihn in der Taille. Eine Fremde – das Gesicht eine harte Maske.

Ich beobachtete den Bildschirm. Ramón. In einer schwarzen, ledernen Bomberjacke, den Katalog durchblätternd. Es gab keinen Ton zu dem Bild.

»Monique!« rief der Maulwurf.

Belle ging an mir vorbei auf den Korridor.

Ich hielt die Abgesägte in der linken Hand, die Farbpistole mit dem getürkten Schalldämpfer in der rechten. Wartete.

Ich hörte sie hinterkommen. Belles Stimme. »Für die harten Sachen krieg ich 'nen Hunderter extra, Süßer.«

Ramóns Stimme – konnte die Worte nicht mitkriegen.

Die Tür zum letzten Zimmer wurde geschlossen.

Ich sog die Luft durch die Nase ein, füllte meinen Bauch. Ließ sie raus, dehnte die Brust. Trat auf den Korridor.

Durch die Tür konnte ich nichts hören. Die Spionklappe wurde durch Kitt festgehalten. Jeder Quadratzentimeter des Zimmers brannte mir im Hirn. Ich ließ die Pistole in die Seitentasche gleiten, so tief, daß der Schalldämpfer festsaß. Zählte bis fünf. Ich erwischte die Tür mit der Schulter, trat rein, zielte mit der Schrotflinte von der einen Ecke zur anderen. Belle war auf der Couch zu meiner Rechten, das rote Hemdchen über die Hüften geschoben. Ramón, einen breiten Ledergürtel in der rechten Hand, erstarrte.

Die Schnauze der Schrotflinte ließ ihm die Eier zu Eisklumpen gefrieren. Seine Hände, die immer noch den Gürtel hielten, schossen in die Luft. Ich trat zu ihm, die Flinte auf seine Weichen gerichtet. Fünf Schritte weg.

»Fallenlassen. Langsam.«

»He, Mann...«

»Noch ein Wort, und ich streiche mit dir die Wände.«

Der Gürtel fiel aus seiner Hand.

Seine Lederjacke hing am Haken in der Ecke. Ich konnte das Schulterhalfter drin sehen.

»Haste noch mehr Knarren dabei, Ramón?«

Er schüttelte verneinend den Kopf.

»Zieh die Klamotten aus. Ganz, *ganz* langsam. Ich will selber nachschaun.«

Belles Stimme von der Seite. »Mister...«

»Halt's Maul, Fotze!« fuhr ich sie an.

Ramón ließ die Hosen runter. Schwarzer Tangaslip. Sehr macho. »Die auch«, sagte ich. »Achte auf deine Hände.«

Er zog die Cowboy-Stiefel aus, einen nach dem andern, stand auf einem Bein, ließ mich nicht aus den Augen.

»Setz dich auf die Couch«, sagte ich ruhig. »Neben die Möse.«

Er setzte sich. Ich zog die Handschellen aus dem Gürtel, ließ sie in Belles Schoß segeln. »Leg sie an. Eine Schelle um dein Gelenk, die andre um seins. Sofort!«

Belle rastete zuerst die Schelle bei Ramón ein, ihre Hände zitterten. Ihre linke Hand glitt nach hinten, zum Couchpolster.

Ich zog die Farbpistole raus. Langsam, damit Ramón einen guten Eindruck davon bekam. Er wollte keinen.

»Weißt du, was das ist, Scharfschütze?«

»Ich weiß, was es ist.« Seine Stimme zitterte wie Belles Hände.

»Du hast die Wahl. Leben. Oder sterben. Such's dir aus.«

»Ich will leben, Mann.« Dünne, schwache, leise Stimme. Falls er mich wiedererkannte, behielt er es für sich. Setzte auf die Karte.

»Dein Kumpel Mortay, der ist in die Scheiße getreten, verstanden? Sally Lou hat beschlossen, ihn von der Liste zu streichen.«

»Aber ...«

»So läuft das Spiel. Ich hab mein Geld gekriegt, ich muß 'nen Kopf abliefern. Seinen Kopf. Einer mehr ist keine große Sache für mich. Ich mach ihn alle. Heut nacht. Du sagst mir, was ich wissen will, du nimmst den scheiß Diamant vom Ohr und machst die Mücke. Kapiert?«

»Mann, ich weiß nicht, wo er wohnt!«

»Du willst dich mit ihm treffen. Heut nacht. Wo?«

»Er bringt mich *um*.«

»Ramón, er is'n toter Mann. Find ich ihn heut nacht nicht, find ich ihn ein andermal. Aber sagst du mir nicht, was ich wissen will, hat er keine Gelegenheit mehr, dich umzubringen.«

»Mann, ich weiß nicht, wo er steckt. *Ernsthaft*!«

»Bin ich auch«, sagte ich und richtete die Pistole auf Belles Brust. Ich drückte ab. *Klatsch*! Belle wurde nach hinten an die Couch geworfen, ein roter Fleck breitete sich zwischen ihren Brüsten aus. Ich zielte mit der Knarre auf Ramón – er schaute nicht ein einziges Mal zu Belle. Das Geräusch, das ich beim Durchladen machte, war das Lauteste, was er je gehört hatte.

»Wo?«

»Unter der Uhr am Times Square! Zwischen Siebter und Achter! An der Dreiundvierzigsten! *Nicht*!«

»Welche Zeit?«

»Halb elf!« Pisse lief ihm die Beine runter.

»Wer ist zuerst da?«

»Er, Mann. Er kommt *immer*...«

Belles linke Hand schlug zu, trieb ihm die Spritze tief in den Schenkel, jagte mit dem Daumen den Kolben rein, während ich ihm eine Farbkugel ins Gesicht feuerte.

»Ich...« und weg war er. Belle rammte den Expreßschlüssel rein, ließ ihre Handschelle aufschnappen. Ich zog ihm den freien Arm hinter den Rücken, rastete die andere Schelle ein. Belle sprang von der Couch, rieb sich die Brüste. Ich kickte Ramón auf den Boden.

»Geh den Maulwurf holen«, sagte ich ihr.

168

Michelle und der Maulwurf standen links und rechts von mir. Ramón war in der Ecke, tief atmend, weg.

»Der Schuppen ist dicht«, sagte ich Michelle. »Wie viele Mädchen haben Kunden?«

»Bloß Mary Anne.«

»Wenn er fertig ist, läßt du ihn raus. Sag den Mädchen, die Show ist vorbei – in 'ner Stunde wollen die Cops einschwärmen. Bring sie zur Tür raus. Hast du irgendwelchen Ärger, drückst du die Klingel, und sie kommen von nebenan. Dann haust du selber ab.«

Sie küßte mich. »Ruf an, sobald's vorbei ist.«

»Mach ich.«

Sie ging aus der Tür. Ich kniete mich hin, zog Ramón am Arm über meine Schulter, brachte ihn ins Gleichgewicht.

»In den Keller«, sagte ich zum Maulwurf. Scheiß auf McGowan und seine Deals – ich hatte nicht vor, eine Leiche rumliegen zu lassen, die mir die Cops anhängen könnten.

Er ging voran, Pansy kam uns am Fuß der Treppe entgegen. »Sprich!« sagte ich ihr, schmiß einen Brocken Steak durch die Luft. Sie fing ihn im Flug auf.

»Gehört der Lieferwagen uns?«

»Ja.«

»Ich will dieses Stück Dreck hinten reinschmeißen. Der Schuß schaltet ihn stundenlang aus. Wirst du angehalten, hast du keinen Mord am Hals. Der sagt nicht aus.«

»Wo soll ich ihn abladen?«

»Er ist der Schütze, Maulwurf. Einer von den Nazis.«

Er nickte.

»Nimm Pansy ebenfalls mit.«

»Sie wird nicht...«

»Doch, wird sie. Das letzte Stück Fleisch, das ich ihr gegeben habe, war präpariert. Sie müßte inzwischen schlafen. Behalte sie bei dir – sperr sie in einen der Schuppen. Stell ihr Wasser hin. Ich komme heut nacht irgendwann später zum Schrottplatz. Belle wird vor mir da sein. Dein Teil ist erledigt.«

»Der Keller?«

»Elf Uhr. Kannst du's machen?«

»Ja. Ich und der Junge.«

»Er ist'n guter Junge, Maulwurf. Du solltest stolz sein.«

»Du auch.«

»Yeah. Schau, Maulwurf. Falls ich nicht zurückkomme, mußt du etwas für mich tun. Sag Belle, ich liebe sie.«

Er nickte.

»Und Pansy, laß sie frei. Laß sie sich deinem Rudel anschließen. Laß sie und Simba-witz Junge kriegen.«

Ich lud Ramóns Körper hinten in den Lieferwagen. Der Maulwurf befestigte ein schweres Vorhängeschloß an der Tür.

Ich ging Pansy holen. Ich lud sie mir auf die Arme, trug sie zum Laster. »Öffne die Vordertür«, sagte ich zum Maulwurf. »Ich möchte nicht, daß sie beim Abfall mitfährt.«

Ich legte sie sachte über den Vordersitz. Küßte ihre Schnauze. »Bis bald, mein Mädchen.«

Der Maulwurf legte die stämmigen Arme um mich, drückte fest. »Geh mit Gott«, sagte er. Auf deutsch.

169

Michelle drängte die Mädchen aus der Tür, als ich mich wieder nach oben schlich. Sie klangen wie Schwesternschülerinnen, die sich für den Sommer voneinander verabschieden.

Belle war im Hinterzimmer, frottierte sich ab, die Katzenmaske immer noch im Gesicht.

»Du warst toll«, sagte ich und drückte sie eng an mich.

»Ich hatte Schiß.«

»Hab ich immer noch. Es ist fast vorbei. Hau ab von hier. Nimm den Pontiac. Verlaß das Büro nicht vor Mitternacht. Ich treffe dich am Schrottplatz.«

»Wo ist Pansy?«

»Sie ist beim Maulwurf. Es ist okay. Los.«

»Was hast du mit dem Freak gemacht?«

»Er ist weg.«

»Aber du arbeitest doch mit den Cops zusammen, richtig? Die sind genau nebenan. Er ist nicht tot – warum überläßt du ihn nicht einfach denen?«

Ich faßte ihr unters Kinn, brachte sie dazu, mir in die Augen zu blicken. »Ich arbeite nicht mit den Cops, Belle. Sieht mich heut nacht ein Cop bei der Arbeit, fahre ich ein.

McGowan, der kann nicht den ganzen scheiß Trupp zurückpfeifen. Und wenn er könnte, würde er's nicht. Ich laß den Freak nicht in der Gegend rumliegen und seine Geschichte erzählen.«

Ich spürte den Puls in ihrer Kehle, gleich unter dem Kinn. Fester Schlag.

»Wir sind Outlaws, meine Kleine. Wir können den Strich überschreiten, zur andern Seite, aber wir sind dort nicht willkommen. Wir können nicht bleiben. Der nächste Cop, den ich sehe, der wird mich aufzuhalten versuchen, bevor ich heimkomme.«

Sie nickte, wußte, es war die Wahrheit. »Burke, es ist noch nicht mal acht Uhr. Du bist erst um halb elf dran. Laß mich hier bei dir warten.«

»Nein.«

»Ich hab gewußt, daß du das sagen würdest.«

»Es ist in Ordnung, Belle. Glatt wie geschmiert. Treff ich diesen Mortay um halb elf, bin ich bis elf in einem der Autos. Genau dann, wenn der Geisterbus verschwindet. Ich bin bald bei dir.«

»Und du wirst nie wieder weggehen?«

»Und ich werde nie wieder weggehn.«

Ich zündete mir eine Zigarette an, sah ihr beim Anziehen zu.

»Burke?«

»Du gehst, Belle.«

»Ich weiß. Ich mach's, versprochen. Erinnerst du dich, wie du zu mir gekommen bist? Nachdem du dich mit diesem Mann getroffen hast?«

»Yeah.«

»Ich möchte dich in mir. Damit du mich bei dir hast, bis ich dich wiedersehe. Ich möchte, daß mein Geruch an dir ist, wenn du ihn tötest.«

170

Ich trug zwei Koffer hinten raus. Schmiß die Schrotflinte rein. Schloß den Kofferraum. Drückte sie an mich.

»Belle...«

»Sag's ja nicht! Was immer du zu sagen gedenkst, sag es nicht. Sag's mir heute nacht.«

Ich küßte sie. Spürte wieder Blut im Herz.

Dann fuhr sie weg, und ich war allein.

171

Im Hinterzimmer machte ich alles klar. Schnitt zwei Fingerspitzen von den schwarzen Handschuhen ab. Steckte die Plastikflasche in die Karre, so daß der mit blauem Band umwickelte Revolvergriff rausragte. Ich zog die schwarze Hose an, das schwarze Sweatshirt. Stülpte mir die blonde Perücke über die Haare, klebte den Schnurrbart an. Die blaue Golfkappe paßte bestens. Die schwarze Hose hatte Packtaschen – ich steckte in jede eine Granate. Den zweizölligen Revolver in den Gürtel.

Schmerz rupfte an mir. Furcht. Ich stieg in mein Zentrum hinab. Blieb hart, spürte die Ruhe.

Mortay wollte, was mein war.

Wenn du das Gewicht nicht ertragen kannst, darfst du dich nicht auf die Waage stellen.

Zehn Uhr. Ich zog die Handschuhe an, strich mit den beiden rasiermesserbestückten Nägeln durch die Giftpaste.

Es war ein Gewürge, bis die Einkaufskarre die Treppe runter war.

Dann war ich auf der Straße. All meine Leute hinter mir in Sicherheit. Was immer auch geschah.

Ich versenkte mich in mir, so tief ich konnte. Sagte mir, es würde bald vorbei sein. Ich könnte heim, frei und unbelastet.

Doch ich wußte Bescheid. Wußte, warum ich eine Einkaufskarre voller Mord zum Times Square schob. Kein Heim ist frei und unbelastet.

172

Ich schob die Einkaufskarre voran, rauchte eine Zigarette, murmelte vor mich hin. Auf der Uhr in dem Getränkeladen an der 43rd war es zwanzig nach zehn. Ich verlangsamte den Schritt.

Drei Kids in gleichen roten Seidenjacken kamen die Straße hoch, mir entgegen. Ich achtete auf ihre Augen, betete, daß sie mir nicht aus Spaß die Karre umkippten. Sie gingen vorbei.

Ich bog um die Ecke. Bewegte mich langsam, checkte die Hauseingänge nach Flaschen ab, hob eine auf, schmiß sie in die Karre.

Die Uhr am Times Square war ein rundes Licht in der Ferne. Ich schob die Karre vor mir her, eine Hand am Revolver.

Er stand unter der Uhr. Ein langer, senkrechter weißer Streifen in dem dunklen Eingang. Laut Uhr war es achtundzwanzig Minuten nach zehn. Ich marschierte weiter.

Hundert Schritte entfernt. Mortay sah mich. Ein abgehalfterter Penner, der Leergut sammelte.

Fünfzig Schritte. Ich sah, daß er die Hände locker hängenließ. Den Kopf drehte, die Straße absuchte. Beinahe am Ziel.

Ich schaute ihm voll ins Gesicht. Schob meine Karre in sein Leben. Spürte den Schauder. Sein Blick zuckte über mich hinweg, über meine Schulter. Ich zog die Knarre raus, drückte auf seine Brust ab – die Flasche platzte vor der Revolvermündung auf. Sein Mantelschoß flatterte, als er zur Seite wirbelte, genau auf mich zu. Ich stieß ihm die Karre entgegen, feuerte wieder. Die Waffe krachte los. Vorbei.

Mortay fuhr auf der Stelle herum, federte sich mit der Schulter an der Wand ab. Ich hob die Waffe. Er haute ab, in die andere Richtung.

Ich sprang an der Karre vorbei und zischte hinter ihm her. Vier Schuß übrig. Menschen sprangen vom Gehsteig. Rennen war er nicht gewöhnt – seine Schnelligkeit funktionierte nur auf Nahdistanz. An der Ecke 43rd und Eighth Avenue war ich vierzig Schritte hinter ihm. Mortay blickte nach Westen, gab es auf, hetzte über die 44th in Richtung Playbill Bar. Ich war direkt hinter ihm, den langläufigen Revolver bereit für seinen Rücken. Er schlug sich durch die Menschen, wollte zur Seitentür. Ich feuerte einen weiteren Schuß ab, um den Weg freizumachen, kam durch. Die Straße war verstopft. Er konnte mich nicht abhängen.

Ein Cop stand an der Ecke Eighth Avenue und 46th Street. Mortay schaltete ihn mit einem Hieb aus. Ich sprang über den Körper, den Revolver erhoben, um die Straße zu räumen, auf ihn gerichtet.

An der 48th war ich dicht dran. Er spürte es, verdrückte sich hinter Autos, schlängelte sich durch die Menschen. Der Sprit ging ihm aus. Wenn er sich umdrehte...

Baustelle an der 49th, hoher Maschendrahtzaun. Mortay zwängte sich über die Krone; der weiße Mantel flog hoch, als ich einen weiteren Schuß danebensetzte.

Konnte ihm nicht folgen. Ich raste die Eighth Avenue entlang, bis ich eine Lücke entdeckte, trat rein, die Knarre hoch.

Ich fiel zirka anderthalb Meter – sie mußten mit dem Aushub begonnen haben. Keine Lichter. Über meinem Kopf Straßenlärm. Ruhig. Keine Sirenen.

Ich war in Sicherheit. Hatte Schiß davor. Er konnte nicht über mich herfallen, ohne weggeblasen zu werden. Aber wenn er raus gelangte...

Es war, als wäre ich wieder in Biafra. Konzentriere dich

auf die Geräusche, unterscheide zwischen Dschungellauten und menschlichen Lauten. Atme flach. Kämpfe nicht gegen die Furcht an.

Ich hörte ihn; er bewegte sich gen Westen, Richtung Ninth Avenue. Maschinengewehrgedanken hämmerten auf mich ein. Wußte er, wie er das hier anpacken mußte?

Etwas rührte sich – ein weißes Huschen in der Nacht. Ich feuerte auf das Geräusch. Die Knarre bellte – die Kugel jaulte dicht über den Boden, enttäuscht. Wieder hörte ich ihn bewegen.

Ich rappelte mich auf, rannte auf das Geräusch zu, jagte einen weiteren Schuß raus. Einer übrig.

Ruhig nun. Ich spannte den Hahn. Rechts von mir menschliche Geräusche.

»Ich bin noch da, Würstchen.« In die Nacht hinausgezischte Schlangentöne. Er hatte es nicht eilig.

Ich ging in die Knie, kroch vorwärts in Richtung der Stimme. Ein weiteres Huschen. Ich feuerte. Ein weiterer Knall. Dann ein trockenes, hörbares *Klick*! Wieder drückte ich ab. Nichts.

Ich spürte, wie sich meine Innereien zusammenzogen. »Scheiße!« Ließ ihn meine Furcht riechen, warf die leere Waffe so fest ich konnte in Richtung der Laute.

»Ich bin dran!« schrie er auf mich losgehend.

Ich rannte um mein Leben, zog den kleinen Ersatzrevolver aus dem Gürtel. Ich hechtete zu Boden, rollte mich auf den Rücken, stemmte die Beine in die Erde und stieß mich zurück. Gab Paniklaute von mir. Hinterließ eine Blutspur.

Bettelte, daß er in meinem Sinn handelte.

Er schoß drehend und wirbelnd mit einer Serie von Kickstößen aus der Dunkelheit, ein gespenstisches Ziel, wenn ich ein Messer hätte. Ich kam auf die Knie, den Revolver mit beiden Händen haltend. Er sah die Knarre, warf sich flach hin, die Schulter bereits zum Aufwärtsstoß eingezogen, als ihn das Hohlspitzgeschoß in der Brust erwischte und zu Boden nagelte.

Der Lärm der kleinen Knarre war ohrenbetäubend; die Lehmgrube, in der wir waren, ließ sie wie eine Kanone klingen. Sämtliche Straßengeräusche hörten auf einmal auf. Ich ging langsam zu Mortay hin. Er würgte an seinem Blut – die Kugel mußte die Lunge erwischt haben.

Ich stand mit zitternden Beinen über ihm. Seine Augen, wie Eisstößelspitzen unter dem Knochenvorsprung, hielten mich fest, wie die Kugel ihn festhielt.

»Du kannst mich nicht töten«, flüsterte er. Behauenes Eis. »Der Tod kann nicht sterben.«

»Willst du Max immer noch?« fragte ich ihn und spannte den Hahn.

Er richtete sich vom Boden auf, die Messerschneide seiner Hand ausgestreckt. Ich feuerte noch zweimal, blies ihn von den Füßen.

Ich hörte Sirenen in der Ferne. Mortay lag auf der Seite. Ich ging neben ihm in die Knie. Blut blubberte ihm aus dem Mund, ersäufte seine letzten Worte. Ich pumpte ihm noch zwei Schüsse in die Brust. Sein Körper zuckte. Ich drehte ihn mit dem Fuß um. Seine Augen waren offen. Ich feuerte erneut, mitten in den Knochenwulst über seinen Brauen. Seine Augen wollten sich nicht schließen.

Die Sirenen kamen näher. Jetzt mehr als eine. Ich steckte die Knarre ein, zog die Nadel von einer der Granaten, hielt sie fest in der Hand. Ich stieß ihm die Metallkugel heftig ins Gesicht, an den Zähnen vorbei, bis sie im Mund steckte. Mit der andern Hand legte ich seine Hände so hin, daß sie zu beiden Seiten des Gesichts waren.

Ich ließ den Abzug los und rannte Richtung Ninth Avenue. Kam an einem weißen Mantel vorbei, der locker von einem Stahlträger baumelte. Das Ziel, das Mortay zurückgelassen hatte, während er gegen mich vorrückte. Ich war fast am Zaun zur 50th Street, als ich die Explosion hörte. Ich erreichte den Zaun, heulende Sirenen zu meiner Rechten. Ließ mich über die Krone fallen, spürte den Atem aus meiner Lunge bersten.

Ich machte die letzte Granate scharf, lupfte sie seitwärts über den Zaun zurück, kauerte mich in die Dunkelheit. Die Sirenen brüllten aufeinander ein – Wolfsrudeltöne, mit denen sie einander mitteilten, daß die Beute gefährlich war. Die Granate explodierte, verschaffte mir ein bißchen Zeit.

Ich rannte die 50th Street hoch, die Waffe in der Hand, riß die Beine bis zur Brust hoch, hoffte auf einen Temposchub, der nicht kommen wollte. Ich überquerte die Ninth, rannte Richtung Fluß, immer noch Häuserblocks von den Autos entfernt, die wir abgestellt hatten. Reifen kreischten hinter mir. Cops? Ich sank auf ein Knie, hob die Knarre. Wieder hinter der Linie – sie oder ich. Belles Camaro hielt mit rauchenden Reifen.

»Komm schon, Bruder!« Der Prof.

Ich rannte zum Auto, hechtete kopfüber durchs Fenster. Belle latschte aufs Gas, heizte Richtung Fluß. Sie schoß durch die roten Lichter, stieg an der Twelfth Avenue auf die Bremse, daß das Auto in die Knie ging, gab wieder Bleifuß und ließ ihn um die Ecke driften. Sie stoppte an der 45th, direkt hinter dem schwarzen Cadillac, den der Maulwurf für mich hinterlassen hatte. Ich sprang raus, lud mir den Prof auf. Seine Beine steckten noch immer in Gips, die Schrotflinte ruhig in seinen Händen. Ich schloß die Tür auf, warf ihn hinten rein.

Blaulichter blitzten an der 45th auf, etliche Blocks entfernt und näher kommend.

Ich ließ den Motor an. Blickte über die Schulter. Wo war sie? »Belle! Wir haun ab!« brüllte ich ihr zu.

Der Motor des Camaro röhrte die Antwort, als sie loszischte. Direkt die 45th hoch.

Die Blaulichter kamen näher. Eine Phalanx aus Streifenwagen schrillte die Straße runter, wenigstens drei Glieder tief, auseinandergezogen, um den Weg zu versperren. Ich kurbelte mit dem Cadillac über den Highway hinter ihr her. Die Rücklichter des Camaro glühten auf – sie schoß auf die Bullenarmada zu. Mitten drauf. Ich hörte ihre Kleinmädchenstimme scharf und schneidend in meinem Kopf singen. Die Cops anrufen: »Kommt schon!«

Der Camaro war eine rote Rakete.

»Steig auf die Bremsen! Die hält nicht an«, brüllte der Prof.

Der Camaro bretterte genau in Straßenmitte runter – der falsche Weg. Das Polizeiauto an der Spitze rückte gegen sie vor.

Die Zeit blieb stehen. Der Streifenwagen scherte in letzter Sekunde aus. Zu spät. Er donnerte gegen eine Reihe Autos zur Linken, ein Feuerball, als der Camaro vorbeischoß. Schüsse übertönten den Singsang der Sirenen, einen Straßenblock voller Trümmer im Schlepptau.

»Das Mädchen erwischen die nie«, flüsterte der Prof. Ein Gebet.

Ich machte eine Spitzkehre und steuerte Richtung Schrottplatz.

173

Auf dem West Side Highway versuchte ich mir eine Zigarette anzuzünden. Meine Hände wollten nicht gehorchen.

»Ich kann dir eine anzünden, Bruder, aber ich kann das Auto nicht fahren.«

Ich faßte das Steuer fester. Langte nach der Zigarette, die er mir reichte.

»Was ist passiert?«

»Das Mädchen kommt in mein Krankenzimmer, Gewehr

in der Hand. Schneit einfach bei mir rein. ›Was soll das?‹ fragt sie der Doc. ›Ein Ausbruch‹, sagt sie. Wirft mich über eine Schulter wie 'nen Sack Zement, schleppt mich im Fahrstuhl runter, geht schnurstracks vorn raus. Legt mich in dieses rote Auto. ›Burke braucht uns‹, is alles, was sie sagt.«

Nichts im Rückspiegel.

»Sie hat gewußt, daß ich es auch brauchte«, sagte der Prof, die Hände an der Schrotflinte. »Er hat mir etwas genommen. Sie hat mir die Chance gegeben, es zurückzukriegen. Sagte, du hättest vor, das Miststück allezumachen – unser Job wärn die Cops.«

Ich zog an der Zigarette, den Feuerball vor Augen.

Der Prof las meine Gedanken. »Nichts auf der Welt, sei's von Gott oder vom Teufel, kann Belle erwischen, Bruder. Die kommt heim.«

174

Ich kurvte mit dem Caddy vor den Schrottplatz. Das Tor schwang auf. Terry sprang rein, steuerte uns weiter.

»Belle?« fragte ich.

»Noch nicht«, sagte der Bengel, sein Mund war hart.

Der Maulwurf erwartete uns. »Wo ist Ramón?« fragte ich ihn.

Er deutete auf das Wolfsrudel. Im Kampf um die Überreste.

Ich zündete mir eine Kippe an. Schleppte den Prof aus dem Caddy, setzte ihn auf eine Öltonne. Ich war unter meinen Leuten.

»Mortay's tot.«

»Bist du sichergegangen?« fragte der Prof.

»Die brauchen ein Mikroskop für die Autopsie. Es ist vorbei. Hast du den Keller hochgejagt?« fragte ich den Maulwurf.

»Hast du's nicht gehört?« sagte Terry.

»Nein.«

»Es kommt in den Nachrichten«, sagte der Maulwurf.

Ich schaute den Prof an. »Sie war so gut wie weg. Die haben sie nicht gesucht. Warum ist sie nicht einfach abgehaun?«

Seine Augen schimmerten im Feuer. »Warum du nicht?«

Ich konnte ihm nicht antworten. Die Fäuste so fest geballt, daß mir die Arme schmerzten.

Der kleine Mann zog an seiner Kippe. »Ihr Wurf, Bruder. Ihre Wahl, ihre Zahl.«

175

Traktierter Gummi kreischte auf Beton.

»Belle. Der hintere Weg!« schrie der Bengel und zischte ab. Wir rannten zum Zaun. Der Camaro schoß durch, schlitterte an uns vorbei. Er blieb stehen, wo der Prof saß. Belle stieg nicht aus.

Ich rannte zu ihr zurück. Einschußlöcher in die Fahrertür gestanzt. Ich riß sie auf. Belle fiel mir in die Arme. Der Maulwurf langte an mir vorbei, rastete den Sitzgurt aus. Ich trug sie zum Bunker. »Nicht reden«, sagte ich, als ich sie zu Boden ließ.

Ihr graues Sweatshirt war ein großer, dunkler Fleck. Der Maulwurf schnitt es weg. Sie war in Stücke gerissen, die blaue Kette um ihren Hals. »Hol den Medizinkasten«, sagte ich zu Terry.

Ich beugte mich dicht über sie. »Halt durch, Belle. In 'ner Minute bist du okay.«

Ihre Augen waren geschlossen. Sie schlug sie auf. »Burke?«

»Du bist jetzt daheim, Belle. Alles ist in Ordnung.«

Ihre Stimme war sanft. »Mein Rennen ist aus, Liebster. Ich bin erledigt.«

»Halt's Maul. Spar dir deine Kraft.«

»Sag's mir.«

»Ich liebe dich, Belle.«

»Ich warte auf dich«, sagte sie. Ihre Augen schlossen sich. Der Maulwurf drückte mich aus dem Weg, versenkte eine Nadel in ihrer Brust, die Finger an ihrem Hals. Ich war auf den Knien, sah ihm bei der Arbeit zu, betete insgeheim.

Er wandte sich mir zu. »Sie ist weg.«

176

Danach ließen sie mich mit ihr allein.

Ich konnte es nicht zurückhalten – heulte Flüche in die Nacht. Die Hunde wurden leise.

Ich legte mich neben sie, umschlang sie mit den Armen. Tränen auf Blut.

177

Der Himmel wurde bereits hell, als sie zurückkamen. Der Maulwurf. Terry. Der Prof, in einem Rollstuhl.

Ich stand neben dem kleinen Mann, die Hand auf seiner Schulter. Spürte seine Hand auf meiner.

»Reiß dich am Riemen, Bruder. Wie sie's gewollt hätte. Sie ist jetzt beim Herrn. Und der ist ein verdammt glücklicher Hundesohn.«

Der Maulwurf bedeckte sie mit einem Gebetsteppich.

Ich ergriff meines Bruders Hand und sagte meiner Bluebelle Lebewohl.

Bitte beachten Sie
die folgende Seite

Ullstein Kriminalromane

»Bestechen durch ihre Vielfalt«
(Westfälische Rundschau)

Ted Allbeury
Bauernopfer (10663)

Ed McBain
Schöne Bescherung (10664)

William G. Tapply
Tod eines Detektivs (10665)

Angus Ross
Einsatz in Edinburgh (10666)

Thomas Maxwell
Kiss Me Twice (10667)

Alan Scholefield
Spuren in der Dunkelheit (10668)

Ed McBain
Schüsse im Regen (10669)

James Lee Burke
Neonregen (10670)

James Hadley Chase
Er schwieg bis zuletzt (10671)

Ross Thomas
Am Rand der Welt (10672)

James Melville
Ein Haiku für Hanae (10673)

Michael Collins
Der stille Schrei (10674)

Angus Ross
Anschlag in Ampurias (10675)

Anthony Price
Wer zuletzt rächt . . . (10676)

James Hadley Chase
Mord am Canal Grande (10678)

Jim Thompson
Kings Blut (10679)

Loren D. Estleman
Donner über Detroit (10681)

Michael Collins
Mord geht auf Spesen (10682)

Geoffrey Homes
Der Mann, den es nicht gab (10684)

Angus Ross
Aufregung in Aberdeen (10685)

Michael Collins
Die rote Rosa (10686)

James Hadley Chase
Sareks Sore (10687)

Bill Granger
Mitten im Winter (10689)

James Lee Burke
Blut in den Bayous (10692)

Angus Ross
Ein Kontrakt in Burgos (10693)

Michael Collins
Der blutrote Alptraum (10694)

Ed McBain
Priester, Tod und Teufel (10695)

Donald Goines
Kenyatta schlägt zu (10697)

Alan Scholefield
Makler des Todes (10698)

Andrew Vachss
Bluebelle (10699)